程青 | 作品

成人游戏

程青 著

文化发展出版社
Cultural Development Press

图书在版编目（CIP）数据

成人游戏 / 程青著．-- 北京：文化发展出版社，2016.12
ISBN 978-7-5142-1588-5

Ⅰ．①成… Ⅱ．①程… Ⅲ．①长篇小说－中国－当代
Ⅳ．①I247.5

中国版本图书馆 CIP 数据核字 (2016) 第 298814 号

成人游戏

程 青 / 著

策划编辑：肖贵平	
责任编辑：肖贵平　罗佐欧	责任设计：侯　铮
责任校对：岳智勇	封扉设计：纸墨春秋设计工作室
责任印制：孙晶莹	排版设计：金　萍

出版发行：文化发展出版社（北京市翠微路 2 号 邮编：100036）
网　　址：www.WenHuaFaZhan.com
经　　销：各地新华书店
印　　刷：北京新华印刷有限公司
开　　本：889mm×1194mm 1/32
字　　数：285 千字
印　　张：15
印　　次：2017 年 3 月第 1 版 2017 年 3 月第 1 次印刷
定　　价：39.00
ＩＳＢＮ：978-7-5142-1588-5

◆ 如发现任何质量问题请与我社发行部联系。发行部电话：010-88275710

纸上的世界

程青

不时听到有人说,写作是多么辛苦的一件事,每次听到这样的话,我都不由一怔,感到无从应答。我既无法说是,也无法说不是。

对我来说,通常一部长篇小说写完初稿之后,需要扎扎实实修改两遍,第二稿是往纵深走,做出起伏;第三稿是去除瑕疵,尽力做到逻辑自洽首尾呼应。这还没有完,之后至少还要修改三五遍,这三五遍或许才可以叫作"润色"。我的体会是,写小说是非常耗费时间的,尤其是长篇,经常是写一稿就得几个月,一本书写上一到数年很正常。我读到过一位美国女作家写的创作心得,她说她并不知道一篇小说什么时候完成,只有当她觉得这篇小说不再需要修改时,这个小说才算写完。我和她有类似的感触,我同样认为小说是在结束修改时才最终完成,而不是在写出结局时就完成的。可以说我写每一篇小说,当我写下第一个字起,心里就在企盼那个不再需要修改的时刻到来,或者说就是在朝那个时刻努力。这段时间或长或短,但几乎每时每刻都需要聚精会神全力以赴,用"跋山涉水"和"披荆斩棘"形容丝毫也不过分。而且，说不定辛苦一场，到头来却是颗粒无收一无所获。有时候一个貌似不错的构思，甚至是让你激动不已的灵感，真等落到纸上，很可能与你最初想的大相径庭。我的电脑里就有不少长长短短的小说弃稿，它们有的是先天不足，有的是发育不良，也有的就像是中了病毒，还有的就像是偏离了轨道，总之一句话，我没有办法把它们塑造成我想要的样子，或者说它们没有达到我的预期也没法达到我的预期，因此我只能放弃它们。无论这种放弃多么心痛和不舍，却只能这么做，别无他法。因为在我看来这是一个正确的态度，是写作者不能改变的自我要求，也可以说是写作者基本的自律。我曾经一次次让那些我无法挽救和挽留的文字沉入忘却的水底，尽管我也曾为它们苦思冥想耗费心血，但我的夜以继日废寝忘食的工作却无法让它们屹立纸上，成为纸上世界的一部分，我只能平静地接受这样的失败，然后重整旗鼓从头再来。而即使有幸写完小说，甚至它们就是想象中的那个样子，你也无法断定它们是不是真正意义上的好作品。即便它们真的是好作品，当它们完成，就会像长大的孩子一般离你而去。你无论是在璀璨的灯光下谢幕，还是一个人孤独地留在暗影里，都阻止不了它们与你的分离。完成一个作品，犹如结束了一场演出，假如运气足够好，还有新的、更多、更难的演出在等着你——这要说不辛苦肯定不是真话。可是，这是一种乐在其中的辛苦，就像养育孩子，许许多多的时候，乐趣远远超过了辛苦。同样就像生育孩子使种群得以延续一样，这样苦心孤诣和匠心独运地一个字一个字记叙描述，也使人类的经历、感触、悲喜、梦想及精神风貌得以记载和传承。我暗自以为这是上天的一种巧妙安排，是造物设计中的精彩亮点。

在我看来，小说的绝妙在于它虚构的本质。它无中生有，却具备无与伦比的生命力和感染力，令人着迷并相信它给出的对人性和世界的解答。比如以子之矛攻子之盾的事情在现实生活中被视为逻辑有问题，而在小说里它却是成立的，不仅可以作为合理的存在，甚至能够堂而皇之地成为经典——在文学世界中，貌似你可以不必那么清晰精准地去区分正义与非正义，也无必要明白无误地去判定对与错，你可以支持强者，也可以同情弱者，你既可以站在鸡蛋一边，也可以站在石头一边，甚至可以既站在鸡蛋一边又站在石头一边，因为这个世界遵循的一条更高的法则叫人性。小说可以表现种种在我们现实世界里被认为是最疯狂、最不可理喻的事情，并给出最宽容最通达的所谓合理解释。小说可以使黑暗、荒唐、残酷变得明亮、爽朗、欢畅，并让我们为获得了这样的体验而饱尝人生的丰饶，为之倍感欣慰。

我一直惊叹小说中那些从来没有发生过并且永远也不会发生的事情为什么那样撼动人心，在我们心里引发的震动甚至超过真实发生的事情。我曾经在一篇文章里写道："从我个人来说，我最期盼的就是一个作家写出用全新的口吻讲述世界和人的书——对我们身居其间的世界充满了怀疑和质疑，对人生充满了透彻的感悟，却不故弄玄虚。作者不是告诉我们发生在这个世界上的某一件事，而是那种从未发生过的事和从来没有可能发生的事，它们对我们的生活竟然一样能够起着如此巨大的影响，并不亚于那些真正发生的事。我想这可能就是文学经久不衰的魅力和意义，是文学无法估量的力量。"在我还是个孩子的时候，八九岁的样子，刚刚认识一些字，我读到了一生中第一本小说，我旋即被那个既朴素又绚丽的纸上世界深深吸引。从此我迷恋这个世界，也相信这个世界，甚至依赖这个世界。这个世界对于我就是一个和我生活其间的现实世界平行的世界，它和现实世界同样真实有力，它比现实世界更加直击心灵。

从写作第一篇小说起，我实际上就是尝试在纸上构建自己的世界，或者说是在给那个对我产生非凡吸引力的迷人世界添砖加瓦。对我来说，这个世界无形，却又应有尽有；它无色无味，却又色彩斑斓；它一秒长于一万年，而千百万年却又是一瞬间；它包藏着人类和万物最大的秘密，却又可能瞬间揭开谜底，令真相大白；它亘古矗立，却又能顷刻瓦解，烟消云散，不留痕迹。因为有了这个世界，或者说因为感知和触碰到了这个世界，使我具有了穿透力的眼光，我可以看到世界和人心的微妙之处。也因为具备了这样的目光，使我能够看到事情的边界在哪里，突破口又在哪里，或者说能让我洞见可能性和毫无可能性。我说不清写小说的时候何以在一个句子之后接上另一个句子，在一个词语之后接上另一个词语，并最终完成那个想象中的呈现，对我来说这简直就是上帝和写作者之间的秘密,甚至可以说是秘密奇迹。我不是要把写作这件事故意神秘化,对我而言它本身就是一件神秘之事。我在马尔克斯的书里看到,不少拉美作家有一个迷信,他们正写着的小说初稿都是秘不示人的,我自己也是如此,而且在没有写完之前也不会跟别人讲述自己正写着的东西,讲出来之后很可能就再也写不下去,就像开了瓶盖酒会走味一样。我一向认为能够把比鸽子还轻盈的小说捕捉到手,是一件很不容易的事。因此我个人认为,小说作为虚构文本,理应得到更大的尊重。

对我个人来说,小说提升了我的认知能力,不仅令我变得聪明、敏锐、犀利和目光精准,更多的时候它帮助我机智地掩盖了自己的不聪明、笨拙、混沌、愚蠢以及无知与无能。就像张爱玲《天才梦》里写的:"当童年的狂想逐渐褪色的时候,我发现我除了天才的梦之外一无所有——所有的只是天才的乖僻缺点。"然而,她因为懂得怎么看七月巧云,懂得享受微风中的藤椅,懂得欣赏雨夜的霓虹灯,当然最主要的是因为她会写作,她留给了世人那么多精彩的小说,因此她在我们心里总是像明珠一般熠熠生辉。我当然也很高兴能亲手来构建这个纸上的世界,用自己的经历、体验、感悟、灵性来浇灌那些芬芳的花草,并看着这个世界繁花似锦。

2016 年 9 月 19 日

第一章

（马雅）

大约是半夜时分我听见门上响起了熟悉的敲门声。"笃——笃笃"，一长两短，富有节奏。我知道是他来了，心马上激动地在胸腔里跳动起来。每一次听见他的敲门声我的心跳都会加速，我整个人也会顿时充满弹性。我等得太久了。现在漫长的等待终于被敲门声打断，也随着敲门声结束了。

这样的等待总是在重复。我常常等得昏昏欲睡。有时候因为困倦我睡了一觉又一觉，但是一次又一次醒来他还是没有到来。那种时候我总是非常焦躁和失落。这一天也是一样，困倦已经令我的脑袋昏昏沉沉，不过我还没有上床睡觉，我一直在等他。

我快步走到门口，打开门，他走了进来，脚步比平常轻捷得多。然而当时我并没有对此多加留意，我只是感觉到他走进来的时候带着一股凉丝丝的潮湿的气息。他径直走到椅子边，就像经过长途跋涉筋疲力尽一般，整个身体非常松懈地坐在椅子里。他怕冷一样瑟瑟发抖，看上去气息奄奄，丝毫没有平日里那种气宇轩昂的样子。

"来你这儿真不容易啊，马雅。"他双眼凝望着我；"你不知道外面下着多大的雨。"

我说我不知道外面在下雨，这楼层实在太高了，一点儿也听不见雨落到地面上的声音。我已经好久好久没有听到过雨点打在坚实的地面上发出的声音了，经常外面雨下了很长时间我在屋里也不知道。我这样反反复复说着，一边走向窗口，想看看雨究竟下得有多大。我听见了窗外的风声,但是外面太黑了,我什么也看不见。我听见他在低声地叫我,让我过去。

他伸出手把我拉近他的身边,搂住了我。他说:"我的时间不太多。"

我闻到他口腔里散发出来的烟草的焦味儿,还有那种我十分熟悉的他的气息。他的语气里有一种能感觉得到的焦急。

在这短暂的片刻,我看到他的脸色比来时更加苍白。我问他:"你是不是病了?"

他摇摇头。

我又问他:"心脏有没有觉得难受?"

他很快地又摇了一下头,有一种明显的不耐烦。

我不放心,伸手去摸他的脉,他却敏捷地抓住了我的手。就在那极短的一触间我感觉到他的手腕凉得让我吃惊。他从来都是怕热的,一双手总是热乎乎的,今天可真是反常。

"你病了。"我对他说,"我去给你泡一杯热茶,然后你早点睡觉。"

"你不必忙,和我安安静静坐一会儿,我没有多少时间了。"他满脸倦容地恳求我。

我尽量去想这不过是和以往一样的一个夜晚,他总是会在一些上夜班的夜里到我这里来和我见面,直说就是幽会。这样的幽会我们已经快两年的时间了,真的我觉得非常非常幸福。说心里话,我从来没有想到过有一天会和他走到一起。我的小小的闺房是我与他共同的秘密爱巢,我总是把它收拾得一尘不染,而且我总是储备着许多吃的、喝的,随时等着他到来,等着他来和我共度我们甜蜜的时光。当然,我们始终对这份甜蜜守口如瓶,我们比地下工作者更加注意躲避那些无所不在的好奇的和不怀好意的目光,我们像大牌明星一样小心翼翼地保护着自己的私生活。我的这套住房最大的好处就是不在单位集中居住的小区里,而且地段又离单位不算太远,当时假如真是凭分排队,我想我是根本没有可能分到的。尽管报社多少年来一直在盖房子,但是要房子的人总比房子更多。我的积分很低,排在队尾,没有任何优势,顶多也就能分到一间没有洗手间厨房是公用的那种小平房。我从小就住在那样的小平房里,我早已经住腻烦了。至今我还记得下雨天打着伞穿街过巷去上公共厕所的情景。所以当我拿到这套一室一厅的正经楼房的钥匙时格外高兴,真的是喜出望外啊!我知道没有他我就不可能得到这么一套可爱的公寓房子。可是他总嫌这套房子楼层太高,不够理想。他不止一次搂着我说:"万一有个地震、火灾什么的,可就把你害了。"我懂得他是因为爱我才会格外替我操心。我知道他对我爱得很深,否则他不会如此担忧。他总让我感觉到他的爱无所不在,包括在那些最微小的地方。我让他一百个放心,这座楼住着百十户人家,又不是就我一个人。可他却说:"百十户人家跟我有什么关系?我只在乎你一个人!"虽然是情话,我听着还是非常感动。

今天他又提起了这个话头,他说:"有机会你还是调一下房子吧,没把你安排好我不能安心。只有你好好的,我心里才踏实啊。"

"我挺好的,真的,我很知足。你早点儿睡吧。"我也同样满腔柔情地对他说。

他摆摆手阻止了我的催促,他无比温柔地揽住了我的腰。我顺从地侧身坐在他的膝盖上,偎依着他。他已经不再发抖了,但是脸色仍然十分苍白,而且膝盖也似乎非常僵硬。当时我心里有一个十分古怪的感觉,我觉得他不像是一个血肉之躯的人,而像是一座石头的雕像。他叹了一口气,那样不堪重负,就像是真正的雕像在叹气。

我不忍心再坐在他腿上,我的身体滑下去,搂住了他的腰。我把脸温柔地贴在他的胸口上。平常这样的时刻他会像抚摸孩子一样抚摸我的头发,然后他那宽大温暖的手掌会移向我的面颊、耳朵、脖子,随后一定会又笨拙又坚决地探进我的衣服里面,并朝我的衣服深处一路滑下去。可是今天他却没有这样做,一双洁净温柔的手带着荧光般的凉意也像雕像一样一动不动。

"我的时间不多了。"他喃喃地说,声音低得几乎听不见。

"是不是稿件还没有审完?"

"都弄好了。"他叹息着说,"就等着签几个字儿,就全部结束了。"

"你总是把自己搞得这样累。"我忍不住埋怨他,"你干嘛非要把自己弄得这么累呢？"

"我并不觉得累。"他似乎振作了一下，眼睛乞求地望着我，乞求我不要说他。

"今天就住我这儿——行吗？"我贴紧他，搂住了他的脖子。

"不行啊，我得回办公室去。"他温存地拍拍我的后背，"还有好些事情没有办完，事情没办完我总是心很不定的。"

但他并没有急着走，而是把我抱得更紧了。他开始吻我，他把我的嘴唇和舌头全吞到了他的口腔里，好像恨不得连我也一起吞进去。他一边吻着我，一边说着一些我完全听不懂的话，但我本能地把这些无法听清的话当作他对我说的甜言蜜语，我的心像风中的旗帜一样哗哗地飘荡起来，我的身体也像玫瑰花一样开放了。我真的希望他马上要我，希望他立刻把我放到床上，用他的身体充满我的身体，让我的身体变成烈性炸药。可是他就像能量耗竭了一样慢慢地停了下来。他的眼神变得涣散而黯淡，而且充满了无奈。他声音微弱地说："我得走了，事情没办完我放不下心，而且今天我确实也累了。"

这样的情况以前也有过，所以我也没有太往心里去。全报社都知道他是一个工作起来不要命的人，我也悄悄说过他，可是他有自己的一套，他说事业是男人安身立命的根本，活一天就要工作一天，生命不息，战斗不止。我知道我说他没用，说也是白说。不过我说他的时候他会做出一副让我喜欢的洗耳恭听的样子，一点儿不像是一个可以呼风唤雨指挥上上下下五六百号人的大领导，倒像是一个肯听老婆话的好丈夫。遗憾的是这一辈子他都不可能成为我的丈夫了，这是他和我从第一天起就说好的。这是没有办法的事儿，不是我们情愿这样。我百分之百理解他，也百分之百体谅他。这是我自己选择的生活，所以我知道自己不该抱怨。但是，无论怎么说，这是我心头永远的痛。假如他是我的老公，今晚他这个样子无论如何我也不会再让他去办公室了。

他已经站起身准备走了，走到门口他回过头朝我短促地一笑。我要送他下楼，他摆手阻止了。他侧耳听了听外面没有动静，才拉开门走了出去。他从来就是这么细致，就像一个小心谨慎的地下党。他出去之后就从外面带上了门，我在里面听着他走下楼去的脚步声。这座楼夜里十二点之后就没有电梯了，刚才我竟然没有问一问他是怎么上来的。我听着他的脚步声一路远去，心里却奇怪地感觉那并不是他，而是另一个人在越走越远。

我的眼前忽然间出现了大片的水雾，就像舞台上放的烟雾一样无声地席卷而来，层层叠叠，铺天盖地。我什么也看不见。雾气慢慢变得透明起来，我才渐渐地又能看清眼前的东西。我费了好大劲儿才睁开眼睛，好像从遥远处回到现实。

我发现自己和衣躺在床罩外面，浑身的汗水把衬衣都浸透了。才五月的天气，怎么就这么热了？可是我并不记得我是什么时候躺下的。

刚才梦境里的一切像倒灌的海水一样迅速地涌回到我的脑海里，清晰无比，就像真的发生过一样，所有的情景都真切可感，历历在目。我坐在床沿上默默地发呆，沉浸在一种说不清是思索还是回忆的状态之中。

  我的头脑浑浑噩噩，好像还在梦境之中。好在房间里并不暗，床头灯和书桌上的小台灯都亮着，眼前每一样物品都是清晰和熟悉的。桌上玻璃花瓶里的玫瑰花依然散发着淡淡的芳香，房间里的一切似乎都是老样子。这个温馨舒适的环境让我感到安心，我的情绪慢慢安定了下来，我告诉自己那不过是一个梦。可是，当我的目光触及刚才梦中我和他相拥而坐的那把椅子时，一个激灵让我迅速清醒——我简直不敢相信自己的眼睛，一直是平平展展铺在椅子上的织锦缎椅垫翻卷着掉到了地板上，就像是被坐着的人不经意带起来的一样。可是，今天从进门起我根本就没有碰过这把椅子。

  那他是真的来过吗？

  难道这是另外一个梦？

  我的心中非常混乱，脑袋昏沉沉的。

  于是我又一次睡了过去。

（温伯贤）

从马雅家里出来，我走下二十层楼，居然连气都不喘，双腿也比平常轻松得多。我步履轻捷，简直就像回到了二十来岁那个年纪。我独自走在深夜的大街上，橙色的灯光如梦如幻。街上一点儿也不潮湿，这么说刚才并没有下雨，下雨只不过是我的幻觉。我使劲呼吸着夜晚凉爽的空气，空气里有一股甜甜的花香，好像是洋槐花，也好像是夜来香，很像马雅嘴唇和头发散发出来的那种香味。这样一想我忍不住笑了，其实我根本不认得什么花，洋槐花和夜来香我都没有对上过号，我只是听说而已，当然都是听马雅说的。

我爱她。两年前她还是一个像圆规一样瘦瘦的长腿女孩儿，脖子细细的，腰细细的，给人一种伶仃的感觉。她就像在长个子一样裤子永远短着一截，一刀切的头发用皮筋儿在脑袋后面胡乱地绕了几圈，有时候是一个马尾巴，有时候是一个毛毛糙糙的小鬏鬏，就是现在我也会说当初的她可真是一点儿风韵也没有。她是我们报社出了名的老姑娘，三十出头还没有交上一个想跟她结婚的男朋友。我们那里好管闲事和不爱管闲事的人说起她都同样摇头叹气。我完全不清楚一个相貌还算过得去的女孩儿怎么会交不上男朋友？那个时候我刚刚结束四年的常驻从国外回来，国内的种种变化令我惊叹，我有点儿看什么都觉得新鲜。对于女孩儿，说老实话，以前我并没有太多留意。出国之前我的观念还比较保守，和工作中有接触的女同志都保持着相当的距离。那时候我上进心很强，也明白在这上头是出不得半点差错的。还有一点儿，那时候也的确是心高气盛，好像没有哪个女人引起过我特别的注意。而当我从国外回来，情形就大不一样了。我发现我周围的女同事一个个都风姿绰约，让人忍不住要多看她们几眼。我真不知道是她们变美了，还是我具备了发现美的眼睛。在我眼里她们有的漂亮端庄，有的妩媚动人，真是姹紫嫣红，各有千秋。不过马雅倒是例外，最初见到她的时候她既不美丽，也不显眼，我已经忘掉了她最早是怎么引起我注意的。我只记得就在我回国不久的那次机关运动会上，我看见在暮色降临的体育场上作为裁判的她扛着几杆标枪从远处跑道的转弯处走来，她的疲惫和隐忍让我觉得这个女孩儿十分亲切，甚至有一点儿被她所打动。当她走近，我看到她面色憔悴，嘴唇因为缺水而干裂。她的神态好像刚干完一场大活，终于可以收场了。就在那个瞬间，她神奇地进入到了我的心里。

  有时候人跟人之间的感觉和感情真是微妙说不清楚，如果我听别人说某个男人因为某个女人的疲倦和憔悴被打动，恐怕我不太相信，至少也会觉得不可思议。但马雅留给我最早的印象就是这个。后来我和她的交往好像就是在慢慢地、一点儿一点儿地印证着我对她的这一印象。

  我真的是很爱她。我放不下她。想到要从此离开她我肝肠寸断。尽管我平常极少对她说这样的话，我想她是明白的，她明白我对她的心。否则我也不会连夜赶去和她告别，否则我也不会顶风冒雨还要再最后一次去看望她。

让我奇怪的是这样一条反反复复无数次走过早已经熟悉得不能再熟悉了的路我竟然也会迷路，真是太奇怪太无法想象了。我可能是因为想马雅想得走神了。书上说恋爱中的人智商是最低的，因为血液只朝着那个兴奋的区域流去。好了，现在我不能让自己太沉溺于感情了，我要理智一点儿，我还有好多事情没有办完呢。

我穿过曲径分岔的大街小巷，终于看清楚前面就是办公大楼了，高大茂密的树木也挡不住它一排排窗口透出的雪亮的灯光。这座高耸入云的庞大的水泥混凝土建筑据说可以抗八级以上的地震。这里的电脑、电话、网络、传真、数据库等等都在全天候地工作着，这里从来没有昼夜之分。我早已经习惯了这种没有昼夜之分的地方，时间在这里就像一条浩浩荡荡的河流，毫无阻挡地向前流去。我喜欢我的工作环境，如果可能，我愿意在这样的地方耗费我一生又一生的时光。

走进明亮得如同白昼的值班室我闻到了纸张和油墨散发出的那种亲切的香气，那种熟悉到让我可以把心融进去的气味就跟我们家乡每家每户晾晒向日葵发出的浓郁的香味一模一样。我在这样醉心的气味里坐到办公桌前，桌上已经放好了一摞贴了稿签等待终审签发的稿件，我逐篇看过去，在每一张稿签的最后一栏里用红笔签上一个大大的"发"字。

签完最后一个字，我疲惫已极。我的头不由自主地垂了下去。我把脸贴在办公桌的桌面上，我从来不知道办公桌的桌面是这么的光滑和凉爽。

我要休息了，拜托再不要来打扰我了！

我闭上眼睛。我的眼前就像电影画面一样出现了大片大片的葵花地，满山遍野都是亭亭玉立的向日葵。我惊喜地发现我站在故乡的田野上，风吹过的时候令我沉醉的气味扑面而来。我忽然意识到这就是我故乡的气息，是我对故乡最深刻也是最深情的记忆。我无法形容自己的心情，每次踏上归途，我心里就盼着早一刻见到这些大脸盘的向日葵，它们就像接受检阅的仪仗队一样步伐整齐地翻山越岭，迈向天际。现在我就在它们中间，它们层层叠叠地紧紧地包围着我。

这次旅行我一点儿准备没有，就是突然之间的事。但是，我却备感轻松。我毫无阻碍地踏上了归途，这大概是我一生中最轻松的一次旅行吧。

我回来了。我站在故乡的土地上，故乡清新湿润的空气被我轻轻地、均匀地吸进肺里，就像畅饮甘甜清凉的井水那样令我通体舒服。

我顺着蜿蜒的村路漫无目的地行走，我很奇怪竟然没有遇到一个熟悉或者陌生的人。真难得这样的安静和安宁，真难得这样的无忧无虑和无牵无挂！我的身体和心情一样轻松，甚至比心情更加轻松。我好像还从来没有这样轻盈过，身体像一阵风一样飘过田野,飘过河流,飘过树林,飘向我从小居住的村庄。

那座村子就在向日葵的层层环抱之中,长满青苔的墙上终日映照着淡淡的阳光。可是我却找不到它了,我发现村庄在我的面前消失了。

天色阴暗下来。夜晚降临了。

夜色像墨汁一般深浓。

我不由心慌起来。

现在,我该去什么地方呢?

高秀珍刚刚有点儿迷糊,听到电话铃突然炸响起来。她吓得一个激灵,伸手从床头柜上摸着听筒,却把吃安眠药的玻璃杯和喝剩的半杯水碰了下去。玻璃杯恰巧掉在拖鞋上,杯子没碎,拖鞋却湿了。她心里很气恼,非常不耐烦地对着话筒说:"喂,谁啊?"

电话那头是一个带点迟疑的庄重的声音:"您好!请问是高大姐吗?"

高秀珍声音干涩地问:"找我有什么事?"

"有件事情……"那边的口气更加迟疑了,听上去有点儿吞吞吐吐的,"温总……病了,刚才他还在这儿签发稿子,但是突然……他心脏是不是一直不太好?"

"我不知道!"高秀珍不太客气地说,"他以前可从来没有过心脏病,谁知道他是怎么搞的?这一阵子他回家总对我喊累,我想他不过就是对我喊喊,要是外面有个电话打来叫他出去他还不马上拔腿就走了。怎么,他犯心脏病啦?厉害吗?现在他怎么样了啊?"

"温总他……"

"他到底怎么啦?快说快说,你可真是急死我了!"

"您别着急,李总让我对您说我们现在就派车过去接您,我们快到的时候再给您打电话。"

"这三更半夜的!好吧好吧,那我就去一趟吧。一会儿我就下楼等着你们,你们也不用再打电话上来了。要说今天也不是我们伯贤的夜班,他这人就爱管闲事,什么都喜欢大包大揽自己一个人来。平常我没少说他,让他当心身体,也是这个岁数的人了,他一句也听不进去。唉,非要逞能,现在怎么样?累趴那儿了吧!"

高秀珍搁下听筒,忽然回过味儿来觉得今天的事情不同寻常。这个钟点了打电话来,而且还专门派车来接她,看来事情不太妙。她一下子慌了神,非常后悔刚才电话里没有把情况问问清楚。

她迅速地从床上下来,准备穿上衣服出门,却前前后后左左右右找不到拖鞋。这真是奇怪,刚才杯子掉下去的时候拖鞋还在呢,这会儿杯子好端端地放在床头柜上拖鞋却找不见了。她光着脚走到卫生间里,看见那双湿了的灯芯绒面拖鞋正依墙而立。她怎么也想不起来自己什么时候把拖鞋送到卫生间的,这一段竟然毫无记忆,实在是咄咄怪事。她在灯光昏暗的卫生间里愣愣地站了好一会儿,脑子里乱糟糟的,也不知道时间过了多久。

忽然她头晕得厉害,一下子天旋地转起来,浑身虚汗直冒,人就像要昏过去一般。她害怕起来,赶紧回到床头去靠着。好在没多大一会儿那股难受劲儿就过去了。她穿好衣服,拢了拢头发,还仔细地照了照镜子,可是临出门又到处找不着眼镜,急得嗓子眼干干地发疼。这个时候楼下传来汽车鸣笛的声音,她没戴眼镜就慌慌张张地出了门,进了电梯还在想刚才出来的时候家里的大门到底有没有锁好。

接高秀珍的车很快到了报社。她还没有下车,等在办公楼下面的副总编李明亮就大步流星地走过来替她打开车门,向她伸出双手,把她的手紧紧地握在手里。

楼下太黑了,加上没戴眼镜,高秀珍一点儿也看不清楚李明亮的表情,不过看他这架势她本能地心头一紧,马上想到丈夫一定是病得不轻。

"我代表总编辑徐达向您表示……"

"伯贤在哪里?他人呢?现在他怎么样了?有没有好一点儿啊?"高秀珍的心一下子提了起来,有一种灾祸临头的感觉。

"温总他……"李明亮还像他平时那样字斟句酌慢条斯理。

"他很严重吗?你们怎么不赶紧送他去医院哪?"高秀珍的声音顿时有点儿嘶哑。

"我们……"李明亮似乎有点儿不知道如何向她解释。

高秀珍急得快要冒出火来了,打断他说:"什么'我们'、'你们'的,这个点儿你们把我叫了来,我来能起什么作用呀?我也不是医生,我来也不能替他看病,还不赶快送医院啊!"

"已经送医院了。"李明亮赶紧说。

"那我们还在这儿干嘛呢?快带我去医院看看去啊!"

"高大姐,"李明亮又一次握住了高秀珍的手,用一种非常郑重的语调说,"我们徐总正在郊区开会,接到电话他立即就往回赶,现在正在路上。他委托我在这里迎候您,让我对您表示最亲切的问候和最深切的……"

"这么说伯贤不是病了,"高秀珍的牙齿在口腔里上上下下打起架来,突然间不祥的感觉一下子包围了她,"这么说,这么说伯贤是是是……"

"请您节哀!"

"啊?!"就像一个焦雷打在高秀珍的头顶上,她身体摇晃了一下,头疼一般双手捂住了太阳穴。

她的眼泪像水一样流了下来。李明亮伸手扶住她,她挣脱了他的搀扶,张开胳膊,不顾一切地向前扑去。突然间她放开嗓门旁若无人地大哭起来。

站在李明亮旁边的一位和高秀珍年龄相仿的女同志非常及时地向她递过去一叠面巾纸,高秀珍接过去捂在脸上,一把挽住那只伸过来的同性人的胳膊,就像面对自己的亲姐妹一样,边哭边哀哀地诉说起来。

"哎呀,你怎么这么就死了呢?这可太突然啦,你让我怎么接受得了啊!你这个人就是这样,你做什么都不让我有思想准备,你什么事都没有和我商量一下的习惯,这也不是一天两天了呀,我想起来就心里难过。你去问问谁家两口子是这样的?也就是我不计较罢咧!今天这么大一个事情,你也不跟我打一声招呼,说走就走,说把我扔下就把我扔下了……你这样不声不响走了你让我多难过多受不住哇,你还让人怎么活下去啊。我要是知道你今天晚上会出事说什么我也要拦着你不让你

成人游戏 17

去上这个夜班的,现在可是说什么都晚了。太晚了呀,我后悔呀,我没有劝你不要去,我真是追悔莫及!你身体还好得很哪,前不久体检什么毛病也没有,一个好好的人怎么可以说殁就殁了呢?伯贤啊,这样走你也太不顾我了吧?怎么说咱俩也是三十二年的夫妻,至少你也应该来和我告别一声吧?老话说一日夫妻百日恩,三十二年的夫妻,多难舍难分啊!你就这么说走就走了啊?伯贤,至少你也应该回家来和我告别一声吧!"

在场的人听了无不动容。

上午八点三十分总编辑徐达准时走进会议室。他在椭圆形会议桌中间偏左一点儿的位置坐下来,那是他固定不变的座位。即使他不到场,那个位子也没人去坐,一定会虚席以待。徐达从来不坐圆桌正中间的那把椅子,他觉得那个位子板,太一本正经。他是个讲威仪的同时也讲感觉的人,处事有自己的标准和风格。

徐达是作为年轻干部提拔起来的,因此相当注意在众人面前保持谦虚谨慎的形象,至少也是要做出那么一点儿谦虚谨慎的样子。

除了徐达有固定的座位,几位副总编的座位也相对固定。平常紧挨着徐达的右手边坐着的依次为李明亮、金候高和刚刚去世的温伯贤。温伯贤刚好坐在圆桌正中间的位子,乍看上去就好像他是全场的中心人物，而他本人也习惯性地拿出大领导的架势，这让不喜欢他和讨厌他的人对他越加反感，他也因此背后没少被人议论和取笑。徐达的左手边通常坐的是张帜和薛恩义。温伯贤突然去世，张帜去美国出差还没回来，今天圆桌边一下子少了两员大将，领导层看上去有点儿稀稀落落的，就像掉了牙齿的牙床。

徐达用眼角的余光瞥了一下正中间那把空着的椅子，不过很快就把目光收了回来。他比平常更加稳重地坐下去，坐下之后略微清一清嗓子，开始用一种低沉徐缓的语调讲话。

"有一个非常不幸的消息我要报告给大家，可能有些同志已经听说了，我们的副总编温伯贤同志于今天凌晨零点五十五分因心脏衰竭不幸逝世，终年五十八岁。温伯贤同志是倒在工作岗位上的，在他生命的最后一分钟，他仍然在工作，仍然在签发稿件。伯贤同志一贯工作积极认真，勇于承担责任，是我们不可多得的一位好领导，也是我们不可多得的一位好战友。伯贤同志的不幸离世，是我们报社的一个巨大损失，我个人也为此十分悲痛。多年来，我们在工作中配合默契，感情深厚。他的逝世使我痛失了一位事业上的好伙伴，同时也痛失了一位良师益友……"徐达哽咽地说不下去。

他平稳了一下情绪，轻轻地咳嗽了两声，声音比刚才清晰了一点儿。

"今天的编前会照常进行。两项内容：一是例行评报，二是把本周的重点选题再反复议一议，确定下来。不过我不能参加了，一会儿伯贤同志的家属要来，由我出面接待，编前会就由李明亮同志主持。"他转向副总编李明亮，"明亮，这儿有两个文件，讨论之前你先传达一下。另外，温伯贤同志治丧小组名单今天一早我们也已经确定下来，我担任组长。这份名单一会儿也请明亮同志宣读一下。"

李明亮神情郑重地从徐达手里接过文件和治丧小组名单，正打算念，徐达又开口说话了。

"我还有几句话，我要在这里向大家道歉，我们报社历来崇尚拼命工作，这么多年来，可以说从干部到群众，从正式职工到临时工，大家都是把工作放在第一位的。我们报社也多次被评为先进集体，历年来我们这里也出了不少的先进工作者。我要说我们这种认真工作积极进取的精神是好的，也是需要继续保持和发扬的，但是，在这里我要特别强调一句，我们每个人也应该爱惜身体，要学会休息，做到劳逸结合。身体是革命的本钱，没有了本钱一切都是妄谈。作为报社的一把手，平常我对大家关心得很不够。希望从今天起，各位为了我们长远的事业，同时也是为了我们事业的长远，好好爱惜自己的身体，请同志们注意休息。"

徐达说完朝李明亮微微一点头，站起身低着头快步走出了会议室。大概是因为心情沉痛，他讲了这么多话，没喝一口水，也没吸一支烟。

徐达一走李明亮就成了会场的主角。李明亮非常喜欢当主角的那种感觉，他梦寐以求有一天能当上真正的主角。平常只要徐达有事不能出席会议，他心里都暗暗高兴。一有这样的机会他会花好几倍的时间和精力进行准备，他要把自己主持的会议开得成功，他希望大家看到他不但不比徐达差，而且比徐达更出色。可是报社的人有一个共同特点就是一召开会议就打不起精神，一个个不是蔫头耷脑就是交头接耳叽叽咕咕，上面开大会下面开小会，再不就是顺手带张报纸进来，翻得哗啦哗啦乱响，上面讲什么下面都听不清。李明亮很不喜欢会场下面那种窸窸窣窣和嗡嗡嘤嘤的声音，不过却也没什么办法。他曾经放下脸来训斥过他们，可也就是刚说的那会儿还管点用，到下一次他主持会议时又故态复萌，下面的那些人该怎么样还怎么样。

让李明亮最恼火的是报社这些人最喜欢看人下菜碟子，徐达讲话的时候他们都很收敛，不大听得见有异样的声音，而徐达一不在场，会议很可能就开得不像样子。有几次徐达外出让他主持会议，事先他进行了充分的准备，可是有些人一看徐达不在连会场都不进，有些人在会议室坐了一小会儿就毫无理由地退场了，剩下的人也是心猿意马，人在心不在。会场上递烟的，倒茶的，相互传报纸的，玩手机的，始终就没有消停过。李明亮看在眼里，气在心里。他清楚这些人都是老油条，心里对他不服气，没有真把他放在眼睛里。他横下一条心，心想有一天要是自己坐上了头一把交椅,一定要拿出点颜色给这帮人瞧瞧。

李明亮先传达了文件,随后宣读了温伯贤治丧小组名单,这都是徐达指派给他的任务。因为念完文件之后紧接着就念治丧小组名单,他没能及时地把语调调到一个略带沉痛的频率上,因此听上去就远不如刚才徐达发言时那么真诚和感伤,也就远不如徐达那么出效果。他自己立刻就觉察到了,感到分寸没有拿捏得很好。不过这时候如果亡羊补牢又显得太做作了,反倒不自然,只好这么凑合着念下去。宁可火候不到他也不敢把戏做过,这点聪明他还是有的。他知道下面坐着的这些人不仅眼睛雪亮,而且都是擅长挑刺的能手,一不留神就会被他们看了笑话。

读完了文件和治丧小组名单,李明亮有一种如释重负之感。之后就可以切入业务讨论的正题了。他认为会议只要围绕业务就好开得多,等于是走上了正轨。李明亮和从前的老总们一样,心里有一种挥之不去的"业务情结"。这个"业务"在他们的眼里十分单纯,就是新闻采编,连广告、发行都不包括在内,当然更谈不上其他附带产业了,即便是能创收赚大钱的项目也不例外。李明亮对自己的业务一贯颇为自负,报社总编辑一级的领导当中唯有他一个人大学读的是新闻系,因此他认为只有自己才是真正的科班出身,其他几个都算不得正宗。徐达是学历史的,已故的温伯贤是学英语的,张帜学的是经济管理,金候高学的是物理,薛恩义最早学的是中医,后来学过财会,又上过两期新闻培训班,连他自己都说不清楚该算什么专业的。李明亮自认为在业务上面远在他们之上,至少也是胜他们一筹,心里并不把他们太当一回事儿。他只把徐达一个看作是自己的对手,注意力基本集中在他一个人身上。今天的会议按计划徐达是不参加的,这个时间他应该在郊区的温泉饭店和两家重要客户洽谈合作。如果没有温伯贤这个意外,他可能正和客户一起骑马、泡温泉或者打高尔夫球。李明亮特别愿意他不在场,那样他可以发挥得更加自如。他丝毫不嫉妒徐达在风光秀丽的青山绿水间享受清新的空气和明媚的阳光,他理解他的肩头是担负着重任的,那副担子不但是他挑不起来的,也是他不乐意挑的。比起和财大气粗的客户携手搂肩谈笑风生李明亮心甘情愿留在报社里操持具体琐细的事务。他曾在当面和背后多次称赞徐总是开拓型人才,同时会谦虚地说自己不是。徐达听到了不过一笑而已。

  李明亮作为排名第一位的副总编在报社的分工是协助总编辑主抓业务,同时分管人事。报社历来是二把手管人事,似乎成了一个惯例。但徐达在这上头并不放手,大到干部任用,小到报社进一个人、出一个人,他事事亲自过问,大小盘子都是他定的。报社的人背后揶揄说进一个扫楼道的临时工徐达不点头都不行。但是在表面上徐达还会做得相当民主,不管什么事情立项之前一定会反反复复地开会。有些不太好办或者无论怎么办都很难圆满的事情决策之前会议会开得更多。比如先召集领导层开会,然后扩展到处一级干部,再扩大到全体党员,再之后是全体职工大会。徐达不会一上来提出自己的看法,他只会说一个倾向性的意见,具体如何办让手下的几位领导去拿主意。这几位自然也是明戏的,他们都会先想方设法把一把手的意图弄明白,然后把着他的意思将他想说的话说出来。所以这届领导班子大体上还是比较合作的,用他们工作总结中的话说是"班子空前地团结"和"具有高度的协作性"。徐达对李明亮有时候也会另眼相看,比如问一问他对人事安排有什么意见,或者问一问他对业务调整有什么意见,其实也不过是走一走过场而已,李明亮心里清楚得很,自然也是十分配合。偶尔徐达也会让他对某件事或者某个待定的方案先发表意见,很像是礼贤下士,实际上他倒也并不是有意要做什么表面文章,他不会把力气花在这种地方,因为在他看来根本无此必要。他让李明亮谈看法,一定是他觉得这步棋不太好走,他不能自己出面来拿一个明显有缺陷和毛病的方案。碰到这种进退两难或者怎么做都是吃力不讨好的时候,徐达自然而然会想到和用到自己的这位副手。这种时候李明亮也不便装傻,毕竟躲得过初一躲不过十五,他知道自己耍滑头在徐达面前是没有用的,也是不可能蒙混过关的。徐达精明强干,有手腕又有狠劲,李明亮清楚自己不是他的对手,何况人家还官高一级,谁不知道"官高一级压死人"?这方面他可一点儿也不傻,绝不会拿着鸡蛋往石头上碰。所以一到这种时候他总是当仁不让,把徐达想说又不好说或者不便说的话替他说出来。不过他也并不能回回说在点子上,因此徐达还是不能真正把他当成自己强有力的臂膀。不过徐达倒也豁达,他心里虽然瞧不起这么一个志大才疏眼高手低还有点儿酸文假醋的人,却觉得用这样的人比用真有几把刷子的人安全,至少这样的人想坏他的事不那么容易。在徐达看来一个副职不两面三刀不在背后捅你刀子不故意坏你的菜已经算是福星高照了,所以对李明亮基本抱着宽容和宽厚之心,能让他过一把领导瘾的时候也尽量满足他,就像是给机器上油,为的只是好用。不过当然也不会对他不加控制,不会让他把这个瘾过得太足。徐达知道物极必反,也知道人是欲壑难填的,你给得越多,他未必感谢你,反而胃口会越来越大。所以他不可能让一个手底下的人忘记自己是谁,他认为这也是一个合格的领头人的职责之一。

会议切入正题之后,李明亮打算好好发挥一番。他振了振精神,清了清嗓子,准备做一番高屋建瓴的讲话。正是这时,会议室的门被轻轻推开了一条小缝,先是有几个人扭头去看,随后更多的人扭过头去。李明亮一听下面又有了不正常的动静,顿时就有点儿不太高兴。他正想说上两句,一抬头看见门缝里露出徐达的小半张脸,正在用眼神示意着什么,而里面却没有人及时会意。

一看已经惊动了大家,徐达索性把门开大了一些,朝会议室里说:"候高、恩义,出来一下,和你们商量点事。"

他声音低低的,好像生怕打扰了正开着的会议。金候高和薛恩义听到总编辑的召唤马上站起身就出去了。倒是徐达礼数周全,没有忘记冲主持会议的李明亮点了点头。李明亮立刻做出心领神会的样子,也微笑着朝徐达点了点头,心里却极不高兴他把仅剩的两位副总编拽走,觉得他是有意扫自己的面子。

金候高和薛恩义出去之后会议继续进行。领导层这边除了李明亮赫然在座,所有的座位都空了,本来就豁了的牙床只剩下一颗大牙。李明亮孤零零地坐在空位子中间,心里很不自在。也不知因为什么原因,会场下面又起了一阵喊喊嚓嚓的声音,还有一些轻微的笑声夹杂在里面,听着就像是在嘲笑什么。李明亮不知道下面在叽咕些什么,他伸手正了正衣领,又理了理头发,然后用笔敲了敲桌沿,意思是让大家安静。下面果真安静了下来,但没多大一会儿起身倒开水、出门上厕所的层出不穷。坐在后面的几位老资格的编辑们相互递起烟来,然后旁若无人地点上吸了起来。几个上了岁数的女同志立即立竿见影地十分响亮地咳嗽起来,会场又有些乱了。

李明亮再次用笔敲了敲桌沿,同时提高了说话的音量。他一条一条地说了他对上星期报纸的看法,每一条里还细分出若干小条,每个小条里还有各自突出的要点。他又宣读了各采编室报上来的重点选题,又把每个题目自以为是画龙点睛地评点了一番。李明亮为这个发言足足准备了两个晚上和一个白天,自认为见解独到,发人深省,对报社下一段即将开展的报道很有指导作用,肯定能够引起反响,结果却发现下面除了小会开得起劲之外反应平淡,连认认真真听他说的都没有几个。他心里感叹报社人员的素质真是越来越差了。他无奈地收了话头,让大家畅所欲言地进行讨论。他想借此挑起气氛,可是会场上立刻出现了冷场。他把目光挨个儿投向几个采编室的主任和副主任,那几个人不是低着脑袋就是神情麻木,看上去都没有发表意见的欲望。李明亮本想点他们的名让他们发言,但还是打消了这个念头。他知道那几个人也都不是好惹的,还是不招他们为好。他草草地结束了讨论,宣布散会。他知道即使再拖下去,编前会也不会出现他预期中的高潮。

中午,被大家称为方老的总编室主任方文心托着饭盆一边大口吞咽着饭菜一边晃晃悠悠走进了社会新闻采编室,他经过的楼道里弥漫着洋葱炒肉片的气味,就像身后拖着一条看不见的长长的尾巴。他瞟了两眼到了饭点儿还端坐在电脑前忙着的副主任罗卫,大着嗓门说:"啊唷,罗大主任,怎么您还没休息呀?今儿个一大清早上面不是发话儿了要同志们学会休息吗?"

罗卫嘿嘿一笑说:"闲着也是闲着。"

方文心夸张地说:"身体要紧哪,身体可是革命的本钱啊!"

罗卫阴阴地笑着,慢悠悠地说:"我又不忙别的额外的事情,也不操别的额外的心,既不琢磨人,也不琢磨事,不过就是上

成人游戏 27

班写写稿子，下班下下馆子，不费什么身子骨儿，就是存心想累死自个儿还真不是一朝一夕能做到的事儿。"

方文心转过大圆脑袋对办公室里另外两个同事说："你们瞧出来了吗？罗大主任很有抱负啊！"又转回脑袋朝罗卫说，"好小子，晃我们呢！你越这么说越表明你有野心，而且还深藏不露啊！"

罗卫笑嘻嘻地说："方老，这你还真没有说对，我没有野心，不过倒免不了有点儿贪心和色心，再就是有点儿闲心，爱管闲事儿，还爱瞎操心，不过这会儿一了百了全消停了。"

办公室里的人都听出了他的弦外之音，忍不住哈哈大笑起来。

"哎哎，提醒你们说话注意点儿分寸，我可是在外面全都听见了哎！"社会新闻采编室主任沈旭东蹬蹬蹬迈着大步走了进来，他虎着一张大脸，正了声腔，一本正经地训斥办公室里的几个人，"你们说话最好别夹枪带棒捎张带李的，伤人的话不说，上面三令五申反反复复强调都没用啊，你们怎么撂爪就忘？我说你们是不是也忒过分了点儿？刚才我在对面办公室也听了不少闲言碎语，比你们说得更不像话。你们这帮子人，真是太狠了！人家一个领导干部，怎么想得到身后被你们这么糟践？毕竟人家刚刚离开人世，尸骨未寒啊！"

沈旭东洪亮的大嗓门把别的办公室的人也招引了过来，几个人探头探脑地在门外听，都是一脸的坏笑。谁都清楚沈旭东肯定不会放过这么一个借题发挥的机会,因为他是全报社头一个和温伯贤不对付的,也是全报社最恨温伯贤的一个人。

论说起来沈旭东和温伯贤还是校友,可是温伯贤非但从来没有提携过这位小学弟,还狠狠地给他下过绊子。据说在他的提拔问题上温伯贤百般阻挠,反对得最为激烈。

五六年前沈旭东就是领导班子重点栽培的"苗子",有一度他呼声极高,差一点儿当上了副总编。当时他有几个非常有利的条件,首先是他年纪轻,又是在他那个年龄段的人当中任正处时间最长者,而最主要的一条是当时的总编辑刘大中对他极为赏识,一心想用他。

刘大中世代务农,他本人也是到了二十几岁才离开土地。他虽然读了书,当了记者,后来又当了领导,但鲁莽耿直的脾气一点儿没变,而且有极重的乡土观念。沈旭东和他恰好是同乡,两个人的老家只隔着七八里地。"亲不亲故乡人",刘大中处处提携自己的这位小老乡,从沈旭东进报社第一天起就对他另眼相看。沈旭东本来就是个机灵人,自然懂得大树底下好乘凉。面对刘总的厚爱,他马上做出了热情的回应,处处表现出对总编辑的景仰和爱戴,不仅唯马首是瞻,而且对他关心备至,体贴入微。拿报社的人背后议论他的话说他对总编大人那真是比对亲爹还要亲。刘大中有高血压、糖尿病等等慢性病,上班的日子沈旭东每天都会准时提醒他服药。一到召开会议的时候他更是不离左右地侍候,一会儿给总编调话筒,一会儿给总编拍照片，一会儿给总编端茶倒水，忙得不亦乐乎。这些事情本来办公室都有专人负责，办公室主任老马也是一个最爱侍候领导的人，被他这么一插手弄得他们正根儿上的反倒没事情可做了。刘大中是怎么看沈旭东怎么喜欢，就像《红楼梦》里老太太看贾宝玉一样，横看可心，竖看合意，真正是他心尖子上的肉，剩下的其他人，包括领导层的人员也没一个当真入他的眼睛。他用惯了沈旭东，每次出差都要带上他，到后来经常是只带他一个人，连副总编们都统统靠了后。沈旭东也越发地拿出刘总红人的劲头，说话做事都声气很壮，一副说了算的架势。报社不少人看不惯他，但因为有刘大中处处护着他，对他也不得不礼让三分。

刘大中本质上是个粗人，喜欢谁讨厌谁都做在明面上，从不遮遮掩掩，也不怕别人非议。他赏识沈旭东，不管别人怎么说怎么想，有什么好机会都拿出来给他，三年当中连给他提了两级。要不是温伯贤跳出来反对，他还会一手把他提拔成副总编。

当时报社正缺一个抓经营管理的副局级领导，说白了就是坐这个位子的人要有本事给大伙挣上钱来。沈旭东在做记者编辑之外还做过广告、发行和通联，还曾在报社设在广东的发展公司常驻过三年，不管有没有挣到钱、那些钱是不是他一个人挣的，毕竟他有这方面的工作经验，"天时、地利、人和"算是全占了，连他本人都认为这个副总编的位子非自己莫属。可是没想到的是他的大学哥温伯贤公然站出来反对，毫不留情地对他提了一大堆的意见，列举了他在广东公司做砸了的一个个项目，怀疑这里面有出卖报社利益的因素，而且还提供了不少相关的证据。据说他这一手令报社高层十分惊讶，因为从来没有人派他去做过这方面的调查，也没有人知道他是在什么时候通过什么渠道获得的这些证据。但让领导层不敢忽视的是温伯贤搜集到的这些证据与他们所掌握的某些情况竟然十分相符或大致相符，这也就等于在某种程度上证实了他们原先掌握的情况属实或基本属实，也就是说沈旭东确实很有可能利用工作之便为自己谋取了不正当的利益。此外，温伯贤对沈旭东的业务能力也提出了怀疑，直言不讳地批评他采写的稿件平庸，架子搭得很大却说不到点子上，文章条理混乱，文字粗糙，而且说的也都是别的媒体说过的话，缺乏新意。还说他不具备组织大型报道的能力，虽然他手上也出过不少反响不错的重点报道，但那些报道并不是他一人所为，而是全报社总编辑、分管副总编以及采编室人员齐心合力的结果。然而，有两次重大差错恰恰都出在他负责的采编室里，其中一次还是出在他当班期间，这表明他不仅工作能力不够，工作态度和工作作风也是有问题的。除此之外，温伯贤还提到沈旭东有私生活方面的问题，比如他在广东工作期间与某歌厅小姐关系暧昧，还和某发廊老板娘走得很近，他甚至利用手中职权让这位发廊老板娘通过招聘的形式进入公司成为他手下的一名业务人员，后来迫于舆论才将她辞退。此事在当地新闻圈造成了相当不好的影响，一度被盛传某大报发行量在当地首屈一指就是因为大胆启用了"妈咪"作为发行人员,成为兄弟媒体的笑谈。温伯贤认为这件事玷污了报纸良好的声誉,给报社抹了黑,影响恶劣。据此他强调沈旭东这个人不可用,如果提拔这样一个人,一是难以服众,二也难以令人放心。温伯贤提的这些得到了报社领导的呼应,刘大中一人不敌群虎,当然他也不至于肯为小老乡冒犯这一干人,于是沈旭东就被挂了起来。

沈旭东本以为这已经是铁板上钉钉子的事情,刘大中也早就向他打过保票了,没想到一觉睡醒全不是那么回事儿了。他带了重礼去找刘大中,心里打的算盘是盼望他能够力挽狂澜。可是刘大中却不跟他说一句正题,东拉西扯尽说些别的,眉宇之间全是慈爱和抚慰。沈旭东自以为也是很有政治素养的人,懂得刘大中的这套语汇包括他的身体语言,知道这件事至少眼下是没有什么希望了。当然他心里也绝对清楚作为总编辑的刘大中不可能为了他明着去和作为副总编辑的温伯贤敌对,孰轻孰重连他都明白,刘总这样风里来雨里去的老革命更加不会糊涂。

最让沈旭东难堪的还不是他没有当选这件事本身,而是他以为自己稳操胜券早在三两个月之前就自然而然地摆出了副总编的架势,现在忽然生变,他有种一脚踏空的感觉,好像一下子从高处跌落下来,而且摔得还很不轻。

沈旭东向来是个极好面子的人,心里的别扭劲儿可想而知。他很快就得知温伯贤坏他菜的前前后后,心想自己与他往日无怨近日无仇，他为何要在背后下这样的毒手？真应了曹植那句诗"本是同根生，相煎何太急"！他恨透了这位学长，从此见面再也不理睬他。沈旭东本来就是个得理不饶人的厉害角色，又自负地认为自己在报社里是少有的通才，除了得到刘总非同一般的赏识，还仗着老岳父也是个当官的，家里有点儿背景，哪里咽得下这口气？他利用各种正式和非正式的场合，向上级和同事揭露温伯贤的"丑恶嘴脸"。不过因为温伯贤刚升任副总编不久，不在提拔升迁的当口，所以他的重拳出击对他并没有起到多大效果。

　　沈旭东翘首以盼的那个副总编的位子最后让经济新闻采编室主任张帜坐上了。沈旭东认为张帜分明是吃了他嘴里掉下来的肉，纯属意外获利，心里对他也十分气不忿。那一段他莫名其妙地对张帜憋了一肚子的火，看他哪里都不顺眼，对他的态度很冲，摆出一副随时想砸他场子的架势。只要轮到张帜值班，他要不拿些轻飘飘压不住阵脚的稿子出来，要不干脆塞些关系稿，有意让他为难。张帜是个聪明人，知道沈旭东是因为没上有情绪，并不跟他计较，也不跟他一般见识。他本身就是个能写的人，沈旭东不拿出像样的稿子来，他就自己写了悄悄替换上，息事宁人。即使这样，沈旭东在背后也没少说他的闲话。他口口声声称张帜是"那个写经济的"，嘲笑他"做算术比写文章在行"，言下之意是张帜缺乏领导威仪，文章也写得不够水准，反正是不入他的法眼。其时张帜刚刚从采编室主任升到副总编的位置上，的确还没有机会展露一把，而实际上他可不是一个等闲之人。张帜很清楚沈旭东对他不服气，包括沈旭东在背后说他的那些话也早有好事者跑去汇报给了他，但他不动声色，根本不去跟他过招。相反，沈旭东不跟他打招呼不和他说话，他反过来主动跟他打招呼主动和他说话，沈旭东故意为难他，而作为上级领导的他却从来不故意为难他，相反还常常主动伸出援手。张帜做得如此大气，时间久了，沈旭东反倒有点儿不好意思出手了。

　　忽然有一天沈旭东对张帜的态度来了一个一百八十度的大转弯。据知情的人透露是张帜请沈旭东在单位后门街上的广东馆子里喝了一回酒。一顿酒就能把这么一块骨头给泡软了，报社的人都想不出张帜到底使了什么招。他们两个人具体谈了些什么无人知晓，但从此沈旭东再也不在背后说张帜任何坏话了。张帜更绝，人前人后都对沈旭东亲厚有加，和他称兄道弟，谈笑风生，还时常随手塞他条烟，约他一起看球赛，甚至看到精彩的文章也会拿给他看。两个人神奇地结成了同盟，让报社的人觉得很不可思议，但也都承认他们是"双赢"。大家更佩服的是张帜，发现这个貌似文弱的白面书生原来在弄人方面也是有些手段的，显然是对他小看不得。后来张帜果然在报社人气指数一路走高，到刘大中这一届领导班子解体他差一点儿就被提拔成总编辑，只因为出现了一个更加强大的对手徐达他才没有顺顺当当被"扶正"。也就是不过短短一两年的时间，沈旭东和张帜这本来是在同一起跑线上的两个人之间的差距就拉开了。沈旭东当然不会再有什么不服气和不买账的情绪流露出来,相反他识趣得很,对张帜既敬重又维护。他放眼报社领导层,哪一个不是怀揣着自己的小算盘先己后人的?哪一个不是搞自己的小圈子任人唯亲的?相比较之下倒是张帜做得多少还算公平和公正一些,至少大面子上还是过得去的。何况他又待自己不薄,他也就顺水推舟把他当成了靠山,把心里的积怨和愤恨全部对准了温伯贤一个人。不过今天他倒也没有太放开,对一个刚刚死去的人落井下石未免太不厚道了,他不好意思做得太过分。温伯贤是死了,他还要在这里继续做人呢,他不能不考虑自己的形象。但他说的每一句话却比平时更出效果,听得办公室内外的人个个抿嘴而乐。

"你们这帮子人啊,真是太狠了!"沈旭东用吃饭的勺子敲一下桌沿,使劲地板一板面孔,做出夸张的痛心表情。

大家一阵哄笑。

沈旭东即刻收起了痛心疾首的表情,绽放出一个明媚的笑容,十分亲昵地对方文心和罗卫两个人说:"咱们摸上一把?"

那两个说:"三缺一啊!"

沈旭东笑嘻嘻地说:"要找三条腿的蛤蟆没有,找个两条腿的人还难?"

那两个问:"找谁呢?"

沈旭东一句话没说就出了办公室,不一会儿他回来了,身后跟着副总编金候高。

沈旭东略带得意地对他们说:"看看,人给你们找来了!"

方文心朝罗卫做了个鬼脸说:"他真能耐,一找就给我们找一小猫来。"

金候高一本正经地纠正道:"我不是小猫,李明亮才是小猫呢。"

沈旭东斜着眼睛瞥了一眼金候高,弯起嘴角笑道:"您怎么不是小猫呢?不给我们面子是吧——"

金候高马上服软了,做出毫无原则的样子说:"好好好,你们说我是小猫,那我就是小猫吧。"

方文心和罗卫异口同声地说:"狠!"

沈旭东得意扬扬地笑起来。

沈旭东有个特点,就是凡事喜欢和领导在一起,即使是打牌这样的事情也要拽上个把领导,才觉得场面好看。平常他特别在意谁出场了谁没有出场,有事没事都喜欢往领导堆里扎。比如开会、吃饭等等,他都会不请自到地坐到领导席上去,一点儿也不拿自己当外人。不少同事对他这个习惯颇看不惯,没少嘲笑他,甚至嗤之以鼻。他自己却满不当回事儿,也不在乎别人的嘲笑和耻笑。

沈旭东在领导面前和办公室主任老马截然不同。除了对早已经退休的前任总编辑刘大中他前呼后拥,亦步亦趋,对别的领导他并不阿谀奉迎,相反态度自然大方,在他们面前很放得开，该说话说话，该喝酒喝酒，一点儿也不唯唯诺诺，就好像他就是这班人中的一员。不过他分寸还是拿捏得很好的，懂得眉高眼低，知道见风使舵，见人说人话，见鬼说鬼话，而且有本事哄得每个人都很开心。虽然他偶尔也会说几句一般人不敢当着领导随便说的很像是忠言和牢骚的话，让人觉得他铁骨铮铮，光明磊落，敢于仗义执言，但实际上他是拿准了那些话绝不会冒犯和伤害任何人，尤其不会冒犯和伤害官比他大的人的。这点领导们心里同样是有数的，对他也是绝对放心的，因此他们都挺高兴他过去凑趣。所以许多本该是老马侍候的场面就由他代替了。

沈旭东很乐意做这样的事，一到这样的场合他会变得兴奋异常，人就跟上了弦似的，巧舌如簧，伶俐乖巧，能把气氛搞得特别活跃。不但前任总编辑刘大中喜欢他，现任总编辑徐达也一样喜欢他。要是没有他几位领导坐在一起彼此没有话说也是挺尴尬的，而且还显得脱离群众，所以他无形之中在领导和领导之间以及领导和群众之间起到了一个润滑剂的作用。看不惯他的人说他是"沟通报社高层和中下层的桥梁"，他听了哈哈一笑，没有一点儿的不高兴。

刚才金候高在沈旭东去找他的时候正准备在沙发上睡午觉，沈旭东不由分说把他拉起来，要他过去打牌。金候高不太愿意，一脸推诿的表情，却架不住他死拉活拽。金候高是几个副总编当中路数最怪的一个，表面上冷冰冰的，但如果有人主动接近他，他也会非常热情。不过假如就此以为他是个随和好说话的人就又错了,他很可能一转脸又和别人拉开了距离。报社的人都觉得他难以琢磨,平常没事都远着他,他也似乎有点儿落落寡合。不过这会儿他却是满脸笑容地坐到了牌桌边上,等着摸牌。

方文心一边麻利地哗哗洗牌,一边指着沈旭东对金候高开玩笑地挑拨道:"这家伙刚才在这儿夸口,说什么要找三条腿的蛤蟆不好找,找个两条腿人满地都是,要我是您这会儿站起来就走。"

金候高听了,不急不恼,笑眯眯地用一种既像是戏谑别人又像是戏谑自己的口气说道:"我要是真站起来就走,你们又该说我摆领导的架子,不跟群众打成一片。我的确是不想打这把牌的,但我也不能驳你们几位的面子,尤其是不能驳某位同志的面子。我这个人就是太好说话了,从来不摆领导的谱,所以吧,三缺一的时候人家首先想到的总是我。这说明了什么呢?这说明我很平易近人,同时也说明我很和蔼可亲,是不是啊?"

那三个异口同声地说:"当然是啊!"

金候高还是笑眯眯地说:"我看你们一个个精神足足的实在是羡慕得很,知道吗?我可是两天两夜没合眼了!"

沈旭东坏笑道:"您都两天两夜没合眼了,更不在乎这一会儿了。"

方文心关切地问他:"什么事儿让您忙得连觉都不睡了?"

"还不是稿子闹的。"金候高说,"大综述出了问题,临时撤换,让我一时半会哪去抓那么有分量压得住阵脚的?这两天我真是焦虑不堪,头发都白了不少。"

罗卫凑上去说:"所以我们请您打打牌放松一下。"

金候高笑着摆手道:"你们这哪是请我放松,分明是在坑害我!上个星期徐总刚在会上专门强调中午不提倡在办公室打牌,你们这儿就违规操作上了。又赶上这么个日子口,全报社都沉浸在一片哀痛的气氛当中,你们自己娱乐也就罢了,还要硬拽上我,知道不知道这叫拉领导同志下水?"

沈旭东马上接嘴说:"呵呵,现在同志们忙着自己下水还来不及呢,还能想到拉上领导同志,这就很不错啦。"

金候高听得哈哈大笑,说:"这么说我还得倒过头来领你们的情啊。"

沈旭东从方文心手里接过扑克牌,啪地拦腰一切,利落地拍在桌子中央,说道:"老规矩,晚上全聚德,输家埋单!"

四个人兴致勃勃地摸起牌来。

（温伯贤）

没死以前我一直以为死是一件最最利索不过的事，眼睛一闭，心无挂碍，一了百了，自己和世界就两不相关了。到死才知道并不是人一死马上就能彻底画上句号的，和世界也并不是在一两秒钟之内就能彻底结束关系的。

我死的过程倒是简单利索，没费太大工夫，可是死了之后我才想起我走得实在太苍促了，我甚至连必要的准备都没来得及做。老话说"生死不由人"，"阎王让你三更走，谁能留你到五更"，这道理谁不明白？所以我真是追悔莫及，可也是悔之晚矣！

早知这一天会来得这么突然，我的确应该早作打算，至少是把重要的事情提早做了。其实当时不过就是举手之劳，可我一拖再拖，始终没有去做。活着的时候每一天我都是百事缠身忙忙碌碌，而且总有事情做不完要拖下来。现在回头想想真不知道当初都瞎忙些什么了，反倒是把真正应该办的事情给耽搁了。即使我现在想弥补，也已经无能为力。

我真是一个死了也不能瞑目的人啊，我真是一个死了也不能安心的人啊！

我再一次沿着黑暗的街道在如梦如幻的橙黄色路灯光里一步一步走近我们高耸入云的办公大楼。这是我生前工作和战斗的地方，是我最牵挂的地方，在这里我耗去青春，变得两鬓斑白。在这里我一点儿一点儿实现自己的理想和抱负，从一个默默无闻的贫寒青年成为一个高级记者和报社的副总编辑。我在这里付出，在这里得到，甘苦自知。三十六个春夏秋冬，一万三千多个日日夜夜，不论寒暑晨昏，只要有工作，我一定会在第一时间赶到。说句并不算自夸的话，我从来都是把工作放在第一位的，而且我也真正做到了"生命不息，工作不止"。

现在办公大楼离我既远又近，不时被浓厚的白雾遮掩，在我的眼前若隐若现。我仿佛行走在梦境里，四周的景物既熟悉又陌生，我需要凭借顽强的毅力才不至于迷失方向。我的身体越来越轻，就像是一段被虫子蛀空或者被岁月腐蚀的木头，轻轻一碰就会变成粉末，一阵风就有可能把我吹散。我找不到电梯所在的位置，我只好顺着天梯一样高不可攀的楼梯拾级而上，每一步都像是迈向云端。浮云就在我四周伸手可及的地方飘荡，我的身体也变得如同云絮一般飘飘忽忽。我从来没有这样轻盈过，除了心头仅有的一点儿还有事情没有妥善处理的重压之外，我感觉不到自身的一点儿重量。

我快步走向我的办公室。即使浓雾障眼，我在这座迷宫一般的办公楼里也没有走错方向。

我抬起手刚要推门，门自动就开了。办公室里空无一人，我看到我的办公桌还保持着我离开时的样子，只是桌面上落了一层细密的灰尘。摆放在窗台上的绿萝和巴西木都很干了，叶片耷拉着，无精打采的样子。我知道它们需要浇水，可是对不起，现在我真的是无能为力。我有比这要紧得多的事情，我真的是心急如焚啊。

我把目光投向办公桌抽屉,桌面马上就透明起来。我一眼看到了我放在抽屉里的那些钱仍然整齐地码放着,安然无恙。我的心略略松了一下,又马上紧了起来。

想起来我真恨自己啊,我早就答应了把这些钱给我的两个弟弟,他们也正等着这笔钱翻盖房子,可是我因为忙开会忙稿子忙七七八八的事情迟迟没有寄出去,他们当然也就迟迟没有收到这笔可以使他们的生活发生巨大改观,可以让他们的生活更上一层楼的款子。我耽搁得太久太久了,我把这么重要的一件事都耽误了!我那两个土生土长活了半辈子还从来没有离开过老家的兄弟,他们甚至连火车都没坐过,他们都是老实巴交的农民,吃苦耐劳,忍辱负重,是整个中国农民的缩影,可是靠着他们我的老母亲过的日子让我想起来就心酸得要落泪!他们住的房子低矮破旧,就像一个风烛残年的老人那样衰败和老迈。以前我从来不知道房屋也是会老的,也会有迟暮之年。我真担心那座本来就不太结实的房子会在某一个风雨之夜突然倒塌,这个担心让我心里失去了安宁。所以,即使是为我母亲,我也要资助他们把房子好好翻修一下。毕竟我娘已经八十三岁了,她苦了一辈子,养育我们弟兄三人,吃糠咽菜,把我们拉扯大。我从心底里希望她老人家的晚年能够过得好一点儿。

这些钱秀珍是不知道的。我不能让她知道,假如让她知道了我有个人小金库的话,那我们的架就吵不清了。对我自己的小家庭我其实是看得很淡的，一切都交给秀珍做主，只要她不啰唆就行了。但是我娘我不能不管，还有，我两个在农村的弟弟和他们两家人的生活我也不能不管。我是家中长子，我有责任照顾好家里的人。而秀珍是理解不了这点的，她理解不了一个从农村出来的人的乡土观念，她也理解不了一个男人对家庭对亲人的责任感。虽然她也受过高等教育，也有高级职称，但其实她是一个智商和情商都非常低的人。就她的认识水准来说，她真的和那些没上过什么学也没什么追求每天热衷于到市场上去买便宜菜的家庭妇女没什么两样。我真不是看不起这样的人，但要让我对她们满怀敬意我也的确很难做到。要说我跟秀珍真是没有多少共同语言，尽管在别人眼里我们俩在同一个大单位上班，都是知识分子，算是才貌相当，但我清楚我们之间的差距有多大。我算是看开了，也许夫妻就是这个样子的。年纪轻刚看对眼儿那会儿两个人无论说什么都是甜言蜜语，十几几十年过下来，两口子就像左手握右手，还能有多大滋味？说心里话，我对秀珍的要求很低，只要不吵不闹，就算生活幸福。为了家庭的和睦，每个月的工资和奖金我都如数交给她，我想她也不该有什么不知足的了吧？我自己的日常花销都是些额外的所得。也只有额外的收入我才有可能悄悄地留下来，去贴补我那个在山村里的贫困的大家庭。

我伸出食指像翻动一本字典一样快速地翻动着那一叠叠捆扎得整整齐齐的钞票。它们每一张都是连号的，一张与一张紧密相连，就像是一个一员不缺的方阵。这些钱直接从银行提出来就发到了我的手里，它们从来没有在市面上流通过，从来没有被使用过，也从来没有被不干净的手触摸过，它们就像处女一般纯洁无瑕。遗憾的是这些钞票没来得及被送到真正需要它们的人手中，还没来得及创造幸福，当然也没来得及衍生罪恶。

不管怎么说现在我只能看看它们了，它们再好，再令人心动，对于我却已经没有任何意义。毕竟我与这个世界已经两不相干了，我与这些散发着新鲜纯洁的气味的崭新的钞票当然也就两不相干了。

张帜从机场回到家已经是傍晚时分。他刚打开防盗门老婆听见声音就从里面迎了出来。她腰里扎着围裙，脸上笑盈盈的，伸手去提张帜放在门口的箱子，但箱子太沉，她一下子没有提起来。张帜看到她弯腰时一截粉白的纤腰从衬衣和裙子的连接处露了出来，忍不住伸手摸了一下。老婆飞快地一躲，机警地探头往电梯方向张望。张帜知道她是怕司机跟上来看见，凑到她耳边悄悄地说："在楼下我就打发他走了。"

他搂住老婆，就势在她面颊上亲了一口。老婆一边推他的胳膊一边低声说："那还有邻居呢，你也不注意点儿影响。"

张帜干脆把老婆一把抱住，说："我们是领了执照的，我怕什么？害怕就不当共产党员了！"

两个人笑闹着进了家，关了门直接上了床。和老婆热情似火地缠绵过后，吃了晚饭，张帜觉得没啥可做的，就想去办公室一趟。

老婆不太愿意他出去，说："你还不累啊？都什么点儿了，明天去不行吗？"

张帜说："出去了这么多天，我怕班上会有事情，去看一眼放心。"

老婆说："你这会儿去跟明天去有什么差别？真弄不懂你是怎么想的。"

张帜口气柔和地说："我去一下就回来，你先睡吧。"

老婆嘟囔着说："你不回来我睡不着！"

成人游戏 45

张帜笑说:"你啥意思嘛?那你就等着我回来再——"

老婆娇媚地斜他一眼,回他说:"那你还是晚点儿回来好啦!"

两人都扑哧笑了。

张帜先去了值班室。他看了看新贴出来的排班表,明天就轮到他值班,心想这一趟还真是来对了,否则连明天是自己的班都不知道。他想这班排得还真够精确的,居然连倒时差的工夫都不给他留,万一航班晚点或者延误自己还赶不上来上这个班,真不知道排班的人是怎么想的。他把排班表往前翻了翻,惊讶地发现他去美国这段时间竟然全都照常不误地给他排上了,只不过每个班次后面注明了替班者的名字。他不看还好,一看心头极不舒服。他觉得这背后的潜台词分明是说你去美国逍遥了,我们这么多人在替你顶班。张帜心想自己去美国是出差考察,并不是游山玩水。就是自己真的是去游山玩水,也不能这么不给面子吧?

他不知道这班是谁排的,心里马上想到李明亮,这种事情很像是他干的,也最有可能是他干的。

张帜一回来就碰到这么一档子事,虽说不过是鸡毛蒜皮,想想还是觉得堵心。

他又翻了翻他不在这些天出的报纸,内容跟以往没多大区别,连版式都差不多,透着千篇一律的稳当劲儿。他想这是典型的徐达的风格,以稳求胜,一成不变,连报纸都能办得这么如出一辙。

张帜看了一圈，甚觉无聊，心想真不如听老婆的话不来这一趟呢。他想吸支烟就回去，一摸口袋烟盒空了，便上楼去自己办公室取烟。

他掏出钥匙正准备开门，发现门是虚掩的。他推门进去，看见温伯贤在里面，正端坐在办公桌前忙着什么。

张帜跟他打招呼，说："这么晚了，还没回去啊？"

温伯贤似乎吓了一跳。他马上站起来，热情地跟张帜握手，一边问他："去美国这一趟怎么样？走了几个城市？是不是收获很大？"

张帜没顾上回答他这些问题，忙不迭地感谢他这段时间替自己值班发稿。他客气地说："本来工作就忙，还给你们添出这么些额外的负担。"

温伯贤也同样客气地说："这是哪儿的话？都是工作，也不是你个人的事儿。再说就是你个人的事儿，我也乐意帮这个忙的。"

张帜听他这么说，心里挺温暖的，刚才的不快也淡了许多。他说："我给你带了一些西洋参和深海鱼油回来，我知道也没什么大意思，不过看大家都买，也跟着买了一些，算是一点儿心意吧。要知道你还没走刚才我就应该拿过来了。"

温伯贤微笑着说："你太客气了，我们两个何必见外？"

张帜说："我真不是客气，我老婆总埋怨我这个人死性，跟上级跟同事都不走动。其实我也不是像别人说的什么清高啊骄傲啊，我就是觉得不好意思。我知道我这个人性格有点儿问题，太内向了，要不是熟到那个份儿上，要我跟别人近一点儿困难着呢。"

温伯贤说："所以我觉得你这个人正派，也觉得和你特别说得来。"

张帜笑着说："也是缘分吧，咱俩一个办公室。"

温伯贤说："是啊，要说报社的办公室用房也没紧张到这个地步，只要把阅览室边上那间库房腾一腾，五个副主任一人一间完全没有问题，可是人家徐达干吗？这样一来徐达不就跟咱们一个待遇了吗？那还怎么体现得出他这个正头儿来呢？"还没等张帜回应，他又接着说下去，"嘿嘿，你别看徐达年纪不大，表面上一副坦荡明朗的样子，其实城府深着呢！我早就看出来他的水不知比我们这几个给他当副手的深多少，所以人家是正的，咱们个个替他打下手呢，要我说一点儿也不冤枉！有人爱在背后说徐达是赶上了提拔年轻干部的好时机，完全是机遇好，我可不这么看。要我说就是没这个茬儿到点儿人家照样能坐上这个位子，你说我说得对不对？不信你放眼看去，我们这么大一个部门，五六百号人，撇开你我先不说，一个一个比过去，你看有哪一个真弄得过徐达的？都说我们这个单位人才辈出，是个藏龙卧虎之地，这话不错，我们有业务精的，也有人际上头有一套的，但严格说，徐达是这两手都很过得硬。

所以也不要老说人家是赶上了好机会，是运气好，说到底我看还在于人家有本事。就我对他的了解——好些事情我也不在这儿跟你细说了，反正这个人是真不简单！用句老百姓的话来说，徐达这个人是清水河子浑水河子都趟，荤的素的全吃。他城府很深，人又圆滑，而且狠得下心，下得去手，所以他能做别人做不到的事情。我们这些人可都不是他的对手。"

张帜头一次听温伯贤如此直率地评点一把手徐达，虽然并不都是贬义，但话里锋芒毕露，他真有点儿不知所措。平常温伯贤对徐达可以说是步步紧跟，徐达说一他绝不会说二，说什么都是一口一个"徐总说"，或者是"领导说"。张帜知道报社不少人都讨厌他这副样子，而他好像丝毫也不在乎，眼睛从来就是往上看的，永远只盯着领导的脸色。徐达不过是略表一点儿意思，他总是马上得风便是雨，一边起劲地吆喝，一边积极地付诸行动。比如有一阵报社强调抓上班纪律，徐达不过是照本宣科，因为是兄弟部门的倡议，又是上面贯彻下来的精神，不走一遍过场肯定不行，但实际上也就是走走过场而已，明摆着遭人骂的事情他原则上是不做的，迫不得已做也是极为谨慎。而温伯贤却没有这些顾忌，他立马拟出了"迟到早退一分钟扣奖金一元"，"旷工三日扣光当月奖金"等等的实施细则，甚至还真去买来了打卡机，支在楼道口，让报社不管干什么的上班下班都到机器上过一遍，到月底还有专人进行统计和扣钱，弄得下面一片怨骂之声。再比如徐达在业务例会上提出降低稿件的差错率,这也是每过一段时间就要强调一遍的老生常谈,温伯贤紧接着就提出了"消灭差错"的口号,并且同样制定了若干细则,例如"成品稿件中发现错别字一个字扣一元","技术性错误每处扣十元","事实性错误每处扣五十到一百元","政治性错误及重大政治性错误扣当月奖金并酌情查处",等等等等。当大家拿到印发下来的《细则》,都是一边读一边骂。张帜觉得温伯贤实在没必要这么做,你签发你的稿子就行了,何苦招揽那些吃力不讨好的事情?再说上头还有李明亮和金候高,即使有得罪人的事情非得有人替徐达出面也由他们两个去出面,实在没必要操这份闲心。他想不明白温伯贤这样卖力到底图什么,毕竟已经五十八了,过两年就到点退休了,该得的也都得了,再想往上迈一个台阶显然是不可能了。而眼下报纸的境况还不错,发行量稳定,广告充足,每月工资奖金不少挣,吃的喝的用的不少发,工会还隔三岔五找出由头组织大家去度假和旅游,方方面面待遇都很好,真出了什么事情有徐达顶着,安安生生当个副总编有多好,何必拿着鸡毛当令箭搅得鸡犬不宁招人恨呢?有好几次张帜都想旁敲侧击给他提个醒儿,不过也实在觉得自己跟他的交情不到那个份儿上,也怕自己说了他未必听得进去,又怕他想多了,所以也就没有说。

温伯贤今天十分主动地跟他推心置腹,让他觉得很意外,也觉得很反常。

温伯贤非常诚恳地对他说:"你知道我这个人不爱背后去

议论别人，不过我看李明亮和金候高都是花架子，爱耍场面，好大喜功，弄那些花花草草红红绿绿的事情都很在行，要他们真刀真枪地上阵就不一定顶劲儿了。我想徐达心里也是明白的，当然他也需要他们替他摇旗呐喊。徐达年纪轻，有想法嘛好理解。他当然想往上奔啦，奔得上奔不上我们暂且不说，到了这个层次你也知道靠的不光是才能，也不是所谓的业绩，能不能再登高一步取决于方方面面的因素，光凭自己的努力显然是不够的。有时候很可能就是某一个因素偏偏决定了一个人的命运，比如某领导想到了你，或者是某要人替你说了一句话。不过话又说回来，谋事在人，成事在天，徐达也不会等着天上掉馅饼的。他既有这么一份上进的心，他就需要有人帮他张罗，需要有人帮他吆喝。他把那两个人收在手里，当作左膀右臂，我看也算是将就人才用吧。要说业务水平，我看他们两个是半斤八两，都没有多高的水平。你就看评稿和报选题时，那两位就跟蚊子撞到蜘蛛网粘那儿了，一点儿也没有平常那股子利落和活跃的劲头了。李明亮比金候高还稍许要好一点儿，不过他话虽多很少有真正能说到点子上的，还一副狂妄自大的样子，其实徐达也未必是真待见他。我这么说还真不是因为他们两个排名在我前面我不服气啦计较啦吃醋啦什么的，我真没那意思。薛恩义的业务水平平心而论也就是那个样子，毕竟人家不是科班出身嘛，但我看他人还不错，算是个实在人吧。我倒也不是因为他和你关系比较近在你面前这样说，不过要说你的这位哥们儿可不是那两位的对手，更不必说是徐达的对手了。再说他年纪也略微偏大了一点儿，再往上走一步可能性极少。所以说，我心里其实真正看好的是你……"

张帜赶紧打断他说："不敢当，不敢当！"

温伯贤说："你听我把话讲完。你这个人非常正，而且很有才华，从内心里说我真是非常欣赏你。平常当然也不大有机会对你说这样的话，别看我们差不多每天见面，像我们今天这样说话好像还是第一次吧？我知道你业务能力和业务水平那是没得说的，有目共睹，尤其是你对经济形势和经济问题的分析和报道，我们这里更是无人能及。你的文章写得也是少有的漂亮，这一点我个人是非常服气的，我知道我自己即使再努力再使劲也达不到你那个水准。"

张帜听了有些不自在，又想打断，温伯贤抬起一只手阻止他，继续说道："尽管我也清楚当官主要还不是靠这些，可没有这一手也是不行的啊。我们说重在管理，当领导的不一定个个都是行家里手，但全用外行来领导内行恐怕也不行吧？再说了，除了新闻业务，经营管理你也擅长，要我说这方面报社也是无人能及。从年龄上说，你比徐达还年轻几岁吧？尽管平常大家'老张老张'这么叫你，你可是风华正茂啊！在我看来你是前途无量，要说也就是你和徐达还是有一拼的。"

张帜心里呼地一下子热了起来，不过他仍然十分谦虚地说："我哪儿能和徐达比！"

"没这话,"温伯贤扬了一下手说,"就看怎么个比法了!当然现在徐达比你官高一级,但你的机会仍然是有的。我想你不会不知道,当初在上他还是上你这个问题上争议是相当大的。你应该也是有所耳闻的吧?恐怕你比我知道得还清楚呢。现在有什么消息是真能够保得住密的?我不知道你有没有考虑过为什么最后的结局是这样?当然了,你提副局的时间确实是太短了点儿,这不过是一个明面上的理由,有些因素是可以变通的这你也知道。就我的分析,还有更深层次的原因,我这是一家之言噢,人家说'旁观者清',我在这儿瞎说啊你别往心里去,要我说就是你这人太文气了些,太清高了些,太讲规则了些。规则是什么?规则是上面定出来让下面的人执行和服从的,是治人的,你自己要是也当真老老实实地去执行和服从,要我说那可就拘泥了,也是不对的,那不成作茧自缚了吗?原先我也不太懂这个道理,什么事情都认真得很,经常是一条道走到黑,不知道拐弯。后来我总算悟出来了,明白了当官的人是不能太斯文的,更不能心软。我早看出你不喜欢惹事儿,总是躲是非远远的,这既对也不对。你不面对是非不找出几件事狠狠下手整治一番怎么能让别人认识到你的能力和魄力呢?再说光你不惹人也不行啊,你想你是一个领导干部,也就是说你是一个当官的,不再是一个普通的编辑记者,你的工作是领导和管理他们,所以你必须要镇得住他们。我一直想劝你一句,既然涉足官场,想的做的就不应该是单纯的写稿编稿。不是我倚老卖老,到我这个年纪，我总算看清楚当官是需要在运动中求平衡的。你想我们以前有那么多的政治运动，整来整去，让谁都不得消停，说穿了就是这个道理。以前读《红楼梦》，记得好像是王熙凤就说过：是凡家庭里的事，不是东风压倒西风，就是西风压倒东风。单位和家庭其实是差不多的，如果你不去压倒他们，他们就要来压你一头，所以你不狠一点儿，不放出手段来还真不行！要我说有的时候不是没事就好，而是有点儿事才好，有事你才好下手呀，你治理他们，剃他们的头，摆平他们，当然也别忘了打一下揉三揉，批评和教诲并举，收拾完了再给他们一点儿甜头尝尝。这样就有机会让他们知道你的厉害，也有机会让他们念你的好，领你的情，感你的恩——这就叫作恩威并施。你光跟他们客气是不行的，他们不知道你的厉害就会蹬鼻子上脸。我听说当初我们几个分工时让你分管财务和经营你还有点儿不太乐意，你希望由你来主抓业务，其实要我说你现在这样多好啊，除了徐达就是你有签单权，全报社就是你们两支笔！花钱请个客当然还算不得什么，逢年过节跟上面还有和别的部门之间来往走动送这送那都是由你出头露面，你上上下下人头都熟，这对你的仕途也是有利的啊！现在谁不明白强有力的社会关系就是资源，就是发展和进步的资本。说句实实在在的话，假如你没有上层的关系，光靠自己在这儿强努，再兢兢业业，再呕心沥血，估计抡圆了也不容易坐上更高的位子。所以你想抓业务，业务算个屁啊！这个观念一定要变一变，我劝你应该把眼光放得更开一些。"

张帜心服口服地点头说:"你说得很对,这两年我确实想明白了不少。我现在也觉得我干着的这份挺好的。"

温伯贤说:"不过有句话我倒是想奉劝你,咱们自己的小账本我不清楚徐达是怎么让你做的,反正不管怎样这个账目一定要清楚,至少也要弄得大体上说得过去。但凡有明文规定的就要按明文规定去办,没有明文规定的要尽可能想办法往规定上面靠,总之是不能有太大太明显的漏洞——你明白我说的什么意思吧?万一查起来,总归不能有太大太明显的把柄让人抓到。"

温伯贤那种特别知心的眼神让张帜心跳加速,脸不由自主地微微有点儿发烫,后脖颈也冒出汗来。张帜一直以为那个小账本只有徐达和他两个人经手,别人都不太知道,即便是略知一二也会装作不知道。那账本上面的确记着许多见不得光的账目,被温伯贤这么直截了当地一提,他心里立刻隐隐地不安起来。

不过在温伯贤面前他还是挺理直气壮地说:"这账会有什么事?在你面前我也不说冠冕堂皇的话,这是徐达亲自办的事情,他总不会给自己留下后患吧?这些钱的确是该上交的,但是也没装进谁个人的口袋里。尽管严格地说用得并不合法,但也都是用在非用不可的地方,上面其实也不是不清楚。再说,有些钱是送到……你想想吧,这些人是谁可以随便惹的吗?能有谁来查这本账呀?"

温伯贤非常诚恳地说:"我长你十来岁,算是个老大哥,今天既然话赶话说到这个份儿上了,我给你提这么个醒儿,不管怎么说这账本是经你的手的,没事当然最好,有事你得防着别跟着沾包。"

张帜觉得他的确说得有理,点头道:"我知道。"

温伯贤微微一笑说:"我就这么一说,你就这么一听,算是有备无患吧。"

张帜十分由衷地说:"太谢谢你了!"

张帜准备回家,温伯贤说自己还有点儿事情没忙完,让他先走。张帜离开办公室,一个人走在长长的楼道里,一句一句反刍一般回味着刚才温伯贤说的那些话。那些话似乎很有道理,可是他心里却模模糊糊地有一种异样的感觉。他觉得今天的温伯贤和他平常很不一样,变得出奇地与人为善,完全像换了一个人似的。他第一次发现原来温伯贤还是一个挺有真心的人,可是这个真心背后又隐含着某种警示和威胁,让他隐隐约约感到不祥和不安,总觉得好像要出什么事情,或者是什么要紧的事情没有做好。他莫名其妙地有些心慌。他想自己出去了二十来天,对报社这些天发生的事情一点儿也不知道,明天见到薛恩义一定要问问他,温伯贤说这些到底是什么意思就清楚了。

张帜低着头往前走,经过会议室门口时一眼瞥见评报栏里贴着一张加了黑框的白纸。完全是出于下意识,他停下来看了一眼。他看清楚那是一张讣告,上面方方正正印着"温伯贤"三个字,他差一点儿失声惊叫起来。

"我真是见鬼了！"张帜慌乱之下退回去细读讣告。他看到讣告上写着温伯贤的头衔和对他的评价："副总编辑"、"高级记者"、"优秀共产党员"、"优秀的新闻工作者"等长长的一串。他几乎把眼镜都贴了上去，心头却迷糊起来，就像在梦里一样有一种真假莫辨的感觉。

张帜不相信这是真的。他迈着一种类似失重的步子走下楼去，走进被一排排日光灯照得一片雪亮的值班室，好像随时都会栽倒下去。

在值班室门口他拉住一个正往洗手间疾走的当班编辑，颤抖着嘴唇问他："老温是怎么回事儿啊？"说完他才意识到自己说得有点儿词不达意。

小编辑愣了一下，对他露齿一笑，非常平淡地回答说："他死了，突发心脏病。"

张帜追问道："他真的……不在啦？"

小编辑向上翻着眼睛看一眼这位面色苍白的副总编，回答说："是啊，您不知道？"

（马雅）

　　从树叶上滴下的雨点把操场上的沙土打成一个一个的窟窿，那些雨珠一下子就失去了它们的晶莹和光泽。它们钻进土里，和泥沙融为一体。当它们再从土里流出来，已经变得混浊不堪，面目全非，完全没有了原先的样子。原来凡事都是脆弱的，雨点是脆弱的，泥沙是脆弱的，人的生命更是脆弱无比。

　　自从听到你的死讯，我就不再相信这个世界是安稳和可靠的，我也不再相信这个世界上有什么恒定的和亘古不变的事物。你走了，我的世界也跟着坍塌和崩溃了。我的心成了碎片成了粉末，我成了一个没有灵魂的空壳。

　　我一直站在这里，久久地久久地站在这里。没有目的，没有希望，不知所措。我一个人孤零零地站在这里，就好像孤独地站在广袤无边的世界上。真的，我非常孤单。这个世界上没有了你，我的心再也找不到那个温暖的港湾。

　　我不知道雨是什么时候下的，也不知道雨是什么时候停的，我已经丧失了对周围事物的感知，也丧失了对时间的感觉。我站在凉风里，我自己就是凉风，我站在冷雨里，我自己就是冷雨。你不在了，我愿意我也和你一起随风飘散。

　　许多次你和我说起你对我最初的记忆，每次听你说起，我的心里总是充满了甜蜜和喜悦。没有人知道你给我的幸福是一份怎么样的幸福，假如这份幸福会发光的话，我们的昼夜都是明亮的，假如这份幸福需要用什么换取的话，我宁可用我一生的辛苦付出去换取。

你深刻地、全面地改变了我,你让我懂得了人生,懂得了爱,懂得了世界。你让我真真实实、真真切切地拥有了一个华美的女性生命,为此我深深地、由衷地感谢你!

我是带着重重的一份爱一点儿一点儿走向你的。我对你的爱并不是在顷刻之间突然产生的福至心灵般的冲动,而是像秋天的落叶一样在胸中一片一片、一层一层地集聚起来的。因为有这样一份爱,我的心就像成熟的果实那样沉甸甸的,也像成熟的果实那样饱含汁液。我丝毫也不明白我的心怎么会在那一个瞬间突然打开,或许正是爱的压力让这颗熟透的果子芳香四溢。而你带来的那道金灿灿的阳光就在这个时候温暖而明亮地照在了我的心上。

在别人的眼里也许我是个有点儿孤僻的离群索居的女孩儿,其实我对生活始终抱有相当大的热情。我是一个热爱生活的人,也是一个懂得生活的人。因为某个不便言说的机会,我早早地步入了成人世界。我的身体和心灵都比同龄的人更加早熟,成人世界里的一切对于我并不陌生,也并不生疏。我过早地体会到了欲望带来的无奈的焦灼和满足之后的幸福,我过早地落入了欲望的陷阱。而且我以自己切身的感受知道,心灵越是苦苦挣扎,身心越是背道而驰,在欲望面前也会更加的无可奈何。我曾经多么渴望成为一个高尚的人,一个纯洁的人,但我找不到拯救自己的方法。我成了自己的敌人。我在矛盾和苦恼中度过了漫长的青春期，我被我自己的欲望奴役，我是我自己的奴隶。我的身边从来没有一个真正懂得和了解我的人，我也从来没有成为哪一个人真正关心的对象，同样，我也从来没有关心过身边的任何一个人。

直到有一天我认为自己长大成人，我对此才有了另一种完全不同的看法。在我看来一个人拥有欲望并不能说是坏事，或许还应该说是一件相当不错的事，因为欲望本身就是动力和能量，如果没有欲望，很容易对一切丧失兴趣。而且随着年龄的增大，我对好与坏的看法也不像年幼时那么简单和绝对。相反，我认为好与坏经常是边界模糊，很难断定，而且并不见得有什么清晰明确的标准来判断。我学会了不管什么事情都放在人生这个天平上加以衡量，我发现许多原本我以为很重的事情其实无足轻重，不值一提；而有些原本我以为微不足道的事情实际上却恰恰意蕴深厚，值得珍视。

我艰难地学习生活，同时也学习正视生活。现在我可以坦然地说我是一个经历还算得上丰富的人。我对生活有我自己的理解和把握。我自己积累，自己甄别，自己选择，不人云亦云。我一点儿一点儿学会了做自己的主人。

对我来说，男人无疑是我的教科书。我从和男人的交往中学会和世界保持恰当的接触和距离，我从来不离他们太近，也不离他们太远。说实话，无论对世界还是对男人我都心存恐惧，也缺乏信赖。有时候我真的希望自己软弱一点儿、糊涂一点儿，软弱到任何一个声音都可以召唤我，糊涂到可以扎进任何一个男人的怀抱。可是我做不到，我的心被看不见的枷锁囚禁，我被封锁在自己四壁坚固的堡垒里。我不知道我是太清醒还是太麻木，我无法彻彻底底地把自己交给一个男人，我无法倾心给予，因此我选择了远离婚嫁。

当然这也可以看作是一种迫不得已的选择。不过结不结婚对我来说是无所谓的。在我三十二年的人生里，我所经历过的也许比某些女人一生经历过的还多还丰富，但我知道这不算什么。我的遗憾是我从来没有经历过一次真正的爱情，这是我人生中最大的缺憾。能够体会一下爱情对于我实在是太重要了，我曾经对爱情充满了憧憬，我幻想过有一个伟岸俊拔的男人向我走来，他把他重重的感情交到我手里，而我给予他我所有的真诚和温柔；我也幻想过我向那个男人走去，我用我的真心去打动他，而他珍视我如同他的生命一样。对这样一位心心相印的爱人我会爱他到永远，我会无微不至地关心他、呵护他，我会为他奉献自己的一切。我愿意成为他背后的女人，全心全意，无怨无悔。我在心里一直渴望和一个男人建立起一种理想中的美妙、亲切、信任、和谐的关系，他是我的一切，而我们两个人就是一个世界。我想这就是爱情吧，这也是我对爱情简单而固执的向往。也许正因为简单而固执，我竟然在很长很长的时间里找不到心仪的对象。我没有爱恋的人，我找不到一个值得我爱恋的人。一个女人没有爱恋的人是多么的孤寂啊。我一直在等待，耐心地等待……我等待得太久太久。

现在我可以告诉你，当我感觉到你正在一点儿一点儿地走近我时，我曾经是怎样地激动和心怀忐忑，我真的非常害怕这个向我走来的充满才干、气宇轩昂的人只是一个男人却不是一个爱人。那个时候我是多么的幼稚，我认定你首先应该是我的朋友，我的最最知心的朋友，我的爱人，然后我才能接受你是一个男人。我真的是太傻了，傻到差一点儿和我的爱情失之交臂！

现在我可以对你承认，女人的心敏感而脆弱，尤其是在爱情面前，永远是患得患失，而且智商低下。因为你，我第一次离爱情这么近，我看见了它绚丽的颜色，我感到了它滚烫的热度，而在这之前我从来不知道爱情原来是这样的。

我的爱情完美而易碎，就像一只精美的玻璃杯。是你，在这只玻璃杯里灌上了最最清澈甘甜的泉水。有了你，我一点儿也不遗憾自己终身不嫁。当有一天我进入垂暮之年，我仍然可以自豪地对我的晚辈说："我的杯子曾经装得满满的！"我想那个时候我心里一定会充满了喜悦和幸福。

我知道周围的人对我们的关系很有看法，甚至很有非议，你总是提醒我注意影响，不要把私人的感情带到工作当中，你自己也是十分当心。我理解你的苦心，我当然会听你的。可是亲爱的，实际上不管我们怎样小心谨慎，也不可能躲过所有人的目光。要我说当初我们还不如坦坦荡荡的，让别人说去。我最大的遗憾就是我们在一起的时间太少了，你给我的时间太少了。我从来没对你说过，每次你走后我是多么的空虚和凄冷，我是多么地盼望你能留下来，和我在一起。我多么地希望你留在我的生活里，每天夜晚和你一起入睡，每天早晨睁开眼就能看见你——然而如今这成了永远不可能实现的心愿！我们再也不会有这一天了。

亲爱的，在得知你去世的那个瞬间我没有当众哭泣，我没有让外人看见我的眼泪和悲伤。我成功地控制了自己，我想你一定会替我高兴的，因为我做到了你所希望和要求的。我真的很感激你在生命的最后时刻还来和我道别。

我爱你。尽管你活着的时候我极少这样对你说。我不说并不是我不想说，而是因为你不对我说这样的话。我总想等着你先说，我总是不自觉地在心里衡量着你对我的感情，你对我的爱，我总是希望你能多给我一点儿，再多一点儿。我以为自己并不是一个索求很多的人，但是爱情让我变得斤斤计较。可是我对你的爱是真心的，也是无私的，我相信你明白我的心。

而你却匆匆走了，消失得无影无踪。没有了你，这座城市在我心里顿时就空了。到现在我才明白，有时候一个人和这个世界的联系仅仅是因为另一个人，他热爱这个世界也仅仅是因为这个世界上有一个他所热爱的人。你离去了，这个世界在我的心里冷却了，变成了灰烬。现在对我来说一切都失去了意义。

想到你永无归日，只能眼含泪水。

车到的时候徐达已经在宾馆大堂里等候了。他亲自上前拉开车门,双手紧紧握住高秀珍的双手,两道眼泪无声地流了下来。

就像被诱发一样,高秀珍马上伏在徐达的手臂上痛哭失声。她身体剧烈地颤抖着,五官因为过度的悲痛扭曲得相当厉害。她伸出一只戴着金戒指的手捂住了自己苍老的脸,泪水从她的指缝里流了出来。她的身子失去重心一般向前俯去,脚步趔趄。她把徐达的手抓得紧紧的,就像抓着自己仅有的依靠。

徐达以一种端凝的风度体贴地护卫着这位悲痛欲绝的大姐。他在流过两行眼泪之后耐心地等待着高秀珍爆发的悲痛慢慢平息。高秀珍在几度剧烈的抽泣之后就控制住了自己的感情,很快平静了下来。徐达搀扶着她,两个人手挽着手进了宾馆。紧跟在他们后面的是担任着常务副总编工作但并无此名分的副总编李明亮,分管行政的副总编薛恩义和办公室主任老马,还有三四位处一级的主任、副主任,都是挑选出来的身强力壮的小伙子,肩负着救护和解围的重任。

然而高秀珍并没有因为过度的悲伤而失态,相反她相当克制。她跟着徐达进入饭店的套间,在进门的时候两个人还彼此谦让了一番,在徐达的坚持下她才微低着头谦逊地走在前面。

"您需不需要先休息一下?我已经安排了我们两位女同事照顾您。"徐达满怀关切地对高秀珍说,声音里充满了对一个未亡人的亲切的抚慰。

"我不要休息,我根本就睡不着。平常也睡不着,现在就更加睡不着了。我知道您很忙，出了这样的事情，又让您额外地……"高秀珍用纸巾擦去眼角上残留的眼泪，人很正常的样子。这使她刚才的痛不欲生显得有点儿夸张和不真实，就像是一场表演。

"请您节哀，多多保重。"徐达用诚恳而庄重的语调礼貌地说。

"我没什么，我挺好的，真的真的，您放心吧我没什么。"高秀珍忽然神情又有几分凄然，她带点自艾自怜地说，"我自己真的是很无所谓，跟您说句心里话，其实他在不在对于我没有多大的区别。"

徐达不由一怔，心里感到莫大的震动。他知道高秀珍说的是真话，尽管这种话是不应该随便说出来的。他觉得她这么说很突兀，也很不得体，但心里却很同情她。他马上联想到自己，感触良多，心头涌过一阵悲凉。他赶紧平静了内心，把注意力转回到高秀珍身上。

他看高秀珍情绪还算比较稳定，便对她说："今天把您请过来主要有两件事想和您商量。第一件事，不知道伯贤同志身前对葬礼有没有什么具体的要求，或者你们家属对此有没有什么特别的要求，如果有就请提出来。另一件事，家里有没有什么特殊困难需要我们组织出面帮助解决的，也请一起提出来。"

"伯贤走得这么突然，恐怕他自己也是万万想不到！"高秀珍止住的眼泪又一次流了下来，不过她哽咽了几声就停住了。她把纸巾按在脸上，抹干了眼泪，镇静下来。她直来直去地说，

"伯贤没有跟我说过他死了要怎么办,他从来没有交代过我这个事。他这个人呀,活得兴兴头头的,好像从来就没有想到过会死。平时我怎么关照他要当心身体,他一句也听不进去。冬天那么冷的天气,他就羊毛衫外面披一件单外套,要不就是西装外面披一件薄大衣,连棉衣都不肯穿,还把自己当小伙子呢!不过他身体倒还真是挺好的,连加两三个夜班睡上半天就过来了,而且他躺下就能睡着,这也是本事。要我早累瘫了!他说他是革命意志坚强,我才不信呢,身子骨要是顶不住了,革命意志再坚强有什么用?您说我说的对吧?他突然之间就倒下了,要我说其实就是平常太不注意了。如果他稍微注意一点儿恐怕就不会出这样的事了。现在说什么都晚了哎……"

徐达耐心地听着,频频颔首。高秀珍受到了鼓励,继续滔滔地说下去。

"我家里没有困难,谢谢您,也谢谢组织关心!我娘家那边父亲早已经不在了,母亲自己有退休金,弟弟妹妹都成家立业了,经济上都是各管各的。我自己当然就更不用说了,我们部门的收入尽管没法儿跟你们这儿比,不过工资奖金加一块儿也不算少了,如果跟人家下岗工人比比那真不知好到哪里去了!而且说老实话,像我这种居家过日子的人外面也没有什么大应酬,一个月有个一两千块钱日子就能过得蛮不错的。不瞒您说我们家的开销不算大,就是伯贤在的时候我一个人挣的钱都花不完呢。平常要不是为了他我自己的花销还要小。他在吃上头讲究,所以我跑这跑那换了花样去买东西,今天做这样菜,明天做那样菜,就是为了能让他爱吃。说心里话,要不是为了他,我也懒得去费这个事儿。都说身体是革命的本钱,我想他工作那么辛苦,编不完的稿子,加不完的班,而且经常是没白天没黑夜的,再不好好补养补养怎么行啊?我就是自己没胃口不想吃也从来没耽误过给他做饭。不过经常是做好了等他又不回来,有时候他突然打个电话来说外面有应酬,有时候连个电话都不打,我以为他马上就到家了,结果等到饭菜放凉了他也不回来。每次我都是一边等他,一边心焦,我知道他的工作重要,可是吃饭也一样重要啊,您说是不是?人是铁,饭是钢,可他经常忙得连饭都顾不上吃,饥一顿饱一顿的,多好的身体经得住折腾?徐总啊,您真不知道我为他操了多少心!早几年在国外的时候他身体可好了,一点儿毛病都没有,连感冒发烧头疼脑热也难得有一回。回国后这几年就明显不如以前了,我想大概也是岁数到了。那就多注意些吧,可他自己总不在意,今天加班明天加班的,很少有时间在家里好好待着。这样还能不累吗?结果不就累垮了嘛?他要早听我的话,现在也不至于这样了。我真是后悔死了!伯贤走了最让我操心的就是我们的儿子,徐总啊,现在的小年轻儿也真弄不懂他们,好好的国家单位当初也是他爸爸托了关系走了后门好不容易才把他弄进去的,他自作主张就辞职了,自己应聘去了一家外企。眼下好像还不错,听他说每个月能挣一万多,出差什么的补贴也挺高的。

他当个部门主管,手底下也管着好几个人。不过谁知道今后会怎么样呢?那可不是旱涝保收的铁饭碗啊!我也管不了他那么多。他爸在的时候还能说说他,他也多少还肯听一点儿,现在他爸不在了,没人说得了他了。我的话他是一句也听不进去的,在他眼里我这个当妈的没水平,跟不上他们的潮流,知道他是怎么说的吗?他说跟我没法对话,您听听这叫什么话!好在他也二十多岁了,对他我也没什么后顾之忧了。要说真正的后顾之忧是伯贤家里,他老母亲八十几岁了,跟着他的两个弟弟过。他两个弟弟都在农村,都是地地道道的农民,家里经济条件差得很,每次只要写信来就是叫穷,伯贤总接济他这两个兄弟。我也就是跟您说说,他们真像是两个无底洞。我跟伯贤不知念叨过多少次,该你管的你管,不该你管的你就别管!说到底不就是一个老妈妈吗?接到北京来跟着我们过不就得啦,家里那些个草鞋亲戚我们也就没义务再去管他们了,您说对不对?可是他死不同意。他说他母亲到北京会住不惯的,还是跟着他弟弟在乡下住着好。到北京怎么就住不惯呢?住住不就惯了吗?皇上不还住在北京呢嘛!不过我说也没用。后来说老实话他们家的事情我也很少管了,都是他自己张罗为他们办事啊找人啊做这做那的。除了他们家的人,老家也常有人来找,他都热心得很,安排吃啊住啊的,电话打来打去,帮他们联系这样那样的事情,带他们去见这个那个人,我全都不管,随他去弄。跟您说吧,尽管名义上是我在管这个家,伯贤把他的工资奖金一分不少都交给我，其实他给他家里寄过去多少钱从来都不对我说实话，背着我估计他没少接济他那些三亲四戚乡里乡亲。我这个人其实是很好说话的，跟您说我真的是睁一个眼闭一个眼，看见也只当没看见。现在伯贤一走，其实最要命的就是他老家的那堆人了。您说让他们靠谁去啊？"

高秀珍就像坐在自家的客厅里一样从容和安详，说话不免唠叨了许多。

徐达原先以为她可能会大哭大闹，现在看来情况比他预计的要好得多。他早就听人说过温伯贤的这个老婆很不好弄，是他们部门里出了名的"惹不起"。年轻的时候因为长得颇有几分姿色，父亲又是个老革命，自以为门第很高，养成了拔尖好胜的性格，凡事都喜欢争在前头。她酷爱表现自己，对名利看得极重。年纪轻人长得漂亮的时候即使过分一点儿还不算太讨厌，大家年年都选她当先进。后来她当习惯了，以为先进就应该是她的，大家反倒不选她了。其实当不当先进对她并无太大影响，也就是一点个人荣誉而已，再说一个部门几百号人，能评上先进的也就是一个半个，绝大多数人同样是风里来雨里去也没有当上过一回先进。可是她却不这么看。她自己跟自己较上了劲儿，每天第一个上班，最后一个下班，听领导的话，把领导的指示奉为圭臬，而且从不说一句懈怠和落后的话，工作勤勤恳恳，一丝不苟，结果评先进的时候仍然没她的份儿。她想不通怎么会这样，成天愁眉不展，郁郁寡欢。在家里脾气大得吓人，稍有一点儿不顺心就会爆发一通，弄得家里人都跟着她十分紧张，劝她也不起作用。在苦闷之下她挨个儿找遍了单位的每一位领导，请他们帮助她分析原因，找出差距。领导一概都是正面肯定了一通她的工作，异口同声地劝她别那么认真。可是她接受不了他们的这种劝告，她不明白一个人做人做事怎么可以不认真呢？于是她又去找领导促膝谈心。几次三番之后领导都怕了她了，对她能躲则躲，他们都害怕回答她那些简单幼稚又直指良心的问题。好在不久之后这位上进心极强的女职工跟随丈夫出国驻外去了，部门总算暂时卸下了这个包袱，她的领导们也算是松了一口气。几次出国之后高秀珍见了些世面，心胸开阔了不少，可是较真的劲头却一点儿没变。回来上班之后恰好又赶上更年期，这也成了她更年期综合症的一个典型症状。单位的同事都觉得她十分可笑，甚至认为她神经不太正常。徐达对此也有所耳闻。在报社的年终联谊会上他见过温伯贤的这位夫人，不过对她印象不深。温伯贤因为是加班倒在班上的，所以徐达多少对家属怀有歉意，另一方面也担心家属会借此向报社漫天要价。平常在处理这类事情上就是面对"正常"的人多少也是有点儿棘手的，更何况再碰一个"不正常"的。好在高秀珍还算配合，她不过就是唠叨一点儿，话说得还算入情入理，没有太不靠谱，更没有到疯疯癫癫的程度。在徐达看来像她这个岁数的女同志遇到这样的突然打击能够做到这样，就根本说不上是表现异常了。

"好吧，如果您没有什么特殊的要求，伯贤同志的告别仪式将按照规格举行。伯贤同志家里的这些困难我会带回去和班子里的同志一起商量，看看怎么样能够解决得更好一些，好不好？现在您到房间里休息一下，我已经都安排好了。"

"不用了，我不累，真的一点儿不累。我这个人就是有事情比没事情更精神。不瞒您说我现在劲头足着呢。咱们都是一个大单位的，也不是外人，都是自己人，你们跟我用不着客气。我知道当领导的工作都忙，就说您吧，当这么个一把手有多少事情要等着您去解决，您别为了我再耽误时间了。我也不在这儿待着了，一会儿我就回家去。伯贤这一走我想想要做的事情还不少，家里人还有他那些七亲八戚、生前友好都还没有通知呢，我得赶紧回家去给他们打电话。"

"请您节哀！"徐达站起身，再一次向高秀珍伸出了手。

"谢谢您！您也别太累了，一个部门上上下下那么多人，大事小情哪样不用您操心？您自己也要多保重！"

徐达由衷地把高秀珍的手紧握了一下。

温伯贤的追悼会一看就是高规格的。吊唁大厅前面摆满了花圈和花篮，空气里飘荡着玫瑰和香水百合的浓郁的香气，正面墙上悬挂着温伯贤的大幅遗像，照片上的温伯贤展露的还是他一贯的非常自信极富魅力的笑容，栩栩如生。领导班子全体都到场了,身上是一水的深色西服,脸上也是一水的肃穆沉痛的表情。

徐达亲自挽着温伯贤的遗孀高秀珍进入吊唁大厅,两个人都红着眼圈,表情凝重,步履十分庄严。

徐达亲自致悼词。他悲痛得几乎念不下去。有人在下面悄悄数着他因为哽咽停顿了三次。

徐达的悼词很长,从温伯贤出生在偏远农村的一个贫苦家庭到他艰难的求学之路,从他走上工作岗位,到出国驻外,从他如愿以偿当上了一线记者,到他一步一步走上领导岗位以及他历年所取得的工作成就、获得的荣誉及奖项等等,有一条是一条地历数了一遍,对他的一生充满了肯定和赞扬。徐达的悼词不仅满怀感情,而且文采斐然,所以尽管他念的时候声音低沉喑哑,听上去却依然是声情并茂。

就在徐达致悼词的时候,吊唁室后面的门被轻轻拉开了一条缝,有人闪了出去。随后这扇门一直不停地开开合合,不时有人进来出去。出去的人都是一副如释重负的样子,他们彼此交换着眼色,脸上不约而同地露出了古怪的微笑。

沈旭东和方文心也前后脚出了吊唁厅。已经在外面的那些人站成一个不太规则的圆形,凑在一起吸烟,有一句没一句地聊着天。看见他们出来忽然莫名其妙地兴奋起来,不止一个人主动给他们递来香烟。话题随即引转了正在进行的吊唁活动上,几句话之后这圈人就轰地笑了起来。不过他们很快意识到身处的场合,立刻收住了笑声,说话声也小了下去,彼此凑得更近了。

沈旭东忽然露出一个收敛而诡异的笑容,问大家:"你们发现今天会场上的亮点了吗?"

话音未落,总编室的孙美美从门里闪了出来,她一头扎进这圈人当中,差一点儿撞到方文心身上。她捂着肚子不出声地直乐,好容易才站稳了脚跟。她喘息着说:"太逗了,我实在是憋不住了,快笑出来了。"

大家七嘴八舌问她瞎乐什么呢。

孙美美忍住笑说:"你们没看到啊?大老婆在上面哭哭啼啼,小老婆在下面哭哭啼啼,要我说她们姐儿俩还不如手挽手并排站着呢,那样多有气派多有气氛啊,也显得咱们报社像个大户人家!徐达还在上面口口声声夸温伯贤怎么清正怎么廉洁,一身正气,两袖清风,我怎么听怎么觉得是在讽刺他啊!人家哪样也没有耽误,就这样还照样算是兢兢业业为党工作的革命的好干部呢,让我们这些心地纯洁的革命的好同志多受刺激啊!"

"你开眼了吧。"沈旭东说,"从前'盖棺论定'是指人死了以后可以全面客观地评价了,现在是人死了之后全是好听的话。我也是在里面越听越不对劲儿,再听下去我也该忍不住笑场了。不过话说回来,一个玩儿得那么扬的人这会儿还不是一了百了闭得上眼闭不上眼都躺那儿了吗?"

方文心压低了声音说:"我也给你们八卦一下,这可是第一手资料啊,绝对真实。不过为死者讳,你们都别外传。大概也就是三五天前吧，我下夜班已经走出办公大楼了，发现手机落办公室了，又折回去取。你们猜我撞到谁了？我撞到那谁正从老温办公室出来，面颊红扑扑的，头发乱蓬蓬的，好像还有点儿衣冠不整。她冷不丁看到我，也不好再缩回去了，别提有多尴尬了，一点儿不夸张地说我和她真是连招呼都没好意思打。那会儿已经是夜里一点多钟了，而且还是在工作场所，这两个人居然也不注意点儿影响！说老实话当时我真比自己做了见不得人的事情被别人撞见了还要难为情呢。等我拿了手机下楼，我又看到了一幕更新鲜的——你们绝对猜不到，老温正跟他老婆肩并肩推着一辆自行车往大门口走呢，两个人一边走一边还喁喁私语的，真是一幅老夫老妻恩爱图。不瞒你们说，我他妈顿时就晕菜了呀！"

大家掩口而笑。

罗卫坏笑着说："方老总能赶上这样的好事情。"

孙美美快人快语地接一句："他老婆不会是专程赶来捉奸的吧？"

方文心冷笑道："你见过如此温馨浪漫的捉奸场面吗？"

正说得热闹，沈旭东忽然正了脸色说他们："你们这帮子人啊，真是太狠了！"

大家笑起来，尽管都竭力压低了声音，但还是涌起了一股低低的声浪。

突然办公室主任老马从门里面探出头来，他把一根被香烟熏得苍黄的手指竖在嘴唇上,提示大家别出声。外面的声音即刻消失了。老马闪了进去,门也重新关上了。没过半分钟,他又开了门探出身子,两手划拉着,招呼外面的人都进去。大家碍于情面只好又进了吊唁大厅。

徐达刚刚致完悼词,正走下去和家属握手。其余的人都排着队,依次向温伯贤的遗像鞠躬告别。从外面进来的那几个人目光都不约而同地落在了马雅的身上。

今天的马雅非同以往,她穿了一身合体的黑色衣裙,长长的头发披散着,神态抑郁而端庄。从来素面朝天的她竟然仔细地化了妆,面颊上敷了粉,抹了淡淡的胭脂,眉眼被精心地勾勒过,嘴唇擦了带珠光的口红,显得饱满性感。总之她比平常要漂亮许多倍,让人有眼前一亮的感觉。而且她两眼含泪,却强忍着不让眼泪流下来,一副梨花带露楚楚可怜的样子,谁都忍不住要多看她几眼。

报社给参加吊唁的人预备了鲜花,每人一枝。因为天热,那些鲜花都有点儿蔫头耷脑。有人悄悄议论说肯定是老马贪图便宜在早市上论斤撮的,听到的人无不悄悄地笑起来。因为场合特殊,又都赶紧止住。大家不过是例行公事地随手抓上一枝,并不很当回事儿。忽然有人发现马雅手里的玫瑰又红又鲜,娇艳异常,完全不同于众人手里的那些花朵,纷纷示意边上的人看。就在众目睽睽之下,马雅把手里的玫瑰轻轻地摆放在温伯贤的遗像下。她默默地站在他的遗像前,远远超过了正常的时间。

突然她的眼泪决堤一般滚滚而下,让所有看着她的人都感到了震动。

追悼会结束,大家鱼贯而出,四处都是嗡嗡嗡嗡听不清字句的说话声。有人加快了脚步跑在前面,到车上去占一个靠窗的座位。大车发动着,等着前面领导的小车和家属的小面包车先走。几辆车都开走之后,负责指挥调度的薛恩义和老马才松了一口气。到此吊唁活动总算是圆满地结束了。

薛恩义扔给老马一支烟,老马马上掏出打火机先替他点上,然后才给自己点上。两个人舒坦地吸着,在门口等着穿制服的工作人员取下"沉痛悼念温伯贤同志"的条幅。因为高秀珍提出要这块条幅留作纪念,他们只好再耐心地等上一会儿。

两个人拿了条幅走到外面,共同的感觉是外面的空气比里面的新鲜多了。

"真受不了里面的花香,鲜花放在这种地方有一股腐烂变质的味道。"薛恩义没头没脑地感叹了一句。

老马想说那些花把他的头都熏疼了,但他没有说出来,只是附和薛恩义说:"就是就是。"

外面热得很,四下里都是白晃晃的大太阳。两个人脱下了西服,拉松了领带。薛恩义用目光寻找自己的汽车,猛然想起自己发扬高风亮节主动让司机去开小面包车了,心里暗自叹气。他发现老马正在边上眼巴巴地望着自己,无力地一挥手说:"打车走吧。"

打车必须走到门外的马路上。他们艰难地走在大太阳底下，没走几步路头上身上就冒出汗来了。突然老马朝薛恩义露出了欣喜的笑容，薛恩义一抬头看见一辆黑色奥迪车迎面开过来，开车的正是他的哥们儿张帜。

薛恩义和老马上了车。车里空调开得凉凉的，音量适中地放着美国乡村音乐。薛恩义马上就跟到了家里一样，全身放松地瘫坐在驾驶副座上，溜下身子头靠在椅背上合上了眼睛。坐在后座上的老马身体前倾着和张帜聊了一路。

快到单位楼下，薛恩义睁开眼睛。他伸了一个大大的懒腰，轻声问张帜："晚上有安排吗？"

张帜说："还没有。"

薛恩义说："放松一下？"

老马知道他们"放松一下"的意思是打牌，也知道他们打牌有自己固定的搭档，而且这个搭档的组合很有讲究，叫谁不叫谁十分微妙，基本属于小团体的内部活动，因此识趣地一声不吭，假装没听见他们的对话。

张帜说："好啊，你组织吧。"

薛恩义说："那你等我电话。"

车一停稳薛恩义就下了车。

老马也跟着下了车，他快步走到车窗前面，隔着车窗玻璃一个劲儿地对张帜抱拳，用一种故作诙谐的口气说："谢谢张总雪中送炭！"

成人游戏　77

张帜一笑,放下车窗玻璃,很谦逊地摆摆手,用玩笑的口气说:"什么时候也不能把功臣给忘了呀!"

他和薛恩义默契地碰了下眼光,随后漂亮地打了一把轮把车开进了地下车库。

第二章

（马雅）

　　真没想到这就是你我最后的相见。我不是作为你的情人，而是作为你的部下。我跟在人群后面，脚步轻轻的，轻轻的，我害怕会惊扰你，会惊扰你的安眠，尽管我知道即使我发出再大的声音也不会吵醒你，即使我用再大的声音呼唤你，你也无法醒来了。

　　可是我还是把脚步迈得很轻很轻。我在满是花香的灵堂里又一次看见了你的笑容，真切，温暖，仍然像金灿灿的阳光一样照在我的心上。

　　记不清有多少次你就是这样脸带笑容充满柔情地凝望着我，而这一次，你是从照片上凝望着我，默默地和我交流着心间的密语。我听见了，真的，我听见了。你的目光那样和蔼亲切，令我想起我们在一起时同枕着一个枕头，脸儿对着脸儿说话，你看着我我看着你的情景——这样的回忆令我心碎！

　　我站在你的对面，和你四目相对。可是我们已是咫尺天涯，阴阳两隔。

　　我的泪水流下来，止也止不住。我已经不再去顾忌身边的目光。本来我确实是犹豫来还是不来的，我不想被人看到我的眼泪和悲伤，但我怎么能错过与你最后的相见？在这个永诀的时刻，我想我怎么也应该来和你做最后的告别，怎么也应该来送你一程。

　　亲爱的，记得在我们相爱之初，每次我们相会你都坚持要送我回家。无论多累,无论多晚,都是如此。每次我都对你说别送我了,我可以自己走。但我心里,的的确确是希望你送我的。你不知道有你在我身旁我的心里多么踏实多么温暖!

在我还是孩子的时候,我父母就离异了,我从刚刚懂事起生活里就再没有一个父亲。我曾经多么羡慕那些有爸爸的孩子,羡慕他们的爸爸送他们上学,羡慕他们的爸爸在天气转冷的时候给他们送衣服,下雨的时候给他们送伞,羡慕他们的爸爸对他们疼爱有加,羡慕他们叫爸爸的那种音调,甚至羡慕他们被爸爸呵斥和惩罚。在我的内心深处,非常渴望有一个父亲般的人宠爱我,对我无微不至,让我深深地依恋他,而这个人终于出现了,就像我生命中的一道曙光——这个人就是你!我对你从敬慕到爱慕,又从爱慕到爱恋,再从爱恋到依恋,我离你越来越近,我也越来越离不开你。可是你却独自远行了,你撇下我走得很远很远,而且永远不会回来了。一想到此我就肝肠寸断,痛不欲生。

我必须来见你最后一面。我顾不得他们会怎么看我。你已经不在了,即便他们议论纷纷,我想也伤害不到你。而我是无所谓的,他们爱怎么想就怎么想,爱怎么说就怎么说吧。

本来我很想献一束洁白的玫瑰到你的遗像前,我要在洁白的挽联上写下我对你的哀思,还要写上我的名字,但是我最终还是没有这样做。好多时候我思前想后顾虑太多,我知道我很拘谨,也很怯弱。我并不想在众人面前隐瞒我们的爱情,却又不敢大胆地按照自己的心意去行事。有的时候我好像很勇敢，其实我很胆小，别人看我好像很开放，其实我时时都在用公众的眼光审视和衡量自己的言行举止。我无私地爱你，却从来不敢无畏地爱你。我对你的感情真挚无瑕，却注定了只能是一份不能见光的地下情。

今天一清早我就去了花店，我是花店的头一个客人。我在花店里转了一圈又一圈，为你挑选了一束最最新鲜最最美丽的玫瑰花。可是我犹豫再三，出门的时候还是没有把这束花带上。现在这束沾着我泪水的玫瑰就在我的——应该说是我们的卧室里静静地开放，为你而开放。它们就像我对你的爱一样不见天日，它们也如同我一样寂寞而执着地为你盛开。

看到摆放在你遗像下的那些几乎凋谢了的花朵我满心酸楚。它们就像一群年老色衰的妇人，带着残败的痕迹，没有一点儿明艳和生气。我知道你肯定是不会喜欢的。可是他们哪里会知道这些？尽管他们有机会成天与你共处，他们和你在一起的时间远比我和你在一起的时间要多得多，但我看他们都是些并不了解你的人，更说不上懂得了你。在他们的眼里你大概只是一个会组织报道、会签发稿件、会在大会小会上做报告的人，他们哪里知道你丰富而又多情的内心？他们献给你的玫瑰实在太差了，颜色驳杂，而且接近枯萎。我总算在里面拿到了一支红玫瑰，我觉得我无论如何都应该拿这样一枝花。而最让我难受的是这样颜色驳杂而且接近枯萎的玫瑰里，居然也没有一枝是我亲手为你挑选的!

　　我的眼泪不受控制地涌出来。我知道我是不能这样流泪的。我清楚我身处的是一个公众场合,在这样的场合可以如此流泪的是另一个女人。我知道这个特权并不属于我。

　　从一进门起我就看见她了。我承认今天我对她格外留意。她穿着一身藏蓝色的衣服,胳膊上套着黑纱,胸口别着一朵小白花。她的面容憔悴、浮肿,头发也比以往更加花白。她被别人搀扶的时候脚步沉沉地拖在地上,身体也沉沉地往下坠。看得出她很痛苦,非常非常痛苦,而谁失去你又会不痛苦呢?

　　我承认我比以往更嫉妒她。

　　我真希望我就是她,我真希望那个面容憔悴浮肿头发花白的女人就是我。我一点儿也不在乎长得像她那样胖那样老,我只想能够畅快地在你的灵前痛哭一场!我承认我嫉妒她悲痛忧戚的模样,真的,今天她看上去很美。她身上有一种难以形容的软弱和无助,我一直担心她会晕倒过去。以前有好多次我在单位的院子里跟她不期而遇,说实话我心里对她一直是带有敌意的。很奇怪今天我对她却没有了敌意,我甚至感到和她同病相怜。你知道我远远地看着她在想什么吗?我在想从今往后,我与她一样,生活里再也没有你了!

　　我真不知道我今后的人生会是什么样子。我也不知道没有你的日子会怎样地孤寂和凄凉。你给了我爱情给了我欢娱给了我幸福为何又走得如此匆匆?

成人游戏 83

我的心因为你而破碎。我心中的悲伤化作泪水点点滴滴没完没了。亲爱的，我会为你一直把眼泪哭干。

（温伯贤）

到现在我也弄不清楚人世间的一切为什么如此令人留恋？红尘本是令人多生烦恼而这烦恼却总是令人魂牵梦绕。假如能够回去，我想我真的会不惜一切，我会拿出我身前的荣誉、权力、职位、财产等等去交换，哪怕只是一天，哪怕只有一小时，也是好的。

生命真是好啊，有了生命才可以有种种的念想和幻想，有了生命才可以享受人生的种种欢乐和乐趣，而到了失去生命的时候，我才后悔活着时没做的事情太多太多。当然，让我最最遗憾的还是我再不能参与到我热爱的事业中去，再不能享受到投身工作的快乐。

看着没有了我而一切还运转如常，我心里真是急啊！我怀念我活着的每一天，我怀念我天天到点上班奔波疲惫的生活。记得我曾经还为给我配备的专车不是新车生过气，曾经为了某一篇稿子没能评上好稿计较过，平常也曾为一些鸡毛蒜皮的事情对手下的人发过脾气，现在想想真是没有必要。如果放在眼下，我会一笑置之。比起再也不会有了，有什么是不可以原谅的呢？

现在我是明白了，可惜为时已晚，无法回头。

上午九点整高秀珍如约来找办公室主任老马，她要领回丈夫办公室里的遗物。

老马请她在沙发上坐下，给她沏了一杯茶，正要打电话请负责行政的副总编薛恩义一同过去——这是头天下班前就说好的，薛恩义的电话就打过来了。他在电话里说他外面有一个紧急会议马上就得走，这边的事情让拜托他全权负责。老马很恭顺地答应着，请他放心，语气里却有点儿缠缠绵绵的，话里话外的意思也是希望他能留下来。不过薛恩义的语气很果断，话也非常简洁，说完就挂断了电话。

老马放下话筒叹了口气。其实他也清楚这是领导同志躲事儿的惯招，心里不太痛快，不过也没啥办法。他气恼地想上午有会昨天下班前难道还不知道吗？怎么到这个点儿才说？可这样的话他无论如何也不好意思对分管自己的领导薛恩义直接说出来，只好自己吃个哑巴亏。

薛恩义作为老马的顶头上司平常还算挺关照他的，老马也一向对他跟得挺紧，在别人看来他们两个配合得很默契，只有老马自己心里明白这份所谓的默契是他忍辱负重委曲求全换来的。老马认为自己比谁都清楚薛恩义是个什么样的人，这个被大家公认的领导当中最老实厚道的人不过是表面上老实厚道，骨子里其实也是相当奸诈狡猾的，要不他怎能坐到那个位子上去？老马跟他相处日久，把他看得透透的。就说今天的事儿，如果徐达在场，不管多难办他绝不会甩手走人，也绝不会袖手

成人游戏 85

旁观，他一定会跑前跑后忙上忙下比自己的事情还上心。温伯贤没死的时候他对他也是恭敬有加，绝不会有忙不帮。因为温伯贤排名在他之前，而且在徐达面前也比他有面子，所以即使他并不真的服气他，并不真的跟他有交情，对他却也从来不敢怠慢。现在温伯贤不在了，俗话说"人一走茶就凉"，更别说是死了，他既指不上他领自己的情，也指不上他言自己的好，也就再没必要拿他当回事儿了——老马这么想着，胸腔里的一颗心透凉透凉的。

他只好自己领着高秀珍去温伯贤办公室。

老马也是有年纪有阅历的人，尽管文化水平不高，生活经验还是相当丰富的。他多了一个心眼儿，经过总编室时特意叫上了自己的麻友方文心。方文心和老马是楼上楼下的邻居，老马家每天晚饭后都要摆一桌麻将，方文心夫妇是他家的常客。搓麻之外，两家也有些礼尚往来。比如老马老婆腌了辣白菜什么的会送些给方文心家，方文心老婆烤了小点心什么的也会送些到老马家。平常两家人走动得挺频繁，就是在楼道里碰上打招呼也要比别人亲热些。老马往总编室门口一站，朝方文心招了一下手，方文心放下倒了一半的茶水马上走了出来。

"什么事啊，这一大清早的？"方文心笑眯眯地问老马。

老马苦着脸悄悄指一指走在前面的高秀珍。

"我操！"方文心低声咕哝一句，看老马一脸哀怨的表情，马上明白他找自己是什么事情。他咬了咬牙，咳嗽一声，端起正经的架子跟着老马往温伯贤办公室走去。

走到温伯贤办公室门外,老马先静声敛气地侧耳听了听,里面没有任何动静,他才抬手很有节奏地敲了几下门,敲过又等了好几秒钟,确认张帜不在里面才用钥匙把门打开。

其实老马心里清楚得很这种时候张帜肯定不会在办公室里,连该管这事的薛恩义都躲得远远的,他们哥儿俩又那么好,薛恩义不可能不事先跟他打招呼的。老马心里不快地想:好嘛,你们他妈的都是自己人,官官相护,自己的小圈子围得好好的,把我们这些官小的当抹布,哪儿脏哪儿臭就拿我们去抹上一把!脏的是我们的手,劳的是我们的神,累的是我们的心,你们倒好,自个儿落个清闲,得的好处还比我们多得多,真他妈的可气!

老马心里恨恨的,面上却一副全心全意有啥做啥的样子。

他打开了门,侧过身礼貌地让高秀珍先进去。高秀珍一个箭步就冲了进去,猛得就像一发刚出膛的炮弹,差点把老马撞一个跟斗。老马看这位夫人又泼又鲁,赔着小心对她说:"这是温总的办公桌,这边的东西都是他的,柜子里和柜子顶上的东西也是他的,您先拾掇拾掇吧。"

高秀珍一看东西真不少,一个八层的书架每一层都是满满的中外文书,玻璃柜里也塞满了各种杂物,有不少是包得好好的还没有拆封的礼品。柜子顶上还码着两只大纸箱,老马用手试着托了托,都是死沉死沉的,也不知道里面装的是什么。椅子边上的墙角里也堆满了东西,有报纸、杂志和贴报本,除此还有单位发的香油、色拉油、饮料、洗涤灵、洗发水、沐浴液、洗衣粉、驱蚊剂、卫生纸等等，都是见缝插针随处摆放，堆得乱七八糟的。

高秀珍看了两遍，头就晕了。她不耐烦地嚷起来："哎呀呀，他这个人就是这样，只知道工作工作工作，别的什么都不问。这些东西发下来就可以一点儿一点儿往家里拿的嘛，都是过日子用得着的东西，他倒好，全扔在这里也不管！这么多的东西，让我怎么拿呀？"

老马安慰她说："您先归置一下，我去找几个大纸箱来，装好了我们派车给您送回家去，行吧？"

高秀珍无力地瘫坐在温伯贤的椅子里，重重地叹一口气："唉！"

老马看了有点儿同情，带点讨好地对她说："您有弄不了的，我和我们方主任都可以帮您一把。"

高秀珍抬眼看了看方文心，含义不明地摆了摆手。趋前一步的方文心立刻有几分尴尬。

高秀珍突然转过脸提高了声音对老马说："他这办公桌还锁着呢，你们是不是先替我把锁打开呀？"

老马犯难地说："哟，这办公桌抽屉的钥匙我们可没有，应该是温总自己拿着的吧。"

一句话提醒了高秀珍，她从手提包里摸出一串钥匙，眼泪也跟着吧嗒吧嗒滴了下来。

高秀珍流着泪,颤抖着手,打开了丈夫办公桌的抽屉。她在泪眼朦胧之中看到丈夫生前放在里面的七七八八的物品。那些东西就像是随手扔进去的一样,没有归类,放得支支楞楞,乱糟糟的,一看就是典型的温伯贤的风格。高秀珍睹物思人,眼泪更是止不住地滴落下来。

高秀珍无限伤感地端详着老公的遗物,好像忘记了自己是来做什么的。老马看着她伤心的样子没有催她,耐心地在一边等着。他没有太靠前,站在三四米开外的地方,眼睛望着窗外,似乎是为高秀珍和已故的丈夫留出情感交流的空间。方文心站得更远,他离高秀珍大约有七八步之遥,背着身子看墙上贴着的一张英文报纸。突然高秀珍低低地叫了一声,老马和方文心转过脸去看见她两手发颤,慌乱地想遮掩什么。而就在那个刹那,他们几乎同时看到了拉开的办公桌抽屉里撕开一角的报纸包里像小鸡出壳一样露出一叠一叠带着银行封条的人民币。

"这么多啊!"高秀珍发自内心地感叹了一声,但她马上裹紧了报纸,整个人散发着理性的光芒。她就像一个身经百战的将士,顿时异常冷静。她迅速地从自己提包里抽出一条买菜用的尼龙绸袋子,双手毫不颤抖地把那些钱装了进去。

"您等会儿!"老马同样快速地做出了反应。他对高秀珍说着,一边朝方文心使眼色打手势,要他看着她别让她走,自己匆匆地往门外跑了出去。

高秀珍完全沉浸在巨大的惊喜当中,她的心思全在那些钱上面，根本没有听见老马在说什么。方文心对这一切看在眼里，不过却十分木然，对老马的眼色和手势不置可否，没有任何的表示。老马也顾不上他到底有没有领会自己的意图，捷步如飞地去请示领导了。

他火急火燎地穿过楼道，径直去敲徐达的门。他没有丝毫的犹豫。平常他是不敢随便去敲总编辑办公室的这扇门的，有事他一般都是去找主管他这片的副总编薛恩义，即使薛恩义不在，他顶多也是去找二把手李明亮。老马心里很怵徐达，见了他常常话都说不利落。徐达身上的那种威严让他惧怕，他觉得徐达很有大领导的派头，尽管他对报社的每一个人都态度和蔼，但他平易近人的外表之下有一种冷峻和尊贵。老马看出徐达是一个需要别人对他格外尊敬的人，因此对他敬而远之，从来不越级找他。今天他实在是觉得事关重大，而且不容耽误。凭他的人生经验这种事情肯定是知道的人越少越好，所以他决定直接向一把手汇报。

老马敲了门，里面好半天没有动静。他急得一头的汗，正要再敲门，听见徐达说了一声请进。他走进去，看见总编辑正伏案写着什么。徐达瞥见进来的是老马，略有一点儿意外。

"坐，请坐！"他仍然俯身在稿纸上，一笔一画不慌不忙地写着。

老马嘴上答应着，并没有坐。他心急如焚。

"找我有什么事吗？"徐达终于停下了笔，从稿纸上抬起头来。

"就在刚才,温总爱人来收拾东西,她在温总抽屉里发现了大量的现金,恐怕有十好几万呐。那么多的钱……我想这跟温总的收入不怎么相符,我让她先别动,赶紧过来向您请示一下。"老马的汗从额头上冒出来,心里着了火一般,却仍然不忘字斟句酌和察言观色。

徐达的眉头习惯性地皱成了一个"川"字,他问老马:"那些钱高秀珍拿走了吗?"

老马恭敬地回答说:"她一见到钱马上就全收进自己包里了,不过她人还没有走,我让方文心看着她呢。"

徐达说:"那好,你现在就去对高秀珍说,她可以先取走老温的其他物品,这笔钱请她先原处放一放,等我们研究一下再说,你就说是我说的。"

老马嗫嚅地问:"徐总,能不能您亲自出面去对她说一下?"

徐达口气柔和地说:"你去办吧,我有外事活动马上要出去,时间快到了,车在楼下等着我呢。"

"好吧,那我就照您说的去办。"老马嘴上照例回答得十分干脆,心里却有几分的无奈,心想这么一桩破烂事又落在了自己的头上,又得自己硬着头皮上了,实在是倒霉。不过他不敢有半点的流露,而且徐达对他的这份客气还是让他蛮喜欢的。

徐达忽然想起什么似的从自己的座位上站起身,走近老马,声音低低地叮嘱他说:"这件事一定要注意保密。老温人虽然不在了，但是从爱护一个同志出发，还得注意影响。你对小方也说一下，让他看到什么不要外传。"他想了想又补充一句，"或者这样，你让小方有空来找我一下。"

老马答应着，心想坏了，这下可得招老方骂了。

从徐达办公室出来，老马心里有了底。路过自己办公室先进去把沏好的茶水喝了。刚才着急出了一身大汗，正渴得很，茶水的温度又恰到好处，他喝得很舒坦，算是忙里偷闲让自己喘了口气。喝完茶他又到洗手间撒了一泡尿，这才稳步往温伯贤办公室走去。刚要推门进去，一眼瞥见方文心正从资料室里晃出来。

"哟，你怎么有工夫瞎蹓跶呀？"老马一个箭步上前抓住方文心的胳膊，压低了嗓音埋怨道，"我的哥哥哎，你怎么不在里面替我好好盯着？"

方文心大眼珠子瞪着老马说："早走人啦！"

老马推开温伯贤办公室的门，顺手把方文心拽了进去。他反手关上门，沉下脸来埋怨他："你是真不明白还是假不明白啊？你怎么能让她走呢？那我让你守在这儿是干什么的？也就是撒泡尿的工夫，就出了这么大的事儿！"

方文心一听，涨红了脸反唇相讥道："什么撒泡尿的工夫，你这泡尿撒哪儿了？都尿到总编辑那儿去了吧！"

老马反问方文心："你明知道我去找总编辑你还能让她走啊？"

方文心有点儿无奈地说:"她要走,我还能生拽住她?"

老马又急又气,脸都紫了。他问方文心:"那钱呢?她把钱拿走了吗?"

方文心说:"这还用问吗?她能不拿吗?"

"什么什么,她他妈把钱都拿走啦?哎哟,哎哟,你可害死我了,这下让我怎么办呀?"老马脸红脖子粗地冲着方文心嚷了起来。

方文心耐着性子向他解释说:"老马你听我说,我的确是让她等你回来再走的,她根本不听,拿了钱就往外走,就跟一架小坦克似的。那女人一看就是个泼妇,你说我是拦住她还是拉住她?"

"那你总得想想我叫你在这儿是干什么的吧?"老马有点儿气急败坏,"你可真是要我的亲命啊!"

方文心也放下脸来:"行啦,老马,你还有完没完?你是不是吃多了猪油蒙了心?这有我什么事儿你好好想想!你叫我,我什么没说就跟着你来了,我也没义务帮你看庄,你不要在这么屁大的事情面前就丧失了理智。你把我当你手下的临时工了是不是?我跟你明说了我帮你这儿站一站是给你面子,是认你这个哥们儿,换别人我还不站呢!咱俩可把话说清楚,这里有什么事儿跟我可是一点儿关系也没有。"

方文心这么一说,老马的气焰一下子小了下去,显得十分委屈。他嘟囔着说:"是呀,本来我也就是请你过来当双眼睛,我也没想到会有什么事儿。可现在真有了事情了,你也明白看着就不像是小事,至少你不该让她把钱拿走吧?让我怎么向上面交代?"

方文心冷笑道:"怎么向上面交代那是你自己的事儿,你爱怎么交代怎么交代,这样的好事情你他妈就不该招上别人!"

老马哭丧着脸说:"我就是交给你一条狗你也得替我好好看紧点儿吧?"

方文心毫不相让地说:"下回你再有这样的狗你还是自己看着吧!"说完重重地摔门走了。

老马再一次去敲徐达的门,这一回他有一种走投无路的感觉。

徐达的门锁着。老马说不清楚心里是庆幸还是失落。他回到自己办公室,犹豫了好一阵,下了莫大的决心,拨通了徐达的手机。他用汇报的口吻说:"徐总,温总的爱人走了,她把钱也带走了。"

电话那头的徐达好一会儿没吭声,老马捧着听筒,不敢出声,更不敢放下。

终于徐达开口了,他说:"哦,我知道了。"

高秀珍一出报社大门就伸手打了一辆一块六一公里的富康车,她头一次没有执着地站在马路边上等一块二一公里的夏利车,也是头一次这么毫不犹豫,而且不觉得出租车贵。放在平常她是舍不得打车的，温伯贤活着的时候很少和她一起出门，两个人的活动、交往的人包括感兴趣的事情都不一样，基本上是各走各的。儿子二十九岁了，早就不和父母裹在一起了。高秀珍觉得自己一个人出门打一辆车实在是太浪费了。北京又大，上车动不动几十块钱就没有了，这些钱放在钱包里买买菜的话够花好几天的，所以她宁可等公共汽车，路不远就走着去，反正时间她有的是，而且也不宝贵。不过今天不一样。虽然她并不赶点儿，但她知道离开得越快越好，越利索越好。所以她拦住一辆车就一头钻了进去。

出租车里的空调开得凉凉的，收音机里主持人正用柔软甜蜜的调子说着一些感人肺腑的话。高秀珍专心致志地坐在车里，什么也没有听，什么也没有想，她紧紧地抱着怀里的尼龙绸口袋。这条口袋是她每天去菜市场买菜用的，现在装了一大包钱，硬邦邦、沉甸甸的，很有分量，快赶上装了排骨和冻鱼了。而且今天这条口袋干干净净的，抱在怀里也用不着担心会蹭脏衣服。出租车的计价器开始蹦字的时候高秀珍的心还在怦怦地跳，她庆幸自己刚才当机立断，拿上钱二话不说就走这就对了。她想这本来就是自己家的钱，干嘛不拿？她瞧出他们想拦她，真是岂有此理！她才不怕他们呢，除非他们追出来，就是追出来她也不会把钱给他们的，除非他们从她手里再把钱抢回去——她心里模模糊糊地这么想着，脸上早没有了眼泪，而是露出了发自内心的甜美的笑容。

回到家里,她把装着钱的口袋放在茶几上,自己坐在沙发里久久地端详着,不时伸手抚摸一下口袋外面那些尖尖的棱角和硬硬的线条,心里抑制不住一阵阵的兴奋。

好多年以来她都没有像这天这么快乐了,心里好像有一个制造喜悦的马达,源源不断地向外输送着激动和幸福。这种像波浪一样涌来的快乐完全冲散了丈夫去世给她带来的难过和伤心。

高秀珍独自高兴了整整一个白天。她换了拖鞋和在家穿的旧衣服,一个人在房间里走来走去,有一种身轻如燕的感觉。她哼着跑了调的歌子在厨房里忙乎,炖汤、炒菜、煎鱼、包饺子,像款待贵客一样犒劳自己。下午她连班也没有去上,她想自己手上有了这么多钱,少上一天半天班又有什么关系?大不了就是扣点奖金,她才不在乎那一点儿钱呢!她拿到手的这些钱不知道要上多少个班才能攒下来呢,这么一想她觉得自己真是一个幸运得不得了的人,没有理由不好好享受享受。

吃过午饭她想美美地睡一个午觉,可是因为心情太激动,躺下去之后一分钟也睡不着。她躺在床上,感觉就像睡在皇宫里,她觉得自己应有尽有。她在心满意足当中陶醉和晕眩。这份美好的心情一直持续到了夜里。

夜深了,邻居家电视机的声音从敞开的窗户里清晰地传过来,高秀珍心里那个制造喜悦的马达渐渐放慢了转速。可是她仍然没有睡意,她又动手做了一遍卫生,把三间屋子和厨房卫生间里里外外打扫得窗明几净。事情都做完了她还是精神很足，没有一丝困倦。平时这个钟点她早已经疲劳得连电视都看不动了。她预感到肯定又是一个不眠之夜在等着自己。她在房间里走来走去，却没有了白天里那种身轻如燕的感觉，相反，膝盖是软的，双腿越来越沉。她想起"人老先老腿"的老话，心里感叹不服老不行。

　　高秀珍忽然觉得十分孤独。她很想给谁打一个电话，最好能在电话里痛痛快快地聊上一聊。今天她再没必要心痛电话费了，她有的是钱，打算狠狠心铺张浪费一回。不过她又很清醒，知道不应该和不相干的外人分享这个巨大的秘密。"财不外露"是她一贯遵守的古训，尽管在此之前她并没有怎么见到过大钱。高秀珍想好对老温家那边一个字也不提，全当没这回事儿；自己娘家这边头一个不能说的就是自己的妈，老太太心里只有儿子，如果让她知道了，给不给她倒还在其次，要是她不拿些出来给弟弟老太太肯定会不乐意。高秀珍不想把钱给弟弟，也不想招惹她老人家不高兴，当然就不能跟她说这个事儿。第二个不能说的就是自己的弟弟。其实高秀珍心里最疼爱这个唯一的弟弟，可是弟弟的为人处事却让她很看不惯，也让她很着急。在她看来弟弟什么都好，直爽、热心、义气、厚道，就是花起钱来太不在乎，活到四十来岁还是挣俩花仨。从部队转业回来他利用老爷子的关系做买卖，有一阵生意做得挺不错，钱挣得也不少。他有一帮子的狐朋狗友，每天伙着他泡在酒桌上，回回都是他埋单。后来这帮人聚习惯了嫌每天出去找地方吃饭麻烦,撺掇他自己开家餐馆。他还真好说话,果真和别人合伙开了一个酒楼。酒楼开起来不久就很火,每天爆满,一晚上要翻上好几回台。可是到月底一结算,不仅没赚还亏了。原因是只要他人在酒楼,见到面熟点儿的就替人把单签了,更不必说那些酒肉朋友了。酒楼坚持了不到两年就招架不住了。家里的人都劝他关了算了,他却不愿意。有一天厨房忽然着火,一把大火把大厅和包房烧得一塌糊涂,一座装修豪华的酒楼成了一个惨不忍睹的焦糊的烂摊子,只好关门大吉。酒楼虽说关了门,弟弟却欠了一屁股的债,从此成了一个到处借钱过日子的人。可是当他去找原来成天泡在一起的那帮哥儿们时,有的还算给面子,有的干脆就躲了。万般无奈之下,他转头向家里人借起钱来,弄得一家老小都怕了他,连他老婆都攥着私房钱不敢让他知道。她数来数去,也就是妹妹秀华还能说一说。不过她也担心妹妹嘴不严实,一不小心说漏了,那样娘家人还是会知道,所以跟妹妹也是不说的好。

高秀珍无所事事地在家里走来走去。她从房间踱到阳台,又从阳台踱回房间,心里盘算着种种和钱有关的事情,一时想不好拿这么一大笔钱做什么用。她想有钱是一件高兴的事,可是有了钱要为钱操心又是一件头疼的事。她神情木然地站在厨房油腻腻的窗口,呆呆地望着对面塔楼的灯一盏盏熄灭,心情喜忧参半。她想从今天起自己和以前就不一样了,这笔钱加上以往的积蓄，自己也算是一个有钱的人了。这么一想她瞬时被一股巨大的喜悦淹没，随即又感到了无边的寂寞，就好像一个人孤独无依地漂在大海上。她突然间心慌起来，非常渴望能有个人说说话。她快步回到房间，抓起话筒就拨了妹妹家的电话。

"秀华，睡了吗？哎，你醒醒！我对你说啊，今天我去你姐夫那儿取他东西了，你知道怎么着啊，那些东西我一样都没拿。你不知道吧，他抽屉里，有不少的现金，拉开抽屉我一眼就看到了，我想都没想装起来就拿回家来了。你想不到吧，还挺不少呢。"

秀华半梦半醒地埋怨姐姐："大半夜的你吵醒我就为这个啊？你没别的事儿吧？"

"秀华你听我说，这事儿我跟谁都没说，跟妈和弟弟都没说，就只跟你一个人说了。一共有十五万还多呢！"

听到"十五万"秀华立马就醒透了，话筒里传过来的声音十分清脆，而且分贝很高："我姐夫真行啊，他哪儿弄的这么多钱？"

"肯定是他们那儿发的福利呗。他这个人原则性强，又是管业务的领导，手上也不过公款，反正不会是贪污的。而且他从来不做生意，以前我还说过他让他有机会也跟别人联手做点儿什么，他有那么多关系都放着不用你说不可惜吗？可他根本听不进去，叫我别管他的事。你知道你姐夫就知道上班下班，多少次我说他现在就剩你一个一心为公的正派人了，多死性啊！

你知道他怎么跟我说的？他说我就是不爱搞那些歪门邪道！所以他的钱不可能是别处弄来的，我有百分之一百的把握。所以今天上午我当着他们报社人的面就理直气壮把钱统统拿走了。我怕什么？我清楚我老公是什么人，我有这个底气！"

秀华赞同地说："就是该拿嘛，我姐夫抽屉里的钱肯定是他自己的。他那么正派一个人，怎么可能去弄脏钱？要我说就是领导干部个个贪污腐败，我姐夫也是一干净人儿，他绝对不会贪污腐败。"

高秀珍听了心里顿觉舒服，跟妹妹更加交心："秀华啊，你不知道今天我看见那么多的钱有多吃惊，我脑袋嗡地一下，血直往头顶上冲，心跳得哐哐哐的，手脚都软了，差点儿反应不上来该做什么了。我看出来他们那边的人还想拦我呢，我赶紧拿了钱就跑了，要是让他们拦住了你说我冤不冤啊？我越想越觉得今天的事情就像是在梦里。你想啊，伯贤工资奖金每个月全都交给我，以前工资是连口袋交的，后来工资、奖金都直接打到卡里面，他的卡在我手里，他连密码都不知道。就他的奖金单这一项就比我挣的所有加一块儿还要多，我怎么也没想到他还跟我打着这么大的一个埋伏。"

秀华用一种半吞半吐的口气说："这么多的钱我姐夫也不往家里拿，他想干吗呀？"

"肯定是还没来得及吧。"高秀珍听出妹妹口气里那股子酸溜溜的味道，不过她也无心去跟她计较。

秀华却不肯放过，又来了一句："不会是我姐夫另有打算吧？"

高秀珍马上就有一点儿不高兴，很烦妹妹的尖刻和不善。不过她心里也让妹妹的话硌了一下，但她嘴上仍然向着自己的丈夫："他那个人呀就是家庭观念特别重，把他农村的那个破家可当回事儿了，又是妈呀又是弟弟的，七大姑八大姨都惦记着，只要是他老温家的人就不得了，个个都是心坎儿上的。我没少说他，我可不愿意他把时间精力都搭在那些草鞋亲戚的身上。他当着我面跟他们经济上倒也没有什么大来往，也就是逢年过节把我们吃不了用不上的东西送些给他们，再给他妈几百块钱也就到头了。我跟他说你妈那么大岁数了，又是乡下地方，上哪儿花钱去？而且我也跟他说得明明白白，你怎么对你家我也怎么对我家。你知道他骨子里面其实还是个吝惜钱财的人，我这一招就把他给治了。不过他有没有背着我给乡下寄钱我倒还真是不太清楚……"

秀华打断姐姐的话说："我不是说我姐夫留着钱是要给他老家的人，他是当儿子的，又是当大哥的，尽些孝道也是应该的。我是说——我姐夫留着这么一大笔钱，他是不是在外面养着谁啊？"

"那不会的！"高秀珍口气强硬地说，"绝对没这个可能。你想哪儿去了？他是个一心当官的人，哪还敢弄这个？"

"哈哈哈哈哈！"秀华在电话里放肆地大笑起来，她说，"我的亲姐哎,你是真糊涂还是揣着明白装糊涂——当官的又怎么啦?你不看报纸啊,上面登的当官的事情多了去了。我跟你说吧,现在当官的可是什么都不耽误,人家要权力有权力,要地位有地位,手上还有大把大把的关系,想做什么做不了?人家走哪儿都有人巴结,都有人往上贴,别说吃饭、喝水,连洗澡、嫖娼都能公款消费,做什么只怕比不当官的要方便得多。你也算是在新闻单位上班的人,不是我说你,你实在是太落伍了。没事你也看看报纸上上网,别整天看那些骗人的电视连续剧。你看看就知道啦,哪个贪官污吏揭出来少得了男男女女的事情了?"

"你姐夫他可不是那样的人!"高秀珍提高了嗓门说,"你把他想成什么了?再说他也那个岁数了。"

秀华笑得更加没遮没拦,她口气暧昧地说:"你可别小看了我姐夫,他人长得有模有样,一表人才,岁数是大了点儿,可是岁数大点儿算什么?他穿上西服多有型多像样啊,保不齐在外面还挺招小姑娘的呢——只可惜他这么个好人不长寿。"

"行了行了,你又来招我难受,什么话到了你嘴里就不靠谱了。"高秀珍半是心酸半是气恼地说妹妹。

"好好好,我不说了。"秀华打着哈欠埋怨道,"本来我睡得好好的,都是你把我吵醒了。"

高秀珍说:"我不是睡不着嘛!"

秀华没好气地说:"睡不着慢慢睡。"

高秀珍软了口气,用特别亲切的语调对妹妹说:"哎,秀华,这一二天我们去趟百盛，把你上次看中的那个床罩买了吧？"

秀华拖着长音，懒懒地说："好几百块钱的东西，家里也不是没床罩用，我不买。"

"买吧。"高秀珍热切说，"姐送给你！"

秀华在电话那头脆生生地"哎"了一声，说："花你的钱，多不好意思。"

高秀珍十分大度地说："自家亲姐妹，说什么好意思不好意思的话。"

秀华在电话那头咯咯地笑着说："那我跟你就不客气啦！"

放下电话她对躺在旁边的老公说："她一把捞了十五六万，就送咱们一个床罩子，你说亏心不亏心？"

晚上八点整徐达准时出现在贵宾楼红墙咖啡厅。尽管一整天会议和会谈一场接一场，他仍然精神饱满，步履轻捷。

在流淌着钢琴声的宽敞的咖啡厅他一眼就看到了临窗而坐的金丽。金丽一身时髦的装束，季节还没到就早早地提前穿上了露肩的夏装，发型和妆彩都十分入时，离得挺远徐达就闻到了她身上浓烈的香水味儿。他的嘴角漾起一丝微笑，加快了步子向她走去。

金丽手上拿着一本汽车杂志正有一搭没一搭地翻着，她一抬头看见徐达正疾步向她走来，马上笑意盈盈地站起了身。

金丽优雅地向徐达伸出手,徐达一边热情地和她握手,一边用熟稔的口吻说:"你一约我就是采访,我们早就是熟人了吧,朋友之间有什么好采访的?这么难得的机会,我看我们还不如聊聊天呢。"

徐达似乎有意无意地把这个采访变成一种私人或者半私人的见面,至少也是带着那么一点儿私人或者半私人的色彩。他看金丽的眼光非常亲切,坐下之后很绅士地把酒单递给了她。

金丽落落大方地接过酒单,点了一壶红茶,就势说道:"好啊,我也正想了解了解您工作之外的情况呢,平常没有机会,现在可是您主动把这样大好的机会摆在了我的面前。您这样一位大报总编辑、正局级干部——一位成功人士的生活逸事,先不说读者,我本人就非常感兴趣哎!"

金丽既活泼又妩媚,浑身上下透着令徐达喜欢的机灵劲儿。徐达忍不住笑起来,半玩笑半认真地说:"其实我这个人挺乏味的,我的生活就是工作,我没有值得你感兴趣的逸事。"

金丽马上拿出职业的姿态说:"好吧,那我就向您提问吧。我听说您上任这三年多来在主体业务和经营管理方面动作很大,做出了相当大的改革,推行了一整套全新的机制。那么在您看来,您最突出的成绩是什么?请您谈谈您独特的工作经验和心得。还想问一问,您希望在近期和远期达到的目标是什么?还有,您工作中是否遇到过大的困难和阻力,您又是怎样克服困难,把阻力变成动力和凝聚力的?"她摊开采访本,一脸严肃,略带夸张地做好了记录的准备。

徐达并没有马上回答这一连串的提问,而是同样略带夸张地夸奖金丽说:"金丽你真是一个好记者,不容我喘口气就问了十万个为什么,你这么一大堆问题把什么都涵盖了,我要是有问必答恐怕跟你说上三天三夜也说不完。你的工作热情很高啊,没看出来原来你还是一位爱岗敬业的好同志。"

金丽乐了,说:"什么呀?我可不像您那么热爱工作,我一点儿也不喜欢上班,如果有人养我就不去上班了,我工作就是为了挣钱。"

"目的明确。"徐达笑着评点道,随口追问她一句,"你要那么多钱干什么?"

金丽一愣,出现了片刻的短路。徐达觉得这个头脑灵活反应极快的女孩儿的这副样子十分好笑,看她的目光里多了几分怜惜和爱护。金丽马上感应到了他的情绪,她清楚自己一些有意无意的小表情小举动很容易打动徐达这个年龄的男人,她故意侧着脑袋想了一会儿,以一种比实际年龄更小些更天真些的劲儿说:"真的哎,您这个问题还真是问到点子上了,还从来没人这么问过我呢——我要那么多钱干什么?这我还真得好好想一想,我要是有那么多钱我干什么呢?"

金丽机灵地切换了话题,她的小机智马上在徐达身上产生了反应,引得他开怀大笑。

金丽接着说:"可惜我现在还没有那么多的钱,我刚买了一套房子，还想攒钱买辆汽车。对您说句实话，我现在正在发疯似的挣钱，连彩票我都买，就盼着天上掉个大馅饼砸我头上呢！钱还有嫌多的时候？好了好了，不跟您扯这些闲篇了。"

徐达带些感慨地说："你买的房子是豪宅吧？有多大面积？是不是奢华得像宫殿那样？真看不出你小小年纪就可以自己买房了，很了不起啊！"

金丽颇不以为然地说："这有什么，我买的不过是套公寓，两小间而已，而且还是贷款的，我们同事小姑娘还有买别墅的呢，真像您说的奢华得像宫殿一样。人家谈笑有大款，往来无白丁——跟她们我可比不了。"

"你们年轻人真是很厉害啊，比我们这代人强多了。"徐达看金丽的眼神有点儿迷蒙。

金丽展颜一笑，拿出言归正传的架势说："您还没有回答我的提问呢。"

徐达同样拿出言归正传的架势，开始侃侃而谈。

同样内容的话他在不同场合、面对不同的人不知说过多少遍了，就像一篇早已经背得滚瓜烂熟的课文，完全可以张口就来。他不过是视心境的不同略作增删而已。今天面对年轻漂亮的金丽他情绪极好，因此说得很全面，也很深入。

"够了吧？"徐达停下来，微笑着问金丽。

金丽记完最后一个字把本子一合，仰脸冲他一笑。

徐达非常敏感地捕捉住了金丽刹那间的一个微妙的表情，

问她:"你想说什么?"

金丽立刻以一种抵赖的神情说:"啊?我什么也没想说啊。"

徐达脸上的笑意更浓了,他很有把握地说:"不会吧?刚才我好像听见你说了一句话。"

金丽抿嘴一乐,非常由衷地说:"您真敏感!那我就说出来吧,我觉得您接受采访的样子特像一个官员。"

徐达自嘲地说:"你是说我像一个官僚吧?"

"那倒不是,就是官员,在我心目中是正面形象。嘻嘻,官僚才不是您这个样子呢。我认为的官僚是那些无能却架子端得很大,无知却处处表现出权威的那种刚愎自用颐指气使的人,他们无一例外都具备昏庸、腐朽、贪婪、霸道等等的特点。"

金丽伶牙俐齿的一番话让徐达笑得更加畅快。他说:"你让我心情很好!"

金丽小声说道:"我还以为说您像官员您会不高兴呢。"

徐达似乎没有听见金丽在说什么,他沉浸在自己的思绪里。他微侧着脸,眺望着窗外点亮的宫灯和车水马龙的长安街,神情迷离,似乎有点儿走神。

金丽专注地看着他的侧影,心里暗自感叹他的轮廓就像古希腊的雕塑一样美,他真算得上是才貌皆备。

"其实,"徐达若有所思地缓缓说道,"当官不当官对我来说真的是很无所谓,说句心里话,我只是很喜欢这份事业。坐在这个位子上最大的好处就是可以实现一些心里的想法。"

他的语调中带着一种感人至深的推心置腹,就好像面对的是一个相知颇深的朋友。

金丽心有所感,十分由衷地称赞他:"我早就听人说过您是一位不可多得的好领导,您一上任就把全报社的奖金很大幅度地提高了,真的,背后夸您的人挺多的。"

"为大家谋些福利吧。"徐达轻轻一摆手,"我不像有些领导干部,一坐上正职的位子就什么也不做了,不求有功但求无过,明哲保身,裹足不前,那些人在我看来都是些职业当官的,是你说的'官僚',我跟他们不一样,我是真的很想做些事情。"

"前面我问过您对奖金制度做了力度这么大的改革和调整有没有遇到阻力,这个问题您好像还没有回答。"金丽往前翻着采访本。

"当然会遇到阻力啦。"徐达微微一笑说,"我们报社五六百人,还不算那些离退休的,改革总是会影响到某些人的个人利益,我是尽可能做到原有的总量不动,只是对增量部分按照每位职工所做贡献和所负责任的大小进行重新分配。当然即使这样也不可能做到人人满意。我只能顾整体,顾大局,奖励承担责任的,奖励干活出力的,按照各人的付出和成绩来分配增加的这部分奖金。这也不是我个人的意思,是我们领导班子集体讨论决定的。所以做得好也是班子集体的功劳。我知道有人对此有意见,认为奖金的差距拉得太大,说到底是认为自己拿得不够多。在我看来这是因为以前大锅饭吃惯了,干不干、干多少大家都拿一样的钱，这是养懒人的机制，也养成了一些人的攀比心理，宁可大家没有，也不能有谁比自己拿得多——这是非常狭隘的，而且也是非常自私的。我是反对赏罚不明的，我认为劳动应该得到尊重，尤其是像我们这样的多少应该说是创造性的劳动，里面包含的价值也不是简单地用工作时间和工作量等等就可以衡量的。所以从今年起我们加强了对好稿的奖励，在这上面奖金也拉开了档次。有个别人觉得自己吃亏了，到上面去告，提了不少意见，在我看来这也是在所难免的，对此我也是比较达观的。你做事就会有人说，你一旦触犯某些人的利益，他们就可能成为你工作的阻力，甚至成为你个人的敌人。从我来说，我是不希望看到这种负面的情况发生，我希望大家都与人为善，相互理解，可是，事情往往并不如我所愿，有时还可能事与愿违。今年以来我们报社已经被查过不止一次了，前两天我还刚送走一拨呢。"

金丽露出惊讶的神情，一边记录一边关切地问徐达："没查出什么事儿吧？"

徐达摊开两手说："当然啦，什么事儿也没有。"他关照她说，"这些你不要写。"

金丽点头，感叹道："当个领导还这么不容易！我原来以为当上领导就舒坦了，可以只动动嘴，好做难做的事情都交给手下的人去做，没想到领导自己的麻烦也不少。我还记得三年前我第一次采访您，那时候您好像是上任不久，您给我的印象是特别年轻,特别精神,走出来就像明星出场一样,让人眼前一亮。这三年多您还真有点儿见老了。"

徐达在片刻的沉默之后莞尔一笑:"快四十五岁了,也该长白头发了吧?"

金丽把采访本收进坤包,结束了正式的工作,她很媚人地微笑着,问徐达:"徐总,有件事我想请您帮忙,可以说吗?"

徐达没有丝毫迟疑地点了点头。

金丽说:"我们报社吧每个记者都有广告和发行任务,压力特别大,您能不能给我们一点儿广告,支援一下我们小报?"

徐达呵呵一乐说:"你们吴总市场化的步伐迈得真够大的,连你们采编人员都不放过,这很出乎我的意料啊!——上面三令五申要求报社把新闻主业和经营活动分开,你们吴总还敢顶风作案?这可是公然违规啊。"

"您和我们吴总熟吗?"

徐达笑说:"岂止熟,我和他太熟了。大学四年吴光睡我上铺,熄了灯我们总一起卧谈人生啦志趣啦什么。那个时候我们都写诗,吴光是典型的'愤青',留着学校里不允许留的长发,穿得邋里邋遢,每天上课迟到,一副很颓废的样子。我还记得他当年不少的豪言壮语,比如他说他此生最大的理想就是做一个行吟诗人,而且发誓终身不仕,也不经商,因为他最痛恨的就是当官和做买卖这两桩事情。我记得他说过他家祖上曾显赫一时,家业很大,收藏宏富,留下的祖训是后辈只可耕读,不可入仕经商。没想到如今他把这两件事结合得如此之好,不仅违背了祖训,跟他年轻时代的想法也完全是背道而驰了。"

金丽听得乐不可支,她说:"我觉得你们那一代人真是太复杂了,为人行事都让人摸不透。我真是一点儿都想象不出我们吴总还有过做文学青年的时候,那不是挺浪漫挺有追求的?这样的事情竟然会发生在他身上实在太让我意外了——您是不是好久没见过吴总了?恐怕您想象不出他现在是什么样子吧?在报社他特严肃,特威严,走路带着一股冷风。不是我夸张,他一出现整个楼道就空了,连我们几位副总编有事没事也都躲着他。他要是有您十分之一的平易近人,我想我们报社的人就会充满了幸福感。"

徐达马上矜持地笑起来,以一种自得的神态说:"可你并不知道我在我们报社是什么样子啊。"

金丽略略一愣,随即发出一阵分贝很高的银铃般的笑声,口称"服了"。

两个人的眼神撞在一起,金丽被徐达绵长的眼波电了一下,身心顿时漂浮起来,同时也颇觉意外。不过她还是被徐达这种溢出领导干部形象的风流洒脱打动,觉得眼前的这个男人不仅长得帅,而且很有男性魅力。她明显地感到他身上有某种吸引自己的东西。

金丽忍不住有点儿想入非非。她脑子里行云流水般地想着这个男人在生活中会是什么样子,他是一个浪漫多情的丈夫或者情人吗?他喜欢女人、懂得女人、疼爱女人吗?金丽看他不怎么像,她倒是觉得他是那种自我意识极强、以自我为中心的男人,而且是那种心中总是有目标而且为了自己的目标跋山涉水永不停止的男人。她想他大概不会为了女人而放慢自己的脚步,也不会为了爱情停下来和女人一起看风景。这样的男人她认识许多,她采访的对象和身边的同事中就有不少,而徐达看上去似乎是此类男人中的典型。金丽仰慕这样的男人,但也就是仰慕而已。她是个务实的人,而且自认为智商和情商都很高,她衡量和取舍男人的标准有自己的一套。和男人一样,她爱慕有魅力的异性,但选择伴侣却要挑选适合自己的。她用女人的眼光审视徐达,她暗暗地把他归为她所谓的"只可远观不可亵玩"的类型,也就是说,如果保持一定的距离这样的人士很有吸引力,当真走到一起,也许并无多大趣味,因为他们的注意力和心思不在女人身上。金丽还先入为主地认为徐达很像是那种被女人惯坏了的男人,她马上想起张爱玲小说里"男人美不得,男人比女人还要禁不起惯"的话。她想不出这样的男人什么样的女人才能够真正吸引他并占据他的心。

徐达露出温柔迷人却又有点儿漫不经心的微笑问金丽:"在想什么呢?"

金丽同样温柔迷人地笑着说:"我正在琢磨您是一个什么样的人呢!"

"说说,你有什么重大的发现?"徐达显得饶有兴味。

"说不上,您潇洒如风,温润如玉,我看不透您。"金丽带点儿调侃地说。

徐达哈哈大笑,笑声十分爽朗。

"那就跟我说说你自己吧。"徐达轻松地把话题转移到了她的身上。

"我自己没什么可说的,"金丽说,"我挺傻挺笨的,总想把事情做好,但总做不好,有点儿眼高手低。"

徐达说:"我看你不是这样的,你对自己要求太高,对自己太苛刻了吧?"

金丽抓住话头反问他:"那您看我是怎样的呢?"

徐达说:"首先你很漂亮,这是有目共睹的。你聪明,能干,机灵,而且还很得体,有自己的主意,知道讨人喜欢,有时候小算盘打得还挺精的,我没说错吧?"

金丽一听,马上用一种撒娇的口气说:"对了,您还没给我广告呢!"

徐达随即正色起来,不再跟她调情,神态又归位到官员的模样。他缓慢而清晰地向她解释他不是不想给她广告,而是给不了她广告。他还耐心地一条一条地向她解释给不了她广告的原因。他的嗓音带着磁性,态度里有一种男性的宽厚和持重,即使是在解释一件做不到的事情也能让金丽体会到他对她的好意和好感。他虽然拒绝了她,却并不让她感到难堪和不舒服,反而让她体会到他的不得已。金丽听着他说,心里在想:他做什么事都驾轻就熟，连拒绝所谓的朋友都这么得心应手，实在是一个狠得下心来的人。所以他才能坐到这样的位子上，所以他才能成功。

金丽心里失望，脸上却没有丝毫流露。拉广告这种事儿本来就是不成功的时候多，成功的时候少，所以面对拒绝她很稳得住劲儿，因为并不算太出乎意料。不过徐达的沉着老到还是令她由衷地佩服，她想果然姜是老的辣。

整个晚上两人之间无论是作为工作关系还是作为朋友关系气氛都极为融洽，达到了水乳交融的地步。金丽钦佩徐达在这种水乳交融的气氛之下一样可以干干脆脆地拒绝她，半点不拖泥带水，也没有半点抹不开面子。凭她的人生经验，一位具有绅士风度的男士要拒绝一位风姿绰约的女士是需要有点儿勇气的，但是徐达很轻易就做到了。金丽心想：这可真不是一个凡人！她觉得这位大报领导身上的确有一种非凡的品质，有许多值得自己学习的东西。虽然她内心里作为漂亮女人的优越感受到了一定程度的挫伤，但是她承认经过这一晚的接触徐达对她的吸引明显又有了增加。

两个人在幽幽的灯影里相视而笑。两个人的笑里都有一种暧昧的心照不宣。金丽清楚徐达对她很有好感，从她见他第一面时就有所感觉，现在在他的眼神和态度中依然十分明显。但是金丽也知道徐达对她的好感绝对不会超出某种分寸，说白了就是不会被她所利用。她心里不由暗笑，眼前这个男人实在是太有头脑了,就是在调情和玩儿情调的时候脑子也是清醒的,真像俗话说的睡觉都睁着一只眼睛。这点跟她以往接触和交往过的男人有显著的不同,而正是这个不同令她心里有了一种新鲜和不太平静的感觉。

这样的一个人似乎不应该用拉广告这样的俗事去立即消费掉,而是应该留着慢慢品味和慢慢消化。金丽这么想着,即刻调整了交际的方向。

为挽回自己刚才过于实际,她故作娇憨地对徐达抱怨道:"其实我真的挺不喜欢拉广告这种事情的。一做这样的事儿,记者不像记者,编辑不像编辑,一个个都跟商人似的,而且还不是正正经经的商人,都是些心怀鬼胎言不由衷滑头滑脑的奸商,感觉真不爽!唉,不过也真是挺没辙的,我们那儿如果想多挣些钱最主要的一条路就是拉广告,听说我们报纸办到今天报纸本身一直是赔钱的,如果再拉不来广告领导和同志们只好全体喝风去。我们写稿子说穿了就是为拉广告做铺垫,打幌子,我们写的每一个字拍的每一张照片其实都是奔钱去的。可我们就这样拐弯抹角挖空心思还没能挣上什么大钱来,想想真是挺没劲的。所以我特羡慕你们大报的记者编辑,上班就是采访写稿,不用再去想着挣钱,多单纯,多纯洁,多体面,多好啊!"

徐达说:"他们挣得没你多。"

他望着金丽,微笑着,目光又一次变得黏稠和迷离。

金丽准确地接收到了他目光里的全部信息,会心会意地回报给他一个甜蜜的笑容。顿时,一种心意相通的气氛包围了他们。两个人一时无语,都低下头去喝茶。

徐达先打破了沉默。他端起茶壶替金丽斟茶,一边感慨道:"假如我还像你那样的年龄多好啊!"随后他又欲盖弥彰地补充一句,"可以做很多的事情。"

金丽调皮地歪着脑袋说:"您正是年富力强啊,现在不也什么都可以做吗?"

徐达听了哈哈大笑,笑过之后说:"不同年龄的况味是不一样的,等你到了我这个年纪你就会理解我说的是什么意思了。"

金丽浅浅一笑,笑过之后她一派纯真地对徐达说:"徐总啊,等我房车俱全我也用不着像现在这样挣钱了我就调您报社去做您的部下,好不好?"

"没法儿安排。"徐达从容作答,笑容里含着一丝顽皮,态度却没有一点儿的犹豫。金丽好像被一只无形的手击打了一下,她马上孩子似的嘟起嘴,做出一副要拂袖而去的样子。不过她并没有走,只是故作无奈地叹了一口气,眼波流盼地斜了他一眼。徐达看着她半撒娇半表演,十分着迷。

金丽半嗔半怨地说:"怎么我提任何要求您都拒绝我呀?"

"是不是从来没有人拒绝过你?"徐达身体前倾,温柔地注视着她。

金丽委屈地撇撇嘴,随即粲然一笑。

徐达于是换了一种很实在很够朋友的态度对她说:"当然

你如果真想来我们报社,我随时都欢迎。只要我还在这个位置上,还当这个总编辑,你想来就来吧。我这个人做朋友和做领导是很不一样的。不过作为朋友我还是希望你不要来,我不希望我们俩是一种上下级的关系,我也不希望你到我们报社委屈了你。我看你目前这样并不错,能写点东西,也能挣点钱,相对来说还算自在。况且坦率地说也许我在这个报社也待不长,这种事情说不好。到了我们这一层,往往身不由己。"

金丽以一副全然领会的神情认认真真地点点头。她表现出对他的话句句听从,而且对他充满了信赖,这给了徐达非常良好的自我感觉。

这个夜晚十分圆满。

徐达和金丽一起乘滚梯到楼下,在饭店门口握手告别。

徐达握住金丽伸过来的纤纤素手,由衷地说:"今晚我很愉快!"

司机开车送徐达回家。从车里出来的时候,他看到天空有流星坠落,一条一条的火线划过幽蓝的天幕,就像下了一阵火雨。

他望着天空,心头一动,立刻想到这会不会是不祥之兆。平常他并不迷信,从来不相信那些没有科学根据的事情,这会儿他的思维下意识地转到了温伯贤抽屉里的那些钱上,心中顿时不安起来。

电梯还在上面，徐达没耐心等，快步走上了五楼，也借此活动活动腿脚。成天坐着，缺乏锻炼，他已经感觉到了身体日渐衰弱。

家里防盗门锁着，他知道老婆还没有回来。老婆原来在一家财经报纸做记者，不久前调到一个网站做CEO，比他还忙，每天走得比他早，回来得比他晚，他们一星期没工夫在一起吃顿饭是常事。结婚二十多年，他们的夫妻关系已经相当疏淡。夫妇两人各有各的卧室，各有各的存折和信用卡，基本上互不过问各自的动向，他们已经有好多年没有为家里的柴米油盐吵过架了，两个人之间也很少有性生活。

回到家徐达外衣没脱就给李明亮打电话，问他听没听说温伯贤那件事。

李明亮说已经知道了，是薛恩义对他说的。

徐达问："现在知道的人大概有多少？"

李明亮回答说："除了老马和当时在场的方文心，大概也就是班子里的几位知道吧。"

徐达说："我和老马打过招呼了，这事传出去容易惹麻烦。其实要说也没有什么，可是毕竟那些钱惹眼了点儿，又都是些没怎么见过钱的人。"

李明亮说："我也叮嘱过他了，他这个人有时候没脑子，一不留神就说漏嘴了，说不定他还是故意的呢。方文心应该没问题，毕竟他素质在那里。"

徐达在电话里哼哼了两声，不置可否。停了片刻他说："我想了想，高秀珍拿走的钱就让她拿走算了，现在最关键的就是让这件事无声无息地过去，不要招出是非才好。"

李明亮说："我也是这么想的。"

徐达特别关照他："明天上班你还是找方文心说一下，这件事就到此为止。"

李明亮说一定照办，请他放心。

放下电话徐达仍然不放心，又给金候高打了个电话，问他上午的事情班子里的几位都什么反应。

金候高很少在这个钟点接到徐达的电话，有点儿受宠若惊。他颇有些不平地说："我还是临下班才听说的！我一整天都在阅览室查资料，也没有人来对我说一声。你说这个老温是怎么搞的？他怎么这么一丁点小事都办不利落？那些钱也不是一天两天前发下来的，他舍不得花也完全有足够的时间存起来，怎么就原封不动地放在办公桌抽屉里呢？我一听脑袋都快炸了。要说本来这也不是事儿，被他这么一弄，传出去影响多恶劣啊！要是上面再派个调查组下来查上一通，查出查不出事情不说，就那点动静我们面儿上也不好看哪。老温他是眼睛一闭凡事跟他没关系了，我们这些活着的人就跟着他倒霉了，没准就得背黑锅。"

徐达被点到痛处，也顾不得金候高话说得着三不着两，问他："那你看这事怎么消除影响？"

金候高直来直去地说："这怎么消除影响？我们也不清楚

究竟谁知道谁不知道，不可能见一个人跟一个人说这件事不得外传吧？而且我们越是这么做越显得我们心里有鬼，所以照我看就是不理会，随它去，就当没这回事儿一样。"

徐达听他这么说，知道他跟自己对不上茬口。这也是金候高这个人的一贯特点，凡事逻辑性特强，但都是他自己的逻辑。有时候还特别轴，自己独走一道，跟谁都不搭调。如果他跟谁较上劲儿，一般人都不是他对手。徐达没耐心跟他谈下去，让他早点休息，随即挂了电话。

而金候高接过这个电话之后却睡不着了。徐达挂断电话之后他心里突然咯噔一下，意识到自己刚才那些话可能说得不大得体，至少不是徐达想听的。他反刍般一句一句回味了一遍，发现自己的确说得是有些不靠谱，不过他认为徐达向他提的问题同样也有些不靠谱。而且徐达向来都是以沉着果断著称的，这样的问题也根本用不着来问他，而且更没有必要三更半夜给他打电话。那到底是什么让徐达失去了常态呢？金候高睡意全消，脑子刷刷地清醒。他以一种探究真理的热情反反复复地思索着，想弄清楚总编辑究竟因为什么而如此不安。

他百思不得其解，很想找个明白人问问。他拿起电话想打给李明亮，刚拨了三个号码，脑子一转，放下了话筒。他想李明亮跟徐达跟得那么紧，即使他知道徐达是因为什么也不可能透露给他，相反说不定他转脸就去向徐达汇报自己在背后打听和议论跟他有关的事，徐达又是个多疑的人，还不定会怎么想呢。

这么一来没准就让他多心了，甚至惹他不高兴，他要是再给双小鞋自己穿穿那就更加犯不上了。这么一想，金候高改变了主意，把电话打给了张帜。

张帜正在值夜班，刚签完了大批的稿子在等头版头条。沈旭东煮了一壶热腾腾的咖啡端过来，跟他聊天。这已经成了一个传统节目了，张帜值夜班沈旭东有事没事都会过来看看他，他忙他就在一边待着，他有空他就跟他聊聊。自从张帜和他结成联盟之后，沈旭东自然而然就把他当成了大哥，随时随地跟他亲近，也随时随地跟他沟通。他从张帜这边打听和了解报社的内幕消息尤其是人事方面的消息，也把自己从更高层听来或者是通过别的渠道打探到的一些消息告诉他。特别是碰到有些不太好判断或者拿不定主意的事情他也常会找他商量，听他的意见。温伯贤一倒下，沈旭东觉得自己的机会又来了，心里再一次蠢蠢欲动起来。他认为这一回轮也该轮到自己了。他掰着手指头计算，无论当正处的年头、业务能力还是在报社的号召力和影响力自己都是首屈一指的，理所应当坐上这个位子。不过让他感到没底的是不知道徐达和领导班子里的成员是不是也这么看，这可是事关重大，直接影响着他的前途和命运。他非常清楚这一次能上不能上对他来说某种意义上很可能就是最后一个机会了，什么都讲趁热打铁，官场升迁也是如此。上次他明明胜券在握却没能胜出，假如再次被淘汰，估计从此也难有什么大戏了。所以在打探消息之外最重要的他还想让张帜助自己一臂之力。

沈旭东刚把滚烫的咖啡替张帜斟上,还没来得及把话头引到自己身上,张帜的手机就响了。

张帜一看显示屏,电话是金候高打来的,颇有些奇怪。平常金候高和他除了工作上的事情没有私下的电话联系,也从来没有在这个时间接到过他打来的电话。张帜以为是和稿子有关的事,他摁下接听键,没有回避沈旭东。

金候高在电话里开门见山地说刚才徐达给他打来电话,好像对温伯贤抽屉里的钱非常紧张,问他有没有听到什么。张帜说:"我没听说什么。我想他不至于吧。"

金候高说:"是啊,我也认为他没必要那么紧张,但他好像特别害怕这件事传出去,一个劲儿问我怎么消除影响。"

张帜问他:"你怎么说的?"

金候高笑了一声说:"我说那我们还能见一个人跟一个人说这事不得外传啊?那样不是欲盖弥彰更加显得我们心里有鬼了吗?不理它随它去吧——我就这么对他说的。"

张帜听了觉得好笑,这真是典型的金候高的表达方式,他想徐达得到这样一个反馈心里不定多不熨帖呢。不过跟金候高他也不好多说什么,只是简单地说:"这种事也只能听其自然,你越不让人说说不定越是传得满城风雨的。"

"就是啊,"金候高说,"我也是这么想的。你说徐达大半夜的打这个电话有什么意义嘛?弄得我都睡不着觉了。"

张帜笑着安慰他说:"你还是安心睡觉吧,就是真有事儿也是兵来将挡水来土掩,这会儿操心也没有用。"

金候高忽然追问了一句:"薛恩义没跟你说什么吧?"

张帜听了心里稍稍有点儿不悦,他想这金候高也够愣的,有这么问的吗?薛恩义跟我说没说什么与你何干?就是说了什么就一定要向你汇报吗?他故意停顿了几秒钟,然后用应付的口气回答说:"他没有。"

金候高却毫无觉察一般,继续顺着自己的思路说:"他是管这一摊的,我想他总会比我们知道得多一点儿。"

张帜克制着心里的不耐烦说:"我不太清楚。"

金候高带些感叹地说:"但愿这件事别惹出什么是非才好。"

他又说了几句"值班辛苦"、"注意休息,别太累"之类的客套话才挂了电话。

张帜合上电话,沈旭东在旁边抬起手腕瞄了眼手表,嗤地一笑,说:"怎么,金候高睡不着觉找你呀?"

张帜笑着说:"他睡不着觉找我也没用,我也不是安眠药。"

沈旭东说:"什么事让咱老金三更半夜这么六神不安的?"

张帜本不想说,但又怕刚才通话内容他其实都听到了,不过是明知故问,这样的话自己躲躲闪闪的反倒不好,也没意思。于是他轻描淡写地说:"还不是温伯贤抽屉里的那些钱闹的。"

"钱?什么钱?"沈旭东马上瞪大了眼睛。

张帜说:"今天上午温伯贤老婆来整理遗物在他抽屉里发

现了一包没拆封条的钱,好像数目还不小。"

沈旭东不以为然地说:"嗨,我当什么呢!那不就是平常发的他悄悄攒下来的呗,肯定是不想让他老婆知道,说不定想派什么用场呢。你说他这个人也真是啊,典型的老农民心态,什么好东西都往自家炕洞里藏。钱发给你该花就花,该派什么用处派什么用处,一时用不上花不完找个地方去投资,哪怕买成国库券生几个利息呢,放办公桌抽屉里这叫什么事儿?"

张帜说:"是啊,要是花了或者派了用场不就没这事儿了吗?他省了那一道,现在招得好几位领导同志都睡不踏实了。"

沈旭东哈哈大笑:"不至于吧,太大惊小怪了吧!"

张帜说:"也许是怕有人利用这个做文章吧。对了,这事儿上头关照要保密,别再跟别人说了。"

沈旭东郑重地点头道:"你放心,我没人可说。"

稿子到了,张帜忙着去处理,沈旭东打道回府。

街上灯火通明,沈旭东心情好极了。虽然他没有打听到自己想知道的情况,却无意中听说了这么一件事,等于是拣到了一发炮弹,这可是难得的意外收获。他沉浸在一种难以形容的喜悦当中,心里盘算着怎么用这一发拣来的炮弹再给死去的温伯贤狠狠一击。尽管向一个死去的人发起攻击他也知道不够厚道,但谁让这个人活着的时候把他坑害得那样惨,所以他不会因为他死了就轻易饶过他。沈旭东认为这也是温伯贤攻击无辜应得的报应,自己不过是痛打落水狗。

他等不及回到家，在出租车里就掏出手机，他怀着恶毒的快意，把电话打给了罗卫。

罗卫向来跟他狼狈为奸，一听这事立马幸灾乐祸地说："平常他们整天廉洁奉公挂在嘴上，一个个装得跟人似的，背着我们不定得了多少好处。温伯贤抽屉里就有那么多钱，没放在抽屉里的指不定有多少呢，这帮人真是够黑的！我早听人说过咱们那几个头儿分钱分得凶得很，他们可是名声在外，他们这么胡来我看早晚要出事。"

沈旭东说："可不是，明摆着这也不是温大爷一个人的事情，弄不好头头脑脑就要跟着这尊瘟神一块儿倒霉啦！"

罗卫说："谁让他们合穿一条裤子呢！"

沈旭东用一种透露小道消息的神神秘秘的口气说："我已经听说咱们报社高层有人夜不能寐了，没准这还真是地震前的预兆呢。"

罗卫说："说不定咱们有戏可看了。"

结束通话，罗卫意犹未尽。他把电话打给了自己的狐朋狗党孙美美。孙美美正在QQ上泡网友，她一听单位里出了这么一档子事，兴奋得不得了，用分贝很高的声音在电话里说："好了好了,这下头儿们有得忙啦,再没工夫天天盯着我们总编室了。跟你说吧罗卫，这哪是一包钱，这简直就是一摊屎啊，这下徐达他们忙着给自己擦屁股还来不及呢！"

罗卫听了哈哈大笑，说："谁让他们平常不把自己屁股擦

成人游戏 125

擦干净的！"

孙美美说："古人云'未雨绸缪'、'居安思危'，可那几个人哪有这般的远见卓识？都是些只顾眼前的人。"

罗卫感慨地说："老话说'一叶知秋'，这一包钱不过是冰山一角罢了，要说这也是我们的血汗啊，想想我们又得到了什么？他们腐败得真够可以的。"

孙美美说："那是啊，谁让人家是领导呢？而且肯定还有许多事情是咱们不知道的。"

罗卫愤愤地说："这帮子人啊，真是太黑了！所以段子里说把他们统统枪毙了没多少是冤枉的，隔一个枪毙一个有漏网的。"

孙美美听了大笑，说："不过换一茬人说不定还不如这一茬人呢，不是说'天下乌鸦一般黑'吗？咱们别替他们操心了，天不早了，洗洗早点睡吧。"

放下电话孙美美并没有马上睡觉，她忽然睡意全无。她觉得这么惊人的一个消息应该拿出来分享，于是打开信箱，写了一个EMAIL，标题为"本报内参1号"，内容如下：

据可靠人士透露，今天上午已故副总编温伯贤的遗孀在他办公桌抽屉里发现大量未拆封条的百元大钞，显然与温生前收入不符。此事已在高层引起惊动。或许好戏在即，各位拭目以待。

此事关系到本报社的声誉和形象,请各位注意严加保密。

她群发给了近二十位跟她关系不错的同事。她得意地想,明天一早这一定会成为报社的头号新闻。

早晨方文心在办公室门口掏钥匙正要开门,看见老马提着两壶开水满脸堆笑朝自己走过来。他扭过脸去,故意不与老马对视。昨天的事情他心里的阴影还没有完全散去,想起来就觉得窝心。

老马看出方文心脸色不太好,却装得毫无察觉,径直走到他跟前,把一张瘦削的烟熏火燎的老脸凑过去,脸上堆满了讨好的笑容,问他说:"徐总让你去找他一下,你去了吗?"

方文心毫不客气地瞪他一眼,没理他,打开门进了办公室。

老马紧紧地跟在他身后,用一种非常哥们儿的口气对他说:"还是去一下吧,啊?"

方文心突然回过脸冲老马说:"我不去!"

三个字就像一口痰一样直接吐到老马的脸上。

老马并没有生气,而是十分委屈地嘟囔道:"也不是我要你去的,是总编辑让你去的嘛。"

方文心瞪着两只布满血丝的眼睛,反问老马:"总编辑干嘛让我去啊？"

老马支支吾吾地说："那，那不是……"

方文心打断他说："别说了，老马！一大清早的，你别来添乱，你让我保持一个良好的心态投入工作好不好？你没看我有一大堆活儿等着干吗？"

方文心坐到电脑前开始忙自己的，不再理睬老马。老马很没趣，提着暖壶悻悻地走了。

一上午方文心就在办公室里闷着，一声不吭。平常他有个习惯，一到十点钟工间操的时候就端着茶杯这个办公室串串那个办公室逛逛，听听各种版本的流言，再散布一些道听途说的消息，轻松一番。这天到了工间操他纹丝不动，沉着脸在电脑上敲敲打打。总编室的人都看出他心情不好，只是没人清楚他到底遇到了什么烦心事，也不好问他，都躲他远远的，不去招惹他。

临近中午时分方文心才从椅子里站起来，把看完的一摞文件送回机要室。从机要室出来他看见李明亮正站在自己办公室门口远远地朝他招手。他走过去，李明亮面色和蔼声音低低地对他说："有点儿事儿跟你说。"说着侧身把他让进了办公室。

办公室里没有别人，金候高不在。李明亮的态度显得格外亲切，他没有像平常那样让方文心坐在他办公桌对面的椅子上，而是和他一起并肩坐在长沙发上，似乎有点儿跟他平起平坐的意思。方文心赶紧侧过些身子，挪出小半个屁股，不敢满满登登地坐在沙发里。李明亮微笑着做个手势让他随便一些,顺手从办公桌上拿过中华烟请他吸。方文心头脑里的小齿轮咔嚓咔嚓飞快地转动起来,他猜想李明亮对他这般礼贤下士估计还是为了温伯贤抽屉里那些钱的事情,他没想到这竟然让领导们如此不踏实,心里更加憎恨老马连累自己踩上了这么一泡烂狗屎。

不过方文心心里倒一点儿也不虚。他想自己素来和温伯贤关系正常,领导没必要紧张和怀疑他会在这件事上对一个死去的人落井下石。至于温伯贤抽屉里的那些钱他也没有太当回事儿,他认为这一点儿也不值得大惊小怪。他是学经济学出身的,对各门各派的经济学理论吃得很透,对人类经济生活中的规则和潜规则都比较了解,所以他并不认为领导多分些钱有什么不正常,拿徐达经常说的一句话说就是"领导同志多担着一份责任",因此他们拿得多些甚至再多些也算是符合"多劳多得"的社会主义分配原则,所以他的心放得很平。他甚至在晚饭桌上跟自己老婆都没有提起看到那些钱的事。他认为自己这么守口如瓶要是放在战争年代都可以去当深入敌后的地下工作者了,所以他面对李明亮相当坦然。

方文心吸着李明亮递给他的中华烟等着他开口。李明亮没有像老马那样开门见山,他先问了问这一天的发稿情况,头版头条分量足不足?特稿都有哪几条?专题大采写的稿件到位没到位?热点报道报的是什么?等等等等。方文心一一作答,忽然想到这一期值班的是副总编张帜,李明亮正轮空,这些应该

成人游戏 129

不归他管，心里马上确定了李明亮跟他说这些不过就像外国人见面谈天气一样。果然聊了几分钟发稿情况，李明亮话锋一转，问他对报社下一段的工作有什么想法和打算。方文心尽管头脑还算灵活，一时还真有点儿弄不清楚他这么问葫芦里究竟装的是什么药。他心里飞快地琢磨着该怎么回答这个问题，说自己没有仔细考虑过？还是把自己心里真正的看法说出来？或者用几句嘻嘻哈哈的玩笑话一笔带过？一时他拿捏不好这个分寸。突然他看见李明亮正用一种热切的眼神注视着他，马上明白了他问这句话其实不过是在向他传递某种好意，心里多多少少还是忍不住有点儿受宠若惊。他热血一涌，仿佛听见了命运的敲门声。

　　方文心要说没想过这件事也不是真话。温伯贤突然去世，希望又活灵活现地出现在眼前。不过他知道这件事也不是他一个人在想，粗略地算一下报社里做着同样美梦的人至少不下七八个，而且肯定有人比他想得更急迫更热切。

　　每一次领导班子增补的时候总会有人蹦出来，到头来没能如愿坐上宝座又只得一点儿一点儿往回收，让大家白白看了笑话——这样的教训太多了，所以方文心在这方面一贯十分谨慎，也十分低调。他从来不冲在前头，而是尽可能不做出特别的表现。尽管他是总编室主任，和高层领导在业务方面关系最直接，打交道也最多，但他清楚自己不占任何优势。除了学历比报社的普遍水平高一些外，他也没有什么过硬的条件跟别人去比。

他和几位领导也都走得不近,他从来不请他们吃喝,也不陪他们打牌,逢年过节也不去登门拜访。他仅仅就是上班下班,做好自己分内的事,他自己都知道这个样子想往上走是不行的。还有一个问题就是他太直了,比如每周评稿,参加的都是总编、副总编和各采编室的主任、副主任,别的人一般都是例行公事,说些表扬和捧场的话,敷衍了事,迫不得已说一些批评性意见也是字字斟酌,句句推敲,点到为止——能到这个级别开这样的会的人都不是等闲之辈,个个认为自己是行家里手,个个都有自己的一套,而且也都彼此顾忌。只有他不管这些,谁的稿子都敢单刀直入地批评,而且开口便是一语中的一针见血的话。他以为自己是对事不对人,当然这也是报社所提倡的,他认为自己是对报社负责,可是哪一篇稿子后面对应的不是具体的人?而且哪一篇稿子从策划选题到采写到编发到上版不要经过几道手?所以他等于还不止得罪了作者,里里外外得罪了一连串跟这篇稿子相关的人。而且他说出来的那些批评性的话就是总编副总编都是不轻易说的,而他因为"酷评"惯了,习以为常,张嘴就来。好在报社的同事不跟他一般见识,原谅他书读多了,头脑简单。事情过后他也能琢磨过味儿来,知道自己又过梭了,犯了傻,做了得罪人的事情。可是到下次再开这样的会时他又会忍不住说出犀利和有锋芒的话,就像旧病复发一样,自己也控制不了自己。好在他对自己还没有失去正确的判断和估计,他知道自己除了说真话得罪人,自己在业务上面拔尖同样也是得罪人的。如果综合打分,自己未必如同级别的其他几位。那几位可都是人尖子,他们有能力,有手腕,会走上层,也比他会做人,而且人家始终没有停止过活动。因此,即使空出温伯贤这么一个位子,他心里全方位地一分析,觉得自己并没太大的戏,也就没起太大的想头。

"你当正处有几年了?"李明亮似乎不太经意地问他,那种故作随便的态度使他话里的意思更加明了。

"快三年了吧。"方文心故意回答得有些迟疑,好像记不大清楚,又好像不太把这个放在心上。

"沈旭东比你还早点儿吗?"李明亮身体略略前倾,很像是要跟他探讨一番的样子。

李明亮这么说就等于是在告诉他至少在他看来他与沈旭东有一拼,方文心心里不由呼地热了起来。沈旭东在处级干部这一层是相当有实力的,平心而论是最有实力的。他人很强势,业务也不错,家里又有背景,尤其是特别擅长密切联系领导,方文心并不觉得自己是他的对手。所以,李明亮把他们两个相提并论,让他觉得有一点儿意外,也有一点儿惊喜。

方文心谦虚地笑着说:"我比他晚好多呢,至少要晚三年多,我不能跟他比。"

李明亮嘴角挂着一丝笑意说:"什么叫不能跟他比?不过就是看怎么个比法了,我看至少在采编上你就要比他强许多。"

方文心尽管心里也这么想,不过却还是连声说:"不敢当,不敢当！"

  李明亮又一次朝他打开烟盒，让他自己从里面拿烟。方文心取出两支，先递一支给李明亮，从口袋里掏出打火机替他点上。

  李明亮一边吞云吐雾，一边眯起眼睛显得非常诚恳地说："老温走得很突然，他的一摊事就丢了下来。我们几个人各有各的分工，现在因为他全打乱了，哪里有事就要顶上去。我们五个人要做六个人的事情，确切地说是我们四个副的在做六个人的事情，说实在话还真是有点儿手忙脚乱。我跟徐总提出过赶紧把领导班子补齐，这样对我们开展工作也有利啊。"他停顿了片刻，对方文心显得更加知己地说，"你工作一贯认真负责，这是大家都看到的。徐总对你也非常欣赏，好几次他都专门提到你。"

  方文心听得心里十分受用，他很想听听徐达提到他是怎么说的，可惜的是李明亮没有了下文。方文心很快反应过来李明亮这么说不过是个策略，他只不过是抛出这么一句笼统的话，和他前面的话拼凑起来给他一个徐达对他印象不错的感觉，真正的目的也不在于夸他。

  "谢谢谢谢！"方文心嘴上还是十分客气。

  李明亮说完了这些半拍半推着他的肩膀，带点煽动性地鼓励他说："好好干吧！"

  方文心领会了他送客的意思，赶紧识趣地告辞。从李明亮办公室出来，他脑袋有点儿晕乎乎的，不过心里却并没有糊涂。

成人游戏 133

心想李明亮就是有水平，难怪人家是报社里一人之下数百人之上的二把手呢！他从头到尾就没提昨天那档子破事，却把他封得死死的。方文心想如果常人使的是剑的话，李明亮使的便是"剑气"，手段可谓老辣。他不仅言左右顾其他始终不把事情挑破，还顺手在他面前悬挂上一只红彤彤的大苹果，让他觉得希望就在眼前，同时也让他自觉自愿地守规矩，老老实实做人，不乱说乱动，因为如果他不按规矩走棋他就等于在自毁前程。方文心实在没法不佩服他。他心中感叹哪像他妈傻X老马，什么话竹杆子一样直直地捅过来，让人把他烦死。方文心最受不了的就是老马拿他当个傻蛋，他心想又不是三岁小孩子，用得着这么一遍一遍左关照右叮咛的吗？一个人一辈子谁都保不齐会撞上一两件不该他看见和听见的事情，就是凭自己的修养和觉悟只要脑子没出故障肯定是不会往外说的。难道自己不知道这关乎一个人的隐私吗？他甚至知道这还不仅事关一个人的隐私呢。老马真他妈把人都当弱协会员了，谁让他本人就是一弱智呢！方文心认为老马根本不了解他，而且凭他的理解力也永远不可能懂得他，想想自己还老跟他在一张牌桌上摸牌，真是无聊又无趣。不过他也知道李明亮铺排了半天全都是虚招，他暗示他有戏接替温伯贤的那些话分明是给糖水他喝呢。如果真的想要提拔他，那李明亮应该代表组织出面找他谈话才对，他这么半公不私的算什么？而且温伯贤才死没几天，恐怕上面的工作效率还没高到这个程度吧？他猜想一定是自己不去找徐达，这个招呼就被下放给李明亮来打了。这么一想,心中不由好笑起来。

不知是不是纯属巧合,距李明亮和方文心谈话不到一个星期,报社果真召开了一次对副总编人选进行民主投票的会议。那天下午临下班前各组室接到紧急通知,一小时后全体人员到会议室开会,外出采访的人员也要通知尽快赶回。方文心听到这个消息刹那间体会到的竟然像歌里唱的那样是一种心跳的感觉。难道自己的好运气这么快就来临了吗?难道这个香喷喷的大馅饼就要砸到自己头上了吗?他觉得如果真是这样也未免太容易了,而他对太容易的事情一贯都是不怎么相信的。

离开会还有一个多小时,他在办公室里就坐不住了。他就像热锅上的蚂蚁,焦躁不安。他觉得自己像是面临着一场考试,而对这场很可能决定着自己前途和命运的考试他却丝毫也不摸底。他觉得这段等待的时间太难熬也太难打发了,真希望能一个箭步跨过这一个小时。

他拿出一组待发的专题报道,却没法把注意力集中到稿子上。他开了柜子把几份红头文件拿出来,可是手捧文件,脑子却不知走到哪里去了,看了半天也没有领会文件上说的什么。他放下文件,重新收进柜子锁好。他漫不经心地端起茶杯喝了一口,杯子里的水已经快见底了,好多茶根一起涌到了他的嗓子眼里,他一下子咳嗽起来。他放下杯子,叹了口气,也懒得起身去续水。他手里拿着鼠标毫无目的地点来点去，盯着电脑屏幕发呆，心里百无聊赖。

他心里莫名其妙地觉得很空虚。他站起身走出办公室，外面楼道里空无一人，他晃悠了一圈，看到每个办公室都紧闭着门，显得十分神秘。他很想知道他认为的几个可能的竞争对手这会儿都在干什么，当然他心里也清楚这会儿肯定是老老实实待在自己办公室哪儿也不去最好。不过他终于还是忍不住强烈的好奇心推开了社会新闻采编室的门。

社会新闻采编室里面静悄悄的，每个人都在，大家各忙各的，至少有一半以上的人在电脑上打游戏。方文心探头看去，主任沈旭东和副主任罗卫的屏幕也都是花的，超级小马莉正在蹦蹦跳跳地过关呢。

方文心故意咳嗽一声，开玩笑地大声说道："我来视察工作，你们玩得挺高兴的嘛，有你们这么上班的吗？"

沈旭东一看是他，一边玩一边笑嘻嘻地说："我们等着开会呢！"

方文心听出他语调里那种抑制不住的兴奋，就像小孩儿盼着过年一样。再看他笑得那么灿烂，心里不由别扭了一下，暗想这家伙是不是胜券在握啊？他仔细地盯了沈旭东两眼，想从他的神情里找出一点儿蛛丝马迹。

沈旭东也回过头盯着他看了一番，扑哧乐了，说："怎么啦，你这么看着我，我有那么好看吗？"

方文心还没回话,被公认为报社第一美女的冯蓓冷不丁冒出一句:"没毛病怕人看干什么?"

沈旭东立马兴奋起来,笑着反唇相讥道:"我要是长得像你那么沉鱼落雁闭月羞花我当然不怕人家看啦。"

冯蓓斜他一眼说:"不理你!"

沈旭东带点儿自嘲地说:"我今天到底招谁惹谁啦?都上我这儿来找缝叮。"

方文心看沈旭东情绪轻松一副成竹在胸的样子,心里便有一点儿醋意和失落。他心想沈旭东肯定已经听说了什么,说不定已经掌握了重要的情报。像他这么有心计的一个人绝不可能像自己这样坐观时局,他不可能不主动出击。这么一想他故意带点儿夸张地问冯蓓:"说说,这个人到底有啥毛病?"

冯蓓笑嘻嘻地说:"不知道,你问他自己好了。"

沈旭东笑得很开心地说:"我有啥毛病?哎,我提醒你们啊,别越说越离谱了啊!"

方文心听他们说什么都像是话里有话,尤其是看沈旭东有说有笑,情绪亢奋,心里更加失重。不过他想今天不过是提副总编的人选,怎么也不会只提一个,总要多几个备选,如此的话即使沈旭东真的已经内定也不影响自己同样榜上有名。这么一想他心里便不那么计较,甚至还生出了一点儿和沈旭东同舟共济的心情。他故意用一种大大咧咧的姿态凑近沈旭东问:"有没有听说什么?"

沈旭东立刻很知己地凑近他，反问他："你听说什么了吗？"

方文心不想说自己什么也没听说，他脸上挂着含而不露的笑容，一副知而不言的样子。

沈旭东半真半假地说："听说都内定了。"

冯蓓一脸不屑地说："有这么散布谣言的吗？"

罗卫假装教训她说："领导同志说什么你好好听着，就是有意见你也先跟我提，我再逐级向上反映，你这样越级批评领导，像话吗？你还有没有一点儿组织纪律性！"

罗卫说这话的声气像极了已故的温伯贤，简直就是温伯贤的原音重放，一办公室的人都忍不住哈哈大笑起来。

笑过之后方文心发表感言："有时候谣言往往是新闻的先前部队。"

沈旭东马上抓住了他这句话，笑道："听听，总编室的领导一锤定音。他就是这样来阐释我们大家热爱的新闻事业的啊！"

大家又是一阵大笑。

说笑了一番方文心回到自己办公室，看到办公室的那些人一个个都很木然，似乎对投票不投票完全无动于衷。他想想也是，上面兴师动众地召开这么一个会，其实真正认为与自己有关的恐怕也就是那么几个人。他对自己说这个时候一定要沉稳，要拿出大家风度。他重新坐回到椅子里，捧着一杯茶，在心里分析着形势。除了拿自己和沈旭东相比了一番，他还拿自己和另外几个处级干部比了比，一条一条想着自己的有利因素，又一条一条想着别人的不利因素，发现自己还很占上风，心情不由得一下子豁亮了许多。他甚至想到如果的确有内定一说，也未必就没有内定自己。

开会的时间到了，方文心故意磨磨蹭蹭地落在后面。尽管他并不能确定自己是否真的就是所谓的内定人选，但他还是下意识地觉得自己成了焦点人物，很可能正有无数双眼睛悄悄地盯着自己。他在心里提醒自己要冷静从容，这样的时候尤其应该低调，不显山不露水，才有分量。

他低着头面无表情不前不后夹在人群当中进了会议室，果然感觉到有目光从四面八方向他投射过来。那些平日里关系不错常开玩笑的同事脸上更是带着暧昧不明和意味深长的笑容。方文心生怕人家错以为他心中得意，脸上的线条下意识地变得有些僵硬，一张脸木木的。他马上又觉得这样不妥，因为很有些此地无银三百两的意思。他想这种时候既不能喜怒形于色，太拘谨也是不对的，紧巴巴的显得没见过什么世面。他心里暗自感叹真是做人难，难做人啊。他尽量拿出一副轻松自然的样子，回报过去的笑容十分谦虚，立马又为自己的谦虚感到一阵心虚，脊梁骨上涌出一片热汗。

民主投票开始得很迅速，结束得也很迅速，前后也就十来分钟。这一次不像前面几次参加的仅仅是副处级和副高以上的高级人员，也不像前面几次发下候选人名单大家只用在候选人姓名后面打勾就行，而是全体人员不分级别人人参加，每人发一张白纸和一支圆珠笔，想提谁把名字写上，充分发扬民主。

这很出乎方文心的意料。他拿着那片白纸着实犹豫了好一会儿，心想打勾多好啊，省时省力，还不露痕迹，而且目标集中，自己的命中率也高啊。他想怎么排队快轮到自己就变花样了？心里不由隐约有一点儿失落。转念一想又觉得这失落未免来得过早了，毕竟八字还没有一撇呢。

方文心把圆珠笔在桌上的一张旧报纸上使劲划了划，正要下笔，马上担心起笔迹会被认出来。那么还写不写自己呢？他下意识地用眼角的余光扫了一眼不远处的沈旭东，只见他正奋笔疾书，唰唰写完之后把选票叠了一下扔进了投票箱，那股干脆利索得意扬扬的劲头就像是稳操胜券。方文心不再犹豫，他略一思索，埋下头用一种工工整整就像电脑排版一样的字体先写上了自己的名字，然后又写了罗卫。他没写沈旭东，想一想又写了两个他认为完全没有竞争力的名字——一个是资料室主任姜树柱，另一个是摄影图片室代主任李东林。写完他起身四顾，大家都已经走得差不多，会议室里没几个人了，而且也没有谁留意他。他像沈旭东一样把自己的选票折叠了一下丢进投票箱里，迈着稳当的步子，走出了会议室。

第三章

（马雅）

亲爱的，你肯定想不到，在你离去之后，报社一下子变得乱糟糟的。而我因为失去了你，无心去关注他们的纷乱。我的心被痛苦击碎。每天我还像以前那样去上班，但是我清楚这件事对我来说已经没有了它真正的意义和精髓，我无论是今天去了、明天再去了我依然不能见到你，我已没有可能在楼道里与你相遇，看你一个微笑和一个亲切的眼神。对我来说现在单位里什么也没有了，没有人在等待和期待我，也没有我等待和期待的人。我就像一具行尸走肉，所有的生机和快乐都与我无关。

你走了，把我孤孤单单地留在这个世界上。你带走了我对生活的热情和激情，你带走了我的灵魂，我只有空壳留了下来。现在我就像钟表的指针一样机械地行走在自己的生活里，单调而刻板。

原来我的生命里有你的生命，即使在默默等待你的时候，我的心里也一样充满了苹果花一样芬芳的爱情。而现在，我的身体、我的血液、我的心因为你的离去在冷却，不可遏制地变得寒冷，结成冰块，像死一样没有生气。我用自己的胳膊把自己环抱，但我仍然冻得瑟瑟发抖。我没有办法抵挡和驱赶那种彻骨的寒冷，多么绝望！我想着你，想象着你并没有离去，你随时可能出现在我的面前，用你的拥抱来温暖我。但我知道这一天再也不会有了，你永远不会再回来了。我的眼泪控制不住地流出来，我流出的眼泪竟然也像死亡一样冰冷。

每到夜里我对你的思念会变得更加强烈。还记得我们幽会的那些夜晚吗？我们在一起度过了多少无法言说的幸福时光！每次在你到来之前，我都会坐立不安，我会一次次跑到门后，聆听电梯升高的声音和你穿过走廊一点一点走近我的脚步声。我总是在打开门的第一秒钟扑进你的怀里，你说我就像一个撒娇的小女孩儿。我的确对你怀着初恋一般的感情，即使我躺在你的怀里，也一样会忍不住思念你。我告诉过你，我对你的感情那样浓，浓得化不开，而你宽厚地笑着，满怀柔情地把我抱得紧紧的。记不清有多少次我在幸福中晕眩，以为此生得到和抓住了我想要的一切。尽管你从不对我承诺，从不对我说一句关于将来的话，我也曾经为此暗自失落，但我心里还是始终有一种安定和温暖的感觉。女人是相信直觉的，我知道我拥有着你。

　　你离开我不知不觉间已经数月过去了。那时还是槐花飘香，现在已是冷雨敲窗。你在哪里？你那边冷不冷？你那边是否也一样雨下个不停？你知道这么久了我依然在内心深处呼唤着你吗？我为你凋零了的肉体哭泣，我为你消逝的音容笑貌哭泣，现在再没有那份熟悉的温情和温暖来慰藉我寂寞的身体和心灵了。

　　可是你竟然在睡梦里也不来与我相会，我难以相信你真的从这个世界上消失了。有时候我觉得你好像依然活着，尤其是报社里的那些人提到你议论你的时候，他们给我一种错觉，似乎伴随你生命的一切活动仍在进行着，并没有终止。

　　我从别人的嘴里听到了不少关于你的传言。他们——那些你昔日的同僚和部下对你议论纷纷，而且颇有微词。他们说你这样那样，把你说成是一个道貌岸然的腐败分子。他们太让我吃惊了！在你活着的时候他们可不是这样的，他们态度谦卑，恭顺有礼，他们请你吃饭，给你送礼，请你帮忙，托你说情，车接车送，陪来陪去，把你奉若尊长，对你亲如家人。可现在他们露出的完全是另一副嘴脸。我把他们看得越来越清，也越来越透，知道他们都是一群长着锋利牙齿的人，他们本质上都是些带着远古记忆的嗜血动物，平常用衣帽一本正经地包裹起来，一有机会还是要露出动物的原形，蜂拥着、争抢着去品尝血的滋味。这也是他们单调沉闷的灰色生活里的一点儿调味。

他们所做的这些都深深地刺激了我，我的心因此而伤痕累累。

有一件事特别刺痛我，我听他们说在你办公桌抽屉里找到了数额巨大的钞票之外，还有……还有好几张你与一个女人的合影。乍听之下我心跳不已，我以为他们说的那个女人一定是我。我昏头涨脑地回忆我们在一起都拍过哪些照片，你有可能把哪几张照片放在了办公桌的抽屉里。我知道你一贯都是相当谨慎的，你甚至让我小心不要把你和我拍在同一个胶卷上。因为你的在意我们的合影寥寥无几。只有一次，那时还是我们相爱之初，那天我过生日，你兴致特别好，我们在我借住的房子里自拍了几张合影。那是我拥有的不多几张和你在一起的照片，我至今秘不示人地珍藏着。除此之外我想不起来我们还在何时何地拍过合影，除非是报社年庆时全体人员的合影——可是出乎我意料的是他们所说的照片上的女人竟然不是我，而是会计室里那个庸俗妖艳的女会计！怎么会是这样的呢？告诉我，这是真的吗？你不是说你什么都告诉我什么都对我说的吗？你不是说你对我充满信任毫无保留的吗？可你从来没把这样一件事告诉我啊。你知道吗，这个传闻当场就把我击垮了。他们说得言之凿凿，活灵活现，我将信将疑，内心痛楚。最让我伤心的是如今我已经没有办法当面问你了，而你也没有可能给我解释了。

现在我很怕去上班，很怕碰到那个蛇一样扭动着细腰的风骚女人，她就像一把锋利的匕首一样刺向我的心脏。可就是在这样的时候我心里也仍然在为你辩护，我对自己说，不可能，不可能，不可能……

有时候想想，这样的日子，真是看不见一点儿光亮。我经常长时间地发呆，就像一潭死水。我能感觉到自己在一点儿一点儿地老去，心也在一点儿一点儿地枯萎。只有在那些月圆的夜晚，我会十分难得地萌生出一点儿渴望。我把自己脱光，让裸露的肌肤沐浴在窗口透进来的月光里。我在幻想中感受着你的体温，想象着仍然和你在一起，你就在我的身旁，我甜蜜地依偎着你。而当幻觉消退，我的心比任何时候更觉凄凉。

现在我裸体而睡再不是为了和你做爱，只是为了在心里和你片刻相聚。我与你也就仅剩下这一点点的联系了。

我心中的疼痛和悲苦无人知晓。

我能感觉到你在渐行渐远,而我也是一样。我清楚总有一天我会完全把你忘记——就好像我们从来就没有走近,就好像我们从来就没有过肌肤相亲。

（温伯贤）

没有身体之后我就像一个梦一样飘忽不定。对于现实世界来说这个"我"已经不存在了，我只是一股气流，一股烟尘，或者只是一段思绪，一段记忆，或者什么也不是——连我自己也无法形容这个"我"究竟是什么。但我却仍然坚定地留在我曾经工作过并且深深热爱着的这个地方，不愿离开。

在许多个深夜和白天，我在报社长长的走廊里徘徊，从东头走到西头，再从西头走到东头。准确地说是从东头飘到西头，再从西头飘到东头。我比空气更透明无形，比灰尘更容易被风吹散。没有人能够看得见我，也没有人能够感觉到我，甚至连我爱的人也不会知道我就在她的身边。我是一个被人忽略了的人，我也是一个快要被人遗忘的人。

尽管现在仍然还会有人提到我，有时甚至是频繁地提到我，但是他们提到我的时候完全是另外的言辞和另外的嘴脸，而我从他们嘴里出来也完全成了另外一副面目。同样是这些人，在我活着的时候他们笑脸相迎，殷勤备至，他们知冷知热，比亲生儿子对你侍候得还要周到。不过我也不计较这些，因为计较毫无意义。"人一走茶就凉"这是自古以来的道理，我不指望到我这儿会例外。我承认如果我是他们当中的一员我肯定也会和他们做得一模一样。

我深知自己，因此也了解他们。我活着的时候也同样是沽名钓誉，也同样是不择手段。我谄上欺下，见风使舵，颐指气使，落井下石，甚至比他们更有过之无不及。我从来不是一个高尚的人，我也不会拿"高尚"这样的概念来局限自己。我也从来不是一个超脱的人，因为根本超脱不了。对我来说每一天的日子都是实实在在的，每一天的利益同样也是实实在在的，你不去争夺就会属于别人，我就是这样苦争苦斗地度过了一生。我周围许许多多的人也都和我一样，只是他们到现在还没有歇手。我很难断定这到底是好是坏。其实好与坏都是相对的，尤其当走完一生回头去看的时候更是如此。

以前我听过这样一句话：世上最深不可测的是人心。我是深知人性的阴暗和残酷，我活着的时候都没怎么在乎过别人对我的批评和攻击，死了自然更加不在乎了。现在我是真正成了一个与世无争的人，我再不会和任何人争权夺利，也再不会和任何人为敌。我飘浮在一片苍茫无边的虚无之中，现实世界的阳光照不到我，现实世界里的利剑也同样刺不到我。

但是现实的世界仍然强烈地吸引着我。我远远地注视着你们的世界，远远地注视着你们。我看着你们制造事端，散布流言，看着你们勾心斗角，相互倾轧，看着你们哭，看着你们笑，看着你们春风得意，看着你们走向深渊。

我饶有兴味地观望着这一切，久久地久久地不愿离去。

这次民主选举的结果就像以往几次一样没有公布，但是传出的小道消息却比以往任何一次都沸沸扬扬。据说选票中提谁的都有，最多的一个人写了二十几个名字，最荒唐的是连扫楼道的王大妈也被提了名。除了这些故意捣乱的，提名还有种种说得出和说不出的微妙，据说令看到那些选票的主管部门的领导及工作人员咋舌，谁都没料到这个许多年来一直被评为先进部门的单位人际关系竟然如此错综复杂。

这还不算什么，最有轰动效应的是在投票箱里发现了一封匿名的举报信。

报社自从七十年代末创建以来一向以风气正为骄傲，而投票箱里发现的匿名举报信一下把这个骄傲给打破了。举报信是电脑打印的，密密麻麻的小六号字，打在比选票略大的一页纸上，没装信封，和选票一样折叠着投进票箱。举报信直接针对报社总编、副总编一级领导，对领导班子的腐败进行了揭露。信上以阿拉伯数字为序一共列举了十八条，从领导班子私设小金库，擅自分钱，坐超标汽车，超标装修办公室以及从装修工程中拿回扣，到某某领导挪用公款，某某领导受贿，某某领导把单位的关系提供给家属做生意，某某领导利用职权为亲属安排工作，某某领导喜欢拈花惹草等等，对报社活着的和死去的正副六位总编辑个个提到，一个也没有遗漏。匿名信中对死去的温伯贤言辞尤其激烈，列举他的劣迹的条目也更加具体详细。领导班子事先绝没料到这次民主竟然民主出这么一个后果，连一向稳健潇洒的徐达脸上也没有了沉着淡定的笑容。每天他一到单位就步履匆匆地穿过楼道直奔自己办公室,进去之后立即紧闭大门,经常是整整一天都不再露面。

匿名信成了一个不大不小的事件。一两天之内报社内外就都知道了,而且事态的进展也不断通过大家口耳相传在报社内部和兄弟部门之间不胫而走。据说上面也非常关注这件事,对这封投放在投票箱里的举报信十分重视,立即派了纪检工作组进驻报社,进行全面的调查。

报社的职工每天一上班就能看见几张神情肃穆的生面孔从楼道里匆匆而过,直接进入到大会议室,大家不由心怀忐忑。没事的时候的确有人盼着有点儿事,可是真的事到临头又都不约而同盼着太平无事。毕竟这是个吃饭的地方,没有谁当真希望自己的饭碗被打碎。纪检的几位一到,报社立时气氛肃然,空气里有一种说不出的紧张。

自从调查班子到来,报社除了每天照常发稿出报,其他事务能停的暂时都停了下来。会议、传达、业务学习、集体活动等等一概被取消了,连每星期作为工作程序一部分的选题会和评报会也同样被取消了。每个星期总编室给各采编室发一份选题目录单,上面列着不知由谁提出和确定的报道题目,采编室再把这些题目分配到人,让编辑记者按图索骥把稿子组织和采写上来。总编、副总编基本上不过问下面的工作情况,同志们也不知道领导在忙些什么,领导和群众就像油和水一样分离了开来，报社变得死气沉沉。尽管订报和买报的读者可能一时还察觉不到报纸和往日有什么不同，但报社内部的职工都清楚地看到这些日子出的报纸质量明显下降，选题雷同，缺乏新意。有时候用过的图片竟然又一次使用，甚至出现在同一天的报纸上。领导对此也是睁一只眼闭一只眼，无人去管。报社高层的工作重心已经迅速转移，每天领导们的头等大事是忙着应对工作组的调查。

业务一放松，大家有了更多的闲暇凑在一起议论纷纷。下面议论最多、最广泛的是那个写匿名信的人究竟是谁，其动机和目的究竟是什么。渐渐地漫无边际的谈论和猜测有了一定的方向性或者说指向性，有人明确地说这肯定是一个想当官想疯了的人为了达到自己的目的不惜把水搅浑甚至把屎拉在锅里，此人想整垮领导班子自然是为了给自己谋一个位子。这个说法听上去有一定的合理性，因此不少人一听也就信了。这个说法无形中等于把矛头对准了沈旭东、方文心等几个正处级、而且提拔的可能性相对较大的人身上，那些平日就嫉妒他们的和他们关系不太好的以及不喜欢他们的人话里话外更是少不了含沙射影。

沈旭东本来就是个火暴脾气，他听到有人风言风语，也认为是冲自己来的，大中午敞着办公室门一通骂娘，用报社职工很少有机会听到的村言俚语把背后中伤他的人的十几代祖宗凌辱了一遍，还放出话来让嘴里不干净的人站出来跟他单挑。结果是他扯着嗓子嚷了将近一个小时也没人出来接招。最后他带着几分不可一世的霸气站在办公室门口以谩骂的方式大声宣称："凡是长耳朵的都给我听着，投票箱里那封匿名信不是我写的，我明人不做暗事，我要是写了那封连名字都不敢署的不要脸的破信我就烂心烂肺烂肠子！你们都给我听着，以后要是再有谁说话这么不清不爽的别怪兄弟我翻脸不认人，我可是丑话说头里了啊，有不怕死的上来试试！"

方文心同样听到那些议论却不置可否，一句分辩的话也不说，既像是不理会，又好像是默认，让人摸不清他到底是怎么想的。方文心向来就是个遇事不急不躁的人，有时候绵得让别人替他着急。他原来就远没有沈旭东那么冲，这一回态度更是含糊。也许是他看沈旭东太激烈了，所以故意不做反应，让沈旭东一个人去跳。方文心清楚在这件事上自己其实比沈旭东还要说不清楚，因为他还是在场的目击者，而匿名信里恰恰特别重头地提到了温伯贤那笔来源不明的可疑收入，连他自己都几乎认为那封信就是他写的。可是他却没有为自己说一句分辩或者是解释的话，顶多就是在别人和他开玩笑的时候顺便表示了一下对匿名信这种事情嗤之以鼻而已。他看着沈旭东在那里跳脚骂娘，觉得实在是可笑。虽然沈旭东说出了许多他想说但不会去说的话，而且骂得痛快淋漓也算是替他出了一口恶气，可他还是认为这么做没有必要，也认为盲目骂人不好，没有意义，这种发泄有损自己的形象却伤不着对方的一根毫毛。他觉得和沈旭东一比自己的表现大度而得体，并且自认为自己如此克制和忍让在众人心目中是得分的。除此之外,能被同事如此公开而且频繁地与沈旭东相提并论,他心里其实还有几分的暗自高兴和得意。

在沈旭东的一通恶骂之后,传言很快就升级了。据说这个写匿名信的人出在领导班子内部,也就是说目标锁定在徐达、李明亮、金候高、薛恩义和张帜五个人身上。传言中的重点人物是领导班子中排名在最末一位的张帜。

张帜乍听之下十分震惊,也十分气愤,但他很快就冷静了下来。本来他并没觉得一封匿名信是件多么了不得的事儿,以为事情很快就会过去,即使不水落石出,也会销声匿迹,没想到这盆脏水泼到了自己的身上。他不知道是谁在背后如此中伤他。在人际上他一贯非常注意,不伤众,不树敌,处处与人为善,没想到还是有人不肯放过他。心惊之下他也十分伤心。

张帜对谁可能会写这封匿名信在心里也进行了一番分析。首先他认为这事不大可能是沈旭东或方文心做的。他认为自己对这两个人都很了解,别看沈旭东是个炮筒子脾气,却不是个头脑简单的人,相反他不冒险,不做太没把握的事情,他绝对不会在自己呼声很高的时候搞这样一个愚蠢的对自己并无好处的突然袭击。方文心就更加不可能了,从本质上说他是一个谦谦君子,别人不惹他他是绝不会去惹别人的,就是别人惹了他也会忍为上，不到万不得已是不会出手的。况且从他所处的总编室主任这么一个位子来看，上升的可能性极大，李明亮、金候高就都是从总编室主任提起来的。而且从他的心态看他也没有急迫到那个份儿上。除此之外，最重要的一点是张帜凭直觉认定这两个人不会做这样的事情。他很相信自己的感觉，甚至认为感觉常常比理性的分析和判断更加准确。

那么写匿名信的这个人会是谁？张帜认为传言有一点应该是准确的，就是这个人就出在报社内部，因为那天参加投票的没有一个是报社外面的人，而且从信里反映的内容来看，也不是一个外面的人有可能知情的。

张帜分析这个人很可能是比沈旭东和方文心他们更高层的人，如果果真像传言说的此人是领导层中的一员，那么首先应该排除的是一把手徐达。因为匿名信的矛头无疑是直接对准他的。匿名信里尽管也罗列了其他领导的种种违规情况，包括整个领导层私分奖金，用车超标等等，但这难道就不是苦肉计？写信者打的如意算盘很可能就是等上面处理了徐达自己便可以坐收渔人之利。当然，在张帜看来果然这样也未免把问题看得太简单了。这当中的未知因素实在是太多了，控盘难度无疑也是极大的，这么做基本上属于扔炸弹的行为，显然是不计后果的。

谁会冒如此大的风险呢？他把几位副总编一一想过去，觉得似乎谁也不像。李明亮在这几个人当中算是可能性略大的，他是二把手，难说没有取代之心。不过李明亮平常对徐达步步紧跟，一副唯马首是瞻忠心耿耿的样子，看不出暗藏杀机。当然也许这正是他的高明和狡猾之处。可是，匿名信中列举的诸多事项都是由他经手操办的，出面打交道的是他，签字的是他，从某种意义上说他涉入得比徐达还深。这也正是徐达的精明之处，凡是有可能留有后患或者隐患的事情他都会避免由自己直接负责，也不会由自己来签字，那些堵枪眼和擦屁股的事情他多半都会交给李明亮去做。在这方面徐达的话也一贯是说在明处的，他不止一次对包括李明亮在内的几位副总编强调说做领导就是要富有牺牲精神，尤其是想做点事情就要甘于担风险。徐达也解释过他自己为什么不能身先士卒，那是因为如果他冲在前面一旦有事情就无法回旋了，因此不言而喻这个马前卒只能由李明亮等等副手来当。徐达还跟几位副手反复强调过他实际上是最不愿意看到报社出事的，因为无论出什么事，无论事情大小，无论这事是不是他做的决断，他都是脱不了干系的，至少也是要负领导责任的，以此来说明无论怎样他总是那个风险最大、付出最多的人。李明亮是排名在最前面的副总编，对徐达这一套是深知的，但是他在人家手底下，人家把先机占了他说不出什么话来，人家把难办的事情推过来他也说不出什么话来，就是人家把脏水泼他院子里他也一样说不出什么话来。他自然明白做副手就得像一把墩布，哪儿脏就得上去抹上一把，总不能等着老大亲自上阵吧。所以徐达给他派活儿他总是十分乐意，尤其是让他去负责去签字，他更是一马当先，从来没有退缩的时候。李明亮也是个明白人，当然知道没有付出哪有收获，自己若是袖手旁观或者隔岸观火，那徐达还要他干嘛？别说让他跟着一块儿吃肉喝汤，恐怕第一个要剪除的就是他。作为一个副局级领导他也是一步一个脚印地奋斗上来的，他当然绝对不想以被踢出局的方式结束自己的职业生涯。再说李明亮对徐达多少还算是服气的，至少表面上是服气的。徐达虽说不会时时让他有良好的感觉，但在某些时候，尤其是当着排名在他之后的那几位副总编还是会表现出一些对他的器重和另眼相看，这实际上已经给了他非常不错的感觉。在这一点上李明亮也是相当感激徐达的，认为徐达帮助他确立了某种威信，是对他的一种扶持。所以，不管是否发自真心，他为徐达冲锋陷阵还是非常积极主动的，对徐达也是相当配合的。徐达用他也远比用其他几位副总编要得心应手得多。所以说李明亮和徐达实际上是一根绳上的两只蚂蚱，他如果用这样的方式向徐达开刀难道就不怕引火烧身吗？因此在张帜看来李明亮不是没有可能性，但是这个可能性应该不大，因为这么做他所要冒的风险太大了，而且弄不好很可能不但扳不倒徐达反把自己给折进去了，这种傻事李明亮应该是不会干的。金候高和薛恩义的可能性相对来说就更小了。金候高似乎和领导班子里的人有点儿不谐调，但他这个人本质上还是属于比较正直和正派的，不太像是喜欢在背后搞阴谋诡计的人。而且徐达对他和对李明亮差不多，算是比较重用的。张帜觉得金候高有点儿像一个古代的武士，直率，鲁莽，却有一股子"士为知己者死"的劲头。他有可能对徐达的一些做法不认同，不满意，但他不至于用这样的方式来害徐达，这种事情不大像是他能做得出来的。薛恩义比起金候高还要不可能，张帜对他太了解了。从本性上说他是一个与世无争的人，完全是阴差阳错才坐上了这个副局级的位子。就他的才能和心气而言，这简直就是一张天上掉下来的馅饼。当时几派争斗激烈，而且势均力敌，提哪派的人都难以摆平，最后上了薛恩义这个哪派都不是的人。他这个人最大的特点就是明哲保身，能不问的事情尽量不问，谁也不得罪，当然也是谁也不敢得罪，因此他人缘不错，和方方面面的关系也都比较融洽。而且从根本上说他也不是一个惹是生非的人。张帜清楚他心里有很深的自卑感，他学历低，甚至比不上报社里随便一个打杂的人。在业务方面底气也很不足，平常领导层商讨重点选题时他即使有好的想法也不敢说出来，怕贻笑大方，总是等别人先说了才去应声附和。在五位副总编中他排名靠后，即使徐达倒了真要在这些人当中产生一个接替者，明摆着也轮不到他。假如这招是他使的对他自己可以说没有任何好处，而没有好处的事情谁又会牺牲了自己的名节去做呢？

  这几位都大致排除了，张帜把目光对准了热门人物以外的人。他认为不排除这是一个想浑水摸鱼的人，但同时也有可能是一个真正有正义感的人，看着报社的腐败现象义愤填膺想趁此机会揭露出来。张帜觉得还真难以判断匿名信出自何人之手

成人游戏 157

和写这样一封匿名信究竟是出于何种心态。然而,既出了这么件事,他马上想到作为报社一把手的徐达肯定是相当郁闷的,说不定这会儿正如坐针毡呢。

张帜设身处地替徐达想想,自从他上任至今,报社连年被评为先进单位,他一直是相当得意的,而这件事简直就是在他头上扣了一只屎盆子,姑且不论信上说的事情是否属实,他都被狠狠地恶心了一把。特别是调查班子一进驻,在外界看来就是出了事了,这对徐达那种一贯争强好胜的人来说一定是很大的打击和挫伤。张帜忽然有了个主意,他想自己何不趁这个当口去安慰他一下,一是洗涮自己,二也是向他表示声援。老婆不是总埋怨自己不和领导走动吗?这个时候去看望他总比逢年过节例行拜望要意义特殊一些吧?平常去不过是锦上添花,这会儿去才显出是雪中送炭。张帜越琢磨越觉得这个主意不错。

不过真的要付诸行动他又有一点迟疑。这种和领导联络感情的事情他一向不太习惯,而且多多少少总有那么一点儿心理障碍。要是放在从前他是绝对不会这么做的,甚至连想都不会这么想。以前他的想法特别简单,他认为一个人只要一心一意投入到工作中,如果的确有能力有才华,上面一定会看得到的,这样的人也肯定不会被埋没的。结果他很快发现自己的认识太幼稚太浮浅了。单位里错综复杂的关系是他根本就预料不到的。领导用人也并不像他想的那样用的都是有能力有才华的人,相反,有的时候恰恰用的是没能力也没才华的人,这里面的学问深奥得很，够他一辈子去揣摩和领会的。他很清楚自己能走到眼下这一步，纯属运气不错。如果全凭自己一刀一枪打拼，很可能还在起点徘徊，说不定他就像一只折断了翅膀的小鸟一样不知道跌落在哪个地方了。

其实当初在提副处的时候他就相当困难。当时他在经济采编室做发稿人已经做了好几个年头了，在业务方面算得上是出类拔萃的，可是一到提拔就没他的戏了。那时候还是刘大中当总编辑，这位当过几天战地记者永远把这段光荣经历挂在嘴上的农民出身的总编辑喜欢用老实听话的人，或者是沾亲带故的人，他认为张帜这样的年轻人思想活跃，有自己的想法，对他不好把握，也不好管理，自然也就不想使用他。刘大中倒也不是完全不使用他，每到一些重大报道和突击性报道时他会亲自到各采编室点将，张帜回回都榜上有名。可是除此之外，刘总编对这位思路清晰思想深刻并且很有新闻敏感的年轻人并不看好，也不给他机会。当时张帜甚至动了离开报社另谋发展的念头。可就是这个时候，有一个人主动站出来替他说话并力荐他，这个人就是他所在的经济采编室主任陶名婉。

陶名婉是一位名门闺秀，也是报社有名的大才女，琴棋书画无所不精，早年留学英国，通晓英、法、德、意几国文字，写得一手锦绣文章。人长得又漂亮，年轻时爱慕者甚众。据说是一位中央领导人牵线，她嫁给了外交部的一位司长。婚后她多次随丈夫出任，自己的工作屡屡中断。如果不是这样，凭她的能力和才情大家都认为她肯定远远不止做一个采编室主任。不过陶名婉却是个淡泊名利的人，对职务、职称等等并不看重，她好几次主动要求辞去这个采编室主任的职务，提出让处室里有能力的年轻人来当，但被刘大中劝阻。陶名婉非常赏识张帜，经常在正式和非正式的场合推荐他，工作中也时常给他指点和帮助，助他一臂之力。她曾不止一次向刘大中建议重用张帜，但刘大中只是表面应和她，并不付诸行动。陶名婉退休前夕和刘大中做了一次长谈，至于他们谈了什么并没有人知道，但就在她即将离开报社前夕张帜终于被正式任命为采编室副主任。这在他的个人成长中算是迈出了可喜的一步。

张帜去向陶名婉道谢，陶名婉却说你用不着谢我，我不过是看着不用你这样的人才可惜，而且你也确实耽误不起了，再拖上三两年说不定就把一生的大好机会全都错过了。张帜听她说的都是肺腑之言，也知道她说的都是实情，内心十分感动，也清楚如果不是她为自己仗义执言，自己很可能此生与仕途无缘。

三年之后张帜顺利地当上了采编室主任，又过了三年，他当上了副总编。从外人看来他是一路绿灯，其实也并不是没有波折。

也许是天生气味不对，刘大中虽然提了他但却一点儿也不喜欢他，所以他后来能坐上副总编这个位子也是纯属意外。当时全报社的人都清楚刘总编心目中的第一人选或者说唯一的人选是沈旭东，拉上他不过是做个分母，明摆着是垫底的。出人意料的是温伯贤突然出来放了一枪，一下子把趾高气扬的沈旭东给撂倒了。迄今张帜也没弄明白温伯贤那么做究竟是出于什么动机，但温伯贤却等于是无意之中帮了他，给他创造了一个机会。张帜还听说当时上面很想从外面派一个人来当这个副总编，但遭到刘大中的坚决抵制。刘大中是个极其固执的人，而且有封建家长作风，习惯说一不二。他没能如愿将沈旭东提上来心中已经是极不痛快，因此他对上面打算派来的人不问青红皂白便一口拒绝，毫无商量的余地，甚至连冠冕堂皇的理由都不给一个。上面念他是个老资格，表示尊重他的意见，提拔副总编的事也就暂且放下了。过了一段时间上面要求报社把领导班子配齐，并且还是坚持要派人来，刘大中没辙。大概他觉得与其从外面弄一个不知底细的人来，还不如将就用一个知根知底的，于是咬牙提了他并不喜欢的张帜。

　　张帜有幸成为刘总编在位其间提拔的最后一位局级干部，可他心里却对这位老总编没有多少感激。他知道刘大中提他不过是出于无奈，而他被提拔只能再一次归功于自己运气不赖。

　　张帜虽说是刘大中手上提拔的，但他却没有和这位总编辑走近过，他跟他纯粹是正常的工作关系，除此没有更多的来往。他想既然刘大中并不欣赏自己，任用也是出于无奈，自己何苦硬凑上去？徐达接替刘大中之后，张帜同样没有和他走近。他生怕徐达忌讳他是刘大中的旧部，也生怕徐达认为他是去投诚的,反而看低了他,这都是他自尊心所接受不了的。不过张帜看待徐达和刘大中是完全不同的,首先徐达是正规院校毕业的,受过系统的教育和训练,眼界和胸怀远远高于工农干部出身的刘大中。其次,徐达不是一个职业当官的,他是一个有想法而且想做点事情的人。张帜对有事业心的人一向很敬重,果然徐达上任之后推出了一系列的改革方案,报纸也的确有了很大的起色,大家的收入也比刘大中时代有了明显的提高。另外徐达身上那种儒雅和优越的气质也让他十分欣赏和喜欢。张帜有个非常个人的看法,他认为报社一把手的气质和形象某种意义上决定了报纸的风格和品质,简单直白地说就是总编辑首先起码应该是一个走得出去的人,当然这个人也应该是方方面面都比较优秀和突出的,最好是德、才、貌皆备。张帜认为徐达大体符合他心里对一把手的这些标准,这样的人得到重用至少表明上面还是有眼光的,而且是相对公正的。虽然据传徐达和他是竞争者,但这一点他毫不否认。在工作中他和徐达也一直配合得不错,虽然徐达对他并没有任何的特殊,也没有表现出对他另眼相看,但张帜能够感觉到他们之间有一种默契。然而尽管如此,他和徐达的关系也没有超出正常的工作范畴。张帜认为自己和徐达都属于内向冷静清高自负不爱主动结交别人的人,这样的两个人有点儿像两条平行线。徐达大权在握,如日中天,围着他讨好他的人如过江之鲫,这种情况之下他也就更加不会主动往前凑了。而这会儿徐达受挫失意,他觉得自己走近他的机会来了。

看望徐达自然不便空手而去，可送他什么礼物张帜颇费踌躇。他怕送的礼物徐达不喜欢，那倒不如不送。当然这件礼物同时还要能体现出他自己的品味，至少能让徐达有印象。可是第一次上门，这礼也不便送得太重，礼太重了有巴结之嫌，说不定还让徐达以为他别有用心，对他有所警惕，这也不是他希望的结果。想来想去，他挑选了一盒古巴雪茄，一只英国烟斗和两瓶被行家评价为"有果香，很强劲，口感纯正，层次感丰富"的法国勃艮第葡萄酒。俗话说"烟酒不分家"，他觉得第一次送东西给徐达不过是聊表心意，送烟送酒得体大方，也比较拿得出手。这几样礼物也是别人托他办事送他的，自然都是上品。转送给徐达这种有品位的人也不算是糟蹋了东西。

张帜把见徐达这桩事思前想后在脑子里好好地规划了一番，想好了该说的话和需要特别留神之处。他只想和徐达有一个亲切的接触作为他们个人交往的良好的开端，并不想通过一次走访达到什么具体的目的。张帜心里最不喜欢也最看不上那些提着猪头找庙门的，自己也不喜欢被别人看作是那种人。假如没有现实中的等级和利害关系，他是非常愿意和徐达交朋友的，他觉得徐达身上有他喜欢和让他感兴趣的东西，而现在能让他喜欢和感兴趣的人已经越来越少了。他相信自己和徐达之间会有不少的共同语言。张帜虽说并不是个不讲实际的人，但他却不愿意把人与人之间的关系庸俗化，尤其不愿意把自己和一个可能的朋友之间的关系庸俗化，所以他把自己去看望徐达定位成一件"务虚"的事。

既然是"务虚"而不是"务实"，他想到不如叫上薛恩义一起去。他认为这种时候应该带上朋友。薛恩义一向信任他，工作中的事、生活中的事都会跟他说，找他商量，向他讨主意，一点儿不拿他当外人，而且也非常维护他，处处替他着想，是一个完全能够放心的盟友。张帜清楚当官当到这个级别还能有这么值得信赖的朋友也是件很不容易的事。他心想这种时候叫上薛恩义去看看徐达对他来说也是只有好处没有坏处的事情。而且他也想两个人一起去比自己一个人去会更自然些，也显得更像是同事之间的正常走动。

张帜把电话打给薛恩义，问他想不想一起去看看徐达。薛恩义正在厨房涮碗，手上沾满了油腻，听到电话铃响四处找不到可以擦手的东西，他用两根手指捏着话筒不太耐烦地"喂"了一声，一听是张帜口气才和缓了下来。不过听张帜叫他一起去看徐达，一时没会过意来，反问他："看他干什么？"

张帜笑说："算是去慰问慰问他吧。"

薛恩义说："人家挺好的用得着咱们去慰问吗？"

张帜耐心地向他解释说："咱俩平常也不跟人家一把手有什么来往，要说也不是太合适。你看人家李明亮就不一样，有事没事都到总编那儿走一趟，金候高也比咱俩去得勤多了。往好里说是咱们作风正派，不结党营私，不鸡鸡狗狗，往不好里说是咱们不懂事，不知道奉承领导，要是往歪里想那就是咱们跟人家不同心同德，不是一条心。如果有人故意踩祸我们，说些挑拨离间的话，背地里给我们泼些污水，对我们就更加不利了。所以我想我们还是应该找机会和徐达走动走动，也好增加和他直接交流的机会。"

薛恩义在电话那头迟疑地说："这个……"

张帜直截了当地问他："你去不去嘛？"

薛恩义吞吞吐吐地说："嗯……我有点儿头疼。"

张帜哈哈大笑，问他："是你头疼，还是去看徐达让你头疼？"

薛恩义不好意思地呵呵笑着，连说："是我自己头疼，是我自己头疼，可能是有点儿感冒了吧。"

张帜听他真的不想去，也就没有再坚持劝他，随便聊了几句别的就挂了电话。放下电话张帜忍不住笑起来，心想这老薛真比自己还不像这个道儿上的人。

他拨了徐达家的电话，盘算着要是徐达不在家就算了，改天再说。这么一想心里竟然松快了许多，自己都觉得好笑。可是电话刚响了两个铃就被接了起来，而且接电话的正是徐达本人。

张帜客气地说并没有什么事情，只是想去看看他。徐达十分干脆地答应了他，热情地说："好啊，我刚看完新闻联播，正在家里闲坐呢，你来吧！"

徐达的态度让张帜心头一喜，马上提着礼物出了门。

成人游戏　165

到了徐达楼下，张帜特意又给他打了一次电话。他是个细致的人，怕这当口徐达有事情不方便，或者有人撞上门去，碰上岂不尴尬？徐达在电话里爽朗地一迭声说："上来吧上来吧，正等你呢。"于是张帜乘电梯上楼，坦然地敲了徐达家的门。

徐达打开门的一瞬间张帜看到他一脸发自内心的笑容，心头一热，觉得自己这一趟是来对了。但他马上看见徐达身后的沙发里坐着一个人，见他进来那人马上站了起来远远地朝他点头。张帜定睛一看，竟是李明亮。他立刻有点儿进退两难，真比第一次跟情人约会就碰到了熟人还要难为情。

李明亮显然觉出了他的尴尬，跟他打完招呼，故意不当回事儿地抬手指了下厅里的一只纸箱说："我给老板拿箱苹果，也是别人送来的，说是味道不错，你来得正好，一块儿尝尝！"说着，就动手去拆纸箱。

徐达也是不当回事儿的样子，随手递给李明亮一把裁纸刀，一边笑呵呵地让张帜坐。徐达看他提着一袋子东西手足无措的样子，顺手接了过去放在矮柜上，说："以后来我这里随随便便的，啥也不要带。你来我家里坐坐我就很高兴了，还带东西干吗？你这么客气倒是见外了，咱们说好了，下不为例啊。"

他一边说着一边从李明亮手里接过几只又红又大的苹果，赞道："个儿真不小！"他把苹果拿到厨房里洗了洗，放在一个玻璃盘子里端出来，自己动手削了起来。

坐定之后，张帜心想自己一进门就碰到李明亮也是一个信号，说明徐达还是稳如磐石，如果他真的快不行了，李明亮这样机灵的人早就躲开了，绝不会带着一箱苹果往火坑里跳。这么一想，心里也就更加安定了。

没有见到女主人，张帜出于礼貌问徐达："夫人呢？"

徐达含义不明地一笑说："她呀，忙着呢！"

李明亮好像有打断的意思，张帜敏感地感觉到了，后悔自己提了这么个话头。好在徐达似乎并不介意，他聊家常一样地说："说出来你们可能都不信，自从我们儿子上大学之后，我们家基本就不开伙了。有时候一个星期我跟我老婆都难得见上面，早晨我上班了她还在睡觉，夜里我睡觉了她还没回来，要想一起吃顿饭得打电话预约。以前我说她你比我这个当一把手的还忙，后来人家也当了一把手，而且比我挣得多，我只好认了。"

李明亮率先哈哈哈地大笑起来，张帜也跟着笑了。

张帜没有见过徐达的夫人，但早就听说徐达有一个相当出名的老婆，以前是新闻界的一个腕儿，以能说会道著称，和上层关系很深，是一个知名度很高的女强人。后来被挖到一家大型网站做CEO，传说她的年薪有一百二十万。无论是从前做记者还是现在做CEO，她的名气都在老公之上，徐达也曾经很为拥有这么个有名的老婆而骄傲，但随着他自己仕途上一步步往上走，似乎又有一点儿不愿意被老婆的声名遮盖。所以报社的人都非常识趣，轻易不提他夫人，提到他夫人也都相当谨慎。

张帜其实也知道，只是说话间就忘了。

不过这天徐达却似乎一点儿不忌讳这个话题，他甚至主动说了几件他和老婆家庭生活中的趣事，比如两个人出门都忘记带钥匙了，只好找开锁公司来开门；汽车天窗没关又正好赶上下雨；好几次因为没有及时买电家里一片漆黑等等。徐达笑着说："不怕你们笑话，我们连结婚证都找不到了，好在这东西平常没事也用不上。"又说，"我们家最大的问题就是缺乏管理，我老婆什么都好，就是不善理家，我要是不动手收拾收拾，这个家能堆得跟仓库似的，有多大地方全给你铺上，简直就是电影里一九四九年国民党逃离大陆时的景象。"

李明亮和张帜又一次哈哈大笑。

张帜坐的位子恰好可以看见卧室的一角，果真就像徐达说的堆满了东西，看上去就像商场清仓甩卖时的特卖场。张帜明白徐达在自己第一次登门拜访时说这些显然不光是展示自己的幽默和自嘲，而是一种姿态，是向他表示友好和接纳，甚至还是一种与他亲近的暗示。

再看徐达的装束，显然跟他也是不见外的。他穿着一件类似医院里病号服那种蓝白条睡衣，已经洗得褪色发白了，袖口有一些破损。外面套着一件藏青的混纺对襟毛背心，样式很旧，还起了不少的毛球，和街边下棋的老大爷穿的差不多。这和他平常在外面西服革履仪表堂堂的形象反差极大。张帜认为他是有意为之，很明显他是想制造一种零距离的氛围。

张帜和李明亮吃着徐达亲手削的苹果，客厅里充满了清脆的咀嚼声。李明亮有意无意地流露出他是这儿的常客，除了神态、说话等等都比在报社放松随便之外，他还反客为主从餐桌上拿了纸巾来给大家擦手，又从厨房里拿来一个塑料垃圾筒把果皮果核收拾掉，最后还找来抹布把茶几擦干净。张帜默默地看在眼里，心想有他在场实在是挺好的，自己不至于太不自然，也不至于和徐达找不到话说。

吃过苹果，三个人出现了片刻的冷场。张帜不知道该不该说两句正题，心里拿不定主意。李明亮坐在一边吸烟，默然无语，似乎主动把自己放在了一个配角的位置。

徐达看一眼张帜，又看一眼李明亮，微微一笑，开口说道："不瞒你们说，我已经好几个晚上睡不着觉了。出了那件事以后，其实我没有一天睡踏实过。我不是担心真的查出什么问题来，我认为我们是完全经得起查的，这点把握我还是有的。我反反复复想的，也是让我心中不平的是究竟谁在我们事业蒸蒸日上的时候出来放这样一支冷箭？此人想达到什么目的？其企图又是什么？这些天来我总是反思自己，是不是我平常的工作太不到位，漏洞太大？是不是我对我们职工关心和爱护不够？是不是我无意中得罪了谁，伤害了谁？如果仅仅是针对我个人来的，我倒还好接受一点儿，因为当个一把手不知不觉当中树了一两个敌人也是有可能的，甚至是在所难免的，但是，如果是针对报社，针对我们共同建立起来的这份事业，那么这个人就太卑鄙也太居心叵测了！这是我最难过和最痛心的地方。"

张帜听了觉得自己又学了一招。他第一是没想到徐达会主动提及这件事，再一个没想到是他会说出这么一番既动听又冠冕堂皇的话，恰到好处地把"自己"和"报社"混同了起来，不但洗涮了自己，同时还显得十分宽容大度。

徐达刚一说完，李明亮马上接过话头情绪激昂地说："要我说您根本就别往心里去，林子大了什么鸟没有？有人没吃上肉没喝上汤心里不痛快骂娘，有人光喝了汤嫉妒人家吃肉的也骂娘，还有人喝了汤吃了肉倒过头来还要砸席，什么人都有！要我说我们一点儿也没必要跟这种人客气，把这个搅屎棍子查出来，狠狠地治他一治，然后开了他，这才解气！"

张帜觉得自己也该说点什么，不说总觉得有点儿不给劲儿。于是便说："一个单位五六百号人，人员素质也的确参差不齐。"说完觉得不够分量，意思也不够清楚，又补充道，"不管出于什么动机，写匿名信是件很不好的事情，有意见可以正面提出来，为什么要在背后打冷枪？"

李明亮义愤填膺地接一句："简直是道德败坏，太叫人恶心了！"

徐达倒是口气温和地说："我也检讨自己，工作中我肯定有做得不妥当和不周到的地方，但至少我没有害人之心，我的出发点是为了报社为了大家的，所以，想起这件事我觉得真是很伤心。"他看那两位专心致志地听他说，没有插话的意思，于是又继续说道,"我扪心自问,我还是一个想为大家做点事、谋点福利的人,我应该说得上是有为人民服务思想的,一点儿不自吹地说我也算得上是一心扑在工作上的,可是现在我对自己所做的、所付出的这一切都发生了怀疑,我在想我是不是做得太多了,因为有句古话叫作'过犹不及',我总觉得自己有点儿吃力不讨好,而且我也在想我这么做是否值得。说心里话,要是没有你们几位的支持,我的确有点儿顶不下去。如果把报社比作一条船,在我看来我们现在正在驶过一段激流险滩,而且不知道什么地方就隐藏着旋涡和暗礁。用忧心忡忡形容我此刻的心情真可以说是相当贴切。"

张帜听着徐达说话,一边凝视着他。他发现徐达的表情和他的话语十分配合,当他说到"很伤心"的时候,果真是一脸伤心的表情,脸上肌肉的线条都是向下走的,连脸色都随之变得晦暗。张帜忽然发现徐达一下子苍老了许多,头发也白了许多,不由对他心生同情,觉得当这么个总编辑其实也真不太容易。

张帜宽慰他说:"有些事情可能有人有些误解,或者一时没有领会您的好意,但是时间长了我想大家还是会看清楚谁是真正对他们好,真正替他们着想的。"

徐达摆手道:"原来我也曾经这么想过,如今我真的是很灰心了。"

他望着张帜,欲言又止。

李明亮在一边还是十分愤慨地说:"真不知道那个写匿名

信的家伙是谁，他妈的实在是太卑鄙了，太无耻了！他想过这么做的后果吗？他到底想干什么？"他双目炯炯地盯着徐达，情绪异常激动地说，"我们应该一查到底，把这个一粒老鼠屎坏一锅汤的无耻之徒揪出来，决不宽容！"

徐达微微一笑说："我也很想知道到底是谁写的这封匿名信，但是上面不主张我们这么做，我们也显然不可能为这件事花费太多力气。我们有许多工作要做，报社的日常性报道，突发性事件报道，还有如何深化报道主题，如何拓展报道思路和领域等等，都是我们需要切实做好的重要工作，也都是需要我们好好去琢磨好好去下工功夫的课题。我们不能因为出现了一些干扰就困住了手脚，放慢了脚步，相反我们应该做得更好才是。"

李明亮和张帜都点头称是。

徐达说完了这些宏论，似乎有点儿困乏，一脸的倦容。两位客人一时也找不到什么话说，三个人一起陷入了沉默。

客厅的电视一直在无声地播放着一场甲A足球赛，徐达突然用遥控器打开了声音。双方球员正在发点球决胜负，最后一球直直地向门柱射了过去，刚准备喝彩的三个人同时发出了一声叹息。

他们的目光被电视里的足球赛吸引，话题也转移到了比赛上。三个人扯了一会儿足球，气氛和情绪比说匿名信好了许多。足球再臭，毕竟不是自己的事情。

球赛结束，张帜看了一眼李明亮，李明亮会意，提出告辞。

临出门前徐达特意和张帜握了握手,语调亲切地对他说:"以后常来!"

回家的路上张帜满心愉快,他觉得自己今天这一趟去对了,至少是达到了预期的效果,说不定会对自己的未来产生良好的影响。他不相信一封线条很粗而且并无确凿证据的匿名信就能把徐达扳倒,那样的话报社的最高领导也未免太脆弱了。张帜心想自己把宝押在徐达身上,无论如何这一把都不会输的。

调查小组在年底之前结束了调查,撤离了报社。调查结果并没有对外公布,传来传去的仍然只是一些小道消息。据说事情还是有一些的,不过不算太大。某些违规的事情主要是因为原来制定的规章制度有些落伍,不适应现在事业发展的要求,还有就是新制定的规章制度有疏漏和不完善的地方,所以改革的幅度稍大了一些就容易有不太合程序的地方,也就难免被人挑出毛病。报社被查出的最大的问题是奖金严重超标,而且是以稿费的名义下发的,这正是早就明文规定不允许的。

大家谁都没有想到查来查去查出的竟然是多发了奖金。奖金是发给每一个人的,单位里人人都受惠,并不是领导独占了好处,所以不能算领导以权谋私。而且领导顶着雷为职工谋福利,至少说明他们心里是装着广大人民群众的,这么一来大家倒都有点儿没什么话好说了。至于领导层多分了钱,谁拿了工程回扣,谁受了贿赂,谁挪用了公款等等那些事都因为查无实据所以也就一笔带过,既没有处理,也没有再提起。

调查小组进驻之初报社气氛森严,调查小组一走整个报社上上下下都大松了一口气。走廊里一下子多了许多晃来晃去的人,大家脸上都是笑盈盈的,办公室里也时常会爆发出一阵阵欢畅的笑声,岁末年底的气氛一下子明显了起来。

徐达又恢复了敞门办公的习惯。一般来说他只有在情绪良好的时候才这么做。现在他经常步履轻捷地在楼道里走来走去,脸上挂着宽厚和蔼的笑容,和见到的每一个人亲切地打招呼或者开一两句轻松的玩笑,就好像什么事也没有发生过。

徐达很快恢复了每星期一次的编前会。至此,大家都仿佛吃到了一颗定心丸——这是最明显不过的信号:一切都正常起来了,风波已经过去,现在平安无事了。徐达的脸色特别透亮,似乎比匿名信出现之前更加神采奕奕,这让报社的职工们很放心,也很有信心。

因为有相当长时间没有开过业务会了,大家对开会也有了新鲜感,情绪都很活跃。各采编室都有许多的话要说,徐达说了不多几句的开场白之后就让各采编室轮流发言,平常顶多就是半天的会破例从上午一直开到下午下班之前。为了不中断会议讨论,徐达让办公室去买饭给大家吃,并且关照要让大家吃好。他说这话声音不高,但他面前的麦克风没有关,会场上所有的人都听到了,轰地笑起来,个个都分外开心。办公室主任老马生怕别人办不好，亲自去给餐馆打电话。

饭菜准时送到。果真如徐达所要求的，菜相当不错。一共有十六样，而且都是红烧牛肉、油焖大虾、白汁猪肉、日式烤鳗、烤羊腿、梅菜扣肉、清炖土鸡、干烧鱼等等实实在在的菜，每个处室热腾腾地送去一份。大家异口同声夸奖老马是人民的好干部，是群众的贴心人，老马一张脸乐得像一朵盛开的大菊花。他一高兴又临场发挥，马上派人去买来了冰淇淋、酸奶和水果，大家一看这些东西更加高兴，一时间办公楼里一片欢声笑语。

饭后会议继续进行。直到会议快结束前徐达才做了一个简短的发言。他并没有像以往那样对一整天的业务讨论进行归纳总结，也没有做任何的指示，而是话头一转，表情肃穆、语调低沉地检讨了自己的工作作风不够精细，工作方式也过于简单，因此对报社的有些事情没能做到防微杜渐。他刚说了两句，下面就忽地安静下来，那些喊喊嚓嚓的低语和咳嗽声都没有了，会场鸦雀无声。

这种安静无形中突出了徐达的权威和在众人心目中的地位，他显然很满意这份安静，态度更加从容，声音里带着磁性，语调也变得更加柔和。他语重心长地说："报社是大家的报社，报社也是大家的饭碗。以往有个现象，一个单位垮了，当领导的换个地方照样可以当领导，可是同志们怎么样呢？等待他们的或者说提供给他们的又是什么呢？各位可以静下心来想一个简单的问题，单位垮了对你们是不是更加有利？你们是不是可以因此而得到更好的发展？如果不是，我真诚地希望同志们能团结一心，能同心同德，能同舟共济。我的工作可能有不当之处，对各位也可能有不周之处，我在这儿向大家道歉！我今天也不妨把话说得透明一点儿，我有幸当了这个报社的总编辑，我只想以宽厚之心对待每一位同志，我也希望我们报社的每一位同志同样能以宽厚之心待人。大家有什么意见有什么看法尤其是对我们领导工作有什么批评和指教请随时来找我交流，或者找班子里的成员交流，希望我们之间的沟通能够更多一些，更深入一些。我们大家在一起工作，本身就是缘分。人生很短暂，也就是区区几十年。上班的时间就更短了，正常的也就是四十年上下。我真诚地希望各位同志在报社工作能够心情愉快，我也真心地希望各位同志在这里能够得到最好的发展。我们报社可以说并不是收入最高的地方，肯定也不是工作轻闲的地方，所以我们提倡的是以事业留人，以事业团结人。"

徐达的讲话引来了一片热烈的掌声。在他讲话之后，会议本该结束了，已经有人站起来准备往外走了，李明亮忽然笑嘻嘻地说："我还有几句话，和大家很有关系，希望各位再耐心地坐一会儿。"

他等待大家静下来，但等了半天下面还是乱哄哄的。他无奈地笑了笑，以一种一家人围坐在灯下拉家常的口吻讲了讲报社这一年来的经营情况，他说："形势总的来说还是不错的，第四季度的广告收入稳定，明年第一季度的广告也基本到位了。

今年做的几个大型活动和地方专刊也都挣到了钱——在这里我向大家透露一下——而且挣到的钱还不少。明年报纸的增订数字也陆续上来了,情况还算喜人,在如此激烈的竞争局面下我们的发行量不仅没有掉,而且稳中有升,特别是目标读者基本争取到了。也就是说,明年的形势依然喜人,这一点请同志们放心。"

李明亮停下来,静观大家的反应。大家的情绪不错,脸色都很明朗。他继续说道:"但是,即使是这样,当然我们也不可能把利润统统拿来作为奖金发给大家。在这里我要向大家通报一下,前一段上面派人来调查,我们在奖金发放方面严重超标。现在上面制定了新的奖金发放标准,从本月起我们将严格执行这一新规定,希望同志们能够理解。新的奖金标准和我们原来的奖金标准相比,总体上是有一定的下降,希望同志们能够谅解,也能够认真对待。当然啦,我们也完全可以换一种思路去考虑问题,我们可以这样想,不是现在的奖金减少了,而是以前的奖金发多了。我想大家一定知道有人写了匿名信,上面派工作组对报社进行了重新审计,结论就是我们的奖金发多了,这也是我们被查出的最大的问题所在。"

下面一片嗡嗡的议论声。等议论声略微小一些李明亮以特别强调的语气说:"奖金问题上有错,这个错也在我们领导,同志们没有错。同志们的工作我们始终是肯定的,以往好的工作作风还希望大家继续保持发扬,我们也不希望这件事影响到同志们的工作热情。现在上面的处理意见已经拿出来了，我也在此公布一下。今年以来报社发放的奖金比规定的上限全年人均超额八千元，经研究决定，每人退还超额部分。也就是说，我们报社的每一个人要退出多拿的钱。为了不影响大家的正常生活，我们班子进行了反复的研究讨论，决定这人均超额的八千元并不一次性退回，而是每月从每人工资中扣除二百元，扣清为止。如果有哪位同志生活确实困难，或者觉得每月扣这二百元负担太重，可以向报社提出申请补助。有没有哪位需要补助的？请举手！"

李明亮的话意外地引发了一阵笑声。没有人举手。看得出来大家听了这个决定情绪并没有受到多大影响。等会议室里说笑的声浪小下去之后他接着说："我想大家都清楚近几年来我们的奖金和兄弟部门相比是偏高的，具体地说，是要高出许多，超出的部分也远远不止这人均八千元，我想即使我不说各位心里也一定是清楚的。由此也引来了外部门的羡慕甚至是嫉妒——这话当然只能是关起门来说。作为领导，我们当然希望我们的同志生活过得好一点儿，但我们不希望大家到外面去说。我在这儿再特别提示一下，在西方收入一向被看作是个人隐私，我们以前好像这方面的意识不太强。我不是一个言必称国外的人，但是我希望大家也能将这件事当作隐私对待。一句话，就是我们发了钱、发多发少都不要到外面去说，这么简单应该能做得到吧？俗话说：树大招风，还有一句话：出头的椽子先烂，所以我们效益好就更需要低调。这一次我们通过这八千元也算汲取一回教训，对不对呢你们说？还有一点，我们班子也讨论了，目前我们记者的装备和某些报社相比并不算好，我们早就有计划给第一线的采编人员配备笔记本电脑、手机、照相机和打印机，我们很想把这些一起办了，但那样一来很可能动静太大，所以我们还是分期来办。先给大家配上工作必需的电脑和手机，当然还是全体同志不分级别、不分工种人人有份。同样还是一个希望——大家别到外面多说。此外，还有一点，各位，请安静一下，让我把话说完——散会之后每个处室派一位同志去会计室领取出差箱包补贴，每人两千元。总而言之，总而言之，我们不希望因为扣奖金让大家生活出现困难，我们也不希望这件事让大家情绪受到影响。"

又是一片笑声。李明亮主持的会议头一次有了这么多的笑声。他脸上亮堂堂的，就像一个婚礼上的司仪。散会出来每个人的脸上也都亮堂堂的，就像刚刚吃过喜宴。各个办公室里都是笑语喧哗，就像过年一样。

就在李明亮讲话的时候，徐达悄悄起身离开了会议室，拿着手机到外面去接电话。

电话是金丽打来的。金丽在电话里甜甜地叫了一声"徐总——"，马上用小女孩儿撒娇的口吻埋怨他为什么半天不接电话。

"我正开会呢。"徐达笑着解释说,"现在还没完,副总编还在讲话。"

金丽欢快地说:"我就喜欢在忙人手里如狼似虎地抢下一点儿时间来——这是张爱玲小说里的话,我觉得就是我的写照。"

徐达用玩笑的口气问她:"大小姐有何吩咐?"

金丽说:"我哪敢啊,您吓我呢吧?是我们吴总让我找您,他让我近期对您做一次采访,方便的话请您尽快安排时间。"

徐达故意吟哦地说:"我近期嘛时间很紧,每天都忙得很晚,十二点以前没有睡过觉,恐怕'尽快'不了。"

金丽有点儿着急地说:"那怎么办啊?吴总催得特别紧。您知道他是那种他布置了任务你必须马上去办的人,我挺害怕他的。您就帮帮我吧,早点晚点都可以,我什么时候都有时间,随时听您招呼行吗?"

徐达笑问她:"你真的很怕你们吴总?"

金丽说:"是啊,谁让我端人家的饭碗呢!"

徐达说:"这话不对吧?你怎么是端他的饭碗呢?那他又是端的谁的饭碗?"

金丽嘻嘻笑着说:"我不和您瞎扯了,我知道我说不过您。"

徐达故意不放过她,说:"真理不是愈辩愈明的吗?"

金丽放开胆子说:"遇到您就愈辩愈不明了。"

徐达听了,开怀大笑。

金丽柔声细语地解释上次的访谈文章因为临时上了一条广告所以版面比较局促,文字删节得比较多,照片的尺寸也不够大,请他原谅。她说吴总特意关照她这次采访一定要做得详细深入,版面也一定会充分保证。徐达在电话里沉稳地"哦哦"着,一边准确地判断着金丽向他传递过来的另一道信息,就是他的大学同窗吴光显然是在支持他。徐达心想吴光还真是挺不错,毕业之后除了几次大的同学聚会上遇到之外平常和他并没有多少联系,完全属于君子之交淡如水,他不仅没有同行相轻,更没有把自己当敌手,还这么讲同学情谊,真是难得。尤其令他高兴的是吴光素以看人眼光精准出名,这也表明外界对自己还是十分看好的。

徐达心情愉快。他说:"替我谢谢你们吴总!"

金丽说:"您就不谢我吗?"

徐达说:"当然要谢。"

金丽问他:"那——怎么个谢法呢?"

徐达故意说:"让我考虑一下再答复你。"

金丽说:"你不会找班子开会讨论吧?"

徐达用肯定的口气说:"不会,我自己的事情从来自己决定。不过也许你需要有足够的耐心。"

金丽扑哧乐了,说:"可惜我这人最缺乏的就是耐心!"

徐达又一次开怀大笑。

这样的调情令他十分开心,也令他心情放松。徐达没什么道理地喜欢这个像风一样来去不定的女孩儿，在他看来金丽不仅漂亮、时髦、有风情，更主要的是她聪明、机智、有头脑，是一个人精儿一样的女孩儿。他一向喜欢聪明的女人，觉得有趣味，而且交往起来不麻烦。金丽就是这样的，完全符合他的标准。有时她会突然打来一个电话，他还以为她有什么事找他，其实她不过是问候他一声；有时她打电话请求拜访，他以为她有多么郑重的事情，其实她不过是采访路过他楼下顺便来看看他。但就是这些蜻蜓点水般的接触在他心里留下了深刻的印象，而且也带给了他无法言说的快乐。徐达不由产生了自我怀疑，他想如今自己怎么这样轻易就能获得快乐，就为一个漂亮小姑娘不知是有心还是无意的一颦一笑？就为和她不着四六的几句东拉西扯？他自己都无法给自己一个说得过去的理由。唯一的解释大概就是自己老了，可是一个男人还不到四十五岁怎么说也应该算是风华正茂的年纪吧？那可能就是自己太累了，有点儿有心无力，对太具体的事情缺乏足够的兴趣？他无法准确地描摹自己的心情和心境，也懒得做自我分析。他承认自己喜欢年轻女人，喜欢她们身上的青春气息，喜欢她们身上的柔情，喜欢她们身上的女性魅力，而且心甘情愿地被她们吸引，被她们诱惑。他认为现在能够吸引和诱惑自己的东西实在是太少了，这让人生变得乏味。好在这个世界上还有年轻女人存在，好在她们当中还有一部分是聪明、漂亮而且不麻烦的。他觉得和她们在一起就像呼吸新鲜空气一样舒服和享受。

他和金丽在电话里足足聊了半个多小时。

他逗她说:"这一回你们吴总不让你要广告了?"

金丽说:"是我不要了。"

徐达饶有兴味地问她:"为什么呢?"

金丽轻轻一笑说:"并不是任何事情都需要一个说得出来的理由吧?"

徐达声音低低地问她:"你是在批评我太保守吗?"

金丽笑着反问他:"您很保守吗?我怎么没看出来。"

徐达略带自嘲地说:"和你相比恐怕还是很有距离吧?"

金丽飞快地接一句:"那就缩短这个距离!"

徐达没想到这个女孩儿如此伶俐泼辣,话锋如此机敏,几句话就拐完了一连串的弯道,不由哈哈大笑。

金丽就像受到了嘉奖一般,马上用一种腻腻的声调说:"找个时间我约你喝茶,能赏光吗?"

徐达敏感地注意到她口气里的亲昵,并且第一次没用"您"而用了"你",而且也没说"请你喝茶",而是说"约你喝茶"。这几句话令他怦然心动,他感觉到金丽在有意缩短他们之间的距离。

他赶紧用一种亲切的口气回应她说:"应该我请你。"

金丽嘻地一笑说:"好啊,那我就恭敬不如从命啦!"

徐达还想继续跟她逗下去,听见会议室里声音大起来,好像是散会了,于是匆匆收了话头,约她改日再聊。

金丽的这个电话让他有了不一般的好心情,他决定趁着这份好心情晚上留下来加班,把手头积压的事情好好处理一下。前一段因为心情不佳好多该做的事情都没有做。他盘算了一下,好几份重要文件没来得及看,好几个报告没来得及批复,一大堆重头稿件还没有审,新闻业务的论文没有完成,党课的讲稿也没有准备,等等等等,债欠得还真不少。他沏了一杯茶,点了一支烟,拧亮台灯,打算好好鏖战一番。

下班之后整个楼层很安静。徐达端坐在办公桌前,披阅着文件,耳边仍然回荡着金丽甜甜的声音,心情有一点儿飘浮。

突然他听见一串清脆的脚步声在寂静的走廊里响了起来,是高跟鞋和水磨石地面叩击发出的那种声音。他喜欢这种声音,悦耳,妖娆,听着能让人浮想联翩。尤其在眼下这个心境之中听到,他更加觉得愉快和惬意。脚步声好像是由远及近,又好像是由近及远,不好判定。他第一次感到自己的耳朵原来有这么大的局限性。有一个瞬间他真希望是风流可人的金丽穿过走廊匆匆地向他走来。在他的想象里金丽应该是衣袂飘飘,香风细细,分花拂柳而来,这个一闪而过的念头让他心跳顿时加速。他赶紧收回心神,把注意力集中到文件上。

他很快恢复了平静,因为他清楚这个钟点在楼道里走动的可能性最大的就是本报内部的人。

他无心去想这个人会是谁,也无心去分析这个人为何在楼道里走来走去。他看完了文件,把几个等待批复的急件拿出来,刚看了几行,清脆好听的脚步声又响了起来。这一次和刚才稍稍有一点儿不一样,脚步声的间隔大了一点儿,不像是急匆匆地赶路,很像是在走廊里徘徊。他一目十行地扫着报告,一边不由好奇地想:是在等人?还是为什么事情举棋不定?

有一阵脚步声近了,他抬起头想看一看从门外经过的是谁。可是那个人却一直没有出现。脚步声也随即停止了,片刻之后又渐渐地远去了。

徐达莫名其妙地被搅得很不安,他想这个人到底是谁啊?今天这条走廊对她来说简直就走不完了。

他再一次埋下头,不去理会外面的声音。刚看了两小段,他听到门上响起了敲门声。先是很轻,似有若无,之后稍稍重了一点儿,他能够断定是在敲他的门。他对着门口喊道:"请进!"

办公室的门并没有关严,敞着一条不大不小的缝。可是好一会儿没有人进来。他正要起身去开门,门被轻轻地推开了,他看见门外站着的是社会新闻采编室的冯蓓。

徐达一点儿也没有想到会是冯蓓。这个报社的头号美女一向以清高矜持著称,从来不主动接近领导,徐达心想她在外面踌躇这么半天,一定有事情找他。

他热情地请她坐,冯蓓却显得十分局促。她战战兢兢地说:"对不起,我就打扰您几分钟。"

徐达带点幽默说:"时间长点也没关系,欢迎你打扰我!"

冯蓓怯怯地一笑,在徐达办公桌对面为来访者专设的椅子

成人游戏 185

上坐下来。徐达起身给她沏了一杯茶,不过这是一般来访者享受不到的待遇,只是她并不知道。

冯蓓端起茶杯,看着一支支碧绿的茶叶慢慢地沉下去,犹豫着要不要马上开始说正题。杯子里一股热腾腾的蒸气升上来直冲她的睫毛,她下意识地飞快地眨动着眼睛。徐达看见了,脸上不由漾起笑意。

徐达并不问她来找自己有什么事,而是笑眯眯地对她说:"要是我没有记错,你好像从来没到我这儿来坐过。"

冯蓓认真地说:"我来过的啊,让您签稿子,您忘了吧?"

"是吗?"徐达说,"反正是没来坐过对吧?"

冯蓓腼腆地说:"我哪敢没事到领导办公室去坐着!"

徐达立刻接一句:"你是在婉转地批评我脱离群众吧?"

冯蓓一下乐了。

看着这个年轻女孩儿脸上纯洁无瑕的笑容和她俏丽娇美的模样,徐达心里像洗过一样干净。他很高兴和这个羞涩的女孩儿多聊几句,不想立刻结束谈话。他以舒适的姿势靠在椅子里,缓缓地说:"单位大了头绪就多,说老实话,有时候我也的确有点儿顾不过来。我知道在我们报社有许多非常优秀的人才,比如像你这样的,我听别人说你很有见地,但却一直没有机会跟你聊聊,听听你的看法。"

冯蓓刚想说一句"不敢当"之类的客气话,发现徐达神情真挚,完全不像是上级面对下级,也不像是年长者面对比自己年轻得多的人,没有一点儿的居高临下。一时间她有点儿受宠若惊。

冯蓓是那种典型的话不投机半句多的人,受不了虚情假意,却又极容易被真心打动。从小她各个方面都相当出众,在家里是父母的掌上明珠,出去也到处有人捧,养成了清高矜持的脾气,不太会看人眼色,也不太会恭维别人,而且特别不习惯那种心口不一的说话方式。她看徐达对她一点儿也不客套,知道自己来这儿的确是受欢迎的,刚进门时的紧张感立刻消失殆尽。

徐达给她的茶杯里续水,用一种老朋友谈心式的语调对她说:"报社是一个很好的舞台,我也确实很想做点事情,但有时候我觉得自己真有点儿力不从心。"他停顿了一下说,"阻力太大了。"

冯蓓没想到总编辑会对自己如此坦率,心里和他一下拉近了距离。她坐在他对面,手里捧着他为她斟的那杯热茶,全神贯注地听他说话,几乎忘记了自己来这里的目的。她丝毫也没有多想徐达对她说这些话用意何在,他真的是想找个人诉苦?真的拿她当朋友?还是在巧妙地运用某种博取好感的谈话技巧?她十分真诚地劝他说:"您做到这样已经相当不容易了,我觉得我们报社真的挺不错的。有一个半个的人捣乱也是在所难免的吧?"

徐达马上抓住她的话头说:"正是这个'在所难免'令我心寒。"他目光深邃地望了她一眼,沉默了片刻继续说,"我

成人游戏 187

感到压力很大,好几次我都想辞去这个总编辑的职务。我觉得我难以胜任,应该让一个比我合格的人来当。"

冯蓓听了这话很吃惊。她既吃惊徐达会这么说,也吃惊他会有这样的想法,而她最吃惊的是他竟对自己如此推心置腹。她几乎是不假思索地用一种毋庸置疑的口气肯定徐达说:"我觉得这个报社没有人比您更适合当总编辑的了!"

徐达的眼睛里飞快地闪过一丝喜悦,他稳重地反问她:"你真的这么认为吗?"

冯蓓郑重地点点头,徐达觉得她的单纯非常可爱。他用一种发自内心的语调说:"谢谢你给我这样的鼓励。"

冯蓓非常诚恳地说:"我说的是真话。"

徐达十分领情地点点头,随后拧紧了眉头,若有所思地说:"不过,眼下报社的问题还真是很多。就说人事方面吧——"他突然压低了声音,两眼凝望着冯蓓,完全像是面对着一位值得信赖的朋友那样非常率直地说,"目前我考虑得最多,也是需要马上解决的是要增补一位副总编。你不知道我有多犯难,眼下就这么一个位子,上谁不上谁很难定夺。当然,最简单也是最公正的办法是上一个工作能力强的人,但实际上不可能单单凭这一项,肯定还要考虑到诸如政治素质、协调能力、责任心包括个性,而且还要兼顾到某些重要的社会关系。可是如果太偏重于其他的因素,恐怕别人又有闲话要说。我发现有时候想得越多,考虑得越全面,事情往往越是难办。即使撇开这些外在的因素，一样也是很难决断。人就是眼前的这些人，好赖只能在他们当中挑选。就事论事地说，如果你用一个能做事的人，他很可能并不按你的意图去做，如果你用一个肯听话的人，他很可能连你的意思是什么都弄不懂，所以我真有点儿举棋不定。"

冯蓓同样率直地说："不听话的人肯定不能用，还有那种自以为非我莫属、舍我其谁的人也不能用。"

徐达听了不由一怔，没想到这个年纪不大的女孩儿竟有如此见地。他深深地看了她一眼，她也正扑闪着一双亮晶晶的大眼睛看着他，一股细细的电流一瞬间穿透了他的心脏。他忍不住又仔细地看了看这个女孩儿，不由从心底里感叹她真是造物主的一件杰作：标致的鹅蛋脸无可挑剔，皮肤真的就像广告里说的如同牛奶般白皙，淡淡的柳叶眉，眼睛清澈幽深，眼白是干干净净的蛋青色，配上一头没有染烫过的乌黑的又直又长的头发，看上去真是又纯洁又美丽。徐达心想报社的人公认她是第一美女，可见同志们还是有眼光的。他在心里悄悄地拿她和金丽对比，觉得无论是相貌还是气质她无疑都是胜过金丽的，远在金丽之上，在才情和智慧方面她同样也是不输给金丽的。但是她也有不如金丽的地方，比如她没有金丽那种小鸟依人的楚楚可怜劲儿，没有金丽的妖冶妩媚，也不像金丽那么泼辣和狡黠。在他看来这些都是女人在社会上生存和立足的有利因素，而且是针对男人的所向披靡的武器。他暗自感叹女人之美真是万紫千红，让人无法确定只爱哪一种。

徐达一边欣赏着眼前的这个女孩儿，一边努力地集中起注意力分析她这话背后的含义和可能的针对性。他想难道她是指沈旭东？沈旭东是她的顶头上司，工作中或许和她会有一些摩擦，但就冲这么一个美人儿，沈旭东又是一个怜香惜玉的人，肯定不至于为难她。而且沈旭东又是那种把哥们儿情义放在原则之上的人，对自己处室的人都护在翅膀底下，为他们争利益，替他们说话，不管他是发自真心还是某种工作策略，反正他从来都很豁得出去。社会新闻采编室在他的领导之下是报社里最和睦同事关系最好的一个处室，因此估计冯蓓指的不会是他。那么会不会是方文心？徐达很难确定。但方文心是个修养不错而且很有绅士风度的人，很受报社女性们的欢迎，他和冯蓓工作联系不多，也没有利益之争，他显然也不大可能去得罪一个美女。那么或许她只不过是笼统地这么一说，并没有确切的所指，也就是说她所说的只是一个看法。如果真是这样，他觉得真应该对这个年纪轻轻的女孩子刮目相看。

徐达含笑点头道："通常领导也不会喜欢这样的人。不过，不听话的人我倒不怕，根据我以往的经验，这样的人假如你真用了他，倒是很少有一意孤行的。后一种还真有点儿不好说，如果认为应该用他，那我还真要慎重考虑了——这个世界上本来就没有什么是应该和不应该的，也别指望有多少公正、公平摆在面前，能大差不离就算是相当不错了。就一个馅饼，不可能同时砸到几个人的头上。我只是希望这个馅饼别砸错了人。"

冯蓓十分肯定地说:"您肯定会做得很好的。"

徐达笑着摇头道:"不一定,也许做得会令你失望。"

冯蓓由衷地说:"您怎么做我都不会失望的。"

"哦,你这么肯定?"徐达的目光变得更加柔和。

说话间天色完全暗了下来。窗外幽蓝的天空映衬着高楼的轮廓和闪闪烁烁的灯光,城市模糊不清的风景就像布景一样挂在窗口。徐达侧头凝望了片刻,就像突然想起什么似的问冯蓓:"对了,你找我有什么事情?"

冯蓓的脸上出现了迟疑之色。她说:"算了吧,您事情这么多,我还是不说了吧。"

"说吧。"

"我怕给您添麻烦。"

"没关系,我的麻烦已经够多了,老话说债多不愁,虱多不咬,我也不怕再添上一件半件的了。"徐达开玩笑地说,"你要是不说的话我很可能反倒会睡不着觉的。"

冯蓓短促地一笑,说道:"我们宿舍有一个人非常刁蛮,她每天带男朋友回来,我和另一个女孩儿都没法回去。"

徐达关注地听着,冯蓓受到鼓励,放慢了语速。

"前几天那女孩儿不知因为什么事情和她的男朋友翻脸了,他们在宿舍里打了一架,把能砸的东西统统砸了,连同我的杯子、碗、花瓶还有香水等等也都没有幸免,我这同屋竟然连一句道歉的话也没有。昨天我回到宿舍,看见了惊人的一幕,她又在宿舍里设宴款待她的男朋友,两个人又和好如初了。他们亲热得不得了,而且一点儿也不避着别人。我不好意思待在屋里,赶紧走了。到夜里十一点多钟,那女孩儿给我打电话,说她男朋友病了,不能走了,让我夜里别回去。说心里话我真是烦透了,可是人家既然开口了,我也不好意思不答应,就在办公室里过了一夜。这样的事情已经不是一次两次了,我真不知道我的这种流浪生活还要过多久。"

徐达说:"你这个同屋是哪个部门的?我们可以和她的部门交涉一下,看看能不能尽快给你们调开。"说着,随手在备忘录上写下几个字。

冯蓓说:"太感谢了,我为这事儿已经郁闷了好长时间了。"

徐达笑问她:"那你为什么不早点儿来找我?"

冯蓓羞怯地一笑,欲言又止。

她的腼腆又一次让徐达有被电流击透的感觉,心中也随即生出一股怜惜之情。他关照她说:"以后你有事随时来找我。"

冯蓓点点头。她正要告辞,徐达又说:"你没有参加单位排队分房吗?"

"我没有这个资格。单位规定必须是结了婚的人才可以参加排队分房。"冯蓓笑说,"我觉得这规定也够荒唐的,那假如我一辈子不结婚不就意味着我一辈子只能住集体宿舍了吗?真不知道这规定是谁制定出来的!"

徐达笑道:"估计是结了婚的人制定的吧。"随后又正色说,

"我给你出个主意,你填一张表交上去,我再帮你去想想办法。"

冯蓓疑惑地问道:"这会有用吗?"

徐达只是简单地说:"试试看吧。"

冯蓓问他:"这么做不会影响您什么吧?"

徐达觉得她的单纯和善良十分可爱。他说:"这本来就是我责任范围内的事情。作为领导我没有照顾好自己的员工,我很内疚。不过住房向来是个棘手的问题,这么多年来单位里一直在盖房子,可是无论盖多少总是不够分,无房户不是少了,反而越来越多了,我也不清楚这里面究竟是怎么回事儿。而且,就像你说的,分房的规定也很不合理。我认为迟早肯定会修改的,但这不是我分管的领域,我说了不算,我也只能是去反映情况和施加一些影响。"

冯蓓由衷地说:"太感谢您了!"

徐达微笑着说:"现在说感谢还太早了。"

冯蓓告辞出来,心情极好。她没想到徐达这么平易近人,而且这么亲切。之前她设想过他很可能会拒绝她,或许比较婉转,因为房子的事的确不好办。但他竟然如此痛快地答应帮这个忙,而且还主动给她出主意,实在让她有点儿出乎所料。尤其是他对她说了那么多发自内心的话,她相信那些话他肯定不会轻易对别人说,更不会随便跟一个部下说。如此看来总编辑并没有仅仅把她看作是一个部下,也就是说他对她是另眼相看的。夜风吹在身上,冯蓓感到舒爽无比。

成人游戏 193

徐达同样心情极好。他本来是计划用这个夜晚来处理那些累积下来的杂事的，现在这个夜晚已经在不知不觉间消磨掉了一半，可是他却一点儿也不感到浪费了时间，相反，他觉得这个夜晚很愉快，很美好。对于时间和金钱之类他向来有一个非常达观的看法，他认为无论是时间还是金钱用来挥霍的时候永远是最快乐的。他心里希望像这样的夜晚能多一些，再多一些，作为其余所有冗长无聊的夜晚的点缀。

冯蓓走了之后他依然下意识地在回味着她。她的明媚的笑容、清亮的眼神、腼腆的神情还有她身上淡淡的香水味儿，都让他心头有不一般的颤动。他感到了一种久违的心跳和激动，他已经很久没有为谁如此地心跳和激动了，就是金丽也从来没有在他内心里唤起过这种感觉。

徐达走到窗口，打开窗子，让夜晚带着寒意的冷风吹进来。他一点儿也不觉得冷，只觉得极为惬意。

忽然间他看到天空中有流星闪过，几条火线划过夜幕向不同的方向坠落下去。他关上窗户，心中莫名其妙地有了一点儿不好的预感。他在心里仔细地盘点着最近一段工作上的事情，简略地想了想几个最为棘手的问题，又飞快地反省了一下自己的一些决策，觉得并没有明显的毛病和疏漏。可是那种不安的感觉却没有消退。

他在办公室里踱了几个来回，突然毫无理由地替冯蓓担心起来。他放心不下她这么晚了一个人独自回家，后悔没有送一送她,哪怕是把她送到出租车上。他已经多年没有送客的习惯了,因为他不愿意让别人看到自己和谁交往,对于那些无事生非的人来说这是一件相当敏感的事情,而且也是一件可以做文章的事情,因此他尽量不让自己的生活与私生活落在那些人的视野当中。何况冯蓓又是一个年轻美丽的女部下,他更得谨慎对待——既为了自己,也为了对方。不过这天他还是后悔没去送她。

他从报社的内部通讯录上查到了她的手机号,经过一番内心的斗争之后,他拨通了她的手机。

电话没人接听。

一直响到十个铃他才挂上电话。紧接着他又拨了一遍,仍然没有接听。

他点上一支烟,慢慢地吸着,心情却变得焦躁起来。

过了大约一刻钟,桌上的电话突然响了起来,他冲过去飞快地接了起来,果然是冯蓓,他的心跳顿时加快。

电话的信号很不好,他听不清楚她在电话里说些什么。但是他听到了她的声音,陡然间有一种重返人间的感觉,一颗心一下子落了地。他对着话筒大声说:"我就想问问你路上顺利吗?"

"我快到宿舍了,已经看见院子的大门了。"冯蓓说话的口气非常温顺,而且有一点儿娇气,就像是一个受宠的孩子和家里人说话。

徐达同样用就像是和家里人说话的口气说:"好,那我就

成人游戏 195

放心了。"

　　岁末年初报社里忙归忙,一般来说气氛相对是比较轻松的。前年年底报社组织全体人员分批到上海、广东、云南、新疆等地考察,美其名曰"深入基层,了解国情",实际上就是公费旅游;去年年底徐达下令把每个办公室装修一新,尽管被匿名信中指为超标装修、领导拿了高额回扣,问题很大,但广大职工在这样装饰一新窗明几净的环境里工作感觉还是相当不错的;可是这一年的年底却不同以往,徐达突然召集领导班子开会,酝酿改革方案。

　　每天一上班几位领导就端着茶杯进入会议室,到了下班时间还不散会。会议室的大门紧闭着,有人进出时带出一股股浓浓的烟雾。领导的脸色都十分严峻,他们讨论的什么却没人知道。报社从来就是一个消息灵通的地方,每一个人都可能掌握着一些不为人知的内幕和绝密消息,可这一次却是个例外,会上说的什么竟然没有丝毫的走漏。一时间报社的气氛又像前一阵子一样变得肃穆森严和高深莫测。

　　高层的会议整整开了一个星期。这一个星期班子里所有的成员没有一个外出或因故缺席,每个人都是准时准点进入会场。一个星期的会议结束之后,报社召开了全体大会。

　　徐达亲自主持了这次会议,会上隆重推出了一系列的改革方案,而且此次的改革可以说和每一个人都有关。比如:竞争上岗，各部门优化组合，改革奖金制度，整顿纪律，提高业务水平，杜绝差错等等。徐达情绪饱满地做了一番颇具煽动性的改革动员，他的神态和语调都比往常显得激动。他在即兴演讲里说："不要以为报纸发行量大就是蒸蒸日上，不要以为眼下的日子还好过就可以没有危机意识，任何时候我们都要清醒，不能有小富即安的心态，我们要居安思危，不能画地为牢。"他还说，"改革在某种意义上说是有风险的，但是我们必须去冒这个风险。因为如果现在不改革，很快我们就将落后，而落后是要挨打的。所以说，即使改革是个死，不改革更是个死，既然如此，我们要敢于和勇于置死地而后生。我们不妨动一下手，就像是做手术，切掉了瘤子，也许机体就活了。"

徐达激动的情绪和激昂的发言让报社嗅觉灵敏的人马上闻出了不同寻常的味道。他们将此看作是一个信号，认为徐达要行动了，而且还不是一般的行动，估计这一次是要动真格的了。一些头脑灵活的人更是联想到刚走没多久的调查组，认为总编辑在摆平了他们之后要开始秋后算账了。徐达会上说的那些话散会不久就被大家七嘴八舌地篡改成了"不要以为报社蒸了热馒头你们就都能跟着吃饱肚子了"，"改革是个死，不改革是个死，横竖都是个死，等死不如作死"，"别人不对咱们动刀，咱们自残"等等，还有一些就更加不像话了。报社中大部分人首先想到的是下一段恐怕没有消停日子好过了，而且都预感到自己不可能在这场变革中获益，因此尽管表面上还是有说有笑，心里多少都有些恐慌。可以说自副总编以下，人人自危。

没几天报社里又是闲言碎语不胫而走，都在传徐达其实并不是真的没事，他是动用了上层关系才把调查组摆平的，为此请客送礼没少花费，当然花的都是报社的经费。现在他又来一个动作幅度如此之大的改革，也是醉翁之意不在酒，实际上不过是想把动静闹大来转移视线，掩盖自己的问题而已——这些话通过报社内外的人口耳相传，传播力与渗透力远远超过正规报道。徐达自然也有所耳闻，但他脸上不露，改革的步子也并没有因此停顿和减缓。

这一次的行动干净利落，有一股子手起刀落的狠劲，而且一点儿也不拖泥带水。可以看出徐达是下了决心的。

首先是竞争上岗。领导班子对报社全体职工进行了一次"倒排队"，人事处对排在队末的员工下达通知，然后由总编、副总编一级的领导逐个找去谈话，请他们在三个月之内自行调离，否则报社将替他们做出安排。

报社的编辑记者们形象地将此称为"剪尾工程"。很快头一拨二十人的"剪尾"名单就出来了。虽说"倒排队"有章可循，报社明文规定是按照各人的工龄、社龄、工作量、好稿量、出勤情况、差错率、工作态度和工作表现等等来衡量，用一句话说就是淘汰能力弱的和工作经验少的，可实际上谁也不知道这些标准在操作中又是如何具体掌握和执行的，何况所谓的"工作态度"和"工作表现"本身就不是多么客观的标准，而这两项偏偏还占了很大的分值,因此其中的弹性和水分有多大也就可想而知。

虽然大家心有不满,但却很少有人说出来,更没有人敢站出来表示自己的不满。名单是上面确定的,轮到谁就像是中彩,不过不是什么好彩,而是一个倒霉的彩。

报社出于尊重个人隐私,这份名单并没有公布和张贴,"榜上有名"者都是分头接到通知的,因此更让这件事显得神秘莫测和捉摸不定。大家看周围的人一个接一个地接到通知,就像看着身边的战友一个接一个地中弹倒地,难免有点儿兔死狐悲的心惊。没接到通知的人同样是心怀忐忑了好一阵子。到最后有幸没被点到名的甚至有一种劫后余生之感。

这一次"剪尾"辐射面很广,各处室均有人进入名单。而这些被圈定的人其实也并非个个都是能力弱的和工作经验少的,其中不乏一些能力很强工作经验也很丰富的人,如果不是上了"黑名单",谁也不会想到会"清理"到他们。普遍的猜测是这些人很可能有意或者无意得罪了领导,至少也是让领导不喜欢和不满意,所以领导正好趁此机会将他们剪除。

据报社的民间报道,那些被领导请去谈话的人也是表现不一,有的就像落入国民党之手的共产党员一样大义凛然,威武不屈,一句示弱求情的话没有,反过来还责问领导,把领导问得张口结舌,无言以对;有的清高傲慢,根本不屑和领导多谈,一进门就拍出了辞职报告,明言此处不留爷,自有留爷处;有的曲线救国，拐弯抹角搬出有权有势的人物来说项，据说甚至有级别很高的大领导给报社打来电话，让报社领导十分为难；有的一上来就低头服软，给领导送礼，对领导说好话，在领导面前痛哭流涕，恳求领导留下自己；有的扯出自己的同事甚至朋友做比较，谁谁谁还不如我呢，甚至爆出惊人猛料，向领导揭发谁才是真正应该清除出队的……那阵子每一天报社都在上演着精彩的戏剧，而且花样翻新，热闹异常，时常是一波未平一波又起。

到这个时候大家好像忽然都意识到报社还是一个相当不错的地方，平常有意见有牢骚，但骂归骂，真是到了被点名走人的时候还是失意和失落得不得了。被领导请去谈话的人当中绝大部分都是面容忧戚，神情抑郁，只有极少数人满腔怒火，愤愤不平。他们中的大部分进了领导办公室都是门窗紧闭一谈就是好几个小时，有的人一次谈不完还要再谈二次三次。领导的原则是要做通每个调离者的思想工作，要让他们在"自愿"的基础上离开，不希望他们赌着气走，更不希望他们因为心中的不平而做出一些对报社不利或者是让报社不好面对和不好收拾的事。正是基于这种领导们认为是"人性化"的考虑，"劝走"的工作做得既耐心又细致，而且"剪尾"的速度也放慢了。据说此举还将长期进行下去，并且逐步建立一个淘汰机制，以便和在竞争中求发展的大背景相适应。据报社消息灵通人士传言，徐达痛下决心，要将报社人员来一次彻底的"净化"，他决定拿出两到三年的时间，先做三期试点，淘汰比例约在百分之十五左右，也就是说在今后的两三年间日子并不安稳，还将有六七十人被通知另寻出路。那些刚刚庆幸自己躲过一劫的人立刻又惶惶不安起来。

然而，这个"竞争上岗"的计划最终还是没能进行下去，"淘汰机制"也未能顺利建成。就在"剪尾工程"开展了大约一个多月，发生了一件不大不小的事情——人事处副处长老瑞被司机兼电工小江殴打，致使这项计划匆匆落下了帷幕。

这件事对老瑞来说完全是飞来横祸。

老瑞和小江平日并无矛盾，更无积怨，两个人甚至连交道都很少，虽然在同一个单位，工作上没多少联系，基本是井水不犯河水。老瑞是个大家都知道的十分背运的人，属于那种好事找不上他，风吹下一块广告牌偏偏就能砸着他的主儿。从前他是副刊部的一个普通编辑，喜欢写写画画，经常在自己编的版面上发表一些豆腐块文章，还自己动手配上水平十分业余的插图。发得多了，渐渐也有了些名气，他就摆起谱来了，走哪儿都是一手夹着香烟一手叉着腰指点江山的样子。开会的时候他喜欢抢着发言，而且说起来就引经据典滔滔不绝。和同事一起吃饭他总是当仁不让地坐主位，喜欢别人称他"老师"，除了总编、副总编之外没一个人在他的眼里。

老瑞除了爱以尊长自居，同时还是一个官迷。可惜的是他在报社一口气待了十好几年，尚且还是副刊部元老级的人物，却一直没有得到提拔重用。对此他牢骚满腹,怪话不断。他认为自己才华横溢,可惜领导当中没有一个慧眼识珠的,都是些有眼无珠不识货的。老瑞爱喝一口小酒,喝了酒之后爱说些小疯话,来点话里带刺,指桑骂槐,而真正大逆不道的话他又不敢说一句,还自以为是有魏晋风度。因为仕途不顺,心情郁闷,他有时候也会喝高。喝大之后的老瑞立马就成了另一个人,他不像平常那样引经据典,假酸假醋,而是直接开骂。这个时候他才真正率直放得开,骂到酣畅之时他口无遮拦,什么都敢说。而且言辞犀利,鞭挞入里。每次最能让他激愤和激动的几乎都是同一个主题,就是抨击现状,宣泄不满,因此他被同事们称为"持不同政见者"。让同事们甚觉可笑的是当有一天领导给这位"持不同政见者"提了一个既无级别、奖金也不多拿一分钱的"发稿人"之后,他便立刻革面洗心,再不说那些对现实不满的话了。为了防止自己酒后失言,他连酒都戒了。

没想到的是老瑞当上"发稿人"不到半年,报纸版面调整,副刊的版面被新闻版挤占,副刊室的编辑分流,他一时无处可去,成了闲置人员。他又恢复了喝酒,喝高之后便开始借古讽今,针砭时弊,从远处一直骂到近处,从不相干的人和事一直骂到眼皮子底下的人和事,不仅出语机智,而且针针见血,句句骂在痛处。同事们听他满嘴胡言乱语都掩口而乐,半讽半夸地说他简直就是《红楼梦》里的焦大再世。报社的领导听到他嘴里不干不净,也真想让人把他拖下去填他一嘴马粪。

老瑞无所事事地晃了一年有余，每天做的事情就是说说闲话、发发牢骚。忽然有一天他喜从天降，被提拔为人事处副处长。他的面貌迅速焕然一新，闲话不说了，牢骚没有了，脸上的笑容多了，甚至连脸色也透亮了，不再是一副烟酒过度郁郁不得志的晦气样，转眼之间便换成了一副事业有成的模样。每天他西服革履地去上班，工作一板一眼，处理任何事情都搬出规章制度，严格按照条文执行，没有一点儿变通和商量的余地。凡是吃不准的地方他都会请示上级主管领导，从不擅自做主。领导吃惊地发现原来这是一个真正好用的人，而且也是一个完全可以放心使用的人。

老瑞当上人事处副处长之后最大的目标和追求就是把处长前的"副"字去掉，为此他没有少做努力。他积极地贴近领导，想领导所想，急领导所急，说领导爱听的话，不说领导不爱听的话，做让领导喜欢的事，不做让领导不喜欢的事，结果却是收效甚微。报社的领导都是见过大世面的，什么样的人没见过，什么样的小心思不明白，对他的谄媚讨好似乎颇为不屑，虽然人事处正处长的位子空着也没有丝毫"扶正"他的意思。老瑞毫不气馁，并没有因此放弃努力。相反他越挫越勇，不管领导的脸是冷是热，他都同样热乎乎地贴上去。而对于领导之外的人他完全是另一副嘴脸，一张国字脸永远是板板的，就像一块浸过水又晾干了的皮子一样硬邦邦的，如果有什么事请他通融或者要他帮忙，他经常还没等人家说完就说出了"不行"，因此他在报社的人缘很差。

老瑞最出名的一件事是在办公室闹了一起绯闻。其实他一贯都是道德感很强的，多年来一直做出一副不近女色的样子，同事们开些稍稍露骨的玩笑他都会掩耳而去，可是这么一个正人君子却不知怎么一不小心在阴沟里翻了船。

让老瑞犯了"色戒"的是报社招来打字的一个二十七八岁的女临时工。据说来报社当录入人员之前这个女人曾在剧团唱过戏，还算是一个角儿。后来剧团不景气解散了，她下了岗。离开剧团之后她当过一阵电视台的主持人，但因为水平业余很快又下了岗。因为在电视台结识了一些人，她利用这些人混进了剧组，拍了几部电视剧，不过演的都是些小角色，既没有能出名，也没有能混个脸熟。除了和各路人马频繁上床，那几年的光阴就算是蹉跎了。不过因为阅人多矣，尤其是在床上阅人无数，她对男人还是有一些功夫的。比如她有本事用最简捷的方式从男人们手上换取她所需要的资源，包括一些临时性的工作机会。虽然那些工作机会并没有给她带来让她有满足感的金钱，却拓展了她的生活范围，使她有机会结识到更多的男人。在换过几个工作之后她经人介绍到报社应聘并很顺利地被录用了。报社的录入人员一般招的都是刚走出中学校门不久的小姑娘，能录用她当然是因为她的关系足够的硬，她在一群稚气未脱的女孩儿当中显得十分突出。虽然她长相一般，却自有一股成熟女人媚人的风韵，大扁脸上长着一双如烟如梦的狐狸眼，平常总是眯眯的,一副睡不醒的模样,看人的眼神勾勾的,有一种说不出的风骚。加上原本是唱戏的出身,很会打情骂俏的一套,跟那班子简简单单的只会打字的小姑娘完全不一样。在报社里她总是把自己放在一个特别低的位置上,见人三分笑,话专拣好听的说,而且只要是男的她都凑得非常近,没人看见的时候少不了来点拍拍打打。渐渐地这个女人竟然在报社颇有些人缘,有几个好逗乐的男人有事没事都要到打字室去晃一圈,借着送稿子取稿子跟她说笑几句,打字室一时间竟然也成了个热闹的地方。

老瑞也是那几个男人当中的一个。不过他一贯的道德感让他显得跟他们略微不一样些。他去得不算太频繁,而且态度也很严肃,一副不给空子别人钻的样子。所以后来他和那个女人出事大家都深感奇怪,因为实在追忆不起来这对男女是怎么勾搭上的,居然可以在众目睽睽之下没有露出一丁点的蛛丝马迹。他们出事也出得奇怪,大中午的两个人在人事处办公室锁了门就干起人事来了,和老瑞同办公室的一个刚进报社不久的小伙子中午恰巧出差回来开门进去,看见书柜后面的沙发上四只脚激烈地缠绕在一起,下意识地发出一声惊呼。这一声惊呼不仅惊动了这一对野鸳鸯,而且也让整个报社知道了老瑞和女打字员的性丑闻。

自从改革开放以来报社领导一般不过问职工们的性生活,可是老瑞这件事发生在办公室里,影响比较恶劣,领导认为不管一下有点儿说不过去。所以班子决定分头找老瑞和女打字员谈话，算是了解一下情况。老瑞毕竟是老革命，领导找他谈话他只承认和女打字员在书柜后面"说事"，不承认跟他"办事"。而女打字员却对他们之间的事情供认不讳，甚至连做过几次都作了如实的交代。让领导感到意外的是这个女人交代问题时的态度特别好，而且交代得特别详细，不仅有过程，而且有细节，让参与谈话的几位领导很不好意思。除此，她不仅主动坦白了和老瑞的事，还说出了除老瑞之外还和某某、某某和某某某、某某某发生过关系，而且地点无一例外都是在报社的办公室。领导大为震惊，完全没有想到办公室竟然成了风月场所。最让他们震动并让他们深感担忧的是办公室里放着许多的文件、选题计划、报道方案以及未完成稿件等等，一个打字的临时工能以这样的方式随便出入，那保不齐也有别人如此长驱直入，由此看来安全保密工作显然是存在着相当大的漏洞，是很不到位的。而且，谁能保证这个以打字员身份混入报社的女人不是竞争对手派到报社内部来卧底的？领导不由惊出了一身冷汗。

这件事情让领导从表面上的风化问题看到了报社工作的疏漏和长期存在的安全隐患。领导向来注重抓主要的和重大的问题，因此他们的工作重心很快从风化问题转到了加强内部管理上面。对当事人的处理草草了事，老瑞在民主生活会上做了检讨，女打字员被辞退，另外几个被她咬出来的人因为缺乏证据暂不追究。

大家心惊之余都说老话说得好："戏子无情，婊子无义"，一对狗男女出了事，却咬出一堆的人，差点儿把报社弄得乱哄哄的，让领导跟着吃挂落。也有人替老瑞叫屈，都说既然好几位跟他做了同样的事情，偏偏他这个倒霉蛋让人给捉了奸，实在是冤大了。更冤的当然是他因为出了这么一档子说大不大说小不小的事情，头上那顶"副"的帽子也就更难摘掉了。

这次老瑞挨小江打也纯属点儿背。他在报社尽管人缘不好却不是一个爱得罪人的人，相反，他滑头得很，有得罪人的事情早躲得一干二净。作为人事处领导他参加了这次竞争上岗的部署会议，但他一看上面要动真格的，怕自己跟着沾包，马上跑到医院去开了假条，说自己心脏不好，在家泡病假。他已经有好些日子不上班了，在家待得实在无聊，想趁大家下班了到办公室看看，最主要的目的是想用公家的电话给家在外地的女儿打个长途，没想到却意外地遭受了这么一顿皮肉之苦。

小江是个退伍军人，最早报社是招来做电工的，因为他长得仪表堂堂，所以让他给领导开车。小江十分勤快，为人又很低调，平常大家见到最多的是他在办公楼下发动着汽车等领导，或者是在仔仔细细地擦车，再不就是爬上爬下忙着修电路。不管是当司机还是当电工，他都认认真真一丝不苟。谁也不清楚这么爱岗敬业又是首长身边的一个人怎么也被圈进了裁员名单。

那天小江在领导找他谈话之后出去喝了一顿闷酒。平常因为开车他滴酒不沾，这一天他彻底放开了,从下午一直喝到晚上。

他实在不明白自己把领导侍候得像个爷,可是人家竟然脸一抹就让他下岗。半箱啤酒下肚他不但心情没有丝毫好转,反而更加郁闷了。他想不通这样的事情竟然会落到自己的头上,越想越生气,决定当面去问问徐达,向他讨个说法。

他醉醺醺地回到报社,直奔徐达办公室。他把徐达的门一阵猛敲,但徐达已经下班走了。小江被心里的那股子闷气顶着,又挨个儿去敲李明亮等几位副总编的门,结果是谁都没在。他一看手表,七点差一刻,白班早下了,夜班还没有开始。他傻愣愣地在空空的楼道里走着,满腔怒火无处发泄,就像一头焦躁的狼一样。突然他看见一扇门里透出灯光,他的脑袋在酒精的作用下晕得厉害,也没弄清楚是什么办公室,走到近处才看见牌子上有"人事处"三个字,他抬脚把门踹开,就像闻到了血腥味儿的饿兽一样一头扑了进去。

老瑞抱着话筒正跟牙牙学语的小外孙通话,陶醉在天伦之乐之中,他看见小江走进办公室,也没当回事儿,随便打个手势让他坐,一边继续煲他的电话粥。小江大步走到他面前,恶狠狠地瞪着他,从口袋里掏出一把折叠刀,"啪"地扎在了他的办公桌上。

老瑞只见寒光一闪,一惊之下扔掉了电话,颤抖着嘴唇问他想干什么。

小江舌头发硬,吐字不清地说:"我这人没啥本事,报社要把我扫地出门,你他妈不是管人事的吗?这么个人事你不会不知道吧！我就问你一句话，你们做事凭不凭良心？我再问你一句话，你们凭什么砸我的饭碗？"

老瑞看小江猪肝般的脸色，嘴里喷着酒气，知道他是喝大了。

小江怒气未消地继续说："老瑞你给我听着，我把话跟你放这儿，萝卜烂在地里，肉烂在锅里，我哪儿也不去，就在这个报社死扎下去了！"

老瑞看他来者不善，也不知道他怎么会撞进他办公室里来的，嘴里说着"你有话好好说"，一边半推半拉地把他按到椅子上。小江使劲一甩，老瑞没站稳，一个趔趄，额头重重地碰在衣帽架上。老瑞捂着磕得又晕又疼的脑袋，老羞成怒地说："你这人怎么这么粗野！"

小江一听这话抡圆了胳膊照他的脸上就是几巴掌，边打边骂："我他妈是个粗人，你他妈又是什么好鸟？你别跟老子装知识分子，今天我就让你这个老王八蛋尝尝粗人的厉害！"

老瑞被打得两边脸麻辣辣的，鼻血滴答滴答往下流。小江冷笑着对他说："你不是管人事的吗？你们干的这也叫人事？你替我给徐达捎句话，老子这回跟你们拼了！"说完摔了门扬长而去。

老瑞看他走了，捂着鼻子给保卫处打电话，说被人打了，还差点儿被人砍了。保卫处的人即刻赶到，看见他办公桌上果真插着一把明晃晃的刀子，不过那把寒光凛凛的小刀长不过五六公分，宽不过一两公分，用它削个水果还凑合，拿它杀人显然太费劲儿了。再看老瑞，尽管脸上血迹斑斑，也不过是流了些鼻血而已，连一个伤口都找不到。保卫处一向的工作习惯就是大事化小、小事化了，他们不想卷入与己无关的矛盾当中，况且这又是单位内部同事之间的纠纷，都是低头不见抬头见的，说不定谁还是上级领导的亲朋好友，没必要替当事人去分个你高我低。于是他们也就例行公事地问了问情况，在记录本上胡乱地记了两笔，让老瑞签了字，不痛不痒地安慰了他几句就算完事。

老瑞惊魂未定地回到家里，一进门就满腔委屈地把这事告诉了老婆。

老瑞的老婆是总部大财务的出纳，每天手上进钱出钱，自以为见的钱多了，也不管是不是自己的，声气也跟着壮起来。她本来就是一个一点儿亏不能吃的人，一听当人事处长的老公被本部门的司机兼电工打了，立时就破口大骂起来："我操他王八羔子的祖奶奶，他也不睁开狗眼瞧清楚了人再打，要把他扫地出门的又不是你，那是他的亲主子！他爪子硬倒是去打徐达呀，打你又是逞的哪门子威风？给领导开车又不是给领导当鸭，他腰杆子就比别人硬啦？真他妈混蛋一个，狗仗人势，吃柿子拣软的捏，看谁好欺负就欺负谁，他牛逼什么呀？要我说你们报社就是个混账地方，一点儿王法也没有，好好儿坐在办公室里就能让人给打了，这还是人待的地儿吗？"

骂过了司机她又转过头来骂自己老公："我跟你说过多少

遍了单位里的事情你少掺和,你就是不听。人家都知道要明哲保身,怎么就你不知道?你上头有一堆人呢,他怎么不去揍他们呀?你也一大把年纪了,怎么就不能学得精一点儿?真是吃肉的时候没你,吃屎的时候你排头一个!那狗日的要是把你打死了倒也罢了,要是打残了还不砸我手里,老娘白跟着你倒霉!不是我说你,你也是个大男人,你比他少哪样了?他动手打你,你就杵那儿由着他打呀,你傻×不会还手啊?"

老瑞嘟嘟囔囔地辩解,又遭到老婆劈头盖脸一通骂。他想想老婆是刀子嘴豆腐心,说到底还是心疼自己,就闭了嘴由她骂。等她骂够了,他才息事宁人地说:"好在只是流了点儿鼻血,也没伤筋动骨,一会儿好好洗把脸也就没事儿了。你不知道他还拿着刀呢,真要是捅我两下,这会儿我恐怕也不能好端端地坐在家里跟你说话了。"

老婆一听又跳了起来,吼道:"你这叫什么屁话?他真杀了你,你倒是两眼一闭消停了,我们这儿没招谁没惹谁的就成了孤儿寡母,你干我还不干呢!这事儿没这么便宜,我现在就给你们徐达打电话,你替他受过,他不能站干岸儿,他得出来替你主持这个公道才行!"

老瑞赶紧跑过去抱住电话,不让老婆打。他心里也是非常惧怕徐达,知道徐达不喜欢下面的人为了一点儿子小事一惊一乍的,何况又是大半夜了,要是惹得他不高兴,那可比挨几个巴掌损失大得多。

老婆没抢着电话就松了口,答应不给徐达打。老瑞刚把电话放回去,老婆就命令他把李明亮的电话号码说出来。老瑞迟迟疑疑的,老婆立马瞪起两只铜铃般的牛眼睛,怒骂道:"你快说呀,人家把屎都拉到你头上了,你还缩着个王八脖子!你咽得下这口气,我还咽不下这口气呢!"

老瑞被逼无奈,吞吞吐吐说出了李明亮的电话号码。不过老婆并没有马上打,她眼珠一转,又生一计。她催老瑞套上外衣跟她一起出去,老瑞疑惑地问她:"又干嘛呀?"

老婆果断地说:"走,去医院。"

老瑞不肯去,苦着脸说:"我啥事没有,去医院干嘛呀?"

老婆不耐烦地催他:"让你走你就走,怎么总这么黏黏糊糊的?你别再说你没事了,到医院你得跟大夫说你被打得很厉害,疼得受不了,听见没有?你是三岁是五岁呀,用不着我一招一式手把手教你了吧?反正一句话,就是演戏你也得给我演像了,这回得让你们报社拿出钱来给我们赔偿。"

老瑞还是不情不愿,支支吾吾地劝老婆别闹腾。老婆根本不搭理他,拿起电话打了120。

到了医院进了急诊室,老瑞的老婆才给李明亮打电话。她在电话里哭哭啼啼的,虚张声势地说老瑞被小江打得只剩下一口气了,流了好多血,正在医院里抢救,让单位赶紧派人来。

李明亮接了这个电话吓了一跳,立刻亲自赶到医院,一看情况并不像说的那么严重。不过他倒认为这不是一件小事,他敏感地意识到下面的不满情绪已经不可小视了。

安抚了老瑞，李明亮到诊室外面去给徐达打了一个电话，把这事向他做了简要的汇报。徐达听了心里也一惊，他想好在小江是个头脑简单的人，要是他在开车或者修电路的时候使点儿坏，那就远远不是老瑞挨顿打这样的小事了，而且自己很可能就是首当其冲遭殃的人。这么一想，脊梁后面不由冒出一片冷汗。他想到小江未必就此收手，报社里也未必不再会出第二个小江，也未必不会出一个比小江更加不要命的，万一真闹出点儿什么，后果不堪设想，局面也不好收拾。

次日一早，徐达便召集副总编和各部门主任开了一个短会，会上简要说了老瑞被打的事，宣布报社人员调整工作暂告一段落。会上他特别强调各处室负责人一定要做好本组人员的工作，要多关心群众，对不管是在岗的还是准备调离的人员都要确保不能再出意外的事情。此外，徐达还在会上宣布了对小江的处理意见：暂不调离，扣发三个月奖金，不再担任专职司机和电工，调至发行部做业务员。与会者都看出徐达的意图是以安抚为主，不想激化矛盾。他们也都看出来徐达这回是手下留情的。

这番整顿的最后结果是共有十五个人调离了报社，尽管远远没有达到预期的数目，但在职工心中引起的震动还是相当强烈的。以前大家把报社当作铁饭碗，现在看来这个想法显然是需要改一改了。以前大家总以为领导并不会当真动手，现在看来也不是那么回事儿了。通过这件事报社职工也对领导班子有了重新认识,都说这届领导无论是手腕还是魄力都远远超过刘大中那套班子。报社的气氛也与以前大不相同,出勤率奇高,一个个都谨言慎行,格外地小心翼翼。就连单位那几个最难剃的头这会儿也比任何时候更安分更勤勉,徐达脸上的笑容也比任何时候更祥和更明亮。

紧接着报社进行了部门的优化组合,改革转入到第二个阶段。这一阶段报社在策略和手法上和上一阶段完全不同。局一级的领导脸上挂着和蔼可亲的笑容分头找人谈心,对报社新老职工一个不落地询问了诸如希望到哪个处室、做哪份工作以及对报社改革步骤的看法等等。职工们经历了上一阶段的疾风暴雨大多成了惊弓之鸟,以为这是领导的一个诱敌深入的圈套,警惕性都空前提高,话说得极有分寸,而且密切关注着领导的脸色,随时预备着调头转弯。领导只好拿出加倍甚至好几倍的耐心来打消同志们的顾虑,让同志们看清楚他们并不是在变着法子向大家开刀,而是真的在想群众所想,急群众所急,是真的为大家好,当然同时肯定也是为使整个报社发展得更快和更好。

比起前一阶段的"剪尾工程",优化组合进展得相当顺利。不出一个月,各处室就重整完毕。

重组后的处室面貌焕然一新,一部分人借此机会名正言顺地调离了原来的处室,有些处室也顺水推舟地把一些不好弄的或者是不讨喜的人洗了出去。一些积攒多年的矛盾自然而然地就化解了,而且彼此不伤情面,真是皆大欢喜。

这一招显然颇得人心，改革算是初见成效。尽管报社有一部分人对此有不同的看法，认为这不过是面子活，风声大，雨点小，对报社总体的发展并不起什么决定性作用，但也就是私底下说说，一到正经场合都识趣地保持缄默。

处室调整完毕，作为改革的另一项有力度的举措——奖金制度也随之改革。沾钱的事情向来都是特别敏感的，更何况是直接关系到每个人口袋里的钱。徐达又一次召集领导班子连夜开会，经过反复讨论，统一了认识。最后领导班子聪明地采取了权力下放，每月奖金不再由报社按标准发放，而是给各处室一个奖金总数，再由各处室根据每个人的工作业绩和工作表现来具体分配。按徐达的说法这是"为了打破多年来的平均主义和大锅饭思想"，也是"为了培养和锻炼基层干部的能力"，并且还是"充分发挥民主"。但是新出台的规定一经实施，刚刚组建起来的新处室马上就有了新矛盾。

无疑这正是徐达希望看到的结果。他在阶段性总结大会上情绪高亢地说："改革初战告捷，至少从目前来看效果是相当明显的，也是相当良好的。报社又一次重新走上了正轨。"他还说，"如今大家心往一处想了，劲往一处使了，闲言碎语少了，悉心投入工作的多了，报社的正气又树起来了。"

报社的职工却并没有总编辑这么乐观，他们也没有像总编辑所期望的那样"精神面貌随着改革的步步深入越来越好"，相反他们不满的情绪越来越大。不少人在背后议论说徐达深谙斗争哲学，也深谙驭人之术，改革不过是一个幌子，通过搞阶级斗争和整人为自己捞政绩才是他真正的意图和目的。

这话很快就传到了徐达的耳朵里，他在星期一的编前会上原汁原味地把这话说了出来，并且让说这话的人会后去找他当面交换意见。徐达始终没有点名，也没有说一句批评的话。他不动声色，脸上没有一丝一毫的愠怒，声音里也没有一丝一毫的火气，表现出充分的忍让和克制。但是编前会开得相当沉闷，气氛空前凝重，完全没有了以往那种业务讨论的活跃空气。

会后并没有人去找他当面交换意见，但非议之声却随即消失。徐达恢复了以往的威信，甚至比以往任何时候威信都高。

经过这一番的改革和整顿，报社的气氛有了不小的改变。以前报社除了正式和比较正式的场合对领导一样是直呼其名，或者是"老张"、"老李"那么称呼，领导还对此积极提倡。现在，报社职工对领导一律都称官衔，而且从态度到语气都十分恭敬。这种改变几乎发生在一夜之间，但上上下下都很适应。报社的最高领导徐达更是拿着一副高高在上的劲儿，脸色冷峻，连微笑都是矜持的。而从前他尽管骨子里很傲，但表面上还是做出平易近人的姿态，现在他干脆连这样的姿态也不做了，无论是内心还是外表他似乎都离平易近人很远了。

短短的几个月间徐达的变化也相当大，最明显的是他的头发又白了不少，从前一头乌黑茂密的头发现在已是黑白相杂，远远看去是一片灰黑，就像褪了色一般。他的身姿也没有以前那样挺拔了，有时候不经意间显露出疲惫之态。报社的人都说其实徐达也挺不容易的。

在工作中徐达也同样有了明显的变化。一是他以前不怎么加班，而且也不提倡加班，他总说加班通常是在做拖下来的事情，要么是在该做正事的时候去忙别的了，要么是效率低太磨蹭，总之是一种弥补行为。而现在他自己就经常加班，很少有下班到点离开的时候。他不仅自己加班，还经常在下班之后找各采编室的主任、副主任谈话，弄得他们到了下班时间也不敢离开。几乎每个晚上他办公室的灯光都亮得很晚很晚。二是他以前没事极少去采编室串门，现在时常去各办公室转上一圈，有时是为了核准稿件上的某个提法，有时就是去交代几句话，有时似乎并没有什么具体的事情，他点一支烟，信步走进某个办公室，说几句话，或者什么也不说，看几眼就走了。弄得下面的人尤其是各处室的领导相当紧张，生怕有什么不当或不妥之处落在他眼睛里。

渐渐地徐达只定向去几个办公室。他去得频繁的一个是资料室，一个是总编室，还有一个是社会新闻采编室。因为去的次数多了，他在这三个地方相对比较放松。比如在别处不说的话在这几处他会说，在别处他不随便开玩笑，在这几处却例外。渐渐地别的一些办公室就有了醋意，在背后把这三处称作"特

成人游戏 217

区"。资料室因为是一个公共的地方,每天的报纸、杂志都由这里分发,过期的资料都在这里汇集,只要开门就是人来人往的,况且在这里管资料的都是上了岁数的老同志,没有一个亮眼的人物,因此大家也就不太在意。另外两个地方就不一样了,社会新闻采编室有沈旭东,总编室有方文心,这两位本来就是领导的红人,徐达经常过去走动,无形中也使他们的地位更加凸出,他们彼此之间的关系也变得越来越敏感和微妙。

沈旭东和方文心原来有竞争也有合作,而且合作远远超过竞争。方文心本性谦和,不是一个好斗的人,一般不会主动出击,而沈旭东也并没有真正把他当作自己的敌手,他瞄准的目标都比方文心强大。可是如今他从前的敌手都进入到了另一个层次,一不留神方文心起来了。沈旭东心里其实是很看不起他的,认为他政治上不够成熟,人情世故也不够练达,业务勉强还可以,但是当官业务水平才占几成?所以在他眼里方文心基本属于十三不靠的。可这样一个人现在竟然成了他的竞争对手,实在让他想起来就觉得堵心。他暗自哀叹自己朱颜凋零日趋沦落,这几年真是越混越惨越混越窝囊了。

徐达对待沈旭东和方文心似乎一视同仁,他甚至尽可能做得不厚此薄彼,一碗水端平。而他越是这样,沈方之间越是斤斤计较,也越是剑拔弩张。以前沈旭东和方文心中午经常在一起玩拱猪,现在两个人气氛紧张到连猪都不拱了。关系好的时候他们见面就开玩笑,有事没事相互串门,现在这个样子,玩笑不开了，门也不串了，两个人都埋头做自己的事情，心里都憋着一股劲儿要把对方远远地甩到后面去。

报社不少人都饶有兴致地关注着这两个人的明争暗斗，也都等着看最后鹿死谁手。

徐达在不偏不倚的姿态下其实却在精确而又不动声色地增减着天平两端的砝码，暗中对沈方之争进行推波助澜。他突然不怎么去总编室了，而是更经常地到社会新闻采编室。他总是直奔沈旭东，有时是找他说选题，有时是问他稿子的情况，有时仅仅是跟他去聊几句隔夜的赛事，总之没有一件是特别重大的事。这些事情打个内线电话就可以解决，而他却一次次地大驾光临，让沈旭东好不得意，也让他有一种扬眉吐气之感。

然而时隔不久，徐达在好稿评定和奖励方面又出台了新政策。新政策规定总编室不参加好稿评选，但有好稿的终评权。也就是说，各部门推荐的好稿经评委投票之后还要经过总编室最后确认，总编室如果有疑义可以提出否决，等于无形中让总编室拥有了高于其他部门的权力。据领导说这是为了使评好稿更公正，也是为了防止选题滞后和选题重复，同时也是为了杜绝剽窃、抄袭等等不正之风，让总编室更好地承担起统筹和监督的职能。在奖励方面总编室也不再拿好稿的编辑奖，而是拿报社规定的平均奖，以示中立和超脱，当然这个钱不会少于他们正常参加评好稿所能得到的奖金数。如此一来，总编室在权力和金钱方面都有了意想不到的提升，而且似乎又成了一个仲裁机构，地位非常特殊。这在报社历史上也是从未有过的。

徐达这么做的用意何在？大家一时都有点儿困惑，连沈旭东也同样有点儿闹不清楚。从表面看徐达对他十分器重，跟他走得也格外近些，可实际上这位足智多谋的总编辑又在如此下力地扶助方文心，不惜通过修改游戏规则来赋予方文心无人能及的权力，甚至超过了那几位副总编，显然是有他的用意的。沈旭东马上想到这很可能是冲自己来的，可是想想又觉得不像。他想徐达对自己十分器重，他就是同样器重方文心也似乎没有必要拿自己的矛去攻自己的盾，况且他也不认为自己值得徐达如此大动干戈。令沈旭东最为困惑不解的是既然这是领导班子集体通过的一个决策，那几位副总编怎么就会一边倒地同意呢？看来徐达真像传言所说的那样已经全面控盘了，而且到了一手遮天的地步。还有，这件事若是放在以前，下面一定早就议论纷纷了，可是现在大家都默然接受，竟连私底下的议论也听不到。沈旭东莫名其妙地感到十分烦闷。

很快上半年评好稿的时候到了，这也是第一次执行新的好稿政策。沈旭东等着看会有怎样的结果。他所在的社会新闻采编室历来是好稿的大户，这次评委投票通过的好稿仍然很多，远远超过了另外几个采编室，而且因为得分高排名还都很靠前。可是经过总编室终评，却至少有三分之一被刷了下去。沈旭东看到评报栏里贴出来的上半年度好稿目录，顿时火气冲天。

他一个箭步跨进了总编室，脸色难看地责问方文心："我们的好稿都上哪儿去了，怎么一下子少了那么多？"

方文心似乎早料到他会来兴师问罪，十分沉着地回答说："这是为了统筹安排，是大家共同决定的，不是我一个人的意见。"

沈旭东一听更火了，问他："'统筹安排'是什么意思？是不是就是搞平均主义？"

方文心说："你们的好稿占得太多了。"

沈旭东气愤地责问他："这就是拿掉我们好稿的理由吗？"

方文心慢条斯理地说："我们只是为了尽可能做到公平和公正，你要是认为这是平均主义那就是平均主义好了。"

沈旭东又问他："为什么评委都投票通过了，你们可以随随便便拿掉？"

方文心说："我们并没有随随便便拿掉，而是经过开会讨论的。"

沈旭东冷笑道："那我问你一句，你们是根据什么标准做出取舍的？"

方文心一时没回答上来，反问他："难道你不知道总编室有终评权吗？"

沈旭东听他这么说，脸涨筋暴地说："你这完全是强词夺理，你等于毫无道理！"

方文心也恼怒起来，提高了声音说："我本来就没有义务回答你这些问题。"

沈旭东黑了脸说："好，算你狠！"说完，扭头出了总编室。

他气急败坏地回到办公室，横横地对大家说："这屋里喘气的都给我听好啊，今天不发稿，让他们抓瞎去。"

当天社会新闻采编室果真一篇稿子也没有发。

到下午三四点钟，方文心坐不住了，叫孙美美过去催。孙美美为难地说："我去有用吗？"

方文心一点儿好脸没有地说："你不去怎么知道有用没用呢？"

孙美美嘟囔着说："你们之间的事情，有我什么事儿？"

方文心硬邦邦地说："什么'你们'、'我们'的，是这儿的工作你就应该做。"

孙美美很不情愿地扭着身子出去了。

到了社会新闻采编室她换了一副甜甜的笑脸，蹭到沈旭东办公桌前。沈旭东闻到一股香水味儿，眼睛的余光扫到了孙美美。没等她开口，他就口气很冲地说："是他让你来的吧？回去告诉他，没有。"

孙美美笑嘻嘻地说："就是因为'没有'，他才让我来的。"

沈旭东板着脸说："没有就是没有，你来也没有。"

罗卫在旁边既像是幸灾乐祸又像是冷嘲热讽地说："行啊，美人计都使上啦。"

孙美美斜他一眼，转过脸继续赔着笑对沈旭东说："您老人家就忍心看我空手回去挨骂啊？"

沈旭东翻她一眼，口气强硬地说："我有什么不忍心的？

你是我的谁啊？你就是我的谁，那还舍不得孩子套不着狼呢！我把话放这儿，今儿个我豁出去了，就跟他死磕到底。"

孙美美听了，笑着说："师傅，您还真较上劲儿啦？您以为这样下去会有好果子吃啊？"

孙美美刚到报社的时候沈旭东带过她几天，算是有师徒之谊。平常她经常半真半假地称沈旭东为师傅，老是和他说说笑笑打嘴仗，没大没小惯了。

沈旭东听她这么说，正撞着心头的病痛，瞬时变了脸色说："你别吓唬我，我活了这一把年纪不是被吓大的，更不是被你这样胡萝卜大的小丫头吓大的。我正要看看他们能拿我怎么样呢。"

孙美美一看他真急了，吐了吐舌头转身跑掉了。

不一会儿方文心亲自上门来了。沈旭东看见只当没看见，故意埋头干活，专心致志地在电脑上敲敲打打。

方文心站在离他办公桌半米远的地方，弯下身子，和颜悦色地对他说："稿子差不多了吧？"

沈旭东装作没听见。

方文心耐着性子柔声细语地说："就差你们一个采编室了。"

他用一种期待的眼神看着沈旭东，等着他表态。

沈旭东突然态度粗暴地说："我们没稿子，你统筹安排去吧。"

方文心当着众人颜面尽扫，脸都白了，终于不再温文尔雅了，放下脸来说："沈旭东，你别太过分了。大家都是为了工作，我也不是为我自己。"

沈旭东毫不客气地说:"既然不为你自己,你做得那么绝干吗?"

方文心毫不相让地说:"你要是这么说我跟你就无话可说了。"

沈旭东提高了声音说:"我和你本来就无话可说。"

方文心也提高了声音说:"我们先不要扯别的,你把稿子发了再说。"

沈旭东极其不耐烦地说:"你没听见吗?我再说一遍——没有。"

方文心冷笑道:"好,那就让报纸开天窗吧,反正报社也不是我们家的。"说完重重地摔了门走了。

他走了没多久,薛恩义就来了。这位副总编以前很少到社会新闻采编室来,他莫名其妙地有点儿怵沈旭东,没事尽可能不往他这边走。以前薛恩义管后勤的时候和各采编室交道不多,顶多就是发东西的时候彼此照个面,都是高高兴兴有说有笑的,不过关系都不深。自从温伯贤去世之后因为签发稿子的人手少了他才参与值班,本来他就是初学乍练,有点儿力不从心,最怕再有节外生枝的事情发生,没想到这一期值班的头一天就赶上这么件棘手的事儿。方文心空着手气乎乎地跑到他办公室,他就知道他没有弄过沈旭东。沈旭东本来就是个得理不饶人的主儿,这次好稿评选明显吃了亏,肚子里有气可想而知。方文心基本上是个书呆子，对别人设局下套之类既看不懂也不敏感，上面布置什么他做什么，而且还傻乎乎毫不走样地去做，被人当枪使得罪了人自己还不知道，薛恩义在旁边看着心里直替他急，却又不好点破他。他想这呆子连这点算计都没有好赖也混了个正处，而且升副总编的可能性还很大，真是呆人有呆福！自己若是给他提这个醒，他要是明白呢还能领这个情，要是脑子不够用，想歪了，还以为自己是挑拨离间或者有别的什么企图，自己就不值当了，所以他也就什么也没有说。看见方文心垂头丧气地走进办公室，他立刻意识到这个麻烦结结实实地落到了自己的头上。

薛恩义硬着头皮走进社会新闻采编室，他脸上挂着笑容，就像春节拜年一样和每个人打了一遍招呼，一点儿一点儿靠近沈旭东。沈旭东心里觉得好笑，没想到还有官大的怕官小的。他还是使的老伎俩，埋头工作假装没看见他。

薛恩义走到沈旭东办公桌边上，摸摸索索从口袋里掏出一包烟。他平常不吸烟，偶尔一支半支也是吸着玩儿，所以他掏烟的样子非常不自然，更谈不上从容与潇洒。他本来想从烟盒里弹出一支烟，但是试了几次都失败了，只好改弹为拿。他把一支烟敬给沈旭东，沈旭东看到递到面前的香烟才抬起头来，好像刚看见他一样，朝他冷淡地点点头。

薛恩义也顾不得他是冷淡还是热情，先绽露出一个热腾腾的笑容，一只手亲热地按着他肩膀，凑近他说："你的心情我很理解，不过咱们还是先把稿子发了吧？"

沈旭东鼻腔里哼了一声，反问他说："你说你很理解我的心情，你知道我是什么心情？"

薛恩义用息事宁人的口气语无伦次地安慰他说："有些事情吧，大家都是理解的。其实吧，你们这儿的工作吧，一向都是很好的，大家也都看得见。总之吧，我们吧……都难呀，你说是不是啊？"

沈旭东把他给他的那支烟往耳朵边上一夹，脸上古怪地笑着，打断他说："您不用跟我说这些，说了也没用。今天我们没稿子可发。"

薛恩义尴尬地站着，走也不是，不走也不是。他还想继续说服沈旭东，但也知道自己说服不了他。他叹了口气，怏怏地走了。

下班的时间到了，沈旭东很想夹起皮包一走了之，但他清楚今天的事情并没有到此结束，即便他走到天边只要一息尚存肯定还是会被追回来的，所以还不如不走。他在电脑上挖了一会儿地雷，做了一会儿投机倒把生意，玩了一会儿杀人游戏，都觉得无聊得很，他猛然意识到现实生活中的这盘棋已经被自己越走越死了，自己好像走进了一条狭窄的胡同，现在连转身都相当困难，而且很可能这还是一条死胡同。

他在办公室坐了一个多小时，一直没有人来，也没有电话打来，他不由心慌起来。正当他心烦意乱地在网上乱逛，张帜来了。

他的心忽地一松,就像看见了一根救命稻草。

张帜朝他非常知己地笑笑,站在门口远远地对他说:"我就知道你不会走的。"

沈旭东也笑了,用自嘲的口气说:"我倒是真想一走了之呢,不过跑得了和尚跑不了庙。"

张帜说:"我是相信我们干部的素质的。"

沈旭东说:"嚆嚆,这话听着像徐达说的。"

张帜微微一笑,拉把椅子在他对面坐下来,问他:"你不会真打算这么扛到底吧?"

沈旭东愤愤不平地说:"方文心那小子有点儿欺人太甚。"

张帜又微微一笑,说:"方文心是个比较单纯的人,你不是不知道,又何苦跟他计较?说句本不该说的话,他不过是个傀儡,他怎么动是背后有人牵着他的线,你不会拐不过这个弯儿来吧?"

沈旭东说:"我当然知道方文心发烧是他背后的人在感冒。"

张帜笑说:"既然你都明白,这么闹腾又干嘛呢?"

"不就是咽不下这口气嘛!"沈旭东说,"我们的好稿一下子被砍了三分之一,连个说得出来的理由也没有,就说是什么'统筹安排',明摆着是嫉贤妒能嘛。我们没招谁没惹谁的,真像老话儿说的'闭门家中坐,祸从天上来'。他们看我们吃肉眼红,我们流汗的时候他们怎么就看不见了?也就是我们这个采编室的人老实，要是换一个采编室说不定早就炸了。大家辛辛苦苦忙乎了半年，熟透了的庄稼让这么场雹子给砸了，让我这个当头儿的怎么跟他们交代？我要是再缩着脖子一声不吭，我也太没有意思了吧。"

张帜半开玩笑半认真地说："你为人仗义爱民若子大家都是知道的，我不能说你这么做有什么不对，如果换我也许也会这样的。不过你要是这么坚持下去，恐怕会越弄越僵。"

沈旭东一听张帜的口气明显不向着自己，马上笑着问他："是不是老薛跑你那儿向你大倒苦水了？"

张帜点了点头："他觉得这件事很棘手，求我来跟你说说。你这儿不松动他反正是没啥辙。我看他也不容易。"

沈旭东冷笑一声说："这年头，谁容易啊？"又说，"他倒是真会挑好走的道儿走，拿你来压制我。这么公不公私不私的算什么？他应该直接去搬徐达来才对啊。"

张帜笑着说："老薛的脾气你还不知道？借他十个胆他也不会那么做的。"

沈旭东恨恨地骂道："这个窝囊东西！"又说，"我就等徐达来呢，他来了我就好问他了，这些规定是怎么制定的？我还要问他，这么朝令夕改到底想干什么？"

张帜听他这么说，脸色一变说："快别傻了吧！"他站起身，口气坚决地说，"我劝你一句，赶快把稿子发了，你这么耗下去顶多就是让薛恩义和方文心两个为难，你觉得意思大吗？"

沈旭东迟疑了两秒钟，拉开抽屉，把一大摞贴着稿签的稿子拿了出来，随手把电脑里编好的稿子点了过去，说："好吧，我听你的，今天就便宜了他们，不过这件事还没完呢。"

张帜加重了语气说："你可别以为我是来向你施加压力的，我不过是管闲事而已。其实我真不爱管这种闲事，你是我朋友，老薛也是我朋友，我没法看着不管。"

快走出办公室他又回过头来叮嘱沈旭东："我提醒你一句，你可不要冲动，更不要胡闹——你明白我的意思吧？"

沈旭东十分领情地答应道："我知道了。"

张帜一走他就拿着稿子去了薛恩义办公室。薛恩义一边吸烟一边咳嗽，正在办公室里焦躁地来来回回踱着。突然听见敲门声，一个箭步冲过去拉开门，一看正是沈旭东，就像见到了大救星一样，马上就把一盒中华烟递了上去。沈旭东领情地摸出一支，薛恩义赶快给他点上。

沈旭东吸一口，把一沓稿子给了他。薛恩义就像座山雕得到联络图一样，两眼放出光来，满腔真情地连声说："谢谢，太谢谢了！"

沈旭东不冷不热地说："别谢我，你谢你哥们儿去。"

薛恩义心领神会地笑了。

第二天早晨沈旭东刚到班上就接到徐达的电话，让他去他办公室一趟。

沈旭东早已经没有了昨天下午的那股子豪气，不知道徐达这会儿找他要谈什么,心里不由打起了小鼓。

徐达一见他就开门见山地说:"刚才方文心来找过我,他说你对好稿的评选意见很大,昨天拒绝发稿,我说我不太清楚情况,问一问你再说。"

沈旭东没想到徐达会杀个回马枪,也没想到他会这么直截了当,加上一大早困劲儿还没有过去,胸口的一股子气提不起来,反应也不够灵敏,他有点儿吞吞吐吐地说:"稿子后来都发了,没有耽误啊!好稿我们一下子少了那么多,我心里的确是……我也不太好跟我们采编室的同志交代。"

徐达摆一摆手,雍容大度地说:"好稿是好稿,发稿是发稿。我一直说不应该把情绪带到工作当中,更不应该因为情绪影响工作,是不是这样嘛?"

沈旭东恭敬地点头道:"是。"

徐达态度和蔼地说:"以往评好稿我们一直延用的是上一届领导班子制定的规则,那些规则现在看来的确存在着很大的问题和欠缺,也跟不上现在的形势要求。所以今年我们对此作了一定的修改,虽然还只是第一次尝试,但我认为比以前要好得多。当然了,对每个采编室来说,在好稿数量上会有一些变化。比如你们采编室,好稿数量明显下降了。我也理解你的工作可能会不好做。这有一个适应的过程,不光我们做领导的要适应,处室的同志们也要适应。写稿是工作,评稿也是工作,大家一起来适应这一套评判机制同样是工作。对于领导来说,除了组织报道还应该注重管理。我认为管理比组织报道更重要。"

沈旭东洗耳恭听。

徐达停顿了片刻又说："适应新规定可能会有一个磨合的过程，说不定还是一个不太舒服甚至是比较痛苦的过程，但我们不能因为不太舒服或者比较痛苦就不去适应。而且，我们当领导的首先要调整好自己的心态和视角，不能光看到眼前的利益，眼光要放长远一点儿，要有大局观念。'得'与'失'从来就是相对的，在这方面得到的多一些或许在另外的方面就会失去的多一些，相反，如果在这方面失去的多一些，在另外的方面很可能就会得到的多一些。不管是谁都不可能永远得到或者永远失去。领导同志在这方面首先要能够正视。有时候我们难免要吃些亏，我们应该学会吃亏，不然又怎样去做下面群众的工作呢？"

沈旭东听出了徐达话里的责备，也听出了他在尽可能说得委婉，他忍着心头的不快，仍然恭敬地点头道："是。"

徐达在发过了这篇宏论之后随手拿起桌上的一份好稿目录，用一种安抚的口气对沈旭东说："不过评稿规定这一改的确对你们采编室非常不利，这两天我也考虑了这个问题，我在想有没有什么办法能够补救一下。这个规定显然有它的不足之处，在以后的执行中恐怕还得不断地修改和完善。但是，对于这一次评好稿肯定也不能推翻重来。所以我考虑在原有的好稿基础上再评选出特等好稿三篇进行重奖，这三篇特等好稿在五篇好稿中投票选出，你看看这是我拟定的五篇待选稿的篇目。"

他边说边把一页他亲笔写着篇目的纸递给沈旭东，沈旭东接过一看，五篇稿子中有两篇是自己写的，一篇是自己编的，自己占了其中的五分之三。他头脑中飞快地打起了小算盘，五选三，无论如何自己至少会有一篇中选。他马上领会了徐达这么做的意思，脸上立刻绽露出了喜悦的笑容。

当天下午徐达召开临时会议，只花了十来分钟评委们就对特等好稿投完了票。评选结果沈旭东有两篇中选，一篇是他写的，一篇是他编的。此外还有一篇入选的是一组图片新闻，并非文字稿，等于他一人把文字稿包圆了。

评选结果一张贴出来，众人哗然。除了社会新闻采编室之外所有办公室都议论不断。有人嗤之以鼻，有人大加嘲笑，说这个奖是量身定做的，干脆别叫什么"特等好稿"，直接就叫"终身成就奖"算了。

方文心反应最大，他在总编室嚷着说："他妈的，这叫什么事儿啊？这不是翻手为云覆手为雨吗？有这么把天下人都当傻子的吗？俗话说得好，会哭的孩子有奶吃，还真没错。你们都听着，以后我们还真别揽那些破事，人家还当我们是皇亲国戚，这回看出来谁跟谁才是亲戚了吧？何必让我们去做丑人！"

他情绪激动，嗓门又高，办公室的门又是敞开着的，好多人都听见了他说的话。沈旭东也是一句不落听得一清二楚，本来一腔的好心情顿时灰飞烟灭。再看自己办公室里的人，态度一概是淡淡的,都是事不关己的样子,他心里更加没趣。本来他的确是为自己组里的人去争的,没想到争来争去结果全争到了自己的名下,不说弄得众叛亲离,实际效果也差不多。沈旭东马上意识到自己得了这两个特等好稿并不是什么好事,得罪了方文心这样的还在其次,无形中伤了自己采编室这些弟兄们的心实在是得不偿失。他心情极为郁闷,觉得自己又一次落入了徐达的圈套。

在此之后方文心和沈旭东更加格格不入。两个人的态度里明显地充满了敌意,彼此互不相容,一个说东,另一个定要说西,而且冲突不断,只要碰在一起就要争个高下。一个是火爆激烈,一个是死缠烂打,两个人在会上会下争吵不休,在工作中也争执不下,而且都固执己见,时常要领导出面调停才能解决问题,有时领导出面调停也仍然不能解决问题。他们从以前有合作有竞争的伙伴关系变成了相互攻击相互拆台的敌对关系,他们之间的矛盾越积越多,很快就成了一个死结。

就在沈方两人成天为点鸡毛蒜皮的事情搅得不可开交的时候,新增补的副总编的人选终于确定了下来。公示通告带着油墨的芳香张贴出来,可以说出乎报社所有职工的意料,新提的这位副总编既不是一向风头很健的沈旭东,也不是一路走高的方文心,而是一位几乎被报社的同事遗忘的一脸忍辱负重的人物——资料室主任姜树柱。

姜树柱五十三岁,多年的老正处。他干瘦身材,脸色灰暗,戴一副镜片像老树年轮一样一圈又一圈的老式玻璃眼镜,一年之中至少有三个季节穿着同一件夹克衫。他性格内向,沉默寡言,为人拘谨,循规蹈矩,工作兢兢业业,一丝不苟,是一个既没有才华也没有锋芒的人。他平时很少和同事交往,报社里没有一个和他走得特别近的人。他从来不去单位餐厅吃饭,每天中午都端坐在办公桌后面吃老婆隔夜为他准备好的午饭,食谱是数十年如一日没有变化的大米饭、蔬菜炒肉片、鸡蛋羹和一点儿小咸菜。报社每月打到饭卡里的四百元餐费他定期买成牙膏、洗衣粉、洗发水、沐浴液、卫生纸和卫生巾等等带回家去,供一家老小使用。他经常提着大包小包去赶班车,很少有空着手的时候。

姜树柱是个非常精细的人,从他办公桌上的摆设可以一眼看出。他的办公桌上有一应俱全的办公用品,就像小型超市一样整整齐齐、分门别类摆放在一排塑料架子上。他还有一个特点,就是和别人算得特别清。他从来不向单位里任何一个人借东西,偶尔有同事向他借钱,不管数目大小他都会在一个专门的小本子上记下来,并让借钱的同事当场签字。所以尽管他从来只借出不借入,却还是给人留下了特别抠门的印象,甚至有跟老葛朗台一样吝啬的名声。不过,总的来说他只是个自顾自的人,对周围的人没有什么妨碍和威胁。他曾经两次申报正高职称,但两次得票都很低。他甚至都没有提出申请复议,估计是他认为自己不会有戏。此后他再没有参加过评职称,似乎放弃了这件事情。

在报社姜树柱基本是一个被大家忽视的人，这样一个毫不起眼的人过了知天命的年纪又得到了重用，可以说单位里几乎无人料到。况且这么多年以来一直在提倡领导干部年轻化，按照内部掌握的有关规定，一般过了四十五岁就不提副局了，可却偏偏在这个并无任何过人之处而且看上去还十分窝囊的人这儿破了例，大家都吃惊得不得了。

姜树柱被任命为副总编，不仅在报社爆了一个大冷门，在他所在的部门更是爆了一个大冷门——他是资料室自成立以来所出的第一位副局级领导干部。

据内部传出的消息，姜树柱能当选纯属偶然，本来上面没有人想到他，但上次民意测验时却有一张选票提到了他的名字，就是这唯一的一张选票启发了领导，具体地说是正头儿徐达从中获得了灵感，让姜树柱有了生命中最辉煌的一次老树开花的机会。但是因为那张选票的笔迹无法辨认，至今也没有人确切知道那位提名者是谁。

方文心听到这个说法之后真是万箭穿心，算是有生以来头一回真切地体会到了什么叫"一失足成千古恨"。他心中万分懊悔。当初他在选票上写下姜树柱的名字的的确确不是因为看好他有可能，而恰恰是因为认定他绝对没可能。现在看来这个世界上真没有什么是绝对的，也没有什么是不可能的，就像广告里说的那样："一切皆有可能。"方文心认为自己无意中做的这桩事情断送的很可能恰恰就是自己的锦绣前程,他恨自己聪明反被聪明误,搬起石头砸了自己的脚。他简直连肠子都悔青了。

沈旭东同样非常失意。其实他早就知道徐达不是一个正人君子,他也一直对他有所提防,可是只要徐达一给他好脸色他马上就从心底里信赖他,简直就像着了魔一般,总是忍不住要上当。回过头去想想,他发现自己始终就在徐达的掌握之中。包括他和方文心的各种摩擦和矛盾,也都可以说是徐达一手操纵的。徐达不愧是个制造破裂关系的能手,他一手造成了他们之间的不和,让他们成了不共戴天的敌人,而说不定方文心至此还没有一个清醒的认识。

沈旭东最后悔的是就在副总编公示贴出来一个星期前,徐达找他谈话,对他表示了明显的器重,他为此心情激动,夜不能寐。就在那个夜晚,他犯了一个现在他一想起来就满身燥热羞愧难当的自认为是不可饶恕的错误——他怀着兴奋和忐忑的心情给徐达写了一封长信,信里说了许多自夸和效忠的话,并在信的结尾婉转地流露了一丝去意。他相信徐达百分之一百会明白他的意思,因为他认为这是一种最直白的官场语言,既是卖身投靠,也是以走要官。沈旭东以为自己在这关键的时候给徐达写这样一封信是一种明确的表示——反正是豁出去了,不妨把话说个明白。可结果他什么也没有捞着,才知道这个险冒得有多么不值当。至此他终于明白了徐达跟他亲近也好,找他谈心也好，实际上都是在给他放烟幕弹，他从来就不是徐达心目中副总编的人选，徐达也从来没有真正看好过他。这位善于弄权和治人的一把手对他采取又打又拉的策略，为的是稳住他和利用他。而他果然没有翻出他的手掌心，不仅被他当枪使，而且成了一个可笑的跳得最高摔得最重的典型。在这样羞耻的失败和教训面前，他后悔自己的轻信与盲从，也憎恨徐达的阴险与毒辣。

（马雅）

亲爱的，现在的报社和你在时的报社已经大不一样。从表面上看好像一切如常，发稿，开会，上班，下班。可实际上，这里的空气里都能闻到硝烟的味道。也许从来都是这样的，只是我不知道而已。

以前我留意的东西的确很少，我的世界简简单单。因为有了你，我才体会到了人生的丰富，不再那么幼稚和单纯。因为你的离去，我学会了面对流言蜚语和世态炎凉。现在，我比以前更加理解你和懂得你，知道你有多么不容易。亲爱的，我和你认识得太晚了，我没有看到你是怎么样一步步走过来的，我只是看到了你的成功和辉煌，我不知道你经历了怎么样的风霜刀剑，我不知道你的心中是否也是伤痕累累。

我曾经这样想，如果没有你的爱，我的人生犹如荒漠一般；现在我忽然这样想，如果没有我的爱，你的人生是否也是一片惨淡？我看多了争权夺利尔虞我诈，更觉得真心和真情的珍贵。亲爱的，我深感安慰的就是和你真心地相爱和相互拥有过，这是我人生最大的财富。尽管有许多流言蜚语把我们的关系形容得污浊不堪，既是利用职权无耻的占有，又是对权势卑贱的投靠，而只有我们自己清楚我们之间的关系是多么真挚和纯粹。我是那么热烈地爱着你，把你看作我的一切，你是我整个的世界；而你那样无微不至地关怀我，怜惜我，对我情深意切。不管怎么说，我在别人那里从来没有得到过和你这样的感觉，我也从来没有爱一个人像爱你这样。直到今天,当我回忆起我们在一起的时光,我依然觉得幸福无比。直到今天,我依然在心中肯定我们的关系,因为它是美的。

只可惜太短暂了。

美的事物永远都太短暂了。

冯蓓收到一条手机短信:"今晚六点我请你在香格里拉吃饭,你有空吗?徐达。"看到短信的一瞬间,她心中抑制不住一阵狂喜。

好长一段时间她一直在心里盼着这个时刻,但当这个时刻真的到来的时候,却不免又有一点儿意外。

自从那个夜晚之后,她和徐达之间的关系有了暗暗的却又是显著的变化。在冯蓓的印象里以前她和徐达甚至没有过对视,而现在她时常能感觉到他投射到她身上的暖洋洋的目光。他的目光迅捷,明亮,像阳光一样和煦。而且他的目光无论从什么方向投向她,她都会像灵敏的雷达一样及时而准确地接收到。冯蓓天生就懂得这种目光里的含义和传递的信息,只是她从来没有想到过徐达会向自己投来这样的目光。

在冯蓓的心目中徐达沉稳,冷峻,自尊,看上去好像没有情感需要。在她看来这样的人是真正厉害的,他们不需要和别人亲近,不需要从别人那里得到支持和鼓励,也不需要别人的关注和关心,因此他们也就不必过多地考虑别人的想法和感受,可以不为他人所动,心无旁骛地做自己的事,更容易不受干扰,所向披靡。而当她和徐达有过那次谈话之后,她发觉自己或许看错了他。她发现徐达并不像她想象的那样冷漠,相反,他有非常富有感情甚至是浪漫的一面。她感觉到在他稳重如山和心如止水的外表之下有着敏感的心灵和细腻的感情,对人对事体察入微,而且处处都非常用心。有好几次她与他在报社楼道和电梯里相遇,他都用目光呼应她的关注,而且在两人眼光交接的短暂瞬间向她传递出某种两心相知的信息,并在匆匆的打招呼时对她说上一两句令她反复回味的意味深长的话。这种时候他不像是一位严肃的领导干部,完全成了一个风雅有趣的人。冯蓓还留意到他有一个明显的变化,以前他几乎不到下面办公室串门,自那个夜晚之后,他时常会到她办公室来,尽管表面上是为了工作或者别的什么事情,他来找的也不是她,可她清楚他真正的用意所在。她从他飞速投来的一瞥之中能解读出无数的内容,并且感受到难以形容的愉快。她恍然回到了十四五岁的中学时代,那时候就有一个邻班的男生对她十分痴情,不管在校园的什么地方她经常一回头就能看到那个男生紧随的身影和专注的目光。多少年后她只要看到那种热切而痴心的眼神仍会情不自禁地联想到那个昔日的清瘦伶俐的小男生。令她料想不到的是徐达也会像一个情窦初开的初中生那样注目于她,更令她料想不到的是自己竟然在不知不觉中被他的注目所打动和俘虏。她真切地体会到那种陷入恋情的激动和快乐,然而她也屡屡怀疑自己的感觉,她非常害怕这仅仅是自己的一种幻觉。她弄不明白是否仅凭含义不明的注视和语焉不详的片言只语就可以来确认这份感情。许多时候她又会觉得心中的那种激动和快乐是那样的缥缈和虚幻,就像是自己一厢情愿想象出来的一样。

冯蓓发现自己时时刻刻都在想念徐达,真像古诗里形容的那样"才下眉头,却上心头",这种感觉让她惶恐不安。她不想陷入那种容易被人误解的关系当中,更不愿意被人看作是一个勾引老板的狐狸精。她出众的才貌本身就十分引人注目,她不想再因为和领导走近而招致别人的嫉妒。况且她也的确没有任何的企图,既不想当官,也不想得到任何额外的特殊照顾。可是徐达身上的魅力和对她的吸引却是那样让她难以抵挡,他带给她的感受是那样新鲜和不同寻常,让她心里失去了平衡和宁静。

以前冯蓓经历的情爱都是明确的,而且都是对方主动。爱情仿佛就是等着她收取的礼物,只要她点头接受,事情就成立了,因此她也怀疑那是否真的就是爱情。而徐达却从来没有对她有过任何明确的表示,他无论是眼神还是语言都是含义丰富而模糊的,既可以往这边想,也可以往那边想,这个可摆动的区域是相当宽广的,宽广到足以将一切一笔勾销。而正是这种无从判断和无从把握深深地吸引着她,她总是费尽心机去猜徐达的意思,而且也清楚无论自己的思维多么缜密逻辑多么谨严都有可能把他的意思给猜错了,因为她根本就猜不透他。她也无法定义他们之间的这种感情,甚至无法确定在自己和徐达之间是否真的存在着这样的一份默契。她苦恼着同时也幸福着,真是痛并快乐着。她经常下意识地在确定和怀疑、肯定和否定、甜蜜和失落之间徘徊,连她自己也不清楚期待中的结果到底是什么。

而徐达发来的这条短信就像一道阳光照在她的心坎上,一切都在这个瞬间变得真切起来。好长时间以来灰扑扑雾蒙蒙的心情一下子变得豁然开朗。

她看了看办公室墙上的电子钟,时间是三点半,离见面还有两个半小时。她踏实地想自己有足够的时间梳妆打扮。她给徐达回了短信,扔下写了一半的稿子,悄然离开了办公室。外面天气晴朗,阳光灿烂,她的心情比天气还要晴朗,比阳光还要灿烂。

她比约定的时间提前几分钟到达香格里拉饭店,徐达已经在大堂等候。隔着玻璃转门他一眼就看见了她,兴冲冲地走出饭店向她迎了过来。

徐达一身银灰色西装,既庄重又潇洒,就像明星一样显眼。冯蓓暗暗庆幸自己也穿了比较正式的裙装,而且她的浅玫瑰红的衣裙和他西服的颜色非常相衬。出门前她为穿什么赴约颇费踌躇,显然这不是一般的朋友见面,也不仅仅是异性朋友的相见,她想自己不能忽略徐达是她领导这一重身份,所以她放弃了休闲打扮,选择了介乎于正式与半正式的妩媚端庄的打扮。

他们见面最初的笑容里都有一点儿羞涩,但很快徐达恢复了沉稳,冯蓓比平常更显庄重。徐达微笑着做了一个邀请的手势,两人一起走进饭店。进门的时候,徐达十分绅士地让冯蓓走在自己前面。

在西餐厅坐下之后徐达笑着问冯蓓:"我约你是不是让你

很意外?"

冯蓓既没有点儿头也没有摇头,只是含笑望着他。徐达如此开门见山令她深感意外,她不想直接回答他,她不想一上来就对他暴露内心。她回避了这个话题,尽量显得镇定自然地问他:"在这里开会吗?"

徐达回答:"会客。"

"会客"两个字乍听之下她觉得有点儿耳生,但她马上觉得没有比这两个字更恰到好处也更传神地描绘出她想象中的徐达的生活了,不禁一笑。

徐达马上敏感地问她:"你笑什么?"

"我想您会见的一定是非常重要的客人。"冯蓓尽量把这句话说得不像是调侃。

徐达立刻笑了,说:"重要不重要那得看和谁相比。"他也尽量把这句话说得不像是调侃。

这种说话的方式冯蓓相当熟悉,可是面对徐达她却无法完全松弛下来,准确地说是眼前这个人的身份让她无法真正松弛下来。冯蓓心中暗想,有些人手里的权力就是他们身上的魅力和吸引力,而对徐达来说,他本身就魅力十足,权力反而会成为别人跟他接近的无形的障碍和距离。她觉得徐达实在是太优秀了,在他面前她竟然感到了某种压力。

徐达看上去却是心情相当愉快。他从服务生手里接过菜谱,亲自递到冯蓓手上。服务生的态度特别友好,也特别耐心。点完菜，徐达望着她，微笑着说："我一直忘记向你道歉了，你找我帮你解决房子，已经过去三个多月了吧，到现在还是没有结果。"

冯蓓并没有想在这个时候和他谈论房子的事，尽管这是她希望他帮她解决的。面对徐达，尤其是在这样一个环境里，她想不到任何具体的事情，也不想提起任何具体的事情。她急于将此话题一笔带过，善解人意地说："我知道肯定是很难办的。"

徐达却似乎想给她一个能令她满意的交代。他耐心地向她解释说："不是难办不难办的问题。如果通过内部的关系让你分到一套房子说实话不是做不到，操作上尽管有一定的难度，这倒好解决，就是你拿到房子后背后的飞短流长你会受不了的。而且以你现在的条件最大的可能是分到最差的一档，那些房子质量都不好，房屋很旧，墙很薄，而且都经过好几次的装修，房子的安全性也不可靠，还有就是没有电梯，没有煤气，没有保安，交通不方便，不通班车等等，你一个人住到那里会很不方便。我想不如再等一等，我现在正在呼吁修改分房规则，比如工龄满三年不论已婚未婚都可以参加排队，这样你就可以名正言顺地参加分房了。到时候再通关系就是要求房子分得好一点儿，而且那样的话谁也说不出什么。"

他如此替她谋划，令她既惊愕又感动。

"这不是难度更大了吗？"她问他。

"至少话说出来可以冠冕堂皇些吧。"徐达以舒适的姿势靠在椅背上，神定气闲地说。

"这么做不会影响您什么吧？"

徐达爽朗地大笑起来："为什么大权在握，却不敢越雷池一步？"

冯蓓忍不住笑起来，说："没想到您这么有热血感。"

徐达摇头道："不，你说错了，我这个人最缺乏的就是热血感。我习惯做什么事都反复权衡，所以总是思前想后，顾虑重重。有时候我真希望自己能做一个潇洒的人，至少是做一个束缚少一点儿的人，但我知道对我而言这实在是一桩相当相当困难的事儿，也许我根本就做不到。"

他向她举起杯子。

"这么说我真是太荣幸了！"她朝他嫣然一笑。

"应该说是我很荣幸！"他一饮而尽。

他们喝完了一瓶干红葡萄酒，徐达又让服务生加了一瓶。

喝第二瓶酒的时候，他们放慢了速度。话头却变得稠密，话语也更加投契。

"现在我已经很少喝酒了，差不多可以算戒了。以前为了应酬我喝得很多，我还是很能喝的，一两瓶白酒下去一点儿事情没有，回去甚至照样可以写社论。后来突然不想喝了，也没有什么原因，就是觉得那样喝酒没意思。"

"今天怎么破戒了？"

"今天不同吧。"徐达弯起嘴角微微一笑，"其实有时候我非常希望能和朋友对饮,慢慢地喝,直到喝醉。越是孤独的时候越是这么想。"

"你还孤独?"冯蓓脱口而出。

徐达笑问她:"怎么不对我称'您'啦?"

冯蓓也笑了,说:"我以为像你这样整天应接不暇的人是不会孤独的呢。"

"那好像是两码事儿吧。"徐达说,"我明白你的意思,你是说我总被人前呼后拥,不应该有孤独的时候。我的确每天都忙忙碌碌的,毫不夸张地说一睁眼就想到乱麻一样大大小小要处理的事情,甚至周末、节假日还要开会和加班,再加上不可避免的应酬,连独处的时间都很少。但是,我心里真的是很孤独,想说的话不能随便说,想做的事不能随便做,连对所谓的朋友都不能轻易相信,而且随时都要提防冷枪和冷箭。我审视自己的生活,我发现这种生活很难说是我真正想要的。虽然我有着世俗意义上的成功,我却无法去过我自己想要的生活。我不知道我这么忙碌这么辛苦是为了什么,也不知道意义何在。也许人生来就像蚂蚁一样,劳作,生存,繁衍下一代,然而轮到下一代劳作,生存,再繁衍下一代,每个人不过是链条上的一环而已。"

"这就是所谓的'中年危机'吗?"冯蓓调皮地一笑,"你是不是也像电影里说的那样需要一辆保时捷?"

"我买不起保时捷,当然保时捷也解决不了我的问题。"

徐达微微蹙起眉头说,"有时候我有一种冲动,真想把眼前这些事情统统结束掉,统统扔下,什么也不想,什么也不做,让生活简单到没有任何具体的目标,或者躲到一个清静的小岛上去过一种没有任何目的和追求的最最单纯的生活。"

"我也曾经这么想过。"冯蓓说。

"哦,"徐达颇为惊讶,"你会有这样的想法?不应该啊!"

"为什么不应该呢?"

"你这么年轻,生活才刚刚开始。"他望着她标致的鹅蛋脸,清澈的双眸,忍不住说出了心里话,"而且你这么漂亮。"

冯蓓笑了一下,欲言又止。

徐达敏感地捕捉到了她情绪的变化,莞尔一笑,带点自嘲地说:"看来是我想简单了。"

他凝望着她,她避开了他的注目,微微低下了头。

"你过得不开心吗?"他问她。

她摇摇头。

"那你过得开心吗?"他又问。

她想了想,还是摇摇头。

徐达在片刻的停顿之后跟她开玩笑说:"是不是因为没有分到房子?"

"当然不是。"冯蓓羞涩地一笑。

"那大概就是感情上的事了。"徐达以一种朋友聊天的口气说,"那我就不问了。"

"也许不像你想的那样。"冯蓓说。

"你知道我是怎样想的?"徐达反问她。

冯蓓笑起来,说:"你大概以为我失恋了吧?其实不是。我只是错过了一次结婚的机会,也许是错过了一个真心爱我的人。"

"哦,"徐达问她,"你后悔了吗?"

她轻轻地摇了摇头。

"我和他是大学同学,和他走到一起好像是一件自然而然的事儿,好像没有特别的激动,也没有什么波折。毕业以后他考上了研究生。他研究生快毕业的时候提出和我结婚,可当时我一点儿也没有结婚的心理准备,但是我们还是一起去了两边家里。我的父母,他的父母,还有两边的亲戚对我们都很认可。他家里还给了我们不少钱,让我们先租房子,买些必备的东西。回来之后我们就开始采购,买了床、柜子、桌子、沙发、家用电器还有锅碗瓢盆一类,置办了好多过日子用得着的东西。他很快租好了房子。但是我心里那种没有意思的感觉却一天比一天膨胀,想到自己的一生就这样决定了,从此就要跟这个对我来说没有一点儿新鲜感和神秘感的人过一辈子,我觉得太不可思议了,也太可怕了。那一段日子我每天恍恍惚惚的,脑子很不清楚。我迷迷糊糊反反复复想着同一个问题——结婚还是不结婚?我真的比哈姆雷特还难决断。我知道他是个好人,我知道他很爱我,我也可以爱他,但是我和他在一起的确是找不到那种相爱的感觉。最后我还是痛下决心,向他提出了分手。他吃惊极了，以为我疯了。"

徐达问她："你后悔了吗？"

她轻轻地摇了摇头。

徐达说："没有后悔就不算什么，至少你并没有认为自己做错了。"

冯蓓深深地点点头。

晚餐结束，他们走出餐厅。冯蓓忽然头晕起来，身体也有点儿发飘。

徐达发现她脸色不好，问她："你不舒服吗？"

她未及答话，胸中突然翻腾起来，有一股热流往上涌，差一点儿吐了出来。她意识到自己喝多了。

他扶住她，生怕她倒下去。

"到我房间休息一会儿再走。"他不由分说按了电梯，把她带到了楼上。他打开房门，让她靠在沙发上，十分歉意地说，"真不该让你喝那么多！"

她想说没关系，可是她头晕得厉害，浑身直冒虚汗，一句话也说不出。

他从冰箱里取了一瓶矿泉水倒进玻璃杯里递给她。矿泉水冰得凉凉的，一串串的小气泡咝咝地冒出来，沿着杯壁飞快地上升，在杯口噼噼啪啪地爆炸着。她接过杯子时有许多细小微凉的水珠飞溅到脸上。

"喝口水吧。"他温柔地说。

她垂下头抿了一小口。

她感到胃里的翻腾突然加剧了，头晕得也更加厉害了。

"很难受吗？"他关切地对她说，"吐了也许会好一些。"

她虚弱地摇摇头。

"到床上去躺一躺吧？"

她还没来得及拒绝，他已经把她从沙发上扶了起来。她顺从地躺到了床上，躺下之后马上就觉得舒服了很多。

"真不该让你喝那么多酒。"他再次自责地说。

"我其实挺能喝的，我还从来没有喝醉过呢。"她声音微弱地说，似乎在为他开脱。

"你别说话，闭上眼睛休息一下，等缓过来我送你回去。"他轻声地对她说。他的神情里有一种她从来没有见过的温存和怜惜。他替她盖好毛毯，动作非常地细致和轻柔。

倦意像海浪一样向她席卷而来，又将她席卷而去。她听他的声音既远又近，就像是回音一样。他的面容在她眼前变得模糊。但她心里却很温暖，也很踏实，仿佛得到了某种依靠那样既满足又安心。她就在这种既满足又安心的心情里飘浮和升腾，就像浸泡在温暖惬意的水里，又像在云端漫步，瞬时到达了一个全然不知的境地。

在一个很短的片刻她睡着了，睡得无比香甜。甚至还做了一个短梦，梦里她穿着雪白的纱裙在一座豪华的房子里参加一个盛大的舞会，隐约自己就是舞会的主角，心里充满了无法言

成人游戏 251

说的快乐。

这个梦在她睁开眼睛之后才慢慢散去。她看见他坐在靠窗口的圈椅里,正远远地看着她。

"好点儿了吗?"看见她醒了,他问她。

"好多了。"她很不好意思,很快坐了起来,头还是有点儿晕。

他走过来,把一个枕头替她放在床头,让她靠得舒服一些。

"别着急,等你歇过来再走,否则我会不放心的。"

他重新给她倒了一杯水。

那些小气泡又一次喷到她脸上,带着清新的凉意。

突然他的手机响了,他瞄了一眼显示屏,慢悠悠地说:"短信,我太太发来的。每天的例行公事,只要我没在家里,晚上十点半到十一点之间准会收到她这么一条信息。我太太很有意思,经常她自己其实也没有回家,但她会用电话查一遍岗。"

她听出他语调中的诙谐,但却感到胸口一阵酸楚。

"她很在乎你。"她说。

"也许是吧。"他给自己也倒了一杯水,"也许就是提醒我还有婚姻关系存在,谁知道呢?"

"结婚好吗?"她声音很轻地问他。

他在床沿的另一侧坐下来,随手拿了一个枕头靠在床头。他若有所思地沉默了一会儿,说:"我不知道别人的感受如何,我们刚开始的时候很好,日子过得很顺畅,很快乐。那时候我们在一个单位，每天一起上班，一起下班，一起做饭，一起看书，一起逛街买东西。她年轻、漂亮、聪明、能干，而且还特别温柔和娇气，我觉得她身上集中了女人所有的美好品质，我心里特别庆幸自己找到了一个理想的伴儿。很快我们有了孩子。有了孩子之后婚姻就变成了家庭，事情多起来，两个人的注意力也不在彼此身上了。再后来孩子长大了，我们已经习惯了各忙各的。说好听点是各人有自己的事业，说得客观一点儿，夫妻关系在不知不觉中变冷了，变淡了。这种变化当然不是发生在一天两天，我不知道别的夫妻是怎么维护他们的婚姻或者说感情的，在这方面我和她都是那种不刻意的人。我们从来不会给对方制造一些惊喜什么的，就是自自然然平平常常那种关系。唯一的好处是我们一般不吵架。但是我也发现我们越来越彼此不需要了，我和她之间没有那种相互依存血肉相连的关系，我们完全是两个独立的互不相干的人。有时候我甚至觉得我和她回到家里只是因为我们都住在这座房子里，很难说是为了对方而回到这个共同的家庭里的。这么一想心里很寒冷。"

他的话让她很震动，她心里莫名地有一点儿替他难过。

"当初想过为什么要结婚吗？"

"说实话没有。那时候的人差不多都是二十多岁就结婚，大家没多大区别。"

"如果可以重新选择一次，你还会结婚吗？"她问他。

"没有重新选择这样的事情。"他说。

"我说的是如果。"她说。

"至少我会考虑再三之后再作决定的。"他想了想回答她。

两个人侧过身,脸对着脸远远地相互凝望着。

好久他们沉默着,没有改变姿势。

床很宽大,他们之间的距离就像一片海。他看着她,她也看着他,仿佛世界上只剩下他们两个人。这时候一个微小的动作或者表情就可能会使他们之间这片海迅速退潮,但是那个时刻没有出现。他慢慢地收回了目光,带着一点儿松弛下来之后的疲惫说:"现在我只想善待自己,吃得清淡一点儿,多一点儿睡眠,能够保持心情愉快就更好了。"

她浅浅一笑,说:"如果你不说出来,我还以为你肯定是想着事业蒸蒸日上,自己能有更好的发展呢。"她轻轻地叹口气说,"尽管我们每天见面,其实我们还是陌生人。"

他郑重地纠正她说:"我们不是陌生人。"

她听了一怔,忽然有一股强烈的冲动,想去拉住他的手,但她忍住了。

她提出告辞。酒后的难受劲儿已经差不多过去了。

他开车送她回去。

她提示他喝了酒,不让他开车送她。他表示仅仅是偶尔破例,自己喝得并不多,又过了这么长时间,不会有什么问题。她不便再坚持,只好由他。

下半夜的街道寂静空旷,道路显得比白天宽阔。

一路上他们默然无语。

到她宿舍楼下他关闭了车灯,侧过身一只手轻轻地揽住了她的腰。他搂得特别当心,特别珍惜。她的心狂跳起来,情不自禁地扑到了他的怀里。她心一酸,眼泪突然就流了下来。连她自己都不知道为什么要流泪,是为了自己,为了他,为了这个即将逝去只剩下分别的夜晚,还是为了别的什么?她心情复杂,就像一个满心委屈的孩子,一句话说不出来,只会一个劲儿地流泪。

他紧紧地抱住了她。

过了一会儿他像拍一个孩子一样轻轻地拍了拍她的后背,在她耳边轻声地说:"我看着你进去。"

"好。"她轻声地答应。

她觉得自己从来没有像这一刻这样温柔。

报社的改革正趋于平稳,却突然刮起了一股调离之风。

首开此风的是社会新闻采编室副主任罗卫,他被电视台挖走去当了体育频道的节目主持人,很快成了一个家喻户晓的人,令同事们尤其是报社的年轻人羡慕不已。

罗卫长相英俊,性格活泼,一分到报社就当了娱记。他脑子灵活,喜欢张罗,朋友又多,很快成了捧星专业户。据说他一手捧红过好几位明星,他自己也因此成了一个不大不小的腕儿。不过罗卫最喜欢的还是体育，做了几年娱记之后他跟领导软磨硬泡讨价还价终于如愿以偿当了体育记者。他是一个超级球迷，只要跟球沾边的事情他如数家珍，简直就是一个数据库，加上文笔又好，是写球赛难得的好手。每次重大赛事之后他总会及时发表文章，对球赛进行分析和评述。他的文章文风辛辣，观点精辟，夹枪带棒，阴损刻薄，读来酣畅淋漓，深得读者喜爱，是体育版上最有特色的招牌菜。在报社每天接到的无数的读者来电当中，绝大部分是赞扬他的文章和打听他人的，他是报社知名度最高的记者，也是报社"墙里开花墙外香"的首屈一指的人物。他也因此崭露头角，成为年轻人中的佼佼者，也是同龄人当中头一个被提拔的。

可是自从被"委以重任"之后，罗卫反而难得有机会出现在比赛的现场了。他经常一边看着电视一边拍着大腿起急，发狠说要写一本厚厚的书痛痛快快地说说球事，而且要好好揭露一下体育比赛里面的内幕黑幕。时隔不久，这本书果真出版了，不过不是他写的，而是另一家媒体的一位记者写的。书做得十分漂亮，刚上市不久就脱销了。罗卫看到书评之后在地铁里买了一本，已经是第三次印刷了，不由深受刺激。

让他更受刺激的是有一天他和一位颇有名气的影视歌三栖明星约会之后出来，看见电视台正在楼下的花园里给这位写书的同行做访谈。罗卫很早就认识他，从前跑体育的时候经常碰面，彼此很熟，还相互称兄道弟。他远远地听见他正在谈球赛，而且是侃侃而谈，顿时血往上冲，心里失落得一塌糊涂，刚才的一腔好心情和所有的幸福感顷刻之间化为乌有。他心里即刻有了两个感悟：一是对男人来说事业的成功是什么也代替不了的，二是不论谁出名都不如自己出名来得爽。他认为自己应该尽快离开报社，去一个出名和挣钱更容易的地方。

可是真要走他也不是没有犹豫。要说他在报社也算是混得不错的，刚刚三十出头已经是副处级，一年前副高职称就拿到手了，而且和上上下下的关系也都处得不错，天时、地利、人和算是占全了。尤其是顶头上司沈旭东对他非常欣赏。沈旭东也是个眼睛很高的人，能让他看上不容易。而且他脾气各色，跟一般人都不怎么合得来，别人也怕跟他搭档。可是罗卫却很对他脾气，也很合他心意。他们两个都是那种做事不肯违背自己心意，而且有话要说出来的人，用他们自己的话说是"能尿到一个壶里"。

他们彼此配合默契。沈旭东对罗卫格外的好，方方面面都很关照他。比如每年年终考核各处室只有一个"优秀"名额，此外便是"良好"、"合格"、"基本合格"和"不合格"，许多处室历年都是处长当仁不让地拿这个"优秀"，连副处长都轮不上，下面有意见也只能放在心里，因为谁也不会为了这点事得罪顶头上司。沈旭东其实也完全可以这样做，但他不仅不争不抢，每回都发扬高风亮节把这个唯一的优秀名额"让"出去。而且他总是力排众议也要把这个"优秀"给到罗卫，宁

成人游戏　257

可自己只得一个"合格"。罗卫为此很不好意思，也很过意不去，而沈旭东却坚持要这么做，还推心置腹地开导他："这些对我已经影响不大，对你却不一样。"他以过来人的经验和体会告诉他这些大大小小的荣誉都应该积极争取，它们都会在适当的时候成为垫脚砖，只有一块一块积攒起来累加上去才能够借助它们摘到高枝上又红又大的果子。在他们搭档的三年里，在沈旭东的大力扶持下罗卫获得了许多的嘉奖和荣誉，他被评为"十佳记者"、"最有创意编辑"、"先进共产党员"、"先进个人"和"锐意进取杰出青年"，还三次获得"年度新闻奖"。这些果真让他脱颖而出。他最优越之处还不在于他轻轻松松地获得了这些荣誉，而是他在屡获殊荣的同时还能十分洒脱地做出淡泊名利的姿态——他自己的确是从来不争什么，因为一直有沈旭东在那里毫不松懈而且是特别豁得出去地替他争。

所以他对沈旭东是非常感激的。对他来说得到这些荣誉还在其次，最难得的是能遇到这样一个真心实意对待自己的顶头上司。也是因为感念沈旭东，曾经有一家新创刊的报纸想要他去，他没有走，稍后一家体育杂志重金聘他去当执行总编，他犹豫数日，还是没有走。

而这一回他却下定决心非走不可。一方面是为了自己的发展，另一方面报社的气氛也让他觉得越来越不舒服，凭本能他感觉是该走的时候了。他去找沈旭东，想再最后听听他的意见。

沈旭东听他说完，沉吟良久，吐出两个字："走吧！"随后带着痛下决心的坚毅补充一句,"你走我也走。"

他果然说到做到。罗卫调走没多久,他也调走了。他调到一家官办的广告公司去当副总裁,官升一级,走马上任就有崭新的奔驰车作为他的专车,还配有专职司机,年薪好几十万。沈旭东一脸的春风得意,逢人便说自己是弃文从商。但是报社里了解他的人能看出来其实他心里并不像他脸上那么高兴,换句话说他其实是不想走的,走是不得已而为之。因为谁都知道他再待下去确实也没多大意思,明摆着徐达不会用他,不仅不用他,而且根本就不待见他,而他又是一心想往上走的,在"希望"与"结果"之间这个距离也就比较大了。报社的人普遍认为他最冤的并不是没有坐上副总编这个宝座,而是他曾经受到前任总编辑刘大中不遗余力的提携和栽培,又借着老岳父的关系对上层下过很深的功夫,四时八节登门送礼不说,平常马屁也拍得很精心,可惜的是这一切全部付之东流了,就像俗话说的全都打了水漂,就连在一边看他笑话的人都不由替他可惜。沈旭东自己对此倒不是很在乎,他不会在乎那一点儿本钱,只是觉得脸面上不太好看。他最难过和不平的是被徐达耍弄了。

所以他尽管表面上走得潇洒,官和钱都得到了,可是心里却并不见得有多么快意。走前社会新闻采编室要为他送行,起初他说啥也不肯参加,说没意思,徒增伤感,可是架不住组里的弟兄们好说歹说,他们搬出大美女冯蓓相劝,还特意召回了前副主任罗卫作陪,弄得他实在不好意思拂了大家的美意,只好答应出席。

饯行酒宴是用采编室多年积攒下来的广告提成操办的，这笔钱其实也是在他手上积攒下来的。根据报社的规定，凡是内部人员拉来的广告除了提成百分之九点几几之外还可以拿到百分之二的奖励，这个奖励可以自己拿，也可以交给处室，没有硬性规定。沈旭东提出把这百分之二的奖励交给处室，由处室统一花销。而他本人是一个拉广告的大户，所以这样一规定实际上等于是他拿出的最多。这次宴请也可以看作是他本人做东。

这顿饭热热闹闹摆了二十桌，陆续到来的人还不断地加椅子，报社里将近一半的人都去了，算是盛况空前。沈旭东没想到自己在单位里还这么有人缘，要走了还有这么多人来捧场，心情一激动就喝高了。

喝高了的沈旭东端着酒杯挨桌敬酒，也挨桌发表临别感言。他说得最经典也是后来传播最广的话是："成年人有两句最大的谎言，一句是'我爱你'，另一句是'公平、公正、公开'。"

反正是要走了，他也不顾有领导在场，满腔义愤地说："有一个现象实在是可笑,也实在是可悲,不知道你们注意到没有？"他提高了声音说，"别人以为最公正的地方其实是最不公正的，别人以为可以讲道理的地方其实是最没有道理可讲的——你们好好琢磨琢磨我说得对不对吧。"

沈旭东在喝到烂醉如泥之前，他拉住共事多年的老同事的手，眼含热泪，十分动情地倾吐出肺腑之言："我总以为轮也该轮到我们了，可是人家愣是一个箭步从你头上跨了过去。这帮子人啊，真是太狠了！"

有一个人对此冷眼旁观，心里隐隐生出几分兔死狐悲的酸楚，这个人是副总编薛恩义。

薛恩义倒不是因为和沈旭东交情有多深，甚至也说不上和他惺惺相惜，只是他想到自己早有去意，却耽搁至今，没有走成。其实他并不像沈旭东这样仕途多舛，相反他顺得有点儿出乎意料，不少人铆足了劲儿都坐不上的副总编的位子他几乎是轻而易举就坐上了。可是他坐在这把交椅上却并不轻松，心里也从来没有愉快过。他对分管的后勤可以说没有一点儿的兴趣和热情，总觉得自己实际上就是一个打杂的。每天上班处理的主要事务就是报社在职和离退休的几百号人的杂事，同样是一年忙到头，同样是拿那点钱，他完全感觉不到一个给大家当"保姆"的人会有什么成就感。他认为自己所做的一切就是地地道道的"默默奉献"。不说别的，一年忙下来自己连一篇像样的文章也没有，名下即使有几篇好稿也是编的或者就是充当了所谓的选题策划者和终审发稿人。报社里即使是出道没几年的小记者小编辑，拉到赞助就能把自己的新闻作品结集出一本书，虽然也没法儿正经八百摆到书店里去卖，但送送朋友还是挺拿得出手的。而作为一个报社堂堂的副总编他却拿不出这方面的成果，他想起来总觉得矮人一头。

薛恩义有一块心病，他一直为自己的学历自卑，而徐达对他有意无意的忽视也加深了他的这种自卑。比如徐达在人手紧缺的时候让他参加值班发稿，但经常把他签发的稿子专门调去审阅，明摆着就是信不过他。在这几位副总编当中，除了新提拔的姜树柱，薛恩义是年纪最大的，他世故很深，一眼就看穿了徐达是个什么样的人，知道他一切都是为我所用，别人不过都是他手底下的棋子，而且他猜疑心重，如果你真有才干他会来打压和钳制你，不可能让你充分发挥；而如果你才干不足他会抓住你的短处为难和刁难你，不会让你日子好过。薛恩义心里特别不舒服的是即使在副总编这一层徐达也要把他们分出三六九等，故意有时候和这个人走得近一点儿，有时候又和那个人走得近一点儿，有时候对张三倚重得多一些，有时候又对李四倚重得多一些，甚至还时常搞些打一个拉一个的把戏，有意制造不团结，弄得几个副总编彼此猜忌相互嫉妒。他觉得徐达作为一把手这么做很无聊，也很阴险。

薛恩义刚看出徐达喜欢翻手为云覆手为雨时十分惊诧，他原来还以为这是一个正直大气的人，结果发现自己看错了。薛恩义是有传统思想的，他敬重明主，鄙视佞妄小人，相信身正不怕影子歪，甚至还有一些诸如"人敬我一尺，我敬人一丈"、"滴水之恩当涌泉相报"的讲究。当他看出徐达气宇轩昂的外表之下却是狭隘的心胸，说的和做的各是一套，他相当失望。他在报社越待越觉得憋闷，想想自己刚过完五十岁生日，到退休还有十年时间,就是有心忍,十年也不是那么好忍的。他悄悄地四处打听合适的去处,终于得知《寻医问药报》总编辑即将退休,马上就会有位子空出来。他赶紧走门路铺关系,托了人,也送了礼,事情正在一步步地按预期进展着。

薛恩义防人之心很强,不是个轻易信得过别人的人,在报社高层当中他只认张帜一个是朋友。他想来想去,决定把自己打算调走这件事告诉他,听听他的意思。

张帜听了他的想法,沉默了好一会儿才说:"从我的角度说肯定不希望你走,有你在我至少有个可以放心的盟友,不过替你想你还是走的好。"

张帜说的显然是肺腑之言,薛恩义人还没走先生出了离愁别绪。他有点儿黯然地说:"其实我也不想走,一个单位待了二十来年,怎么可能没有感情?就是再没感情也有习惯啊。我走实在是情形所迫。我跟别人还不一样,我走既不是为图升官也不是为图发财,我就是想找一个相对清闲和相对安全的地方待下来,只要不用天天提心吊胆怕有人在背后下绊子、捅刀子就行了。跟你说句心里话,我这个人资质不高,不过一直还是很努力的,而且也是想把事情做好的。但是我待在这里心里总不踏实,总觉得自己跟不上这里的思路,也跟不上这里的节奏。到了这个岁数我早已经看清自己了,我就是一普通人,不是那种'天生我才必有用'的大人物,我承认我的确是没什么斗志,不愿意太勉强自己,当然也不愿意太委屈自己。我真是想开了,只要日子过得顺心就是最大的满足了。"

张帜听他这么说心里一阵凄凉。虽然薛恩义并没有直说徐达如何如何,但他从自己的切身感受中清楚他在这个所谓的高层中的确很不舒服,甚至可以说是备受折磨。在张帜看来薛恩义是个极有忍耐性的人,现在连他都不打算再忍下去了,可想而知情形有多糟。他想起自己好几次有意拉他和徐达亲近,他都借故躲了,现在他明白是自己太一厢情愿了,也是把事情看简单了。他想薛恩义并非是一个固执己见的人,尤其是他的建议他一般不会不采纳,显然这里面另有缘故,或许还另有隐情。但至少有一点是肯定的,他不打算再跟着徐达干下去了。

夜里躺在床上张帜把薛恩义准备调走包括自己听说之后的心情对老婆说了,老婆听了几乎是不假思索地说:"薛恩义看到的徐达比你看到的徐达肯定更少伪装。"

张帜"哦"了一声,问她为什么。

老婆和他同样是学经济出身,他们在大学是同班同学,不过老婆的学位比他高些,目前正在读博。这位准博士对官场沉浮和人际关系素来有着自己精辟独到的看法和见解,每次听老公说到官场政治和办公室八卦都饶有兴味,不但口无遮拦地发表评论,还知无不言地给他支招,所以张帜总是很习惯也很乐意把单位里大大小小的事情说给老婆听,听她的分析和判断,包括听她的一些自以为是的胡言乱语,这已经成了他们夫妻间的日常功课,也是他们夫妻间沟通的一项重要内容。

老婆说:"这还不简单啊,徐达想拉拢你,肯定要把自己好的一面展示给你,对你自然会以礼相待。相反他对薛恩义不看好,不看重,或者说得狠一点儿是根本就看不起,在他面前自然也就不会有那么多讲究和顾忌。这道理太简单了,你就想想男女关系。不管是男是女,如果喜欢对方,重视对方,必定会拿出自己好的一面,如果不在乎对方,不把对方当回事儿,态度也就大不一样了。这还不好理解啊?"

张帜觉得老婆的说法颇有新意,也很一针见血。他挺服气,点头说:"也许你说得有点儿道理吧。"

"岂止是有点儿道理,就是有道理嘛!"老婆带着她一贯的自负和世事洞明的权威口气说,"我看徐达绝对不像你说得那么好,他表面上温文尔雅,其实是个非常自私而且刚愎自用的人。他内心很强硬,一般人影响不了他。而且他也不是一个真有胸襟能容得下别人的人,比他优秀的人他自然就更容不下了,要我说你也不如趁早调走算了。"

张帜听了默然不语。

老婆推他:"哎,怎么不说话了?"

张帜说:"不瞒你说,我正起这个念头呢。"

老婆顿时兴奋起来,困意全消,趴在枕头上替他作通盘的分析和论证。她说:"你们报社出现匿名信那会儿我就预感到情况不太好,恐怕这不是一个久留之地。你是对搞业务有兴趣的人,喜欢埋头做自己的事情,人和人之间搞来搞去那一套你不感兴趣，也不擅长。匿名信等于把你们报社捅了一个窟窿，如果说你们报社以前是个灯笼，这么一来就成了一个破灯笼，一阵风过来就能把里面的火吹灭。这种单位其实是最难弄的，人心散了，队伍不好带了。而且你们这支队伍当中明摆着有恶意搞破坏的，内部就有瓦解自己力量的人。举报信很可能只是开了一个头，谁也保不齐后面就没有别的更加恶心的事儿了。你们徐达还算是有本事的，及时地打了一个补丁，否则你们报社就那么垮下去了也是有可能的。你还记得我以前待过的那个公关公司吗？不就是我们老板和小蜜之间偷情让人发现了，要说这跟我们的主业一点儿边儿不沾，可公司就这么一把被对手给整垮了。有时候一点儿小事就像划开了一道伤口，说不定什么病菌进去就致了命。要是这道口子是从里面烂开的，那问题恐怕就更加严重了。匿名信的事情就像是一个征兆，说明你们报社已经有问题了，说不定问题还很严重。谁能说现在这件事就真正过去了呢？谁又能保证写匿名信的人从此不再兴风作浪了呢？而且还有，我看你们上级主管部门的思路好像也有毛病，他们一看到匿名信马上就派了调查组来查你们报社，却不查一查匿名信是谁写的，反而对此讳莫如深。向上面反映情况甚至提出不同意见当然是可以的，但是这种不排除背后泼污水的行为难道不应该查查清楚吗？这就好比一个人在大街上被抢了包，不去调查是谁抢的，反过来查他包里有什么东西、这些东西是怎么来的，这岂不荒唐？到现在你们甚至还不清楚人家写匿名信的意图所在，到底是针对徐达，针对你们领导层，还是想把报社搞垮？明摆着有人已经动手了，你们却没有相应的对策，鸵鸟似的把头往沙子里一扎就算完了，我真不知道你们都是怎么想的？我说这些倒不是替徐达操心，他跟我一点儿关系没有，我是怕你跟着蹚了这个浑水。我最担心的是如果有一天徐达真的招架不住了，他极有可能把事情推到别人头上——我确实是不相信他真是一个什么事情都没有的干净人——到那时候你再想洗刷自己恐怕为时晚矣，而且说不定跳进黄河也洗不清了。所以要我说不如趁早一走了事，至少落一干净。"

张帜略显踌躇地说："就是要走我也得找个地方，不像你说的这么容易。"

老婆口气坚决地说："反正我看是走得越早越利落对你越好，你听我的没错。想好了你赶紧动手找人，总不能等着馅饼自己从天上掉下来？"

没想到的是这个"馅饼"还果真自己从天上掉了下来。

几天后张帜去参加大学校友聚会，意外地遇到了多年不见的大学同班同学黎冰。黎冰上大学那会儿就是部长的儿子，他参加工作不久就走上了仕途。老同学都说在大家还满怀激情一腔热血做着不靠谱的事情的时候他就已经清楚地知道该做什么了，当然也是因为他的出身，天生起点就比别人高。三年前黎冰就官至正局，虽然他父亲早就退了，但他们家族并没有一点儿衰落，相反更加强盛了。他的一个哥哥如今是副部长，另一个哥哥是某集团公司董事长,包括他自己,都是权重一方的人士。由于家庭关系和成长背景,他结交了不少有权有势的朋友,这些朋友构成了强有力的社会关系网,彼此牵连,彼此关照,甚至是一荣俱荣,一损俱损。黎冰为人豪爽,一点儿不摆当官的架子,对朋友尤其热心,朋友的事情就是他自己的事情,甚至比他自己的事情还要上心。上大学那会儿张帜和他接触不多,了解也不多,相隔这么多年遇到,两个人却一下对上了眼儿,叙起旧来格外亲切。

聚会结束之后黎冰拉了张帜和几个要好的同学一起去喝酒。大家喝得极为畅快,真有点儿"酒逢知己千杯少"。张帜平常话很少,这一天却说了很多。散了之后他搭黎冰的车回家,一路上说起自己单位里的一些事情,并且流露了去意。

黎冰不太当回事儿地说:"想走还不容易,你挑好了地方对我说一声。"

张帜含含糊糊地说:"我也是刚有的这个想法,跟你说实话还是在老婆的启发和怂恿下起的念头。我还真不知道去哪里好,也不知道人家要不要。"

黎冰呵呵笑着说:"人家都说听老婆的话跟共产党走男人就不会犯大错误,既然夫人发话儿了,那我就帮你看个地方吧。"

张帜听了十分高兴,也非常感动黎冰如此仗义。

下车的时候黎冰和他热情握手,让他"静候佳音",还说以后常来常往,不拘礼俗。张帜听了满心欢喜。酒醒之后他想想酒后之诺如何能当真？况且黎冰又比自己官大，酒酣耳热之际朋友相称，下了酒桌没准又另当别说，于是就把这事儿给忘了。

然而不到两个星期，张帜就接到黎冰打来的电话，约他当晚到上次喝酒的燕翅楼见面，顺便说说他调动工作的事儿。张帜马上到楼下银行提了三万块钱放在包里，准备晚上埋单。

他到达的时候包厢里已经坐着两位了，过了一会儿又来了两位，都是衣冠楚楚，气宇轩昂，黎冰一一给他做了介绍，这些人毫无疑问都很有来头，而且毫无疑问都比张帜腕大。

饭桌上没谈一句正事，说的尽是去哪里打高尔夫球、狼犬的谱系、葡萄酒、阿尔卑斯山里的特色菜、加州最近的天气等等，再就是王胖如何如何，李小三如何如何的闲篇。他们谈的事情有许多是张帜闻所未闻的，他们提到的人也没有一个是他认识的。他默默地听着他们谈话，饶有兴趣。他们那种知己的神情更加吸引他而且让他心生羡慕。他从来没有像此刻这么强烈地感受到所谓"圈子"的气氛，心里也隐隐约约滋生出一种跻身"圈子"的沾沾自喜。

席间黎冰起身去洗手间，出去前向他使了个眼色，他悄悄跟了出去。在外面走廊上，黎冰对他说《今日证券报》有一个副社长的位子空着，问他想不想去。张帜说我听你的。黎冰说你可以先过去试试，不合适再说，毕竟那里气氛还算宽松，收入也还不错。两人回到席上，继续喝酒闲聊。

到大家酒足饭饱，张帜悄悄出去埋单。酒楼的一位漂亮领班告知他已经签过单了,还把底单恭恭敬敬地拿给他看。张帜一看,龙飞凤舞的一个签名,看不出是三个字还是两个字,也辨认不出是汉字还是外文。再一看消费金额,自己包里的这点钱远远不够,脊梁后面顷刻冒出一片热汗。

时隔不久张帜调到《今日证券报》任副社长,成了报社又一个调走的人。从表面上看他不过是平级调动,但《今日证券报》的社长还有一年不到就要退休了,盛传他过去就是准备接社长的班的。不过张帜自己对此倒是十分低调,谁这么说他听见了都矢口否认。在心里他也同样对此不抱乐观态度。尽管他是黎冰介绍过去的,但他也知道到这个级别再想往上迈一个台阶远不像副处升正处那么容易,不会单单凭谁的关系或者是谁出面说几句话就能办到。再说《今日证券报》那边几个副社长个个都是厉害角色,全部是科班出身,没一个杂牌军。其中有两位还是海归,一个拿的是美国哈佛的文凭,另一个是在英国剑桥镀的金,而且都有令人羡慕的履历。本土派的几位更是拥有深厚的根基和充沛的人脉资源,无论在业务还是人际上头都很有一手,上上下下的关系盘得很活,都能够左右逢源。还有一点是他们几个都是从报纸创办起就在那儿的元老级人物,都是老资格,当然不会把头号交椅拱手让给一个外来户。张帜清楚和他们争夺这个位子不啻是从一群饿狼嘴里抢一块骨头,绝非易事,因此他早做好了退后一步天地宽的打算。

真到要走的时候张帜心里也并没有太多的高兴。他心情复杂，既有留恋和不舍，也有看不到前途究竟如何的惆怅和茫然。仔细想想他觉得是后面有虎，前面有狼，等着自己的是什么还真很难说。不过要是留下不走他也毫不乐观，老婆向他描绘的那幅图景说不定哪一天就成了真事，到那时不管自己是做了什么还是什么没做都有脱不了的干系，而且他也清楚就是他想坚持原则大公无私徐达不想那么做的话他也不可能做到。而到真出了事情，他这么解释是没有用的，没有谁会来听他这么说。就目前来说，徐达控盘控得这么好，说是集体领导，实际上就是他一个人说了算。李明亮至少从表面看是完全彻底地倒在徐达的怀里，对他言听计从，替他鸣锣开道，说得上是唯马首是瞻；金候高对徐达也是唯命是从，他指东打东，指西打西，他的任何指示他都当成金科玉律；薛恩义没有李明亮和金候高机灵，也没有他们那样受徐达待见，他是瞎子吃馄饨心里有数，不过却也是哑巴吃黄连有苦难言，心里虽然有看法，有意见，甚至有委屈，但也只能放在心里，胳膊拧不过大腿的道理他很明白，所以他基本上是属于没什么作为的，如今已经是找好了地方，只等着一纸调令下来拍屁股走人了；新提的姜树柱是个彻头彻尾的窝囊人，不过窝囊人却也有自己的小心思和小算盘，他是徐达一手提拔的，所以一心把自己看作是徐达的人，对徐达感恩戴德，满怀敬意和景仰，绝对地忠心耿耿。张帜觉得在这样一个环境里自己是不可能真正有所作为，也不可能真正有什么大发展。眼下自己还尚有一点儿年龄上的优势，但这个优势也有限得很，如果再耗上三年五载，恐怕也就"过期作废"了。所以现在有机会挪一下怎么说也还算是好事情。

他想到了《今日证券报》那边即使仕途方面没有进步，但这个地方特殊，除了做的是自己的专业所长，又是自己感兴趣的事情，而且那里的收入尤其是隐形收入无疑是很高的。在这里股市的内幕黑幕消息都能提前知道，每一条消息都有可能转化成金钱，而且还都是可以直接装进自己口袋里的。不像现在这样，自己拿着账本却动不了账上的钱，就连请一次客都需要得到徐达批准。钱当然只是一方面，放开来想，他觉得人生的意义也不尽在上班下班上，当官、挣钱当然不能说不重要，用社会上通俗的标准衡量这意味着一个人的成功，但假如当了官挣了钱却没有过有意思的生活，他觉得也是件可惜的事。他早听说证券报那边玩儿的气氛很浓，也汇集了一帮爱玩会玩的人。他听说他们评报栏里从来没有贴过与评报有关的内容，贴出来的从来都是打高尔夫、打网球、打桥牌、骑马、郊游、野外烧烤等等的告示。最诱人的是那里有一群招聘来的女孩儿，个个貌美如花，年纪又轻，简直就是《红楼梦》里金陵十二钗再世。据说这些女孩儿是从成百上千的应聘者中层层筛选出来的，比选美严格得多。这些女孩儿不仅才貌双全，而且不乏见过大世面的。她们当中有人开着宝马上班，有人有奔驰接送，有人短短几天的假期也要到国外去度，有人可以出入那些一般人花钱也进不去的地方……这样的气派和手笔，连张帜这种走南闯北的人也不由暗暗吃惊,可想而知她们的能量有多大。想到自己从此能和这些佳丽共事,有她们相伴左右,简直是如入仙境!况且到了那边他和她们还不是一般意义上的同事,他是她们的上司,她们归他领导,他一手掌握着她们的职场命运,他能让她们笑,也能让她们哭。张帜太明白了在这个物欲横流的时代,一个人有权、有地位、有钱自然就有人趋奉,而这些《今日证券报》都为他预备下了——如此说来还有什么可犹豫的呢?

张帜一走让报社不少人心里起了波澜。大家都认为他在报社算得上是春风得意的,不仅是副总编中最年轻的一位,而且也是得宠的红人,传说他还是内定的接班人。连他这样的都挥一挥衣袖不带走一片云彩地走了,说明这地儿肯定是不值得再待下去了。前一段报社劝人走的时候大家人人自危,谁也不想离开,现在忽然一下子出现了一百八十度的大拐弯,似乎谁都觉得走的是人才,留下来的是废物。一时间人心浮动,不少人都想离开报社另谋高就。

张帜走最失落的是薛恩义。走是他先提出来的,或者说假如他不提张帜兴许不会想到要走。现在张帜走了,而他这边却因为种种原因没有走成。他联系《寻医问药报》已经到了等调令了突然被人顶了,原来向他一口应承的人忽然就对他不冷不热起来,连约吃饭都不肯出来。薛恩义意识到大概苗头不好,曲曲折折通了关系去打探,才知道这个位子已经另有安排了。他暗中的竞争对手是一位部长的侄子,人家在一个星期前都已经走马上任了。他灰溜溜地败下阵来，只有叹气的份儿。

张帜临走之前薛恩义为他饯行，两个人喝了一瓶五粮液之后薛恩义对张帜倾吐了一番肺腑之言。他说："说句自私的话，我走不了就更加不希望你走了，不过你能走我还是为你高兴。徐达是个什么样的人我太了解了，副总编当中我跟他共事时间最长。这个人除了狂妄自大，还特别擅长搞阴谋诡计，喜欢把正常的事情弄得不正常，把简单问题弄复杂，以此来耍弄权术。他嘴上口口声声说自己想做些事情，平心而论他也的确做了几件事情，但他做的事情说穿了也是为了给他自己捞政绩。这从他的行事方式可以一目了然地看出来——不为名不为利方便别人对自己没多大好处的事情他是绝对不会做的，而且他做事的同时生出的事情和是非也并不少，我想你也肯定是深有体会的。徐达确实很聪明，但是要我说他并没有把聪明用在正路上。有些事情明明有法可依，照着规章制度做啥事儿没有，但他偏要耍小聪明，弄出些隐患来。还有，他喜欢搞任人唯亲的那一套，你看他把李明亮当作心腹两个人沆瀣一气狼狈为奸的样子，说心里话我真是非常看不惯。其实李明亮也未必真的跟他一条心，他很可能还有取代之心，所以有些事情他又故意不按徐达说的做，还要加进一些个人的想法，弄得就更加拧巴，让我们这些排在后面的人更加不好处。我承认我也不是个大公无私的人，我也一样有自己的私心和偏心，但是我总觉得一个单位的空气应该正常一点儿，至少大面子上要过得去吧。把气氛弄得这么紧张，谁都觉得待在这里不舒服，反过来对当领导的又有什么好处呢？毕竟领导的声誉是重要的，尤其是单位的一把手，我奇怪徐达怎么会不明白这一点呢？现在报社的人心已经有点儿散了，如果还这样子下去，我看能人都快走光了，剩下的也就像我这种二三流的人才，说到底也就是做一天和尚撞一天钟，混一日算一日罢咧。"

张帜看着这位老友满头花白的头发和眼睛周围密布的皱纹，心里很不是滋味。他沉思了片刻说："要不再想想别的办法，你也离开算了。"

薛恩义摆手道："我不像你年轻有为，我是个没本事的人，年纪也大了，而且出去还要占人家一个位子，所以也不是轻而易举能找到适合的地方的。再说为调动还要烧香磕头去求人，何况很可能求了人也未必办得成事，所以还是算了吧。我想好了，我哪儿也不去了，就在这里一竿子扎到底，耗到退休得了。反正这儿也不能不给我养老，我不折腾了，至少还能图个平和的心态吧。"

张帜宽慰他说："等我先去证券报看看，要是好你也调过去。"

薛恩义由衷地笑了，说："有你这句话就足够了，也不枉咱们朋友一场。听哥哥一句话，江湖险恶，人心难测，还不知道那边等着你的是什么呢，你还是先管好你自己吧！"

两人喝到大醉而归。

徐达在人员调动这个问题上始终持达观的态度，甚至拿出了相当高的姿态。他不仅一次又一次地肯定了调走的这几个人的工作能力，而且还在正式和非正式的场合一再表示他希望报社的每一位同志都能得到最好的发展，所以谁走他都不阻拦，相反还支持，因为走肯定是有了更好的去处，就像俗话说的"水往低处流，人往高处走"。有一次在全体大会上，他还非常动情地说报社里集中了许多优秀的人才，能人特别多，因为自己做了这个总编辑，所以他们的才能没有得到应有的发挥。为此他深感愧疚，也希望能够尽自己绵薄之力为大家创造更好的发展空间——这样的话由单位的最高领导态度诚恳、语调谦和地一字一句说出来，下面听的人心里顿时都暖洋洋的，也明知道这很可能是领导同志在作秀，但还是颇受感动，对徐达也充满了敬意。再说到这位总编辑，都一致公认他是一个有胸怀同时也很有水平的领导。

但是，就在某一个深夜，区检察院把这个被部下公认为有胸怀同时也很有水平的领导带走了。

那天夜里朗月普照，月光很美，家属大院一片宁静。深夜时分，检察院的警车停在楼下的花园边，没有鸣笛，红色的警灯无声地旋转着，把修剪齐整的草木照得峥嵘错乱。徐达被几个身穿制服的人从家里带了出来，直接押上了警车。有两个下小夜的职工目击了这一场面，据他们说徐达身穿笔挺的西服，打着领带，头发梳得一丝不乱，神态也保持着他一贯的镇定自若。

这一夜有一个人在思念徐达，为他辗转难眠。

这个人就是冯蓓。

对冯蓓来说，这是冗长的一天，无疑也是难忘的一天。

早晨她刚到班上，老马就满面春风地迎上来，神神秘秘地凑近她，悄悄对她说赶快去房管处领钥匙。

冯蓓正要去参加九点半的新闻发布会，再过一会儿就应该出发了。她谢了老马，说采访回来就去。

老马紧跟在她后面催促她："你这孩子怎么不明白呢，房子的事是多大的事啊，采访算个屁！采访你啥时候不能采？房子要是让别人抢了你就没有了，采访谁会跟你抢？听我一句话，你赶紧去房管处一趟把手续办了，你要是不想要这房子你就先忙别的去吧。"

老马唠唠叨叨就像一个碎嘴老太婆，冯蓓知道这是他心情很好的一个表现，他肯定是认为自己替她办了一件大好事。

冯蓓一想他说得也对，何况这房子还不是明路上来的，早点办好手续心里也踏实，于是她听老马的话先去了房管处。

在房管处她受到了出乎意料的礼遇。一进门房管处处长就迎了出来，亲自搬椅子请她坐，还亲自给她沏了一杯茶。她以前常听同事说这里门难进脸难看，结果发现全不是那么回事儿，反倒有点儿紧张起来，心里迅速想到是不是分到自己名下的房子出岔了。

她刚坐下,房管处处长就满脸笑容地对她说:"你不认识我了吧?真是贵人多忘事,我们一起在绿化站种过树,你一点儿不记得啦?我可是对你印象非常深刻的啊!"

冯蓓不好意思地笑了。她对眼前这位膀大腰圆脸上像橘皮一样坑坑洼洼的房管处处长的确毫无印象。房管处处长眼神火热地望着她说:"你长得太漂亮了,我们都只敢远远地看着你,连话也不敢跟你说,也难怪你跟我们不熟!不过你总应该知道我吧,你要房子来跟我打个招呼不就行了嘛,说句那什么的话,别的忙我可能帮不上你,这个忙我多少还是有点儿办法的。你倒好,一把就动用大关系,让我们挺被动的。"他马上换了一种开玩笑的口气说,"拿官大的压我们是不是?这样很不好吧!"

冯蓓不知道他说的这个"大关系"是不是指徐达,因为她并不知道这件事是徐达亲自出面的还是别人出面的,徐达没对她说过,她也没向他问起过,直到刚才老马通知她之前她一点儿都不知道这件事已经办成了。听房管处处长这么一说,她又是不好意思地一笑。房管处处长马上怜香惜玉地说:"你别当真,我说着玩儿呢!"他故作检讨地说,"说到底是我们的工作没做好,像你这样的同志都是无房户,我们的工作的确漏洞很大呀。"

他一挥手,手下的工作人员立刻送来几张表格。他把这几张表格铺在冯蓓前面的办公桌上,仔细地向她讲解了如何填写,还十分殷勤地把自己的水笔借给她用。填完表他亲自领着她办完了整套手续,直到她拿到钥匙。

房管处处长向她伸出手说:"恭喜你,现在你成有房户了!"他握住她的手,久久不放开。

房管处处长亲自把她送到电梯口,非常恳切地对她说:"你也来我们这儿认过门儿了,以后有空就过来坐坐,常来常往就不生了。这房子你先凑合住着,有机会咱们再调。你跟我们用不着见外,以后也用不着找上面的大领导了,有事你开口跟我说一声就行了,欢迎你随时来找我!"

从房管处出来冯蓓手里攥着两把拴在一起的钥匙,心情极好,她想自己终于有了属于自己的房子了。

上午的新闻发布会结束,她饭也顾不得吃,打了一辆车就去看房子。

她忽然有了一种踏实感,想到从此就要在属于自己的空间里开始真正的生活——秘密的、甚至是不被别人认可的生活,心头涌起一股隐秘的激动。她想好要把这个房子布置成浪漫温馨的爱情之巢。

她乘电梯到了十八楼,分给她的房子在塔楼的最高一层。她打开房门,是一套还算宽敞的一居室。阳光照到房间里,室内异常明亮。房子不算很新,但没有居住过的痕迹。客厅、卧室、厨房、卫生间和阳台一应俱全,而且有管道天然气。她察看了一遍非常满意。办手续的时候房管处处长告诉她这是一套总部掌握的备用房,她明白其实是备而不用的。现在她享受到了特权带来的好处，隐隐一点儿不安之外更多的是欣喜。

饮水思源，她想给徐达打一个电话，向他表示一下感谢。可是她拿出手机犹豫了半天还是没有打。她从来没有主动给他打过电话，她有太多的话想对他说，但却真有点儿不知从何说起。她也害怕自己拨通了电话却一句话说不出来，也害怕因为紧张说出一些词不达意或者事后想起来后悔的话。她其实并不是一个优柔寡断思前想后的人，可是这个电话她却颇费踌躇，难下决心。

她其实很盼望徐达主动打电话给她。可是自从那个夜晚之后，徐达再没有和她联系过。那个夜晚就像石沉大海一样从他们的生活里隐去了，就像没有发生一样。然而那个夜晚在她的心里引起的波澜始终难以平息。她心里仿佛有一粒种子萌动和发芽了，每天都在生长出新的枝叶。无论是白天还是黑夜，她都抑制不住地想着他，他令她魂不守舍，日渐憔悴。她常常会望着一片云彩发呆，常常不知身在何处。

那个夜晚之后，他们之间一切如常。他是一个日理万机的领导，她是一个指哪打哪的普通一兵，她和他虽然在同一个楼层上班，但她却几乎见不着他。自从沈旭东调走以后他也不再到社会新闻采编室来。新任命的主任是从外面调进来的，见到任何官比自己大的领导都点头哈腰竭力恭维，但他的眼神却是锐利和机敏的，一双大眼睛总在骨碌碌地打转，好像随时随地都想有所发现。因此她也完全理解徐达为什么不来了。她相信他心里不会没有她。然而这样的咫尺天涯太令她难受了,这么多天她只能在思念中度过。她心里备受煎熬,非常想和他见面,可是他没有主动给她这样的机会。

她越来越猜不透他的心思。那个夜晚之后她没有得到过他的任何表示甚至是暗示,她揣摸不出他到底是怎么想的。她一次次地回想起那个夜晚,她和他曾经那样亲密,就像最最知心的朋友那样无话不说。她和他曾经离得那样近,紧紧相拥,彼此听得见心跳。而现在她和他共度的那个夜晚已经那样遥远,回想起来就和梦境差不多。但是她清楚自己无论如何也忘不了那个夜晚,那个夜晚就像山峰一样突兀,也像山峰一样矗立在她的生活里,她绕不过去。她发现那个夜晚在她身上产生了神奇的影响,他走进了她的心里,她就像中毒一样对他魂牵梦绕。她一次次地问自己,这就是爱情吗?这能算是爱情吗?她回答不了自己。但这份在她自己看来既虚空又无望的感情却每一天都在加重着分量,压得她喘不过气来。她觉得自己对他的爱就像一根拔不来的刺一样深深地扎在心里,让她体会到了一种从来没有体会过的深刻的疼痛。

她终于下了极大的决心拨了徐达的电话,这个号码她早已经烂熟于心,可到了最后一个数字她还是果断地取消了。手机在她的手里都捂得发热了,可这个电话最终还是没有打出去。

冯蓓回到报社忙完稿子,接到爸爸打来的电话,催她早点回家,这天是她妈妈的生日。

爸爸极少给她打电话,一年当中不会超过三到五次。每次他只有认为有重大的事情才亲自和她通话,其他时候都是让她妈妈代为转达。

冯蓓刚接起电话就听爸爸迫不及待地说:"怎么还不回家?不是说好今天让你早点回来的吗?"

爸爸就是这样,当了许多年的厂长养成了说一不二的习惯,而且脾气火暴,现在退休在家不当领导了老习惯和坏脾气还是一点儿没改。

冯蓓答应马上回家。

她赶到西饼屋取了预订的蛋糕。隔壁是一家新开的鲜花店,她在里面转了一圈,最终还是什么也没有买。她很想给妈妈买一大束鲜花,可她知道如果她这么做的话回到家里等着她的肯定是一顿唠叨。她爸妈都是务实到家的人,对花花草草的东西不感兴趣。如果她买了花回家,他们肯定会认为她糟蹋了钱。冯蓓没法认同他们的这些观念,但却也不敢有意去违背他们。

回到家里桌子已经摆好,盘盘碟碟十分丰盛。爸爸早等急了,宣布开饭。他开了一瓶茅台,亲自给每个人斟上一杯,喜滋滋地说:"本来还有一个人要来一起吃饭的呢!"

他斜眼看着女儿,好像故意等着她发问。冯蓓果真开口问他:"谁呀?"

爸爸故意不回答。她转向妈妈,妈妈也是笑眯眯的。她嘀咕一句:"这么神神秘秘的!"没有继续追问。

两杯酒下肚爸爸的话多了起来。他一边喝一边像是自言自语地说:"闺女是妈妈的小棉袄,老爸缺一个人来陪着喝喝酒。嘿嘿,不过是家常便饭嘛,他还不好意思来。现在一顿饭算什么呀?脸皮这么薄的人倒是不多见呐。"

冯蓓听他不知所云,问他:"您老人家嘀嘀咕咕什么呢?您不是三碗不过岗的吗?怎么两杯就喝高啦。"

爸爸笑着说:"你也忒小瞧你老爸了吧?我喝一两斤白的也不会醉!这茅台可是好酒,喝多了也不上头。一杯两杯就把你爹喝高了,怎么可能?"

冯蓓笑说:"没喝高怎么就说起醉话了?"

爸爸说:"还没来得及跟你说,你大姑要给你介绍一个男朋友,小伙子是在法国上的学,现在是一个小有成就的建筑设计师。听你大姑说他年轻有为,一表人才。你大姑的眼光一向是不错的,这点我是有充分的把握的,她替你相中的人肯定很好,我让她请他一起到家里来吃个便饭,人家小伙子还不好意思。要不这会儿你们都见上啦。"

冯蓓一听,马上沉下脸说:"谁让大姑弄这种事的?我不见。"

"你大姑是为你好,她是关心你。"妈妈在一旁好言相劝。

冯蓓说:"要见你们见,跟我没关系!"

爸爸不太高兴,阴了脸色说:"怎么越大越不懂事了呢?你都二十七了,一过年就二十八了,再过两年就三十了。二十几岁听着的确很年轻，但如果不抓紧一晃就到了三十岁。上了三十可就是大龄男女了，尤其是女孩儿，挑选的余地就小得多，你自己琢磨琢磨我说得对不对。"

冯蓓嘟囔着说："有这么瞎操心的吗？"

爸爸涨红了脸，有点儿气急地说："我管你的事儿怎么就是瞎操心了呢？"

妈妈柔声劝她说："你爸看你一天天耗着替你着急呢。"

冯蓓埋下头去吃饭不吭声。

爸爸继续说："你可不要自以为长得漂亮就不愁嫁，你看看周围剩下来的女人哪一个不是有才有貌的？说句你不爱听的，现在你不当回事儿，到时候真砸手里了就是急也来不及。"

冯蓓实在忍不住了，抢白他一句："嫁不出去我就不嫁了！"

爸爸瞪着她说："你可别跟我们说这样的话，我和你妈接受不了那些五迷三道的新思想。你要是肯听我们的，那就到点儿结婚，到点儿生孩子，人家怎么过你也怎么过。"

冯蓓顶他说："我干吗一定要人家怎么过我怎么过啊？"

"总不可能天底下大部分人都是傻瓜吧。"爸爸有点儿急了，"反正话都跟你说清楚了，我们当父母的不能跟你一辈子，听不听由你，你愿意咋样就咋样吧。"

冯蓓冷着脸不说话。

妈妈赶紧打圆场："你大姑也是疼爱你，她不是个爱张罗的人，你见她操心过谁的事儿？"

冯蓓说:"我也没让她管我的事儿呀,她这不是没事儿找事儿嘛!"

妈妈哄她说:"她也没有多管你的事啊,不过就是给你介绍一个男朋友。好不好你见一面再说,说不定还真遇到一个投缘的人呢。"

冯蓓很冲地说:"绝对没可能!"

爸爸又急了,提高了嗓门说:"你还没见着人怎么就知道绝对没可能呢?"

冯蓓回敬道:"你们说他'年轻有为','一表人才',这么好的人我就不信在法国找不到女朋友。"

爸爸一下没回上话来,妈妈乐了,说:"老话说'千里姻缘一线牵',他要是在法国找到了女朋友,哪儿还有咱们这头话呢?说不定你大姑就是你的月下老人,你就看她的面儿上见一见吧。"

冯蓓实在没脾气。她心里很烦,可是如果不想让爹妈还有大姑不愉快的话,她只好委曲求全。

"就见这一次,再没有下回了啊!"她有点儿愤愤地说。

"好好好!"爹妈异口同声地说,脸上不约而同露出了笑容。

"那你什么时候见他呀?"妈妈小心翼翼地问她。

"过些日子再说吧。"冯蓓说着,离开餐桌进了房间。

"过些日子人家就该回去啦。"妈妈追着她说,"你大姑还等着回话呢。"

冯蓓有些不耐烦地说:"明天我要出差,你们不会今天晚上让我去相亲吧?"

爸爸说:"今晚怎么就不行啦?你什么都好,就是凡事不抓紧,要不也不会拖到这个岁数了。"

冯蓓一听脸色便不太好看,刚要回敬他,妈妈悄悄拉住了她,和颜悦色地说:"就今晚吧,你大姑已经跟人家约好了,她让你吃过晚饭就给她打电话。"

冯蓓恼怒地说:"她怎么也不先问问我?"

妈妈朝她爸爸努努嘴,悄声说:"他答应的。"

爸爸扭过脸来说道:"怎么啦?我又做错什么啦?"

冯蓓知道再说下去会更加不愉快,于是啥也不说了。

为了不让爹妈为难和生气,她决定牺牲一下,去走个过场。

当晚八点半她在一家星巴克门口见到了姑妈给她介绍的对象。

他比她先到,非常守时地在指定地点等她。

冯蓓冷眼打量他,心里暗暗地给他打分。相貌:十分,仪态:十分,服装:十分,第一印象:十分。她承认无论怎么说他的确是一个帅哥,简直就像是从时尚杂志或者是广告牌上走下来的一样。他的微笑很亲切,热情却分寸适度,他彬彬有礼,却又不让人觉得他做作,确实是那种第一面就能给人留下好印象的人,难怪大姑会把他当个宝贝似的献给她全家。可是冯蓓却没有任何感觉,心里没有一点儿的波澜。他向她走来的时候她心跳正常,呼吸正常,甚至没有脸红。而平常她见到生人常常是腼腆的,可是第一次相亲却没有一点儿的羞涩之感,连她自己都感到十分奇怪。她想这肯定是因为自己心里早预设好了不会和这个人有什么关系。

他迎面朝她走来,自然得就像是老朋友一样。简单的自我介绍之后,他请她进去喝咖啡。他十分自然地让她走在前面,替她开门,在她入座之前为她拉开椅子。他问她想喝什么,她只是应付场面,随口说都可以。他替她买来了大杯的拿铁咖啡,上面飘着一朵雪白的奶油。端来咖啡的同时,还拿来了餐巾纸。他把咖啡和餐巾纸轻轻地放在她面前,微微一笑。他的彬彬有礼和细心周到都让她无法忽视,但她只是平淡地说了声谢谢。

"你真漂亮。"他称赞她,"漂亮得都不像是一个记者了!"

她想说声谢谢,但因为刚刚说过便什么也没说,只是微微笑了笑。

他神情真挚地对她说:"这是我第一次见别人给我介绍的女朋友,说真话,以前我很难接受这样的事情,说抵触都不过分。不过——"他笑起来,露出洁白的牙齿,"如果早知道能见到像你这样的女孩儿也许我早就接受了。"

他这么快就表达了自己的好感,而且如此真诚坦率,冯蓓不好意思对他太敷衍了事。

他凝视着她,脸上闪过一个狡黠的笑容,说:"可以问你一个问题吗?"

"你问吧。"她说。

"你这么出众,难道还需要相亲吗?"

他的眼神那样清朗,冯蓓觉得没必要对他撒谎,也就直来直去地说:"我没想来,是我父母让我来的。"

"和我一样。"他一字一顿地说,"父母之命,媒妁之言。"说完脸上又一次绽露出明朗纯真的笑容。

他们聊了一个来小时,话题开阔起来,不过再没有说一句与相亲有关的话。

分别之前他对她说:"认识你很高兴,尽管这句话很像是客套,但我不是出于客套才这样说。我是真心的,如果有机会再见的话,我希望不是别人安排的,而是你自己愿意见到我。"

她含笑点点头,心想这个机会恐怕永远不会有了。

冯蓓直接回了报社,她害怕回家听父母问长问短唠唠叨叨。

她穿过长长的楼道,向自己的办公室走去。在经过徐达办公室门口的时候她放慢了脚步,满心希望他在里面,可是她的希望落空了。

她走进旷大黑暗的办公室,心里空空的。回想刚才还在星巴克相亲,她觉得实在是荒唐。想着自己总是为了别人的感受活着,活得这么累,却不能按自己的心意去爱,她心中无限委屈,眼泪潸然而下。

她打开邮箱,决定给徐达写一封信。她不想再憋下去了,她觉得自己快要憋坏了。

　　今天我分到了房子,已经去看过了,非常好,真的我很喜欢。

　　我知道你为我费了不少的心,我太应该感谢你了,但我不想简简单单地对你说一个谢字,因为我最想对你说的不是这个字,我想你心里明白的。

　　自从那个夜晚之后,无论是醒着还是在梦中,我无时无刻不在想念你。我对你说出来,只是为了让你知道我的心。对爱情对生活我都没有太大的奢望,有一个人可以爱,这就足够了。我是一个爱情至上主义者,我把爱情看得高于一切。我知道我很幼稚,但我情愿这样幼稚下去。

　　我不知道怎样才能把自己的意思对你说清楚。我要对你说的话很多很多,我想你应该找一个机会让我当面对你说,你不要笑话我啊。

　　她觉得这封信写得很不满意,而且似乎表达不出自己心中真正想说的意思,可是改来改去却怎么也改不好。她想明白那是因为她无法在一封短短的信中把要说的话说清楚,所以也就只好这样了。还有一个是她想不好该如何称呼他,"总编"、"老板"、"先生"等等都太古板,直呼其名多少有一点儿冒昧,最后她干脆不用称呼,也不写落款。

她把邮件发了出去。

她抬头看了看墙上的电子表:十一点五十四分。再过六分钟这一天就结束了。

她想这一天也太漫长了,也的确该结束了。

她想不到的是就在这一天的最后几分钟里她深爱的那个人被检察院带走了。

她想不到的是就在这一天的下班之前他做了一个他认为是相当重大的决定,他把报社一个压了很久的到夏威夷学习的名额指派给了她——他不能接受她,他认为这是对她最佳的安排。现在那份签上了他的大名只需要盖一个大红公章就可以生效的文件就放在他的办公桌上。

她更加想不到的是从她邮箱里发出的她此生写给他的第一封、也是唯一的一封信将成为他以权谋私和生活腐败的一个有力证据。

徐达被检察院带走在报社引起的震动超过了一九七六年的唐山大地震。大家都以为调查小组撤出之后又过了这么一大段风平浪静的日子事情早就过去了,而且报社在经过一系列的改革之后也正逐渐趋于平静和安定,谁也没料到会在这样一个时刻出现这样大的一个转变。一个大报总编辑会在报社形势蒸蒸日上的时候说出事就出事,除了报社内部,其他部门的人一样非常震惊。每天班车上、餐厅里谈论得最多的就是这件事,大家对此的关注度远远超过了报上每天报道的国内外大事。尽管报社没有在任何一次会议上正面提及徐达为何被检察院带走以及他究竟犯了什么错误,但关于徐达和他的问题仍然有各种各样的传言以及各种各样的猜测,并有多种版本同时流传,而且几乎每时每刻这些版本都在更新之中,不断有新的内容和新的细节透露出来,而这些新的内容和新的细节也更具内幕性和震撼效果。

一种说法是徐达挪用公款和小姨子联手做生意,结果生意赔了,那些钱没有按时回到公家账户上,调查小组突然进驻账上的漏洞被查了出来;另一种说法是徐达为了吃到更多的回扣,把报社的广告转到了自己亲戚的广告公司,得罪了老客户。而老客户是个能量很大而且后台很硬的人,被徐达釜底抽薪十分恼火,也很不甘心。据说在多次找徐达"沟通"都没有得到满意结果的情况下,一怒之下把掌握的徐达收受贿赂、以权谋私的证据交给了检察院;还有一种说法是徐达在任几年做了不少违规操作的事,钱也捞了不少,生活腐败,问题很多,只是上面一味保他,他本人也很有办法,所以一直没有垮台。可是前不久他的"靠山"失势了,自身不保,他也就跟着栽了。与此说法不太相同的另一种说法是徐达上面的"靠山"还是稳稳当当的,不过手上又有了得意的新人,新人要上,正好趁此请他让道。作为这个说法的补充说明是徐达随着自己羽翼丰满就不太听话了,他喜欢出风头,喜欢利用一切机会突出自己,好大喜功,弄得名声在外,而且野心也越来越大,这让上面很不喜欢。这回又弄出了事情,上面也就干脆丢弃他了。

传言中有多少是真多少是假没有人说得清楚。舆论更多地倾向徐达下台是权力争夺的牺牲品,也是政治生活中正常的新陈代谢。而报社内部对这件事始终没有一个正式的定论,领导层对此讳莫如深,一概采取回避的态度。

徐达出事报社里大部分人可以用"心情复杂"四个字来形容。尽管这位一把手突然被检察院带走之后大家也都兴兴头头地议论了一番,可是报社没有了徐达就像家里缺了当家人一样,很快就出现了群龙无首的混乱。

报社虽然有各种各样的条例和规定,有严格的工作流程以及为此把关的种种条文和规章制度,一切似乎都有法可依,有规可循,可真的事到临头,仍然需要有人来定夺拍板,这么简单的道理大家好像到了这会儿才忽然明白。从前报社是凡遇到没有明文规定或者规定不甚明确的事情都是去找徐达,时间长了只要稍稍复杂和难办一点儿的事情都是去问他,徐达一般都能给出明确的办法或者变通的途径。他最大的好处是用不着看部下的脸色行事,所以凡事到他那里总能化繁为简、化难为易。即使是难以决断的事情,他也会通过开会、征求意见等等方式,拿出一个试行方案。现在报社没有了这样一个人,有事去问那几个副总编不是一问三不知就是相互推诿,要不就是给一句"有待研究"的套话,然后遥遥无期地拖下去,没有一个人肯出来说句痛快的话,也没有一个人肯出来担责任,如此一来许多事情也就根本没办法办了。而一个单位这样那样的事情哪一天都有无数,天天堆着不办,事情越积越多,好多工作都无法进展下去了。大家对此意见很大,话也越来越不好听。

再比如"新闻论坛"从前总是徐达亲自动手写,每天到点就可以在他办公桌右上方拿到稿件,如今这一块稿子也没了着落。虽然不过是五六百字的版面,但这是报纸上重中之重的文章,不是随随便便可以对付的。以前徐达盯着的时候谁也不觉得这有什么,以为不过是小菜一碟,现在这碟小菜到了几位副总编手上,可就成了棘手的活儿了。一开始他们一人一天轮着写,七手八脚绞尽脑汁总算把版面填上了,但却连报社雇来打字的小姑娘看了都直摇头,说跟徐达写的简直太没法比了。为这几百字呕心沥血还在其次,拿出来的东西让谁都能一眼瞧出高下这是副总编们最受不了的。他们毕竟也是有水准的人,懂得"人贵有自知之明",因此集体支撑了一阵子之后就集体撤退了。头版最打眼也是起着画龙点睛作用的"新闻论坛"从此便从这份报纸上消失了。

徐达出事以后报社日子最不好过的要说就是几位副总编了。原来六个人的活儿一下全压在他们四个头上不说,累死累活还一点儿好落不着。报社的人总是习惯性地拿他们和徐达比,尽管徐达做的事情他们也有种种的看不惯和不满意,但相比之下副总编们和徐达的差距是如此明显,让他们更加地看不惯和不满意。而报社因为出了事情上面又抓得特别紧,隔三岔五就有新指示、新精神传达下来,几个副总编自然不敢怠慢,可往下推的时候却十分费劲,下面总有法子给弄得彻底走了样,有人干脆袖着手看笑话,有人打乌龙球捣乱,有人浑水摸鱼想趁机捞上一把,令他们相当头疼。

还有一层尽管没人说破但大家都心知肚明,就是上面虽说没有追究到这几位副总编,但他们未必就是干净的。徐达没出事之前他们也都是领导班子的成员,事情虽然有可能是徐达一个人定的,他们插不上嘴也插不上手,但既然说是"集体领导",他们自然也脱不了干系。为什么徐达做了那么多错事这一干人在边上看着却没有一个人向他指出来而且也没有向上反映?还有,领导层超额分发奖金除了姜树柱提得太晚没赶上之外,其余的副总编可是人人有份,他们竟然尽收囊中,心安理得。对这件事如何处理上面还没有做出明确的决定,因为牵涉的面比较广,追究起来很可能会影响到报社的日常工作,不利于稳定和团结。不过也有话传出来说上面已经明言对此不会姑息,因为群众的意见实在太大了。这也让这几位副总编灰溜溜的,有点儿抬不起头来。本来徐达落马正好腾出一个位子,对他们来说无疑是摆在眼前的一个绝好机会,但事情至此,他们反倒一个个都表现得心如止水。

看到这四个人支撑着报社,没日没夜灰头土脸地坚守着,大家自然而然想到了一个月前刚刚调离的原副总编张帜，都说张帜这小子太他妈人精了，走得不早不晚正是时候。捕机扣下来人家吃饱喝足远走高飞了，而且换个地方等着他的又将是一场盛宴。尤其值得一说的是，据传张帜在临走之前把自己分管的每一项工作包括小账本都交割得清清楚楚，而且还向徐达进言有些账目往来如何处理，有些如何中止，有些如何遮掩，还有一些不合规章或者根本就是说不清楚的事情如何在领导层当中统一口径等等，都弄得妥妥当当，否则报社被查出的问题恐怕还远不止眼下这些。人人都说张帜是个有大智慧、大能耐的人，除了写得一手锦绣文章，还深谙官场与人际，处事举重若轻，懂得避凶趋吉，实在是不可多得的人才。

大家公认张帜是报社第一聪明人，都认为他这样的人才是当之无愧的总编辑的接班人，只是他没有接上这个班就走人了。不过大家并不替他觉得可惜，因为接这个烂摊子还真难说是什么好事情。报社的同事们对这位前副总编众口一词："这个兔崽子实在是运气太好了！"他们把报社一年一度民间评选的传统奖项"本年度最幸运奖"提前颁发给了他，而与之相对应的"本年度最霉运奖"也就非前总编辑徐达莫属了。

第四章

（马雅）

最近报社里出了那么多的事儿，都是让人无法想到的。徐达这样一个人物，居然会说倒就倒。你不是一直挺佩服他的吗？你不是一直夸他懂政治有头脑吗？可他怎么跟个稻草人似的风一吹就倒了？你总说他有本事有手段，可他竟然泥菩萨过河自身难保。知道报社的人是怎么说的吗？他们说真搞不懂这些当官的，怎么利欲熏心如此不管不顾？真比那些一无所有四处捞天下的青皮后生还生猛，有今天没明天的！他们连自己这点子事情都弄不好，还怎么指望他们为人民服务呢？

以前你常对我说你们高层之间的事情，我也跟着知道了报社许多鲜为人知的内幕，说真的那些内幕让我非常惊愕。尽管我只是一个局外人，但我也一样是心怀忐忑和六神不安。我曾经那样为你担心，为你忧虑，因为你是他们中间的一员。现在我再没有这样的顾虑了，你不在了，那些事情与我再没有任何的关系。自从你离去之后再没有人和我谈论单位的情况，我两耳不闻窗外事，一点儿不关心他们的是是非非。他们的升迁沉浮都与我无关，他们是哭是笑都与我无关。我变得相当冷漠，比没有和你走近之前更加冷漠，冷漠到连自己的事情都懒得多想。我只是刻板地上班下班，就像设定了程序的机器一样，或者说就像一只做着机械运动的钟摆。我只是一具空壳，你的离去把我的心带走了。

我经常独自发呆，我总是反反复复回忆我经历过的事情。

我像一个上了岁数的人一样喜欢回忆。我想了很多很多，似乎也想明白了不少道理。我甚至想你不在了倒也好，要是你在，没准这回还要受连累呢。况且你和那几个副总编不同，你做的事多，管的事多，得罪的人也多，这些很可能招来麻烦，甚至招来灭顶之灾。记得我曾经不止一次对你说过：做事多的领导出事也多，步子迈得大出的事情也大——这句话不是我总结出来的，是我采访过的一位几度受挫曾经身陷囹圄的改革家所说的肺腑之言。所以，我想你不在了也许倒是躲过了这一劫呢。

我现在不仅冷静，而且冷酷，非常冷酷。失去了你我忽然意识到自己身处的世界充满了污泥浊水，而且再没有一个人能为我遮风挡雨。我把我所有的爱给了你，而你消失了，我的世界也在顷刻之间坍塌了。现在我浸泡在污泥浊水之中，而别人看我恐怕比我身处的环境更肮脏。我不能解释，也无法辩解。我只能保持缄默。

你走了，你把苦果留给了我。我不是埋怨你，我只是没有想到爱过之后还要支付如此巨大的代价。在痛惜你的同时我更加痛惜我自己，我真不知道世间有什么可以拯救我破碎的心灵？

(温伯贤)

我常常忍不住想提醒他们的不周和不妥之处,站在我这个位置可以说是高瞻远瞩,我比任何时候更加清晰地看到了事态的发展和走向,我比任何时候目光锐利。俗话说:"当局者迷,旁观者清",也许正因为我不在其中的缘故吧,我以一种悲天悯人的眼光远远地观望着他们,看着他们心甘情愿或者身不由己地漂流沉浮,看着他们如飞蛾扑火般扑向辉煌与毁灭,我的心里充满了前所未有的同情,但我知道我的同情对他们无济于事,甚至与他们毫无关系。可是,当我看到他们触礁沉没,还是忍不住要为他们感到痛心和惋惜。

其实有许多事情前人已经经历,而且已经有了血的教训,可是后来的人却并不汲取这些教训,也并不因此而警醒。现在我是一个旁观者,但我比参与其间还要心焦。我真想提醒他们,不要做太多违法和违心的事情,不要忘乎所以,不要太贪婪,不要有了今天不想明天……其实类似的话我活着的时候也反反复复说过,我无数次地对他们说,要防微杜渐,要未雨绸缪,要居安思危,任何时候拉了屎一定要把屁股擦干净,千万不要留下后患和隐患。要知道所有的后患和隐患都是埋在自己生活和事业中的定时炸弹,而且极有可能在某个未曾预料的瞬间炸毁一切。今天我仍要提醒他们:"前事不忘,后事之师","前车已覆,后车必戒"。

总编辑的任命下来了。大家翘首以盼的这位新总编辑是从网络部过来的大名鼎鼎的梁文，今年三十三岁，比徐达当年出任总编辑时又年轻了八岁。梁文以思想新锐、文笔犀利活跃于网络和纸媒，他的口才也是一流的，时常被电视台请去做嘉宾，谈论时事、赛事、时尚、电影、文学以及健康和生活小窍门等各类话题，算得上是一个名人。据说他在网络刚兴起之时曾经还是名噪一时的网络作家，曾经用"温柔一刀"、"黑衣侠客"、"明德惟馨"等等的网名发表过数部都市言情小说、武侠小说以及篇幅短小的道德箴言一类的作品。他最出名的网络言情小说有《从未发生的亲密接触》《一场罗曼蒂克的恋爱与分手》《亲爱的，今夜请把我遗忘》等，都是些柔肠寸断催人泪下的生生死死的爱情故事，在网上的点击率非常高，很受追捧。他甚至被网友们誉为"都市言情第一人"、"最有人气的网络爱情作家"，甚至被戏称为"男琼瑶阿姨"。不过报社里上些岁数的人却很少知道他，因为他们上网一般就是浏览新闻，查查资料，很少在网上闲逛，因此对这个拥有粉丝无数、一度被传得神乎其神的网络名人根本就没有听说过，更谈不上有更多的了解。对于这样一个年轻干部来报社当一把手，他们反应平淡，抱着类似隔岸观火的态度，甚至还有几分看笑话的心态。这几个月下来报社人气涣散，不说百事俱废，也是处于半瘫痪状态，上上下下都在等着看这位年轻的总编辑怎么下手来收拾这么一个烂摊子。

任命下达之后新总编辑却迟迟不见走马上任，给出的说法是网络部那边还有些事情没有结束。由于总编已经任命，这边的四位副总编除了日常发稿也就诸事不管了。本来就是群龙无首，现在更是各行其是。干部们都这样，群众更乐得享受这没有人管的宽松自在的好时光，只要不是火烧眉毛的事情都是能放则放，能拖则拖，有办法糊弄就糊弄过去，实在蒙混不了再想辙对付。原来报社一直实行坐班制，尽管新闻工作的特性决定了其实也很难做到，但大家多少还会装装样子，比如采访之前或者采访之后会回到班上坐一会儿，现在干脆连样子都不装了，想来就来，想走就走，上班时间忙什么的都有。办公室里也没有多少工作的气氛，相反娱乐的气氛倒很浓厚，每天中午的牌局是必不可少的，除此之外不分时段总有一两个办公室里有人在打牌。除了打扑克，还有下棋的，看电视的，打游戏的。有一天不知是谁把一副麻将带到了班上，竟然在办公室里就热热闹闹地赌起钱来。

报社每天这么乱着，但报纸照出，所幸的是还没出什么差错。大家都非常适应和喜欢这种轻松愉快的弹性工作，戏言"没有老大一样开船"。本来大家还盼着新总编辑来，现在不仅不盼了，还怕他来，他一来意味着眼下这种大好的日子就没有了。

在报社从上到下都过得悠闲自得的时候，办公室主任老马却放不下心来。他听说总编辑的任命下来之后立马跑去找常务副总编李明亮，向他请示新总编辑来用哪个办公室，好提前预备。李明亮自己没上，正情绪低落，看见老马这么兴致勃勃的，一副急于侍奉新主的奴才嘴脸，便气不打一处来。他不阴不阳地说："暂时他还不过来呢。"

老马着急地说："等他来了再办不就来不及了吗？"

李明亮看他心眼儿这么死，心里更加不耐烦，冷了脸说："我忙着审稿呢，你换个时间再来说吧。"

老马怏怏地走了。下午一上班他又来敲门，李明亮推说里面正在谈事情，连门都没让他进。第二天一早李明亮刚进办公室，看到老马又不屈不挠地站在了门口，不过他却不像昨天那么一往无前，而是犹犹豫豫的，想进又不敢进，想退又不甘心，就像一条畏惧主人的狗。李明亮看他这副样子心软了下来，只好放下架子招呼他进去。

老马进去之后没敢坐，他掏出香烟，恭恭敬敬地给李明亮递了一支。李明亮接过去放在桌子上，没有吸，老马也就没敢把自己的烟点上。大概是因为昨天受了冷遇，他不再表现得兴致勃勃的，而是带着几分的无可奈何。

李明亮也一反昨天的冷淡态度，嘴角挂着三分笑，主动问他："你打算怎么给总编辑安排办公室？"

老马干巴巴地笑了两声，恭敬地说："我听您的。"

李明亮马上打起官腔说："这一摊是你管的，你得拿大主意啊，你不能什么事都往上推啊。"

老马赶紧表态："当然，当然！"

成人游戏 303

李明亮问他:"那你打算让他用哪间房子呀?"

老马转动着眼珠,说:"要不就把……老徐的办公室腾出来给他用?"

他在提到徐达的时候突然卡住了,一下子找不到合适的称呼,他觉得称"徐总"好像没这个必要,直呼其名又有点儿张不开口,称"老徐"他也一样觉得很别扭,舌头有一点儿打结。不过他在说到新总编辑时却十分机灵地用了一个"他",他不想刺激李明亮。

李明亮含义不明地一笑,阴阴地问他:"你让他用徐达的办公室,你也不怕他忌讳?"

老马本来想说自己也的确想过,但既然李明亮先提出来了,他就干脆装傻充愣。

他装出才想到的样子说:"哟,是啊,这可怎么办?"

看老马愁眉苦脸一副走进死胡同里出不来的样子,李明亮把烟点着了,慢悠悠地吸着,一边给他支招:"你何不打个电话征求一下他本人的意见?你就告诉他现在这边空着的办公室有几间,别忘了把阅览室和贮藏室那两间也加进去,他选定哪间,你再找人给他随便弄弄,不就得了?"

终于得到了明确的指示,老马心里有了底。他脸露笑容,弓着身子给李明亮鞠了一躬,说道:"好,我就照您说的办!"

老马多了一个心眼儿,他并没有像李明亮指示的那样打个电话去问新总编辑,他认为这么做不合适,怎么也应该亲自去跑一趟。为了给新总编辑一个良好的第一印象，他狠动了一番脑筋，特意请人用电脑画了一张"报社办公用房示意图"，用彩色打印机打印好，和总编辑预约了见面的时间，郑重其事地到网络部去向他当面请示。

老马尽管也在报社混了几十年，但他本质上还是个粗人，比如见人要提前预约这样的文明习惯他就从来没有养成，基本是想找谁抬脚就去，一次找不着二次再找，甚至连找徐达都是这样。不过对新总编辑他却不敢再用老一套了，对这位听说只有三十来岁的局级领导他心存敬畏，不知道这么年纪轻轻的一个人是怎么混上去的，对他一点儿谱不摸，生怕自己做事不合他心意，因此格外小心谨慎。

老马战战兢兢去了网络部。网络部因为是新成立的部门，总部主区的办公室早已经人满为患，没能占到地方，只好把办公地点按在了总部之外。大概是为了节省费用，网络部租的是一片旧厂房，因此这里的风格和气氛和总部区别很大。这里的房子高大、破败，红砖砌的墙壁没有粉刷，半圆形的金属屋顶，窗子很高很小，不知作何用的粗大的管子四通八达，从外面看就像一个一个巨大的仓库。门外的院子里还堆放着废弃的机器、只剩下空壳的卡车和已经生锈的铁皮箱子，保留了浓厚的工业化的痕迹，很难想象如今这里是一个文化单位的办公室。

老马拐弯抹角在厂区里转了好半天才找到了一扇不太起眼的门，进去之后他想找主任办公室，可是所有的门上都没有牌子。他正在门外的通道里徘徊,一个腰细腿长的漂亮的小姑娘走过来问他找谁。老马赶紧说找梁文主任,还特意补充一句是有预约的。小姑娘并没有马上请他进门,而是请他在门外稍候,说要进去确认一下。老马心想就这么个破地儿规矩还忒多,不过他态度却很端正,脸上笑眯眯地点头答应。不一会儿小姑娘扭着小腰出来了,脸上挂着职业的微笑,客气地请他进去。

老马跟着小姑娘往里走,他还是第一次走进网络部。以前他从来没来过这个厂区,也没想到要进这个大门。他对网络这样的新媒体不懂也缺乏敬意,他认为这些玩意儿跟自己没关系,而且他认为这些新部门都是野路子,下场雨能窜得半人高,刮场风可能连影子都见不到了,说不定哪天就彻底玩儿完了。要不是网络部的主任调到报社来做总编辑,他根本就没把这边当回事儿。就是现在他心里都很难接受网络部的主任调过来当报社的总编辑,在他看来这跟从前工宣队进驻有啥两样?但他心里其实也清楚这是不一样的,如今所谓的新媒体气势足得很,不管他接受得了接受不了,也不管他乐意不乐意,人家已经往这边狠狠地挤过来了。老马感叹自己老了,越来越跟不上形势了。

走进去老马才知道里面比外面要好得多,不仅面积非常大,而且装修得非常漂亮。好几百平米的大办公室用彩色玻璃墙和说不出是什么材料的折页式屏风隔开,天上地下都有灯光,加上四面八方的反光,看上去炫目得很。老马立刻感到头晕目眩,不过他也承认确实是新鲜,至少是没在别处见过。这里的电脑成排成片，老马一看脑袋都大了。他感慨同样是电脑，放在报社的办公室里就和电话、传真机、复印机甚至打卡机等等差不多，都属于办公用品，而摆在这里就像是机器，主机嗡嗡地低鸣着，呼呼地散发着热气，而且发出一股股干燥难闻的气味。老马不由联想起自己早年作为工人阶级的一分子戴着油乎乎的藏蓝护袖和白棉纱手套在车间里忙来忙去的情景。

老马在漂亮小姑娘的引导下七拐八绕到了一间玻璃房前面，小姑娘轻轻敲了敲门，里面马上有了回应。她微笑地做了一个手势请老马进去，自己优雅地往后退去。老马看了，颇为赞叹，心想人家这儿新归新，礼貌还是不错的。

他推门进了玻璃房子，看见一群人正围着一个人在打电脑。他探头一看，电脑屏幕上花花绿绿的，到处都在放光，他知道正在打游戏。这群人当中男女都有，个个都非常年轻，青春焕发。他们兴奋地大呼小叫，打游戏的那个人百忙之中回过头请老马坐，老马心想这大概便是新总编辑梁文了，赶紧恭敬地点头。那人回过身去加快了按键的速度，好像想快些结束游戏，但那帮人拼命地为他加油，他也没有停下来的意思。老马在这个单位待了二三十年，领导和群众这样打成一片的阵势他还是头一回见到，心里一个劲儿地摇头。

他不敢打扰新总编辑和他那些娃娃兵们的玩兴，悄悄地站在一边，也做出饶有兴致观战的样子，其实他啥也看不懂。

游戏终于结束了。新总编辑停下手来，对老马说一声"对不起",自我介绍说:"梁文。"然后指指电脑解释说,"现在是咖啡时间。"

老马只觉得梁文的做派很洋气。他并不懂什么叫"咖啡时间",也从来没人跟他说过这个词,他猜新总编辑的意思大概是说这个钟点是喝咖啡的,当然也就可以打游戏了。老马心说喝咖啡叫"咖啡时间",那上厕所就该叫"厕所时间"啦?脸上却挂着谦卑的笑容,低声下气地说:"我没耽误您的事儿吧?"

"没有。"梁文平淡地说,随即转入正题。

老马把带来的那张报社办公用房平面图在茶几上摊开,图在他手里揉出了许多细小的折痕,他用手掌使劲地去抚平,细心地把正面朝向梁文。

梁文显然留意到了老马的动作,嘴角隐隐地有了一丝笑容。听他说完,扫了一眼那张图,很随意地说:"您就费心安排吧。"

老马正等着他指示,没想到他就这么轻轻松松一句话,完全不像他的前任徐达那样事无巨细和絮叨挑剔。再看梁文脸上的笑容还带着几分的孩子气,心头不由一热,他用一种大包大揽的口气说:"好,那我就替您去办,您就放心好了!"

告辞的时候梁文一直把他送到玻璃门外,还和他握了握手,说:"辛苦您了!"

老马心里暖洋洋的,觉得和新总编辑的第一次见面非常成功。

老马是个做任何事情都要用自己的小算盘盘算一番的人,

但有时候也难免会傻劲儿一冒产生对谁好一把的冲动。既然新总编辑对他如此信任，他就不能不替他着想。他首先排除了徐达的办公室，他想即使新总编辑不嫌不吉利，他也不能让他用徐达用剩的。那样容易让人觉得换汤不换药，感觉很不好。老马其实从来也不是一个讲感觉的人，但是自从去了一趟网络部看了那边的格局之后觉得不讲究一点儿还真不行，就太跟不上潮流了，就太落后了，而落后是要挨打的，他当然不想挨打，他还想做新总编辑的"爱卿"呢，所以他要使劲地跟上形势。除了徐达的办公室之外老马觉得贮藏室那间也不能用，那间房子面积不算小，但窗户又高又小，看上去就像监狱，给总编辑做办公室显然是不适宜的。他想来想去，最后相中了最东头资料室的两间办公室。

资料室是个里外套间，又靠着走廊的一头，相对安静。对面恰好是老马自己的办公室，他心里的小算盘马上噼里啪啦打开了。他想如果把资料室改成总编辑办公室，自己和总编辑就成了面对面的邻居。和领导靠得近，做的事情领导容易看得见，和领导走动起来也更方便。不过不方便的是让资料室搬家，绝对是一件大动干戈劳民伤财的事情。资料室已经有二十五年的历史了，而且始终就没挪过地方，尽管当真要查点资料未必查得到，但是四分之一个世纪下来积攒了无数的报纸、杂志、文件、剪报和各类工具书、百科全书以及各界人士捐赠的图书，早已经堆积如山。这么多东西折腾一次实在不是一件轻而易举的事儿，但为了新总编辑老马也顾不了那么多。还有一个不太好解决的问题就是办公楼里再找不出两个相连的房间了，资料室的两间办公室也就没法挨在一起，除非再让别的办公室搬家，那样一来动静就更大了，也更费事儿。虽说他可以继续去磨李明亮，但达到目的的可能性他认为不太大。老马权衡了一番，决定干脆就委屈资料室一家，让他们把过期资料收起来，只用一间办公室对外，这样两间办公室挨不挨着也就关系不大了。

考虑好之后他去请示李明亮，李明亮一眼看穿了他的意图，不冷不热地说："你考虑得这么周全，还用我说什么吗？"

老马点头哈腰地说："那也得您点头才行啊！"

李明亮皱起眉头作沉思状，不置可否地说："就怕资料室有意见。"

老马一边给他敬烟一边说："为了大局总要有人做出牺牲的嘛！"

李明亮冷笑道："话是这么说，牺牲你乐意吗？资料室那几个老太太可不是好惹的，这里的工作你负责去做，你可别说是我同意的。"

老马连连点头说："好，这些事情都由我来，有什么不好办的事情我都自己扛着。"

李明亮打着官腔问他："就拿不出更好的方案了吗？"

老马生怕他变卦，赶紧表态说："您放心，这事儿我保证办得利利落落的，资料室的那几位就是要骂也只骂我一个。"

李明亮看他对新主子这般上心，心里有点儿酸，也有几分鄙视。他淡淡地一笑，让他酌情处理，不再多说什么。

为了搬迁工作的顺利，老马先做了一番"公关"工作。他自己掏钱买了两箱苹果和两箱橙子，脸上挂着春风送暖般的笑容送到资料室。资料室的人从来没有受到过他的款待，也从来没有领略过他如此热情灿烂的笑脸，简直有点儿受宠若惊。他们对办公室主任怎么一下子变得对他们这么热情很不解，问老马他是笑而不答。等他们欢欢喜喜地享受过这些水果，让资料室搬家的通知也随即下达了。他们大骂老马给他们下套，欺骗了他们纯洁的感情。正在他们情绪激动的时候，老马又满脸笑容地过来了，他向他们抱拳作揖，诚恳地请求他们为大局着想，同时也体谅他这个具体办事的人的难处。他说了不少的好话，资料室的人终于不好意思再围攻他，他们怨声载道地开始收拾东西，那四个装过水果的大纸箱也再一次派上了用场。

为把总编辑的办公室装修好，老马专门请了几家装修公司来设计，一共拿出了八套装修方案，并且根据不同的方案谈妥了价钱。他把这些方案拿给李明亮看，李明亮连扫一眼的兴趣都没有。他把那一叠图纸推到一边，打着官腔，冠冕堂皇地说："不要这么大张旗鼓嘛，第一是时间来不及，这么大装没一两个月下不来吧？现在提倡节约型社会，弄这么铺张影响也不太好。总编辑是年轻领导，从爱护领导同志的角度出发，我们也不该整出这么大的动静。"

老马一边应声附和,一边解释说:"时间上完全来得及,装修公司保证十天之内完工。"

李明亮说:"装修公司的话你也信?他们为了揽生意当然是你说什么他应什么,到时候装得半半拉拉你还能不让他们装下去吗?"

老马继续解释说:"合同上都写得清清楚楚的,要是拖延工期他们是要受罚的。"

"反正十天太长了,总编辑随时可能过来。"李明亮口气坚决地说,"你就让他们刷一下墙,铺一下地,简单收拾一下就行了。你听我的就这么办,不听我的你想怎么办怎么办。"

话说到这份儿上,老马只好知难而退。可是他想想真要是按李明亮说的那样简单地刷刷墙铺铺地又很对不起新总编辑,况且自己又是在他面前夸了口的,如果真弄得潦潦草草,自己也不好交代,而且自己也没有面子。他决定豁出老脸还是要争一下。

老马咬牙放弃了八套装修方案中的七套,挑出一套最简单的捧给李明亮看,低声下气地说:"您再费心看看这套方案吧,花钱也不太多。"

李明亮立刻伸手挡开了他递上来的图纸,放下脸来说:"你以为我是怕花钱吗?"

老马意识到自己把话说错了,赶紧改口说:"我是说不算费时费力。"

李明亮这才勉勉强强地从他手里接过方案,随随便便地瞄了一眼说:"行吧,你要是坚持这么办你就去办吧,我早跟你说过了这一摊由你负责。"

老马刚要告退,李明亮又叫住他说,"你再去征求一下另外三位副总编的意见吧,看看他们同意不同意这么办。"

老马一听又要多出事儿来,赶紧对他一通的抱拳作揖,求他说:"您就定了吧!您是常务副总编,您老人家是这儿的最高领导,您决定的事情别人还能有什么意见?他们几个开会的开会,出差的出差,你在他不在的,我问了这个不问那个也不好,等每个人问过一遍,这十天恐怕就过去了。"

李明亮被他缠得烦了,主要是听他说自己是这里的最高领导心里比较受用,终于松了口,说:"好吧,那你就办去吧。"

老马立即指挥动工。装修期间他放下一切事情,每天都在现场监督,对每个细节严格把关,略有丝毫的不满意就返工重来,简直就是当作百年大计来做,没有一处马虎的地方。

装修好的总编辑办公室焕然一新。老马又亲自跑了好几个地方反复比较精挑细选了办公桌椅、带拐角的组合书柜以及沙发、茶几等等,连窗帘和花木都统统换了新的。老马让保洁员上上下下仔细擦抹了,收拾得一尘不染。总编辑办公室总算齐活了。

十几天忙下来,老马整整瘦了一圈。

任命下达了一个来月,某一天早晨梁文突然就上任了。

成人游戏

那天早晨班车到的时候,大家看到总编辑办公室大敞着门,新总编辑梁文笑眯眯地站在门口的阳光里和每个人打招呼。他比大家想象的还要年轻英俊,第一天来上班并没有一本正经地穿上西装,而是穿得比较随意,一件小立领的白棉布衬衣,外面套一件灰绿色羊毛背心,下面是一条笔挺的深灰色西裤。头发也没有打摩丝,而是剪了一个超短的寸头,头发的长度顶多不超过三分之一厘米。报社的年轻人看到他都大赞太酷了。

梁文和徐达最明显的不同是他不喜欢开会。他上任之后没有例行的见面会,连过去传统的编前会都取消了。他推行的是他认为的简捷有效的工作方式,有事跟谁有关就找谁说说,而且是说清楚就完。当然这也仅限于副总编辑及采编室主任这一层,再往下他基本不与他们直接对话,而是由分管的领导去传达和布置。每天他和相关的副总编辑及采编室主任交代过几句就关起门来忙自己的事,谁也不知道他在忙些什么。那四个副总编辑本来是一人一星期值班,不值班的轮空时间都是自由安排,现在每个人都被调动了起来,因为总编辑要求他们随叫随到,他们连轮空的时间也没有了,神经都绷得特别紧张。

副总编辑们心里对此看不惯,却没有人流露出来。他们都表现得恭顺听话,想博取新领导的一个好印象。梁文显然并不吃他们这一套,到任不久就跟他们强调"总编辑负责制",言下之意是要他们服从自己。他们本来其实也没有打算不听他的,但是他这么直言不讳地说出来,并且形成条文发给他们,还是让他们心里很不舒服。以前他们认为徐达狠，现在他们知道徐达还不算狠，他不过是有点儿阴而已。真正狠的是这一位，他连一点儿遮掩都没有，一上来就很强硬，想要一手遮天，而且不允许他们插嘴。

梁文到任不久就对报社的种种事情流露出看不惯，对前任的许多做法也毫无避忌地表示了批评和不屑。他尤其不爱听别人对他提"以前是这样的"或者"以前就是怎样怎样的"话。他上任之后做的第一件事——用他自己的话来说就是清理整顿，他重新制定了报社的规章制度和业务考核标准等等，连以前用的稿签、稿纸、信封、各种表格等等都统统换掉了。他就像一位续弦的老婆一样，带着对前妻的憎恨和妒意不遗余力地全方位地清除着徐达留下的痕迹。

梁文明里暗里都在和徐达比，而且一心要把前任比下去。他得知徐达上任之后做的一件为群众谋福利的实事是重新装修了办公室，把以前大小不等毫无规划的房间打通了重新分割，并在办公室打出小隔断，每个人都有一个独立的空间，以此减少彼此的干扰。他上任不久同样也重新装修了办公室，不过他和徐达完全是反其道而行之，他主张拆掉各自为阵的小隔断，理由是把办公室隔成鸽子笼式的小方块破坏了办公室的整体感，把报社弄得像是工厂的生产流水线，容易让人产生疲劳感，也是对创造性劳动的不尊重。所以他的装修计划是以拆为主，他的装修主张是"还办公室以本来面目"。

为了体现办公地点的人性化和时尚感,梁文还亲自参与设计,在办公室里添加了他认为是带有自己创意的休闲区域。重新装修过后的办公室都是统一的格局,同样都是临窗摆一排电脑,不分领导和群众一律并排而坐。后面是实木大条桌,上面铺着统一采购来的亚麻印花桌布,既是开会又是休息的区域。为了让工作环境更加美观优雅,梁文还特批了一笔钱,给每个办公室配备了花木公司每隔一星期更换一次的养护得十分鲜亮的长绿乔木。

装修之后的办公室无论是格局还是风格都与以前大不相同,梁文非常得意自己的这番改造,而且特别高兴有人对他称赞这个环境是多么优美和舒心——凡是说他比徐达好把徐达比下去的相关言论都是他特别爱听的。

几位副总编辑看到梁文对徐达的态度,心里就清楚了他对他们有多么不待见。这几位都是有年纪有城府的人,没有人不知道"新官上升三把火",都害怕这三把火一不留神烧到自己身上,就是被燎着一点儿也受不了啊。所以都夹紧了尾巴,处处赔着小心,生怕有不当之处惹恼了新领导。

报社的广大群众也敏锐地看清了新总编辑是个非常自负的人,别看他年纪轻,等级观念却相当严重,热情和平易都是假象,这点比徐达也是有过之而无不及。梁文自己的一言一行也印证了众人对他的这个看法。他在上任之后召开的第一次全体大会上就让大家看到了他特立独行的一面。

那天大家走进会场都很吃惊，会议室的圆桌被拆掉了，前面只放了一张像学生课桌大小的桌子，原来那些带软垫的椅子也都不见了，全部换成了硬邦邦的木头折叠椅，会议室显得前所未有的简朴，似乎回到了报纸创办之初。资格老的人清楚地记得是刘大中当总编辑的时候在这个会议室里放置了第一张圆桌，并且提倡领导和群众不分座次；到徐达任总编辑比刘大中又进了一步，他把原来的那张略显粗糙陈旧的小圆桌换成了中间掏空可以摆放花木的豪华的大圆桌，原来的硬硬的木头小方凳也全部换成了软垫椅子，还在会议室里摆上了青葱的植物作为点缀；可是谁也没想到到了新总编辑梁文这儿却又一把返了回去。这个"倒退"让敏感的职工们很受刺激，大家感到这分明是一个下马威，因此不约而同都很克制和沉默。会场上鸦雀无声，连咳嗽声都听不到。

梁文姗姗来迟，他在大家坐等了十来分钟之后才出现。进入会场之后他当仁不让地坐到唯一的一张桌子前面，也不用别人主持会议，直接开讲。他一口气讲了一个多小时，讲完之后也不问问坐在下面的几位副总编辑以及各采编室还有没有话要说，直接宣布散会，自己又是头一个匆匆离去——梁文第一次正式出场就表现出了他的非同寻常，可以说从报社成立以来还没有一位总编辑是这样做的。大家深感震惊，却没有人公开发表评论。

报社有不少擅长察言观色和讨好巴结的人，以前是凡新领导上任，甭管是总编辑还是副总编辑，总会有一些人主动上门去坐坐。这个"坐坐"名堂很多，有的是抢先一步去谄媚邀宠，博得上司一个好感；有的是卖身投靠，想从新领导手里捞个一官半职；有的是跑去打小报告，趁着新领导不熟悉情况，向自己的敌人背后扔几块石头和放几支冷箭；还有的是去摸领导底的，以便投其所好，得些便宜……总之是各有各的打算，各怀各的鬼胎。真正礼节性拜访的也有，不过为数极少。而梁文到任之后基本上没有人去他那里坐——不是不想，而是不敢。他身上那股子无形的威慑力和排拒力让那些在领导跟前跑惯的人对他都欲近不能。

梁文和几位副总编辑都保持着不远不近的关系。除了工作上必要的接触和交流，他和他们没有任何多余的话。一段时间下来，几位副手都对他毕恭毕敬。

李明亮在徐达出事之前就荣升为了常务副总编辑。尽管常务副总编还是副总编，但多出了前面这两个字意味着他的地位又有了一定的攀升。李明亮是非常看重这一点的，他认为这不仅是对他的肯定，也让他更加接近了总编辑这个位子，虽然他清楚只要徐达在报社一天他就没有可能坐上这个位子。但是升迁还是带给他很好的心情和干劲，他对徐达也更加配合。徐达一贯就把他抓在手里，好办不好办的事情都交给他办，表面上对他十分倚重。在大家眼里李副总编辑当之无愧是徐总的大红人，报社一度还盛传过徐达内定他为自己的接班人，而实际上他比徐达还大着四五岁呢。然而不管这个说法是真是假，也不管徐达对他的倚重是真是假，他在报社里算得是"一人之下，万人之上"，除了徐达就是他了。报社的许多事务都由他具体负责，因此他也说得上是实权派人物。虽然实际上他也并非真做得了主，或者说未必真敢做主，但别人并不知情，还是拿他当个大领导。尤其是那些上进心强、渴望进步的人说话行事都会看看他的脸色。

而自从梁文当了总编辑，李明亮不再像从前那么风光了。原因是梁文不像徐达那样对他高看一线，相反，总是有意无意地抹平他的特殊地位。梁文故意对四个副手做得一视同仁，把他们同等看待，对谁都没有特殊的重视。大大小小的事情他基本上是自己拍板，顶多就是决定做好了之后问他们一下。只有极少数时候他认为有必要向他们征求一下意见，就把他们叫到一块儿商量，或者是每个人都问到，不像徐达那样会和李明亮单独商量，或者会提前给他吹风。虽然徐达这么做也不过是出于某种策略，但还是让李明亮觉得非常受用。现在梁文不让他有任何突出之处，把他完全混同于一个普通的副总编辑，这让他很失落，也很郁闷。

偶尔梁文也有对李明亮另眼看待的时候。不知从什么时候开始，梁文隔三岔五会有一些事情交给他去办。那些事情有一个共同的特点就是不太好办,不是十分棘手,便是无论怎么做都很难弄出好结果,有的甚至是牵一发动全身只要动手去做就必定会连累到其他人,而且还是明摆着要得罪人的。李明亮觉得自己就像踩上了连环雷,心里也越来越清楚地感到顶头上司是在为难他。他心里面明镜儿似的,却又不能不按照梁文的指示去办,因为那样便是公然违命,同样是他担当不起的。很快他陷入了一种进退两难的境地。

凭李明亮的人生经验,新领导上任给旧部下来个下马威、给点儿颜色看看什么的都属正常,人家没有大刀阔斧地来个大清扫就算不错了,所以只好逆来顺受,再苦再累再难受也只好忍气吞声,毕竟还要在人家手底下混。李明亮原来也是心高气傲的,除了对徐达刻意奉迎,眼睛里也是没有别人的。一开始他对梁文来当总编辑很是不服气,他认为梁文年纪轻轻坐了这么高的位子显然是来路不正,不过被梁文明里暗里揉来搓去,他变得识趣了许多,也本分了许多。他清醒地意识到自己这颗脆弱的小鸡蛋是不能往梁文那块坚硬的大石头上碰的,俗话说"胳膊拧不过大腿",的确是没有错的。他无奈地尝到了想当奴才人家都不让你好好当的滋味,失意和苦闷之余开始重新找准自己的位置。

李明亮一改以往的作风,尽量夹起尾巴低调做人。每天他都在梁文到达报社之前先到班上,梁文不下班他也决不离开,尽最大可能把年轻的上司侍候周到。

梁文的办公室是由保洁员负责打扫的,李明亮不放心,每次打扫完他都会亲自去检查一遍。他会仔细察看饮水机的水还够不够,茶叶罐里的茶叶还有没有,花草有没有浇水等等,一切都没有问题他才安心。从前他对徐达那样鞍前马后也没有做得如此细致,可是梁文对此似乎毫不领情,他做出一副视而不见的样子,从来连个谢字都不说,就好像李明亮做的完全是他分内的事情。李明亮不由暗自叹气,心想自己如此低三下四还是马屁拍在了马脚上。不过想想这本来也不是梁文叫他做的,都是自己上赶,所以也是自己活该。

李明亮心里时常会拿梁文和徐达比较,有时候这种比较完全是下意识的。在他看来徐达也有这样那样的缺点和毛病,但和梁文相比毕竟他大面子还是顾的,自己得好处多少还不忘记分惠于人,大体上不为难别人,也不让别人难堪,做事还是有一定的原则性的,偶尔还会有真心流露的时候。而梁文对人的防范和敌意非常明显,他给谁一个笑脸对谁好点儿一定是用得着此人,而且肯定是要往狠里用的。所有的原则和规则对他来说都是约束别人的,是他手中的武器,对他本人却是不起任何作用的。他自私,冷酷,完全没有真心。比起徐达他算计更多,心胸更窄,也更容不得别人。不仅不能指望他有什么好事儿想到你,还要时时刻刻防备他陷害你。李明亮与梁文接触越多,对此的认识和体会也越深切。

有一天梁文把他叫到自己办公室,语气亲切地对他说报社的笔记本电脑太古老了,是淘汰机型,问他能否去买一台新的。李明亮颇为难,因为上面明文规定添置办公用品头年就得做预算,更不必说是添置贵重的办公用品了。可是既然是总编辑提出来的,他无论如何都应该想办法办到。可怎么走账他一时却没有主意。

见他面有难色,梁文不以为然地说:"这点事儿还不好办吗?"

李明亮本想实情相告,但他马上想到梁文对报社的规定不会不清楚,赶紧说好办好办。

当天他就去会计室用自己的名义借了钱,买了一台IBM最新出的笔记本电脑,交到了梁文的手上。

没过两天,梁文又把他找到办公室,说自己的数码相机坏了,问他是否可以去买一个新的。李明亮想起徐达在任时曾说过要给每个职工配发数码相机,这一项在年初就做了预算,但后来徐达出事,也就放下一直没办。恰好梁文提起,他觉得这是个机会,又想这也是让梁文做一把顺水人情,等于由他来把徐达订好的相机分发到众人手里,是件两头都落好的事情。便说:"要不给大家都配上,反正也是预算之内的。"没想到梁文马上用古怪的眼神看着他,不置可否。

李明亮不知道他到底是什么意思,心里发虚起来,改口说:"我只是这么一说,您要是看着不合适就先不办。"

梁文不咸不淡地开口道:"我的原则是可花可不花的钱不

花。买一个够了，谁需要谁拿着用。不是我不想给大家谋福利，也不是我不舍得给大家发相机，可是一人一个相机发下去，面这么广，人多嘴杂，不知道谁又会说出些什么来，传到上面说不定又成了事儿。我看咱们还是消停点儿好。"

李明亮听他这么说，知道自己犯了傻。梁文显然没有会过意，以为他借此机会跟他提发东西呢，把自己好人心当成了驴肝肺。他赶快一百八十度大转弯，赔着笑脸说："我的确是想得太简单了，没有把问题的复杂性考虑进去，还是您考虑得周到！"

梁文优雅地摆摆手，仍然不咸不淡地说："你想得简单不要紧，你考虑得不周到也没关系，反正有我在这儿兜着底呢。"

李明亮听了脸上红一阵白一阵的。想想自己这样的年纪，这样的资历，分明又是在替他着想，而且还真是没有一点儿坏他的心，却受他这番奚落，不由又气恼又委屈。但是尽管气恼和委屈，他还是按梁文的意思去做了，替他买回了一台最新款的数码照相机。

几天之后，梁文再次把他叫到自己办公室。这一次梁文态度和蔼，甚至还露出了一点儿难得的笑容。他从办公桌上的一摞杂志中抽出一本，翻开放到李明亮面前，一改平常冷冰冰的腔调，用商量的口气问他："你看能不能去买一只这个样子的路易·威登旅行箱？我们外出代表的是报社，总要讲究一点儿身份和形象对吧？以后总编辑一级的领导出差谁都可以用，虽说价钱高一点儿，也不算太浪费，你说呢？"

这回李明亮学乖了,知道梁文其实并不是找他来商量的,而是要他去办这件事。他清楚自己根本没有发言权,更没有否决权,于是立刻点头表示赞同。

三样东西一置齐,梁文便带上出差去了。回来之后他并没有原物奉还,根本就不再提起。李明亮只好睁一只眼闭一只眼,也不再提起,全当没这回事儿。

可是这件事并不是只有他和梁文两个你知我知,金候高、薛恩义和姜树柱同样也是知道的。姜树柱人比较老实,提上来的时间不太长,自己也知道离树大根深还远着呢,因此尽管心里有看法,嘴上还不会说出来。金候高和薛恩义就不同了,他们不但不跟着李明亮一起装聋作哑,有时候还要故意刁难刁难他。

金候高出差之前故意去向李明亮借那只箱子,李明亮支支吾吾的,金候高就毫不客气地说他:"既然如此你就不该只买一个,要么一人一个,要么一个不买,谁同意他搞特殊化啦?"

李明亮便搬出梁文的话说:"总编辑出去代表的是报社,总要讲究一点儿身份和形象,对吧?这也没什么好攀比的。"

金候高马上回敬他:"我虽然是个副总编辑,我出去同样代表的是报社,凭什么总编辑要讲身份和形象我们副总编辑就不要讲身份和形象了?"

薛恩义更绝,他找到李明亮,郑重其事地问他:"你买这些东西都谁同意了?"

李明亮理直气壮地回答："当然是总编辑啦——都是他让买的。"

薛恩义又问："你有他的签字吗？"

李明亮一下噎住了。

薛恩义便毫不客气地说："这可是违规操作啊，你不会不知道吧？第一购置办公用品要前一年做预算，这些都不是预算之列的，第二领导层从来没有开会讨论过要添置这些东西，第三你没有总编辑的签字，那只能看作是你擅作主张买的。东西倒还在其次，顶风作案的罪名我恐怕你担当不起吧？本来我不想多这个嘴，可是事情是你经手办的，这一块又是由我负责，说句自私的话，我可不想因为这么屁大一点儿的事阴沟里翻船，所以无论于公于私我都必须提醒你一下。"

李明亮明知事情并没有薛恩义说的这么严重，而且他跟自己也没有这个交情，他这么说不过就是想借题发挥一下，以报昔日受压抑之仇，但嘴上还得向他表示感谢。

没过两天薛恩义又跟他提起这件事儿，让他找梁文补一个同意购买的签字。李明亮觉得他小题大做，是存心跟自己过不去，却又不好发作，只好英雄气短地求他缓几天再说，容他找个合适的时机让梁文补上这个签字，暂时把这事儿搪塞了过去。

事后李明亮越想越别扭，觉得自己就像三明治中间的那层肉饼，上面有人压着，下面又有人挤着，腹背受敌，实在不好受。他既不能得罪上面，也不能得罪下面，因此只好委屈自己。

以前李明亮对排名在自己后面的副总编辑们是既不屑又排挤的，在徐达面前提到他们总是很藐视，可是在梁文面前他却不再那样，他觉得这几个人怎么说还算是他的同盟，某种意义上可以替他分担一些压力。尽管他心里对他们仍然不屑，却没有了排挤。他把他们看作是一条藤上的瓜，因为梁文实际上同样也不待见他们。如果放在从前，他们对他这样不客气，这样不给他面子，他必定会以牙还牙，而现在他自己的牙打落了都往肚子里咽，对他们也就没那么多的计较了。

可是虽然他忍气吞声，委曲求全，梁文却并没有放松对他的倾轧和压迫。

梁文到任不太久报纸就接连不断地出差错，报纸出些小差错应该说是在所难免，一年到头就跟刮风下雨那么平常，但出得这么集中，只能说是他这个新官运气不佳。

那一阵报纸上的错别字都比平常多，有些错字错得相当可笑。比如"国家免检"错成了"国家兔检"，"鸡尾酒会"错成了"鸡毛酒会"，"博大胸怀"错成了"博大胸部"等等。还有用错了背景资料，写错了人名地名等等，闹了不少张冠李戴的笑话。文字之外图片也有配错的，比如一个生发水广告，两张照片放倒了位置，没用之前还是一头茂密的秀发，用过之后成了寸草不生的荒漠。还有错得离谱的，领导干部深入基层的报道配的照片竟是警察夜袭色情场所。这样的错误可以看作是粗心大意，但如果上纲上线，那就可以当成是恶毒影射或者是蓄意诬蔑。还有些错错得让报社全体人员都笑不起来，比如在头版的某一篇报道中把一位来访的国家元首的名字写成了另一个国家的元首，这个错最早是由热心读者发现的，打电话到报社，报纸立即发表了更正，还对当班编辑按规章扣了奖金。本来这事差不多也就到此为止了，可是据说有人向上面反映了这件事，一时盛传报社出了一起严重的政治错误。

所有这些差错碰巧又都出在一年一度的"安全生产月"之中，等于是撞在了枪口上。总部找梁文去谈话，他顺手把李明亮也叫上了，嘴上还谦虚地说自己初来乍到，他对业务熟悉，比他了解情况。

早在刘大中时代报社就有一个土政策：谁当班出错谁领过。这个所谓的"政治错误"出在姜树柱的班上，李明亮一开始还有几分幸灾乐祸，想等着看木讷无能的老姜的笑话，一点儿没想到会有自己什么事儿。梁文一叫他，他就像上课思想开小差的学生突然被老师喊起来回答问题一样心里一惊，脑子有点儿发木。他略带迟疑地说："我去合适吗？"

梁文面无表情地回答他说："有什么不合适的？我还去呢，你以为我去合适吗？"说完这句话梁文脸上马上挂起了要用人时的那种和善的笑容说，"你以为我想去呀？我比你还不想去呢！可是咱们不去让谁去呢？说句不怕得罪他们的话，还真不是我信不过他们，他们去了恐怕连话都说不清楚。"

听梁文的口气带他去还是抬举他，李明亮当然不能不识这个抬举。他明知是一个哑巴亏,等于是替人去受过,可也不能不跟着梁文去。

在去总部之前,梁文让李明亮先写出一份书面检讨,以示态度诚恳。同时还让他准备出错时涉及到的那两个国家的背景资料,以便应对上面的提问。梁文对他强调一定要一次过关,要给上面一个满意的交代。李明亮熬了三个通宵,绞尽脑汁设想了上面有可能问到的各种问题并且准备好了答案。梁文看过他写的那些东西之后又提了一堆意见,让他逐条修改。李明亮在三天三夜严重缺乏睡眠之后已经是强弩之末,可是梁文对他提出新的要求他也不敢不遵命去办。他又熬了两个晚上把检讨反反复复修改了,送给梁文过目。梁文看了,只略略点了个头,就又把那堆东西推给了他,关照他到时候要沉着应对。李明亮知道这件事从头到尾实际上是结结实实落在他的头上的,心里既委屈又恼火,可是却不敢有一点儿的表露。

那天的结果总算还好,总部的领导十分大度,只说让他们汲取教训,并没有深究,批评的话也说得相当婉转。

从总部出来,小风一吹,李明亮感到前胸后背凉冰冰的,才知道自己的内衣被汗浸透了。

事后李明亮回忆起这件事,觉得有些细节颇为蹊跷。本来梁文和他说好一起去总部,但印刷厂那边临时有事叫他过去,事情处理完时间已经不多,他来不及回到报社再和梁文一同前往。于是他给梁文打了个电话,两个人分头过去。他比梁文早到一步，领导的秘书看到他竟然一脸茫然地问他你来有什么事情。此时梁文恰好进来，赶忙解释说是和自己一起的。他们进去之后领导用古怪的眼神上上下下打量他，似乎是他走错了门，进入了他不该进入的地盘。还有，领导让梁文谈谈情况，梁文转而让他说，领导的表情似乎有点儿勉强。李明亮在脑海里一点儿一点儿串起当时的情景包括每个人的表情和眼神，忽然明白过来肯定上面只是叫梁文去，并没有让梁文叫上他。这么一想李明亮感到自己的这个顶头上司真够阴损的，也够有手段的，白白拿他去当了一回替罪羊，心里对梁文不由又怨又恨。

但是怨恨归怨恨，他也不敢不听梁文的，更不敢反过来拿梁文怎么着。相反，他对梁文更加言听计从，梁文让他做什么他都是麻溜地去做，不但没有丝毫的反抗和违拗，也没有丝毫的马虎和懈怠。梁文大概也是用他用顺了手，后来再有类似的事情不再亲自出马，全都丢给他一个人去处理。而且不管是哪位副总编辑值班出了差错是凡做检讨的事情都让他承担。用梁文的话说是"你去我信得过"，李明亮就为这"信得过"只好硬着头皮上。不过因为去的次数多了，他倒也是熟门熟路的，人头也熟，心里也没头一回那么怵了。可是每次检讨都不能重样，还要一次比一次深刻，一次比一次沉痛，他觉得这一条做起来还真不太轻松。

李明亮的神经每天都绷得紧紧的，总担心又有什么事情要他去顶缸，几个月下来头发就花白一片了。平常他在穿着上头又不讲究，几乎所有的衣服都是老婆贪图便宜在批发市场买的地摊货，下水一次颜色就掉了一多半。现在他走出来头发和衣服都像是洗旧了一般。

就这样梁文也没有放松对他的非难和折磨。不论他多卖力，梁文总是嫌不够，而且总有招数折腾他。不幸的是他屡屡落入总编辑的圈套，事后醒过闷儿来总是后悔不迭。吃的壕沟多了，李明亮也慢慢长出脑子来，终于明白了这就是梁文的工作作风，也是他的领导艺术，他就是要让手下的人不得安宁，就是要让他们难受，最终是为了治得他们服帖。他终于软了下来，因为他知道自己不是这位年轻领导的对手。眼下的万全之策就是完全彻底地听从他，全方位多侧面地适应他。李明亮上了二十几年的班，从校对做起，一直做到副总编辑，没想到到头来还这么抬不起头来。他想想自己从上班第一天起到现在还从来没有混得这么窝囊，这么惨。

但是让他更加堵心的事情还在后头。

有一天刚上班梁文就拿了一个信封来找他。李明亮打开一看，里面是一张盖着大红公章的去党校学习的通知。梁文以一种少有的体贴关怀的口气对他说："这一阵你挺忙挺辛苦的，去党校学习一段，换换空气。本来是要求单位一把手去的，我这儿事情多走不开，我想这个机会放弃了可惜，还是让给你去最好。"

李明亮听梁文这么说，心里犯疑。一般来说去党校学习是提拔重用的信号，他想自己好像并没有处在这个当口上。他不明白梁文怎么会把这样的好事拱手让给自己，弄不清楚他葫芦里究竟装的什么药。

就在他去党校学习的三个月里梁文至少做了三件事：一是提拔了八个副处长，八个采编室每个室新增加一个；二是重新装修了办公室，把原来的鸽子笼统统拆掉了，改成了他认为的"人性化"的办公环境；三是重组了处室，又一次让大家自由组合。这三件事当中有两件徐达以前也曾做过，而且也是大张旗鼓地做的，梁文再次当作重头戏重新来过一遍，李明亮实在不明白他为何要避开自己。除了这三件事，李明亮得知梁文还在暗中做了某些事情和某些事情的铺垫，总之是趁他不在的时候对报社进行了一番比较彻底的改弦更张。他心头不由一凉，他认为梁文背着他做这些事情，分明是把他当作阻力来看的。

李明亮心情很坏，他不知道如何才能赢得梁文的信赖。但他知道这个时候不能松劲，尤其不能自暴自弃，也许再忍一忍、再努一努劲儿梁文看他还不错就能接受他，或者至少是对他没有那么深的敌意了。因此他咬着牙继续表现，梁文说一他绝不说二，梁文指东他绝不打西，还有意做出一副宠辱不惊的样子，不管梁文怎样对待他，他都紧跟他、忠于他。可是有一件事还是一下子把他给击垮了。

从党校回来不久他听到一种传言，说投票箱里发现的那封匿名信是他写的，而且他曾经想尽一切办法诬陷徐达，多次悄悄地找上级领导反映情况，直到把徐达拱下台为止。尽管传言

成人游戏 331

漏洞百出，但听上去却合情合理，而且有理有据。传言还说他是除了徐达之外掌握报社最多内幕的人，为除掉自己的绊脚石不遗余力，向上面交待了许多鲜为人知的内情，只不过他机关算尽最终却并没有如愿以偿坐到正职的位子上，不过徐达倒了他却一点儿事儿没有恰恰是因为他举报有功等等。紧接着他又听到了另一种传言，说上次报纸把来访的外国元首名字弄错了也是他捅到上面去的，这次当然是为了整垮梁文。李明亮听了当即惊出一身冷汗。他看到自己头上悬着一把明晃晃的利剑，随时随地都有可能掉下来把他劈死。最让他不堪忍受的是他在和他不论是近的还是远的同事脸上都看到了鄙夷和防备的神情，然而他却百口莫辩。他大致猜到传言的出处，深感人心险恶。他心里明白梁文并没有打算与他相安无事，他是不会轻易放过他的。

李明亮内外交困不久就病倒了。起初他感到头晕恶心，他以为休息一下就会好，可是症状却加重了，头晕发展成了头痛，恶心发展到了呕吐。呕吐过后便是浑身疼痛，骨头像散了架一样。他在家躺了两天，这些症状基本消失了，他又去上班。到了下午，他感到鼻塞，就像是感冒了。他给自己泡了一袋板蓝根冲剂，一边喝着一边看文件。还没看完一页，手脚发麻，眼前发黑，浑身直冒虚汗。恰好有人来找他签字，一看他这个样子，赶紧扶他到沙发上，他一躺下去就失去了知觉。

醒来之后他第一眼就看见了梁文。梁文站在他身边关切地问他感觉如何，又让薛恩义去催救护车快点过来。李明亮脸上挂着虚弱的微笑,用虚弱的声音感谢领导的关心。梁文很动情地握住他的手说:"你可把我们吓死了!身体不好你还不在家好好歇着,这样强撑着来上班,万一有点儿什么,你让我们心里怎么过得去?"

李明亮仍然是虚弱地微笑着,用虚弱的声音说着"谢谢"。梁文亲自拿了一条毯子给他盖上,不过李明亮丝毫也没有感到温暖,心里仍然是冰凉一片。

躺了一会儿李明亮感觉好多了,除了头还有点儿晕,肚子有点儿隐隐作痛,没有别的不适。下午有几个采编室正在开业务讨论会,这几个采编室都是他重点联系的,他打算过去听一听会。梁文十分坚决地阻止了他,让他马上去医院检查。于是他在老马的陪伴下被救护车送进了医院。

医生给他做了多项检查,验血、验尿、X光、B超、CT、核磁共振等等,结果并没查出什么毛病。他在家里躺了两天觉得没什么事儿就又去上班了。到了班上不久便开始肚子疼,他想忍忍也就过去了。可是却越来越疼,他只好去了医院。医生诊断他是阑尾发炎,建议他做阑尾切除手术。他怕开刀,不过转念一想动手术可以名正言顺地在医院里躺着,什么烦心事儿都可以丢一边不去想了,就稀里糊涂同意了手术。

手术很顺利,伤口愈合得也很好。本来一两个星期就可以出院了,可他却不想这么快就出去。每天住在高干病房里,老婆和女儿轮番来探视,他觉得很舒服,也很享受。最主要的是

成人游戏 333

他不用去上班，可以暂时把那些争争斗斗抛在脑后，这是他觉得什么也比不上的。原来他特别惧怕医院，最不愿意往医院跑，连每年的例行体检都是能躲则躲，现在他觉得比起去单位上班还是待在医院里好一点儿。而且他莫名其妙地喜欢上了医院这个环境，觉得这里清静，安宁。每天躺在不算洁白的病床上，他心里有一种说不出来的松弛和踏实，真想就这么一直待下去。

住院期间李明亮和管病房的主治医生交上了朋友。主治医生三十多岁，是个沉默寡言的人，每天来查房就是例行问问病情，除此之外没有更多的话。有一天主治医生在查房时看见李明亮床头放着一本棋谱，两个人一下子找到了共同语言。

李明亮和主治医生下过棋之后就更愿意在医院里待下去了。

他在医院里住了将近一个月，自己也认为应该出院了。

出院之前他向主治医生请教怎样可以称病不上班。主治医生当他是玩笑，也用玩笑的口气说："我以为只有当小兵的不想上班，当大官的还有不想上班的？"

李明亮略带羞涩地笑了。

主治医生说："这还不好办，交病假条就行了。"

李明亮问他病假条好不好开，主治医生说："我不能给自己开，给您开当然可以。"

李明亮便很认真地咨询他："那我得的是什么病呢？"

主治医生也收了笑容，很有职业感地回答他说："什么病都可以啊，比如肝炎或者肺结核。"

李明亮沉吟着说:"最好是不传染的病。"

主治医生爽快地说:"那就肾炎好了。"

李明亮说:"可是生病总得用药,公费医疗没有账单怎么行呢?"

主治医生说:"好办,诊断书上肾炎后面打个问号,意思是'肾炎待查'。"

李明亮问:"可以'待查'多久呢?"

主治医生回答:"一个月吧。"

李明亮问:"那一个月之后呢?"

主治医生回答:"还是在肾炎后面打一个问号。"

李明亮疑惑地问:"不可能一直这么下去吧?"

主治医生说:"当然不行,那样我也太没本事了。"

李明亮皱起眉头问:"那怎么办呢?"

主治医生略想了想说:"那您要不就说是抑郁吧。"

李明亮问:"抑郁具体有些什么症状?"

主治医生说:"情绪低落,睡不着觉,缺乏动力和精力,注意力难以集中,没有食欲,有紧张感和自我危机感,严重的时候甚至有自杀倾向。"

李明亮皱起眉头说:"你说的好几条我都对得上。"他又说,"我一上班情绪就特别不好,而且什么毛病都来了。"

主治医生说:"抑郁症是现代社会一种严重的疾病,也最容易漏诊和误诊。高知识人群中得抑郁症的人近年来在我国有上升的趋势，有不少成功人士还有相当有名的人也有得这种病的，所以您说得抑郁症很合适。"

李明亮十分认真地说："说不定我真是得了抑郁症。"

主治医生说："那就去检查一下。"

李明亮有了主治医生给他的这条锦囊妙计，心情大为松快。他由衷地说："太谢谢你了，这下我无论有病没病出去心里都有底了。"

出院回家正是周末。星期一早晨李明亮就接到了梁文打来的电话，一番关心之辞之后问他何日可以去上班，等着他开部务会呢。李明亮心想平常也未见他怎么重视自己，这个时候连开个部务会都要叫上他，明摆着就是催他去上工，真是连生病这会儿工夫也不肯放过他，心情顿时变得很糟。他在电话里故意有气无力的，可梁文并不搭他这个茬儿，只管有条不紊地说下去。他的话说得还相当地动听。

梁文对他说："你不在我真是孤军奋战啊，大大小小的事情哪一件都必须自己想到自己做到，那几个既不劳心也不劳力，没一个帮着堵漏的不说，还尽给我添乱。"电话里听上去他的口气既真挚又温柔，"老李啊，说实话你每天在班上的时候我还没有感到什么，你不在我可是体会太深了。咱也是家大业大，这么大一个摊子，每天有多少事情等着处理。跟你说句心里话，没有你我一个人还真是玩儿不转。"

李明亮握着话筒一直听到耳朵发痛梁文才挂了电话。如果放在两个人合作之初他听到一把手这样一番掏心掏肺的话肯定会如饮甘霖心花怒放，可如今他已经大大小小吃过他不少的亏了，知道他是怎么一回事儿，也知道他说的和做的之间的差距有多大。特别是在医院里住了快一个月，每天都有大块的时间面壁思过，他自认为把好多事情都琢磨清楚了。他明白梁文之所以能把他掌握在手心里随心所欲地利用他，无外乎就是利用了他的企图心，而其实只要在梁文的手下，他肯定是什么也图不着的，反倒白白地害了自己。他想自己五十岁还不到，说老不老，说小不小，不说干一番大事业，至少也是干事情的时候。可眼下这个情形，他要是还想着上进无异于找死。所以他清楚目前最应该做的首要的一条就是保护好自己，留得青山在，不愁没柴烧，如果人都玩儿完了，那啥也说不上了。

他一边揣摸着梁文话里的意思，一边恭恭敬敬地回应着。他脑子转得很快，话却回得很慢，生怕哪一句说得冒失或者不妥当。他判断梁文这么热切地叫他去上班很可能并不真的是盼他去，只不过是不想让他心安理得地在家待着。他联想到梁文把他支到党校学习，自己在报社大搞整改说明他心里其实还是嫌他碍事的，可是他病了他却连养病都不让他安生，他想想心里直发寒。他在电话里痛快地答应梁文明天一定去上班，如果工作紧迫的话马上就可以过去，还说自己躺在床上早已经是心急如焚，如坐针毡一般，一分钟都不想在家多待。他想自己越这么说梁文大概就越不希望他去了，果真梁文马上就在电话里改口说："尽管我这边十万火急地需要你,但是你的身体还在恢复当中,该休息还是要休息,无论怎么说身体才是第一位的啊！"

李明亮用谦恭和感激的口气说:"谢谢领导,谢谢领导关心,不过这样我心里就更加不安了！"

放下电话他发现自己又出了一身虚汗。他感到疲惫至极,心里生出一种说不出是无奈还是绝望的情绪。他知道不管他愿不愿意交锋梁文都是不会放过他的,这个对手既强大又强悍,而且显然是要置他于死地而后快,一味地退缩和躲避肯定是行不通的。他倒在床上想了整整一天,终于想出了一条自以为还算不错的对策。

第二天一大早李明亮就打起精神上班了。和以往一样他在梁文没到之前先检查了他办公室打扫得干净不干净,饮水机的水够不够,茶叶罐里的茶叶还有没有,花草有没有浇水等等,忙完之后他顺手把梁文办公桌上贴了稿签的重头稿件连筐一起端走了。走到门口他又踅回身,从梁文文件柜里把几份最新的红头文件也一块儿拿走了。

回到办公室他给自己泡了一杯茶,然后坐下来一边喝茶一边翻看那些稿件。他一目十行地浏览了一遍大标题,发现他离开了这么久也并没有什么新货拿出来,还是一些早就烂熟于心的老生常谈,心里不由暗笑梁文也就是这个水准,虽然他骄傲得要命,其实和两位前任相比也未见得高明到哪儿去。翻阅过之后李明亮就把稿件丢到了一边,捧着茶杯专心致志地品茶。

他刚把自己喝透，就听到外面走廊里梁文匆匆而至的脚步声。探头去看，果真是梁文步幅很大风风火火地走了过去。

李明亮等了几分钟，把那些稿件又连筐一起端着，迈着不急不忙的四方步去了总编辑办公室，当着梁文的面笑眯眯地把手里的东西放回到了他的办公桌上。

梁文见李明亮进去，正要跟他打招呼，看见他手里端着自己的稿件筐，热情和笑容一时都凝固在脸上。不过他很快就平静了，没有说什么，也没有表露什么，装得什么事儿没有似的问候他身体康复得如何。李明亮故意挺了挺胸脯，说恢复得还行。梁文随即做出振奋的样子，说康复了就好，身体是革命的本钱，有了本钱才有一切嘛。李明亮看出他说这些话时神情有些勉强。

到下午下班之前李明亮又不请自到地走进了梁文的办公室，这一回他手里拿的是几份红头文件。他径直开了文件柜把文件放了回去。梁文看他这么无所顾忌地动自己的东西连个招呼都不打，如入无人之境，而且拿的竟然还是绝密文件，不仅是吃惊，简直是惊呆了。他怀疑李明亮脑子出了问题。这不是太岁头上动土嘛。但是他仍然装得视而不见，仍然没有说什么，也没有表露什么。

次日李明亮声色不动地把这一套又重演了一遍，只不过红头文件换成了内参清样。到第三天李明亮还想旧调重弹，却发现无法进行下去了。梁文的桌上没有放着重点稿件，而且他打不开梁文办公室的文件柜了，显然梁文把领导班子通用的密码改掉了。

以前报社有个内部约定，班子领导办公室的文件柜用统一密码，以便急需查阅。不过即使有这样的规定，好像还没有发生过不征得本人同意贸然去开别人办公室文件柜这种事情，因为也从来没有急迫到那个份儿上。即使真的很急迫，打个招呼也是做得到的。所以李明亮这么做实在有点儿石破天惊的效果。但梁文竟然只是暗中修改了一下密码，并没有发作，足见其定力。李明亮虽然早知道自己遇到的是一块硬骨头，但梁文的岿然不动还是让他震骇，他没想到要惹恼他都这么困难。

李明亮既走出了这步棋只好知难而上。他有事没事就到梁文办公室转一转，向梁文打听这打听那，甚至到了下班时间还坐着不走，东拉西扯地大谈自己对报道的思路和对报社改革的想法，表现出对报社前景非同一般的关注。梁文心里对他的厌烦也早已经非同一般了。他实在是忍无可忍，不知道李明亮究竟想干什么，也不知道他的这些变化究竟是如何发生的。想来想去，梁文琢磨出来一定是自己安排他去上了一趟党校让他生出了非分之想。他简直快乐晕了，心想别的不说，有我在这里一天就一天没你的戏，这么简单的道理难道都不懂？他认定李明亮是想当官想疯了。本来他还想拿话敲打敲打他，让他收敛，或者干脆给他两句狠话，让他清醒。转念一想跟一个疯子认真有什么必要，不如让他尽情表演，只当看猴戏，反正他也是孙猴子翻不出如来佛的手掌心。

梁文越是不动声色，李明亮越是演得夸张。渐渐地李明亮觉得这个角色对于自己来说并不是没有难度，相反，他有点儿难于驾驭和把握。他发现自己跟着徐达干了几年，已经非常习惯徐达的那一套了。徐达的规矩很多，刚开始他也曾不自在过，认为是戴着镣铐跳舞。但是戴着镣铐跳舞跳惯了，人变得机械了，他反倒不习惯自己来拿主意决定事情，更不习惯去演超越自己能力的角色。可是他不拿出聪明和手段又不是梁文的对手，他清楚要是这一把斗不过梁文，估计这位一把手会让自己死上十回。所以他决定铤而走险，死活也要把这一局拿下来。

李明亮变得越来越亢奋，他眼露精光，满腔热情，不管和他有关无关的事情统统都要去插一杠子，一副抡圆了膀子要大干一场的样子，让人情不自禁联想起已故的温伯贤。他比温伯贤还要有过之无不及的是有些事情梁文还没有表态，他抢先表态，梁文还没有发话，他抢先发话。最麻烦的是他想的说的和梁文又并不一样，甚至是完全相反。梁文也绝，只要是李明亮作的决定和处理的事情，不论他是怎么说的怎么做的，他的意见必定相反，一定要让有关方面返工重来，故意让这位常务副总编辑没脸。对李明亮其实梁文早已经是一忍再忍、忍无可忍，但他不想让别人看到他和一个手下人较劲，而且他也认为和这种人不值得正面交锋，没想到的是他却得寸进尺，变本加厉。梁文拿定主意找个机会干脆把他停掉算了。

梁文还没有动手，李明亮自己就先支持不住了。

有一天正开着会他突然就倒了下去,大家七手八脚把他扶起来,连搀带抱地把他弄回办公室。他一手捂着太阳穴,一手抱着肚子,闭着眼睛皱着眉头,一脸痛苦地说自己难受得要命,好像上次的毛病又犯了。梁文一边嘘寒问暖,一边指挥薛恩义赶快联系医院,心中却暗笑他也不可能长出第二条阑尾,上哪儿再去犯"上次的毛病"?

李明亮又一次被送进了医院,并在医院住了下来。一番检查之后一时也没有明确的诊断。最初的两三天梁文每天给他打一个电话,问问他身体怎样,检查得怎样,还表示要到医院看望他。随后梁文的电话就没有了,好像忘了有他这个人存在。于是李明亮开始主动给他打电话,每天一早一晚给他打两次,有时候中午闲得无聊还会增加一次。除了报告几句自己的健康状况之外,最主要的是向他打听报社的情况,诸如发了什么稿,开了什么会,有什么重要传达和最新消息,即将要做什么报道等等。梁文心说你管得着吗?心里对他厌烦之极。他认为像李明亮这样的应该直接住到精神病院去,到那儿去接受系统的治疗,可是嘴上多少还得应付他几句。每次接完电话梁文都心情烦躁,情绪恶劣,后来只要看见来电显示是李明亮的电话他干脆就不接了。

数日之后的一个早晨,梁文刚到班上就看见李明亮迎面走过来。他还没有想好以怎样的规格来跟他打这第一个招呼,李明亮的手已经伸到了他的面前,递给他一张揉得皱皱巴巴的纸。

梁文接过来一看，原来是医生开的诊断书，上面写着"严重抑郁"。李明亮哭丧着脸开始喋喋不休地陈述病情，他说自己睡不着觉，成天都在想事情，特别放心不下报社里的这些人，时时刻刻担心报纸会出错，担心下一年度发行量上不去，还担心广告上不来，大家的收入就该下降了，想到这些就更加睡不着觉。因为连续失眠，他现在身体状况很差。他说自己身体这个样子，本来还想好好干一番事业，结果是连班都上不动了，还要花费那么多的医药费，成为大家的拖累，心情更是坏得很，觉得生活毫无意义。梁文听了心里冷笑，认为他活该，嘴上却安慰他说有病治病，这个年纪正当盛年，千万不要胡思乱想。

他这一劝李明亮更是一下子软了，万般苦恼地说："这哪儿是诊断书，简直就是判决书啊！大夫说得了这个病是很难治好的，就是那些进口药也都是治标不治本的。得了这种病的人承受不起一点儿压力，而且不能受一点儿刺激，随便一件小事就能引发病情。我实在是太绝望了，我还不到五十岁呢，就成了一个废人了，你说我活着还有什么意思啊？"

梁文又是一通好言相劝，心里却喜出望外。他想自己没动一枪一弹就去除了这个眼中钉，真是人算不如天算！他用一种他特有的而且是平常不轻易动用的真诚温柔的口气宽慰李明亮："医生只是让你休息并没有让你退休，你养好了身体还可以继续上班的嘛。再说医生的诊断也有出错的时候，你也不要把自己的病情想得多么严重，一定不要有悲观情绪，那样对你的健康不利。退一步说，就是病情真的很严重，你也要乐观一点儿，积极治疗。我这儿有多少事情还指着你呢，咱俩合作得多好多愉快啊，没有你我可就彻底抓瞎了！"

梁文爽快地在他的病休报告上签了字，而且还特批三个月之内不扣他的奖金。

李明亮办妥了病休手续，想到至少有三个月可以心安理得地躲进小楼成一统，不必每天提心吊胆地过日子，心里一阵欢喜，一阵轻松，随后又是一阵惆怅，一阵凄楚。他自叹不是梁文的对手，他官比自己大，也比自己心狠手辣，自己跟他斗完全是以卵击石，而且自己也的确是弄不过他。和梁文共事时间不长，他已经实实在在地尝到了"伴君如伴虎"的滋味，也实实在在地尝到了被梁文明里暗里蹂躏的滋味。他庆幸自己总算是全身而退，他认为自己算得上是一个幸存者。

李明亮想好只要梁文在报社一天他就一天不回去，如果梁文一直在报社扎下去他就想办法办个病退算了。他对当官不当官算是看透了，知道自己再怎么努也不会有什么戏，再往上走显然是不可能了，因此没必要白去受那份委屈，不如趁着不算太老出去另趟一条路子。他的想法很简单，只要有钱挣做什么都无所谓。他有一个妹夫是一家影视文化有限公司的老板，拍过几部电视连续剧，有两部特别火，挣了不少钱，一直撺掇他过去跟他一块儿干，李明亮想想这也是不错的一条路。他认为现在不像从前，进了国家单位就像捧着金饭碗，如今路多得很，实在没必要在报社这一棵树上吊死。

梁文智者千虑但却丝毫没有想到李明亮跟他玩儿了一把金蝉脱壳。李明亮不来上班正合他意，他算是眼不见为净。他心里盘算着等他病休半年就可以名正言顺地拿掉他，腾出位子正好上自己喜欢的人。

为了表示对李明亮同志的关怀和问候，在他病休开始的第一天，梁文特意派副总编辑薛恩义和办公室主任老马一起郑重其事地上门给他送去一个硕大的缀满粉红色玫瑰的花篮，插在鲜花丛中的漂亮的心型卡片上是他亲笔题写的两行清俊的柳体楷书："安心休养，早日康复！"

金候高、薛恩义、姜树柱三个眼见着梁文把李明亮一点儿一点儿逼出去，个个心惊胆战。他们不清楚梁文为什么看李明亮如此不顺眼，也不清楚他为什么要这样做。他们心有余悸，人人自危，不知道等待自己的命运是什么。

但梁文却并没有马上去动他们，相反，李明亮走了之后他对他们说话很和颜悦色，而且也有了点儿笑容。有时看到他们加班太晚还会关照他们早点儿回家休息别弄坏了身体等等。可是梁文的亲善并不能令他们放松，他们都一致认为他是笑里藏刀，居心叵测，每天上班仍然是如临深渊，如履薄冰。梁文让做的事情他们都争相去做，丝毫不敢违背。梁文随便说一句话他们都会琢磨半天，生怕没能领悟他的微言大义。报社里大小事情都是梁文说了算，有些事情梁文不愿意一个人负责，征求他们的意见，他们也都是听他的口风看他的眼色揣摸他的心意行事。梁文对此不仅相当满意，也相当得意，会上会下都说领导班子从来没有像现在这样空前团结。

然而这几个人尽管表面如此，心里面却未见得没有异议和想法。

排名在李明亮之后的金候高也曾经为徐达所重用，一度在报社同样被看作是徐达的红人，很有风头。后来徐达不知怎么对张帜赏识起来，许多事情都找张帜不找他了，他渐渐靠了后，气焰也小了下去。金候高是那种需要火借风势的人，没有了风他就烧不旺了。徐达不再对他另眼相看他做什么事情都打不起精神来，偶尔动一下手还弄得纰漏百出，自己就先心灰意冷了。徐达出事之前他值班时连着出了两起大错，要是放在徐达重用他的时候肯定会大事化小小事化了，可是徐达和他已经相当疏远，所以也就公事公办地拿出了一个处理意见，让他作书面检讨，还扣发了他三个月的奖金。金候高想想自己对徐达也曾经是鞍前马后冲锋陷阵，没有功劳还有苦劳呢，他一笔抹杀不说，出了这么点子事儿就对自己如弃敝屣，灰心之外又添了伤心。正在这时徐达忽然垮台，他心情复杂的同时也的确感到了几分快意。徐达落马让他因为失宠和失势而受到创痛的心灵略微平复了一些，他下意识地盼望改朝换代之后自己能够东山再起，至少能够捞到一个好点的地位。可是当他看到梁文就知道自己打错了算盘,看到梁文做的事情更是一颗热腾腾的心完完全全地凉了下去。

金候高是那种头脑说简单并不简单说复杂又并不复杂的人,尤其是在人际上面,简单起来比谁都简单,复杂起来又比谁都复杂,是报社出了名的脑子不容易拐弯的"一根筋"之一,凡事都要坚持自己认准的那一套,经常是一条道走到黑,不撞南墙不回头,有时候干脆是碰得头破血流也不回头。金候高还有一个特点就是他对人忽冷忽热,有时候就像春天般温暖,和蔼可亲,跟大家有说有笑;有时候就像冬天般寒冷,板着面孔,对谁都不理不睬。而且他的喜怒完全没有规律可循,刚才还是艳阳高照,转脸就是天寒地冻,大家背后形容他是"只可远观,不可亵玩"。这话传到他耳朵里,他非但不生气,竟然还有几分的沾沾自喜。他虽然是学理出身,没事却喜欢读些古文,知道这句话出自周敦颐的《爱莲说》,他认为别人这样说他是把他比作品格高洁的莲花。

金候高的思路从来跟别人就不太一样,报社不少人都说他"左",这个"左"不是左倾,而是和大家相左。他常常有意无意地流露出智力上的优越感,总认为自己的思想比别人更深刻,自己看问题比别人更精辟,自己的主意和办法比别人的更好。他喜欢别人听他的,而且是毫无保留毋庸置疑地听他的。而实际上他并非真像他自己认为的那么高明,因此他是领导层当中和编辑记者发生矛盾冲突最多的一个人。

其实他倒并不是一个多事的人,本质上也还算是与人为善的。他和别人发生矛盾冲突也都不是为了他自己,基本是为了工作。他对业务极端认真,他的问题也恰恰出在他的认真上。从他手里过的每一篇稿子他都会仔细梳理,就像是拿着最细的筛子从头至尾细细筛过,连一个标点符号都不会放过。凡是由他主抓的报道,特别是重点报道,他会召集人马一次次地开会,从报道思路到采访过程到稿件撰写到编辑上版件件事情都要亲自过问,让习惯独立操作的记者编辑不堪忍受。他还有一大特点就是喜欢改别人的稿子,不管稿子写得是好是坏,他一概从标题改起,逐字逐句地刷过去,改到最后经常是与原作面目皆非。经他之手的稿子都是一样的平头正脸,索然无味。而且他还经常把别人的稿子改错,弄得记者编辑都怕赶上他审稿。报社很久以前就有一条不成文的规定:上级改过的稿件下级不能擅自改动,即使改错了也要找上级商量之后才能再改正过来。可是金候高改错的地方实在太多了,人名错了,地名错了,数字错了,年代错了,语法错了,标点错了,有时甚至连事实都弄错了。大家为了把他改错的地方改回来,要费很大的劲儿去跟他交涉,所以只要轮到他值班,值班室里总是吵吵嚷嚷的。好在他最大的优点就是坚持真理不坚持谬误,所以到最后让步的总是他,因此他又落得了一个好说话的美名。渐渐地记者编辑有事需要领导签字批准的时候都来找他,有些和别的领导不好说或者说不通的事情也都来找他,反正无论什么事磨到最后他都会答应。无意之中他竟然成了报社群众基础最好的一位局级领导。

可是自从梁文来了以后金候高明显地感觉到自己被更加的边缘化了。梁文第一次召开部务会就宣布往后只有总编辑和常务副总编辑有签字权,其他副总编辑只能管辖自己分管的范畴,而且遇到大事要通报,做决定需要提交部务会讨论。如此一规定,他的好人缘也就发挥不了多少作用了,他再想做好人也不怎么容易做到了,他在报社的作用无形中也就小了很多。因为失去了签字权,某些势利些的人就觉得他没什么大用处了,便对他冷淡起来。他再在采编方面对人严格要求,人家也就未必买他的账了。

金候高虽然自己对别人忽冷忽热,却最受不了别人对自己忽冷忽热,他长着一颗柔软而易感的心,对人情冷暖极度敏感。他痛苦地发现手中的权力被削弱之后一不留神自己便成了一个不受欢迎的人,帮不了别人,还给别人添乱——自己心里就没有意思起来。

金候高本来就个性很拧,顺心顺意还好,不顺心不顺意他就拧巴得更加厉害。他不对自己加以调整,而是变本加厉地执拗下去,只要看出谁对自己不耐烦他就不断地去麻烦谁,有时纯粹是故意找茬儿,弄得和采编室的不少人都关系很僵。

从前沈旭东、方文心、罗卫几个都是他的牌友,也都算是他的支持者,现在这圈人基本散得差不多了,留下来的方文心也和他渐渐疏远了,他自己觉得在下面等于没腿了。以前领导层当中还有个张帜,他在心里把他当个盟友,认为他有头脑,为人正派,处事沉稳,至少没有害人之心,可惜的是连他也走了。剩下的副总编辑们在他眼里都是些牛头马面,没一个是可以引以为友的,相反还要时刻提防着他们党同伐异。

对总编辑梁文他几乎是本能地感到害怕,就像羊害怕狼,老鼠害怕猫一样,那种恐惧是天然的。然而梁文对待他倒并不像对待李明亮那样,平心而论,梁文对他还是比较客气的,除了拿掉了他的签字权,别的方面基本还给他保留了原有待遇,也没有对他进行任何方式的修理。不但没有对他动手,似乎连对他动手的意思都没有。金候高看到李明亮被整回家,以为下一个就该轮到自己了,不由心情激荡,热血沸腾,做好了接招迎战甚至是光荣就义的准备。可是梁文接下来竟然没有采取任何行动,相反,他对硕果仅存的三位副总编辑不仅和气甚至亲善起来,这让金候高有一种一脚踏空的感觉。他不但一点儿不感到庆幸,相反还觉得自尊受到了伤害——他认为梁文这样显然是把他与薛恩义和姜树柱同等看待,而他心里是从来就瞧不起那两个人的,认为他们都属于无德无能只不过肯听话的一路。既然梁文把自己与他们混为一谈,表明在总编辑的眼里自己是无足轻重和不堪一击的——这令他无比失落,也无比沮丧。

金候高变得十分消沉,任何时候都是一副郁郁寡欢的样子。他本来就是沉默寡言的,现在更加是金口难开。在报社他总是低着头走路，神情恍惚，就像沉浸在一个永远做不完的梦里。有时候他上着班忽然就没影儿了，也不跟任何人打声招呼，没有谁知道他去了哪里，打他手机他也不接，就像失踪了一般。等他再度出现，也不会有一句解释的话。

忽然有一天他脸色明朗，话多得像井喷一样。他主动向同事说起家里养了一只狗，两只猫，四只鹦鹉，八只信鸽，十六只相思鸟，还有一大玻璃缸的热带鱼。他扬扬得意地逢人便说："我们家水里游的、地上走的、天上飞的样样都有，海陆空都置齐了！"

只要一提到宠物金候高便眉飞色舞，就像换了一个人似的。他说动物是人类最好的朋友，宠物可以让人笑口常开，心情愉快。他还说了许多在他的同事看来有点儿像是奇谈怪论的话，比如他说人最好的伴侣其实不是人而是动物，人可以从动物那里得到无穷无尽的爱，不管他是老的、丑的、生病的、还是有残疾的。再比如他说人和宠物在一起比人和人在一起要好相处得多，也要安全得多，人会欺骗你陷害你，会给你下套设绊，甚至会整你个体无完肤让你求生不能求死不得，但宠物永远不会和你勾心斗角尔虞我诈，更不会来害你。他还说现在我们提倡"和谐社会"，其实人和动物很容易建成和谐社会，但是人和人是根本没有可能建成和谐社会的，等等等等。他只要一提到动物无论是野生的还是家养的总是十分虔敬，少不得要念叨几句"万物皆有灵"、"众生平等"这样的话，好像他是飞禽走兽的新闻发言人,而且还经常自觉不自觉地把人与动物对立起来,听上去总像是话里有话,报社不少人都觉得他相当可笑。

在宠物之外金候高还爱说一些神神叨叨的话,比如巫术、古代的律例、罪的界定、盛世、演化、外太空和未来生物等等,他说的内容和观点常常也是大家闻所未闻的,而且他总是说得津津有味,并且显得深信不疑。

金候高说得最有兴致也是被大家公认为最经典的话是关于时间的。某一天他以一种老僧入定的平静对同事们讲述时间所包含的复杂性与可能性。他说人类的一个终极幻想就是回到过去,可是回到过去这个想法无疑是破坏因果律的。打个比方,如果一个人回到过去,他就有可能误杀自己的祖母,而杀掉了自己的祖母,这个人的父亲就无法出生,他本人也就不可能出生,他说这就是著名的"祖母悖论"。那么如何解决这个难题呢?有一种说法就是有多个平行的宇宙存在,时间线因此便有了分岔。在某个时间线里这个人的祖母被误杀了,但是在另外的时间线里此人的祖母依然存在,所以这个人也依然可以出生。有了平行的宇宙,回到过去就不是没有可能,时间机器因而也就可以大胆地前进了。当然这样的机器如何制作目前还无人知晓,我们的科技水平还远远没有达到这一步,未来是否能制作同样也是不得而知。

在多次被听众不严肃的笑声打断和他们七嘴八舌非常缺乏科学水准的发问之后金候高继续说道:根据爱因斯坦广义相对

论，回到过去还有一个办法，就是得到一个虫洞。他解释说宇宙就像一张平铺的大床单，星球自身有一定的重量，这个分量压在这张大床单上使它变得弯曲，从而形成虫洞。不过迄今还没有一个虫洞被发现，但是已经有科学家运算过通过虫洞的确可以回到过去。那么如果找不到天然的虫洞是否可以用人工来制造一个虫洞呢？就人类所掌握的知识和技术来说，自然还难以做到，因此这个设想目前还只能说是一个幻想。

听到最后大家才明白他说了半天说的不过是一个科学幻想。但这个幻想因为是由副总编辑说出来的，所以大家还算肯给面子，至少都勉勉强强听完了，虽然听得一头雾水，也还个个做出几分饶有兴味的样子。

除了关于时间的这些理论或者悬念之外，金候高还喜欢说的一个段子是关于未来世界的。他在许多场合都反复说过，不少同事听得耳熟能详。

他说两亿年之后人类作为一个物种就将灭绝，那时候主宰世界的生物将是章鱼。章鱼通过进化会从水里出来，它们既可以在水里也可以在陆地上生存。它们能在水里游泳，也能在陆地上行走，而且还能在天空中飞翔。到那时地球上到处都游走和飞翔着巨大的章鱼，它们伸开触须，横扫海洋、陆地和天空，它们撞毁建筑物，毁灭人类生存过的所有痕迹，它们以惊人的胃口和消化能力吃掉所有的动物和植物，最后只剩下它们自己。在残酷的生存竞争中它们吞噬同类，展开一场真正的没有一丝一毫商量余地的弱肉强食。当剩下最后一只章鱼，这个伟大的征服者和胜利者在没有食物没有同类也没有后代的绝望之中身体和触须因为饥饿而脱水干瘪，最终灭绝并且被风化，地球将再一次变得白茫茫大地真干净。

金候高带着不胜痛惜的神情说："弱小的毁于弱小，强悍的毁于强悍，可惜啊可惜，实在是可惜！"

同事们觉得他这个说法既荒唐又有趣，一起出去吃饭时总是半笑半讽地一定要点章鱼，戏言要在章鱼主宰世界之前把它们统统吃光。金候高却总是十分认真地带着不胜感叹的神情说："我们肯定是吃不光它们的，因为它们注定要成为未来世界的主宰。"

同事们玩笑地说那就呼吁全人类一起来吃，一定让章鱼在它们主宰世界之前统统灭绝。

金候高以洞穿两亿年时空的深邃和茫然说："你们忘记了有多个平行宇宙存在吗？即使我们在这条时间线里把所有的章鱼都吃完了，但是在另外的时间线里章鱼仍然存在，因此它们仍然可以成为世界的主宰。这是世界的宿命，是世界的悲剧性命运，注定是无法改变的。"

大家都佩服金候高的博学多才和融会贯通，多么离谱的事情经他一阐述竟然也能自圆其说。不过对他的言论大家也就是当段子听，没人当真，也没人深究。但是有一个人例外，此人就是总编辑梁文。

梁文把直接和间接听来的金候高说的这些话串在一起细加琢磨，发现这个人可是太深了。他装得疯疯癫癫，说的表面上好像是一些无稽之谈，但实际上却大有深意，而且许多话都有极强的指对性，甚至直接就是冲着自己来的。比如金候高总在说回到"过去"，还说这是"人类的终极幻想"，梁文认为他的意思就是要回到"过去"的徐达时代，言外之意就是对"现在"不满，换句话说也就是对他不满。梁文还认为他说的"章鱼"也是影射自己，他是拐了弯儿来指责自己称王称霸。金候高说的"弱小的毁于弱小，强悍的毁于强悍"，"这是世界的宿命，是世界的悲剧性命运，注定是无法改变的"那些话，表达的同样也是他心中的不满。

不过梁文却并没有对此太在乎，他只是觉得金候高十分可笑，跟自己耍这些没用的小心眼儿，真有点儿着三不着两。在他看来金候高不过是个书呆子，比别人多读了两本杂书便想要显摆一番，心里存不住事儿，有了不满情绪忍不住想要正直一把，玩些指桑骂槐、借古讽今的小把戏，不过也就是嘴上功夫，真要让他造反也没那个胆量和能耐。这样的人说到底既帮不了大忙也添不了大乱，顶多就像一只苍蝇一样嗡嗡乱飞招人讨厌，说到底不过是个无关痛痒的小角色。梁文本来就没把他当一回事儿，现在就越加看不起他了。听他跟别人胡扯一些"律例"、"进化"、"悖论"什么的，心中忍不住冷笑。他想一个连自己版面上那点子事情都弄不利索还养着一大堆宠物连上班都没有心思的人，不说玩物丧志，也绝对不会是被褐怀玉有大抱负和大作为的。这样一个白面书生就是兴风作浪又能怎么样呢？梁文宁可相信章鱼有一天会主宰世界，也不相信金候高会成为自己的对手。他吃定他不会有什么危险性，姑且留他一边玩儿着。

薛恩义和姜树柱比起李明亮和金候高锋芒就更弱得多，他们无论是做领导还是做人都比较低调。梁文对这两位副总编辑明显地要比对李明亮和金候高和气和友善。梁文有自己的考虑，他不想一棍子打翻一船人，虽说他们都是徐达的旧部，不管他们当年是怎样合作的、合作得是否愉快，反正他看这些人都不觉得愉快，如果依他的心意他会全部换掉，一个不留。可是报社不是他的家庭作坊，也不是他的私产，他没法自己说了算。他只好继续将就着用他们。

他用他们是出于无奈，他也知道他们心里未必真的服气自己，所以他更加认为对他们必须修理和利用两手都要抓，而且两手都要硬。对排在最前面的李明亮他是收拾多于笼络，他早知道他是徐达的红人，因此绝对不会让他再继续红下去。尤其是他一到报社李明亮时时处处表现出想与他亲近，让他产生了极大反感。梁文认为一个人可以无耻，但不可以下流。他承认自己为了达到目的也会不择手段，自己也很无耻，但是自己却从来不低三下四卑躬屈膝，因此还不算下流。而李明亮在前主子倒台不久就转过来扑向他谄媚邀宠,实在让他恶心。金候高若是放在从前当红人的时候梁文肯定也少不得给他点颜色看看,但他早就失宠了,据说对徐达也是心怀不满,因此他对他网开一面,让他靠边站就算了。他看金候高身上的酸腐气很重,对他没什么好感不说,也很瞧不起他。梁文倒是看薛恩义和姜树柱还好一点儿,这两个比那两个相对来说要本分老实一点儿,他觉得至少没有马上倒进他的怀里。也许他们不是不想,而是不敢,或者是不好意思——这个时代还有这么知廉耻的,梁文觉得就从这一点儿上说他们本质上都算是好人。他认为对好人和坏人是应当区别对待的,因此和前面那两个比起来,他对待他们就要仁慈得多,笼络远远大于收拾。他甚至还没怎么收拾过他们,因为似乎无此必要。

  对薛恩义梁文既把他与李明亮和金候高区别对待,也把他和姜树柱区别对待。梁文知道在徐达手上他是个不得意的人,他人微权轻,风头和影响力远远赶不上李明亮甚至金候高,还深受排挤。梁文甚至清楚地知道他曾经想调到《寻医问药报》,关系都已经铺得差不多了但有人占了那个位子因此他才没有走成。梁文认为他既生去意,从内心里说对徐达就谈不上一心一意。而且他舍弃这样一份地位显赫的大报往一份默默无闻的行业小报调,显然是出于不得已。梁文看出薛恩义能力一般,同样也比不上李明亮和金候高。不过对此他有自己的看法,他认为能力弱的人不嚣张,不自负,这样的人不危险,好控制,未必比所谓能力强的人不好用。梁文太清楚上任之初对他来说首要的是控制局面，发展、进步是稍后的事情。所以他最急迫的是壮大自己的力量。从方方面面来看，他认为薛恩义还是可以吸收为一个帮手的，虽说这个帮手未必真能帮上他多大的忙。

梁文要扶持薛恩义，自然不会去难为他，有时候他还主动给他出点主意，教他如何如何去做。出乎他意料的是薛恩义对此并不领情，或者说是并不领悟，他就像《沙家浜》里唱的那样"态度不卑又不亢，神情不阴又不阳"，一副不吃这一套的样子。梁文觉得既可笑又可气，心想这种木头疙瘩难怪徐达不重用他。不过比起徐达重用过的人他还是更愿意用徐达没有重用过的人，所以尽管薛恩义远远达不到他心目中的可用之人的标准，他还是愿意凑合着用他，并且尽最大的可能将他变废为宝。

薛恩义在徐达手上一直都是分管后勤的，他本身对自己的学历就有很深的自卑感，让他管后勤等于戳了他的痛处，所以他总是郁郁不得志。平常他的工作主要就是管好报社五六百号人包括为数不少的离退休人员的吃喝拉撒睡，照理说这个位子尽管烦点累点还是有实权的，就说分房这一块油水就大得很。报社多年来住房紧缺，三十岁以下的年轻人差不多都是无房户，他们要结婚要生孩子，都是心急如焚地等着分房子，不结婚不生孩子的同样也是急不可耐地等着分房子，有了房子的人也都盼着能调到更大更好的，所以报社上上下下几乎没有人不需要请他帮忙和关照的。求人自然不便空手而去，薛恩义于是毫无争议地成了报社收受礼品最多的一个人。除了时令佳品，他还时常能收到一些贵重的和稀罕的东西，不过他并不贪婪，收到礼品经常随手就转送给同事，甚至都很少往家里拿。薛恩义有一个爱好，他喜欢酒，所以别人送给他的中外名酒不计其数。他是个爽快的人，收礼也相当痛快，只要有人给他送东西，不管是谁，不管送什么，他都欣然笑纳，从来不假模假式地推辞。他收礼痛快，大家也敢给他送，而且都对他这方面印象极好。他收了礼也总是办事的，而且不管能办到什么程度都是尽心尽力，因此大家都觉得他这个人很实在。

如果在报社做个民意调查恐怕至少有百分之九十的人会认为用薛恩义管后勤是用对了人，不但合适，而且完全可以说是"人尽其才，物尽其用"。薛恩义为人实在，城府又深，他既放得下身段，也拉得下脸面，人头又熟，在总部的后勤系统基本没他办不成的事情。自从他接手后勤这一块，真是成绩斐然，报社的人都跟着他沾光，大家也都有口皆碑。可是他本人对此却没有一点儿的满足感，他不满足倒不是说他想把这件事做得好上加好，而是他打心眼儿里就瞧不上这件事儿，认为做得再好也是麻袋片上绣花，算不得是正经事情。薛恩义一直向往有一天能让他主抓业务，或者由他分管人事，他认为只有"业务"和"人事"才是报社最重要的两块，代表了一个领导真正的实权。可是在徐达执政期间他始终没有捞着过这样的机会，他也因此相当气闷。

梁文对他的心思摸得一清二楚，所以想笼络他很容易对症下药。

李明亮病休之后梁文便开始把一些业务上的事情交给他。梁文采取的是逐步渗透的方式，并没有一下子宣布让他管业务，而是一点儿一点儿地让他参与进去，今天让他去出席一个总部召开的重要的业务部署会议，明天找他商量封面要目，后天又让他在编辑记者的培训会上发表重要讲话，不断地给他机会，不断地让他有惊喜。

薛恩义不是笨人，梁文如此对他，他自然不会感觉不到。原先他一直是防着这位一把手的，和当初防着徐达可以说是有过之无不及。梁文做的事情他都看在眼里，虽然没动到他，他也不敢放松警惕，害怕他的板子说不定哪天就打到自己头上来了。可是好几个回合下来，梁文非但没有磨削他，相反还经常提携他，他觉得自己把总编辑想错了，倒是自己以小人之心度君子之腹了。

薛恩义做梦也没想到过梁文会垂青他，他不知道这张馅饼怎么会不偏不倚正好砸到自己头上的，高兴得直发晕。薛恩义尽管城府深，却是个就事论事的人，而且年纪越大看事情也越简单，他认为一个人不管别人如何说他不好，只要他对我好他就是好人。他用这个看法衡量梁文，无疑梁文就是一个十足的好人了。既然如此，滴水之恩当涌泉相报，他自然应该对他知恩图报。可是如何报答梁文，却生生把他给难住了。梁文比他官大权重，他能办到的事情人家自己统统能办到，他办不到的事情，人家也能办到，所以他想报答梁文还真有点儿不容易。他手上最大的权力是分房，但梁文似乎连这也用不着。去年他刚按局级标准分到了一套跃层的房子，据说让许多早分到房子的同级别的老干部眼红得要命。薛恩义想送点礼物给他，但实在不知道送什么好。他自己是个收礼收惯的人，却没有给人送礼的习惯。他觉得给人送东西是件不太好意思的事儿，既怕礼重了让梁文有想法，又怕礼轻了梁文瞧不上。他左思右想，左右为难，始终拿不定主意。

薛恩义还没有给梁文送礼，梁文却先给他送礼。

有一天梁文把他叫到自己办公室，尽管跟他说的无外乎都是工作方面的话，但说的内容没有一件不是直接和新闻业务有关的，而且不是对他布置工作，而是和他叙谈，耐心地听他的意见和建议。薛恩义受宠若惊，徐达从来没有如此对待过他不说，他也从没有看到梁文给过谁这样的待遇。梁文一向言简意赅，布置工作通常三言两语说完就完，这一回却破例跟他聊了有两个多小时。薛恩义得到如此的礼遇，心情激动，胸口热乎乎的。让他心情更加激动、胸口更加热乎乎的是谈完业务梁文弯腰从办公桌下面的小柜里拿出两条中华烟，朝他面前轻轻一推说："你拿去抽吧，也是人家送的。"

薛恩义不缺香烟，有许多人给他送烟，他平常吸得很少，对香烟也没有多大偏爱，但梁文给他的这两条香烟让他觉得非同寻常，也特别珍爱。尤其是梁文附加的那句话，说明他对他是不见外的，也就是说拿他是当自己人的。薛恩义接过香烟，心中涌起一股"士为知己者死"的豪情。自此之后他对比自己年轻十多岁的总编辑言听计从，为他冲锋陷阵，两肋插刀，而且完完全全是发自真心。

梁文把薛恩义收服之后更加高枕无忧。他对排名最末的副总编辑姜树柱根本就没有放在眼里。在他看来这样的人是绝对不应该任用的，当然他也完全清楚徐达提拔他的用意，不过是耍的一个小花招，就好比排队时人走开就在站过的地方放半截子砖头，他也就是用这个老实无用的草包占上这个位置，堵上别人的路。这种招数梁文说心里话是不太看得上的，他觉得不高明，效率太低，而且破绽很大，谁都能一目了然看出用意何在。他想如果让自己来做肯定会做得聪明得多，与其用一个无用的人还不如用一个唯我所用的人，他不信这么大报社就找不出一个比姜树柱合用而且听使唤的人。不过既然现在这么个人杵在这里，他也不能彻底绕开他，只好尽可能地将就着用。

姜树柱谨小慎微，心思细密，连面貌都带着几分鼠相，没有一点儿男人的磊落劲儿。当了副总编辑之后他也没多大改观，平常走路还是溜着墙根，开会发言哼哼叽叽，当着人稍长一点儿的句子就说不利落了，稍微复杂一点儿的意思就表达不清楚了,常常是话没说几句已经憋出一头的大汗,他说着着急,别人听着更着急。人是一副窝窝囊囊的样子,连他穿的衣服也跟着不争气,新衣服穿在他身上也像是半旧的,衬衣永远是皱皱巴巴的,如果是白衬衫领口和袖口一定是油污的,裤子从来没有裤线,毛衣上总是起着一片一片的绒球,西服的样子也总是最土最蹩脚的。当上了副总编辑之后他仍然非常节俭,仍然是坚持不去单位的餐厅吃饭,把饭卡里的钱省下来买成洗衣粉、洗发水、沐浴液、牙膏、卫生纸等等大包小包背回家去。每天中午他还像从前一样端坐在办公桌后面一口一口吃着老婆隔夜为他准备的盒饭,食谱也没有丝毫的变化,还是大米饭,黄不黄绿不绿的蔬菜炒肉片,鸡蛋羹和一点儿小咸菜。吃饭的时候他不说话,吃得很专心,发出的咀嚼声很响亮。没有人知道他是吃得津津有味还是味同嚼蜡。

当上副总编辑之后他和从前不太一样的是多了不少活动,傍晚临下班时分他必定给老婆打一个电话,每天说的基本是同一句话:"晚上我有应酬,你和妈妈自己吃饭噢!"每次打这么个电话的时候他的嗓门都不自由自主地提得很高,周围好几个办公室都能听到。嘴损的同事背后嘲笑他每天一个电话让方圆几十公里都能闻到酒菜香。

姜树柱把出去吃饭当作是一件很美很荣耀的事儿,每次他都是有请必到,脸上挂着谦卑的笑容端坐在酒桌边,悄不出声地端杯举箸,吃得一点儿不比别人少。他长着一张干瘦的苦瓜脸,身材也是干瘦的丝瓜形,而就在这样的外表之下他却有着一个消化能力惊人的胃。他不仅消化能力惊人,而且胃口也好得惊人,宴席上不管上多少道菜,他都是从第一道一直吃到最后一道,每一道都吃得有滋有味。他什么都吃,没一样忌口的。人家给他倒酒他也是倒一杯喝一杯,从来没有喝醉的时候。他是饭桌上最好的陪客,从头到尾都是笑呵呵的,情绪饱满。而且他不多话,不抢风头,别人说再无趣的话、讲再烂的笑话他都能张开大嘴哈哈直乐,捧场得不得了。从前李明亮、金候高、薛恩义几个外面有应酬都喜欢带上他,因为他既可以壮场面又不碍事儿,但梁文却一次也没有带他出去过,他实在是打心眼儿里瞧不上这么个土鳖,他可不想带着这么一块老生姜出去跌份儿。

梁文最看不惯姜树柱那种抠抠缩缩小里小气的样子。姜树柱爱占小便宜是出了名的,当了副总编辑之后这个毛病一点儿也没有改。他经常把一些公家的东西顺回家,小到订书机、圆珠笔、稿纸、大头针都不放过。报社每个办公室都配有招待茶,喝完随时可以去领,姜树柱每天上班第一件事就是拿出招待茶给自己先酽酽地泡上一大杯,还时常用公家的信封装上半包茶叶带回家去喝。他的那只用得很旧的公文包简直就是一个百宝箱,里面有大大小小无数个小纸包,除了茶叶之外还有曲别针、图钉、订书钉、涂改液、粘贴条、留言纸、橡皮筋、牙签等等,这些东西有个共同特点就是全都是不花钱得来的。姜树柱觉得这些东西虽然小却很有用,放在包里有备无患,最主要的是不拿白不拿,不拿实在太可惜了。除了拿办公室里的东西,每次他出差住饭店,进房间第一件事就是把饭店免费提供的一次性洗发水、沐浴液、浴帽、肥皂、牙膏、牙刷、梳子、拖鞋等等东西统统收到箱子里,一样也不会遗漏掉。有一次报社在上海召开一个联谊会,姜树柱负责会务,他住在会务组的大套间里,竟然当着梁文的面就把洗手间里的所有一次性用品一扫而光,梁文看了差点儿没晕过去,他真想当场喝令他打包滚回去。后来当梁文听说为了节约和环保许多饭店不再提供一次性用品了,他第一个念头就是想到姜树柱以后再要捞那些东西可就有点儿不容易了。

梁文瞧不上姜树柱,但也并不认为他的这些毛病有多么的致命。相反,他认为有点儿毛病是好事情,要是一个人尤其是一个手底下的人没有一点儿毛病那才是可怕的,比有毛病要麻烦得多。没有毛病就等于没有缝隙和把柄,苍蝇不叮无缝的鸡蛋,没有把柄如何下手去拿他?而且所谓的没有毛病也绝不会是真的没有毛病,只不过是伪装得好,隐藏得深,这样的人斗起来更费力,也更加不好斗。而有毛病的人就要好办得多,是狗给他根骨头,是猫给他点腥,投其所好,从他薄弱处下手,没有不是手到擒来的。这一方面梁文体会太深了。

对付姜树柱这样的对他来说不过是小菜一碟。既然他那么爱占小便宜,梁文就给他机会占便宜。姜树柱任副总编辑不久徐达便出事了,所以一直没对他有明确的分工。党务、人事、后勤等等都有专人承担轮不着他,业务也不是他的强项,他基本是做些拾遗补漏的工作，经常不过是给总编辑和其他副总编辑打打下手。姜树柱也参加值班，但几乎不安排他独立值班，除非人手实在不够。他本人也非常自觉，这上头丝毫不逞能要强，也从来不跟别人一争高低，无论怎么排班他都没有异议，当班的时候遇到重要稿子，他会主动拿给总编辑或者别的值班副总编辑审阅，吃不准的事情也随时随地请示和请教他们，从来不冒失，倒还真做到了徐达和梁文共同要求的稳字当头。梁文冷眼旁观，觉得这个人尽管不能委以重任，但也并非不能用，有些事情还是可以用他来做做的，比如让他管资料室，这本身就是他的老本行，他自然是可以胜任的。果然姜树柱做得尽心尽责，把资料室管得井井有条，而且对梁文的笑容也更加持久灿烂，一副感恩戴德的样子。梁文心里高兴，觉得自己没有看错他。他一高兴就丢给了他一根更大的骨头，让他去管广告版。这一块直接和钱挂钩，操作弹性很大，油水又足，梁文看好姜树柱的刻板和认真，心想让他去做兴许比让别人去做还可靠一些，至少他不敢太胡来，也不敢做得太走样。而且梁文摸准了他爱占小便宜，不是那种真正一门心思秉公办事的榆木疙瘩，因此也不担心他不下水。

姜树柱果然进入角色很快，干得十分投入起劲，报社和客户两头弄得都还不错，自己的油水也没少捞。总算他还是个有心的，记得这是总编辑一手为他安排的美差。他吃水不忘挖井人，咬着牙花了一千零八十八元买了一个电动多功能保健洗脚盆送给梁文，梁文同样是咬着牙收下的。他从来对号称"多功能"和"保健"一类的东西毫无兴趣，认为是不法商家想出花招欺骗消费者。对姜树柱会想到买个洗脚盆送给自己，他心中暗笑他真是没品位。他转手把这个姜树柱自己都舍不得享受的现代化洗脚盆赠送给了老岳父，不过他对姜树柱知道送礼给自己还是蛮高兴的，至少表明他有这份心，也表明这个一毛不拔的铁公鸡总算开窍了。

表现好就要加以鼓励，没多久梁文把培训工作也交给了他。

培训这一块是在梁文手上发展起来的，也是他的"新点子"和"新思路"中的重要一项，而且是报社"新的经济增长点"，也是报社最好的创收项目之一。从前徐达当总编辑的时候对培训很不重视，或者说他并没有能够用一种全新的眼光来看待培训，他把"培训"仅仅看作是给本报社的编辑记者进行业务辅导。梁文到任之后，把这一块直接面向了社会，招收的是各地方报刊的采编人员，当然非采编人员同样也来者不拒，只要交得起高额的培训费就行。梁文很好地利用了报社的品牌，在招来众多学员的同时，也请来了不少名气大、人气旺的各路专家做讲座，作为回报或者说互利，报纸上又专门辟出大块版面给这些专家们做专版，一时间培训班搞得红红火火名声在外，报纸也拿到了许多不容易拿到的独家专访，出现了梁文预期之中的"双赢"甚至是"多赢"的局面。

梁文启发姜树柱多动脑筋，多想办法，也鼓励他放开手脚，

成人游戏 367

有时甚至亲自替他出谋划策。梁文提出要把公费和自费两个群体都抓在手里，为了能够做到这条，他提出对培训这一块实行人性化管理，他的这个"人性化管理"说穿了就是根据不同情况采取不同的收费标准。比如针对经济状况不同的地区和个人，将培训收费分出若干档次，相对应的只是减少一些课时，别的并无影响；对报名人数超过十五人还有团体优惠价；对情况特殊的学员还可以给予特批优惠价等等，当然折扣能给多少必须由主管领导来决定，具体一点儿说就是由姜树柱来决定，或者是姜树柱通过他之后决定。

培训刚开始办的时候是梁文抓总，李明亮和金候高协助，后来李明亮回家了，金候高靠边了，梁文直接把大权交给了姜树柱，让他当了一个现成的摘桃派。李明亮是眼不见为净，金候高是看在眼里恨在心里，薛恩义也一样是看在眼里恨在心里，他的恨里面还有一层是醋意。这两个人对姜树柱忽然就冷淡了，再有好事儿也不叫上他了。姜树柱正热心热肺跟着梁文大干，对两位同仁的翻脸竟然浑然不觉。他现在不用靠他们也能混得有模有样，甚至混得比他们还像样。他接管了广告、培训这些事情之后不知不觉就成了一个大忙人，每天早晨手机一开就有电话打进来，饭局满得中午晚上都用上都排不过来，走哪儿都有人热情地招呼，渐渐也混成了一个要人。因此金薛二位对他好也好、坏也好他都不大在乎，也根本不放在心上。

广告和培训这两块都是非常来钱的，除了工资和奖金，那些提成和说不得的钱姜树柱一个月随随便便就能拿到五位数。第一次拿到那么多的钱他心口咚咚乱跳,手脚都软了,好像拿的是赃款一样。拿的次数多了,他也就心安理得起来,不管数目多大,都能正视为自己的劳动所得。饮水思源,他不敢忘记大恩人梁文。某一天他在信封里装了一万块钱,准备悄悄送给他。

姜树柱借着汇报工作走进梁文办公室,因为心里有鬼,他面带羞涩。梁文看他一眼便猜出了他的来意,故作矜持地请他在离办公桌很远的沙发上坐。姜树柱坐下之后又站起来,一副坐立不安的样子。他像是下定决心一般走到梁文面前,颤抖着手指从手提包里拿出信封想递给他。梁文手里捧着一杯热茶,一点儿没有伸手去接的意思。姜树柱僵在那里,进退两难。梁文瞄一眼信封,知道里面的钱不会吓着自己,故意继续跟他谈工作,不给他台阶下。最后姜树柱终于趁梁文喝水的当口笨手拙脚地把信封放在了他宽大的办公桌上,生怕他拒绝,还唠唠叨叨地说了不少的话。梁文也没听清楚他嘟囔的是些什么,嘴角挂着似有若无的微笑,居高临下地望着这位没有经验的贿赂者,看他那副吭吭哧哧的吃力样子,觉得又可笑又难受。

梁文有意提高了一点儿声音说:"你这是干什么?这可不行的!"

姜树柱吓得一哆嗦,细看梁文声音虽高却没有一点儿的怒色,这才唯唯诺诺地低着头笑着说:"我知道,我知道,您做了那么多,您比谁都辛苦!"

梁文呵呵笑着，打着官腔说："我做什么了嘛？我什么也没做啊。我是一把手，报社任何事情对我来说都是分内的。"

姜树柱讨好地说："话是这么说，可是——"

梁文打断他："你去打听打听，任何额外的钱我从来都是不拿的。"

姜树柱赶紧说对对对，一边退回去坐下，一边奉承道："不用打听，我全知道，您是我们报社最廉洁奉公的一个人，我们为有您这样的总编辑骄傲，没有人比您更一心扑在事业上的了！"

梁文差点扑哧笑出来。他瞥了一眼姜树柱那张天生木讷的脸，看他一副特别真挚的表情，心里暗笑自己把这样一块老木头也栽培成了一个巧舌如簧的人，简直和逼良为娼有一拼了。于是他似笑非笑地咬着嘴唇，没再说什么，也没再继续为难他。

姜树柱自从给梁文塞过那个信封之后自己就把自己当作了他的人，他只差没有绕世地去说他和梁文有那样一种特殊的关系。自此以后他对梁文更加千依百顺，梁文怎么说他怎么听，梁文让他怎么做他就怎么做，绝无二话。姜树柱相信外国人说的"没有永恒的朋友，只有永恒的利益"，既然梁文从他手上接下了钱，而且明摆着是一份黑钱，说得好听点是灰色收入，这表明他俩的利益是一致的，所以他也就不必再担心梁文会施计害他。因为现在他害他就等于是害自己，他相信梁文绝对不会那么傻。

当然姜树柱也清楚如果当真算计起来就是再给他配八颗脑袋也不顶用，无论如何他也是算计不过梁文的，因此他得了好处从来不忘记向他表心意，梁文每回都欣然笑纳。笑纳的次数多了，他的脸上也会云开日出一般露出真挚的笑容。

姜树柱得意自己窝囊了几十年竟然有了今天，真是像歌里唱的"野百合也有春天"。他由衷地感激梁文对他的重用，人前人后只要说到梁文，他的一张满是沧桑的脸上总是绽放出最灿烂的笑容，深深浅浅的皱纹一条一条舒展开来。这种时候他总是满口赞誉之词，原来的笨嘴拙舌劲儿一点儿也没有了，一张嘴就滔滔不绝，谁听了都觉得肉麻，连梁文自己听了都很不好意思。

梁文对姜树柱是又好笑又好气。他知道他智商不高，但也没想到他会低到这种程度，竟然当真相信他真的是器重和看好他。对于姜树柱义无反顾地贴上来，他心中冷笑之外也欣然接受。他除了拿住老姜这绝对的一票，无形中也拿他做一个降低用人门槛的标示，以此让大家看到他连姜树柱这么平庸的人都大胆启用，别的人自然不在话下。

梁文自认为更为高明的是他在给姜树柱便宜占的同时也抓住了他的把柄——不说他利用工作之便贪了多少不义之财，仅仅就是贿赂领导这一条如果追究起来他就担当不起，哪天如果要让他腾位子自然是易如反掌的事。

梁文收放自如地处理着日常事务，不动声色地把几位副总编辑一一摆平和收服，大家看在眼里，只有叹服的份儿，也都知道了在这位年轻有为的总编辑手下该如何小心用意，谨慎做人。

梁文与部下保持着相当的距离，这是他一到报社就定下的基本调子，大家也都习惯了他的冷漠，相反，看到他笑容可掬反倒会心里打鼓，害怕有麻烦找上门来。整个报社梁文只对一个人亲厚，有事没事都去找他，常常和他相谈甚欢——此人就是总编室主任方文心。

谁也不知道梁文为什么会对方文心格外垂青，但他表现出来的就是这样。梁文极少有拿不定主意的时候，如果说他有什么事情需要征求报社里一个人的意见，那这个人无疑会是方文心。梁文对方文心很放手，也很信得过他，大大小小的事情都喜欢交给他办，有的甚至超出了总编室主任的职权范围，分明是属于别的部门管辖的。方文心尽管身上有点儿书生气，但骨子里也并不是一个拘泥的人。面对总编辑的信任，他很放得开手脚，也不怕得罪人。只要是梁文交代他做的，他一点儿也不瞻前顾后，相反他大刀阔斧，勇往直前，不会去管是谁的责任田，也不怕别人会怎么说，该出手就出手，不该出手也出手。他紧跟梁文，一副很豁得出去的样子。

方文心认为自己是置之死地而后生。上一轮提副总编辑没他的戏，让他心里郁闷了好一阵子。尤其是最后提起来的是姜树柱，他觉得简直就是在羞辱他。他心里恨透了徐达和李明亮，认为这两个人合穿一条裤子，存心耍他。如今这两个人都已经谢幕退场，他认为是苍天有眼。正因为他对上一茬领导心怀不满，梁文一来他立刻精神焕发，工作起来比任何时候都积极主动。而且经过了这个起落，他也完全明白了想当官光靠埋头拉车是不行的，认路比拉车重要得多。事后他琢磨徐达他们宁可提姜树柱也不提他其实是相当合理的，因为他们吃准了姜树柱比他听话，比他好弄，比他更容易成为他们自己的人。当然最主要的是他们都是有阴暗心理的人，看不得一个能力和潜质都不错的人好上加好，宁可扶持一个方方面面都比他们差很多的人，这样他们不至于受到威胁，也不至于一不小心养虎遗患。

而梁文最看重的恰恰是方文心在徐达手上没有如愿当上副总编辑，他认为这样的人因为心中憋着一口恶气对新领导来说是最好用的。而且这样的人上进心强，总想打个漂亮的翻身仗，不会放过眼前的机会，给他一点儿甜头就会唯命是从。梁文看出方文心这个人本性不错，不是大奸大恶阴险狡猾之人，甚至连小奸小滑也说不上，顶多就是心里有自己的小算盘。对这样的人梁文是完全可以接受和包容的，他认为只要不是弱智谁心里都有自己的小算盘，如果一个人真是大公无私到一点儿不为自己着想，或者说连自己都不顾，那也实在是相当可怕的。这种人不是大愚就是大智，而这两点在他看来在本质上是相通的，同样在某种意义上都是忘我，这样的人啥都豁得出去，啥都不

成人游戏 373

计较，其实是最不好弄的。对人的取舍梁文有自己的尺度，他的尺度不是具体的标准，而恰恰是没有什么具体的标准。他看人凭的是感觉，或者干脆说是直觉。他相信一个人不管隐藏得多深，一言一笑举手投足肯定会带出许多明显的和潜在的信息，狐狸尾巴藏是藏不住的。这方面他也尤为自信，确信自己具有某种超凡的能力，看人相当地准，而且许多年来从来没有过失误。而方文心恰好是他标准中优缺点兼备的人，也正好对他的心意。

方文心得到梁文的青睐心头自然十分快意，他想自己好在没像沈旭东那样赌气走掉，否则也不会有今天的时来运转。沈旭东走那会儿他情绪波动很大，当时他也真想一走了之，但是仔细权衡，他清醒地认识到自己的活动能力和在外面混的能耐都远不如他，自己又没有什么过得硬的社会关系，要到外面去找个好位子也不是件容易的事儿。如果只是平级调动，那意思也实在不大，而且出去之后要面对新环境，适应新领导，未必就比现在好。既然如此，不如原地不动。他分析局势，报社里的能人都走得差不多了，自己无疑离心中的目标越来越近了。他想自己这么耗下去说不定也能等着那个位子。

梁文上任之后用的是徐达的旧班底，他没带一个人过来，也没提一个人，原来空着的一个副总编辑的位子也仍然空着，也许他是故意让有意者去竞争。随后常务副总编辑李明亮病休，虽然他的位子并没有空出来，但是他人一走领导层的力量明显薄弱了，连值班发稿人手都不大安排得开了，这对方文心来说也是重大的利好消息。有好几次他被梁文点名临时找去值班，代替副总编辑签发稿件，他在荣耀和快慰之外觉得这是一个信号，表明领导认可他的业务能力，或者说至少在业务方面他是达到副总编辑的水准的。当然在他看来副总编辑的业务水平还未必如他。

方文心忍不住沾沾自喜，毕竟报社没有第二个人享受过这样的待遇。他有一种胜券在握的得意，放眼望去觉得报社里再找不出一个和自己旗鼓相当的竞争者。他的腰板挺得更直了，说话的声音也更洪亮了。他忘记了当年沈旭东的教训，情不自禁地进入到了副总编辑的角色之中。有几个头脑灵活的人马上把他当成了黑马，围着他转起来，争先恐后地对他说你早就该当副总编辑了，不提谁这回也该提你了，绝对是非你莫属，等等等等。方文心那颗曾经激动之后又冷却下去的心不由再一次怦怦怦地热切地跳动起来。

有一天他和几个同事一起在外面吃饭，多喝了两杯，他脑子一热说："我倒要看着，这回有谁能越过我们提到前面去！"

酒桌上顿时一片奉承之声，一桌的人都异口同声地对他说："除了你没有人配当这个副总编辑了！"

酒醒之后他为自己酒后失言万分后悔。

他的这句话很快传遍了报社，当然也传到了梁文的耳朵里。

梁文听了，阴阴地冷笑。他很想让这个呆子的美梦即刻破碎，转而一想实在犯不上跟他一般见识。梁文凡事都有自己的通盘考虑,他知道报社的人此时都在等着看戏,他自然不会让他们轻易地如愿,而且他也绝对不会放过这个展示自己的机会。他要让大家看看自己不仅有韬略,而且有胸怀。他深谙"小不忍则乱大谋",权衡利弊之后他认为这个时候提方文心比不提他更好,因此他决定让这个傻小子好梦成真。

在很短的时间里方文心成了部务会成员,正式跨入到报社领导的行列。梁文认为眼下业务这一块正是报社最薄弱的地方,而现任的副总编辑严格说在这上面都不是强手,所以提一个业务能力强一点儿的人是很有必要的。他需要有这样一个帮手,他不能成天把自己拴在版面上,拿自己来堵这个窟窿。虽然用方文心是将就了一点儿,但比另起炉灶弄起一个新人来毕竟还是要省心省力。而且提方文心还有一个好的地方,他以前就曾经是内部考虑过的副总编辑人选,提他对方方面面来说都比较好接受。之前他挤走李明亮下面就有一些议论,有些话说得还很不好听,多少有损他的声誉,这回他也正好借任用方文心来改善一下自己的形象。

梁文有意省掉了公示这道重要程序,直接宣布了任命。他的确也担心有人出来提意见公示有可能通不过,不过他倒并不是很在乎方文心提拔受阻,只是不愿意自己提议的事情让人说三道四,更不愿意看到自己定下的盘子让人推翻。他故意不走正当程序还有他匠心独到的考虑:第一是让方文心上得不那么"合法",让他一上来就有负面舆论,无形中给他树一些敌人,给他即将开展的工作造成一定的压力；第二是让大家都感觉到方文心是他的人，以此让方文心没有二心。

说到底，梁文算是捏着鼻子提了方文心。他对领导班子的配备有自己周密的考虑，他希望三两年以后进行一次彻底的大换血。本来他是下决心把比自己年纪大以及和自己年纪相仿的这一茬人彻底牺牲掉的，他要用自己的实际行动来实施干部年轻化。他想用的是比自己小三到五岁的那批人，他们正是三十上下，精力充沛，又有一定的工作经验。不过他也觉得这批人目前还是稍嫌嫩了点儿，尤其是出众的人多少有点儿轻狂自负，他觉得还应该让他们在现实中多碰几回壁，多遭受些打击和磨砺，更加成熟一些再说。他不能让他们年纪轻轻就一路绿灯顺顺利利地上来，那样太便宜他们了，对他们的成长也不利，他们会更加不知道自己几斤几两。他提他们是要用他们干活，用他们创造业绩，当然也要他们服他，因此他不会草率行事。

同样对方文心他也没有让他一步到位当上副总编辑，在他进入部务会之后就搁下了，实际上等于只是让他向副总编辑的位子靠近了一步。就这样梁文还是觉得这件事情上他占的便宜太大了，所以在让他正式坐上副总编辑位子的这个时间上还要拖一拖。在梁文看来无论是按自己的心意还是按自己的标准，方文心都是不够格当副总编辑的。他有这么个可能，完全是插了报社没人这么个空当。

可是方文心却并没有因此而表现出感恩戴德。不知是因为

成人游戏

这个红红的大苹果在眼前悬挂得时间太久让他麻木了，还是他觉得这个位子非自己莫属，竟然对此很不以为然。梁文一直在等着他来感谢自己，以便和他作一次深入全面的交谈，把官场的一套点拨他，让他开窍。可是每次方文心找他只说手头上的事情，多一句话也没有，而且丝毫没有和他接近的意思，相反倒像是要避嫌一样故意疏远他。梁文心里实在恼火，他还从来没见过这么迂腐不懂事的人。他本身就是个骄傲自负的人，当然不可能放下身段去对方文心循循善诱。

梁文心中叹息：方文心书读得不少，学问不错，才华不错，业务能力也不错，但只适合做具体的事情。他不懂官场语言，不谙人情世故，这是他最大的缺陷。仅此就决定了他和自己永远不会成为一条道上的人。

安排完了方文心，梁文的下一个目标就是办公室主任老马。

老马是报社最早表现出对他关心的人，也是报社最早替他做事的人，正因为看在他有这个心的份儿上梁文才一直忍耐着没有动他。要说他做的事情，梁文可是一件也看不上。

梁文最难以忍受的就是老马替他装修的办公室。他看了第一眼心里就有一百个不满意，他认为这个办公室装得要格调没格调，要品位没品位，反正是没有一处合他的意。无论是装修材料还是装修风格都土得掉渣，外面有那么多新颖美观的材料在这里一点儿也看不到，满屋都是陈旧和粗劣的东西。墙刷得灰不灰绿不绿，地板是那种怎么擦也擦不出来的土黄色，家具是散发着浓厚的胶水味儿走近了辣眼睛的复合材料制品，一看就是廉价货。尤其是办公桌椅，个儿大得离谱，横一排竖一排还带拐弯儿，样子十分夸张，还有一些累累赘赘莫名其妙的贴面和装饰，简直俗气无比。梁文觉得自己往那儿一坐就像是刚发了一点儿小财的乡镇企业老板，实在是一点儿感觉也没有。

其实老马真不是存心要让年轻的总编辑不高兴，相反他巴心巴肺地想讨他的喜欢。为了买这些东西，他转遍了城里城外的家具市场，最后选中的这套办公桌椅的确是因为看中它们既气派又实用而且还不贵。老马还真不是单单想替报社省钱，讨好领导他永远是摆在第一位的——这个账他还是算得清楚的，买东西花的是公家的钱，领导满意落着了好那可是自己的。为梁文办事他是不惜代价的，只不过他从来没有机会为他这个年龄层的领导服务过，不了解他们的口味和讲究。他以为桌子就是桌子，椅子就是椅子，能用就可以了，顶多就是挑一挑结实耐用，对品牌他是一窍不通，脑子里也根本没有这个概念。在他看来"牌子"压根儿就是蒙人的，为"牌子"多花一块钱他都会觉得吃亏上当。所以也就决定了他办出来的事情没法让梁文满意。

梁文也清楚老马这么做事并不是有意要让他不痛快，他就是人蠢事难成。可是别的还好将就，自己办公室将就起来实在

成人游戏　379

太难受了。梁文上班只要一迈进办公室心里就很不爽,就像出门穿了一双不合脚的鞋。有时他在办公室里坐着,心里便无名火起。他后悔当初太相信这边的办事能力了,自己都没有过来看一眼。可是他无论如何也想不到办公室竟然会装修得这么没水准。而且他居然还在老马的脸上看到了邀功请好的表情,他只差没有气晕过去。

没过多久,他办公室的椅子就开始出毛病,首先是转轮掉下了一个,他打电话给老马,让找人来修。因为还没过保修期,老马一个电话打过去,厂家马上就上门来了。修好没几天,又一个转轮掉了下来,他再次打电话叫来老马,只对他说了一句"这椅子又出毛病了",就不再和他说话,转过身去和刚走进来的方文心谈起了稿子。上次厂家来修转轮的时候老马在旁边看了,觉得不算太难,他出去找了两件工具,鼓捣一番,就装上了,推一推还算结实,至少一时半会不会有事。他对梁文说回头再让厂家来好好修理,梁文不置可否,装得就像没听见。

老马回到办公室,回味着刚才的一幕,心头很郁闷。他明显地感到了梁文的不满和冷淡,觉得自己好心没好报,马屁拍到了马脚上。他想自己替他装修办公室不说功劳也有苦劳,为了讨他一个好也是费了不少的周折,先是打通李明亮这个关节,又软磨硬泡逼着资料室搬了家,为了抢工期又跟装修公司不知说了多少好话,赔了多少笑脸,每天还没日没夜地盯着,生怕装修工人偷工减料做得不到位,可是直到把一个装修得新崭崭的办公室交到他手里他竟然连句表扬或者感谢的话都没有说。这些也就不说了，现在不过是椅子的轮子坏了两个，就这么给自己脸色看，而且还当着方文心那小子让自己没面子，老马想想挺心寒。他看方文心也是越来越不顺眼，觉得他狗仗人势，拿着一副高高在上的架势跟在梁文后面牛逼哄哄的，故意压他一头，因此他也越加地气恼。

晚上回到家老马给自己斟上一杯二锅头，三四两酒灌下肚，心情才慢慢平展开来。他想自己跟梁文也好跟方文心也好根本就不是一茬人，论年纪自己是他们的长辈，他们是自己的晚辈，大人不记小人过，自己没必要跟他们一般见识，更没必要跟他们去比什么拼什么。自己都五十八了，退休就是一二年的工夫，自己也该看开了，能平平安安做一天和尚撞一天钟就挺好了，毕竟还有那么些人下岗呢。何况在报社挣得也不算少，一个月混下来好赖都有五六千块钱，赶上奖金多的时候还远远不止这个数。这么一想他的气就顺了，心里也没有什么不愉快了。

第二天他去上班已经把头天的不开心统统忘光了，可他忘了并不等于别人也忘了，他到班上不久薛恩义就打电话叫他过去。

老马颠颠地跑去，薛恩义开门见山地问他："你怎么给梁总买伪劣产品啊？"

老马顿时蒙了，反问他："我什么时候给梁总买伪劣产品啦？"

薛恩义皱着眉头说："梁总说他的椅子坏了不止一次了，

他来才多久啊？这还不是伪劣产品啊？"

老马一脸委屈地辩解说："我也没拿一分钱的回扣啊！"

薛恩义便换了体己的语气开导老马说："老马啊，咱们共事也不是一天两天了，换别人我就不说了。梁总年纪轻，他们年轻人可不像咱们老同志这样讲究艰苦朴素，他们讲美观，讲档次，你跟不上形势是不行的。其实你不懂也没关系，说老实话我也一样不大懂。我不是跟你说过，不管替梁总买什么东西你都事先去问他一声，别让他觉着咱们小气，在他身上都舍不得花钱——你不想想这一摊都是人家的，你省钱又何苦呢？再说这钱省下来既不是你的也不是我的，这样的顺水人情你干吗不给他好好做呢？"

老马起初心里很别扭，觉得薛恩义怎么也来挑理，存心就是跟自己过不去，但是听他说了几个"咱们"，心里就顺溜多了。琢磨琢磨他说得也有道理，也的确是为了自己好，便点头道："好吧，我记住你说的了，你放心，我会尽量把事情办好的。"

从薛恩义办公室出来，他噔噔噔跑到梁文办公室，请示他想换一把什么样的椅子。梁文一脸纯真的微笑，连连摆手说："不用换，昨天你不是已经给我修好了吗？"

老马反倒有些尴尬，他非常实诚地说："我担心过两天它还得坏，还是换一把新的踏实。"

梁文十分诚恳地说："这把椅子挺好的呀，你看它多结实，哪里这么容易就坏了？不用换不用换！"

老马还是坚持说:"换一把新的吧,您想要什么品牌什么样子您告诉我,我马上就去买。"

梁文态度坚决地说:"真的不用换,好好的椅子换它干什么?"

老马不知道该怎么劝说总编辑,是坚持换还是听他的就不换了,心里拿不定主意,人就木在了那儿。站了片刻,实在找不到话说,便讪讪地退了出去。

过了两三天,梁文和薛恩义说别的事情提到老马,他就像是随口提起一样:"我考虑让老马动一动,不过还没太想好。"

薛恩义马上做出洗耳恭听的样子。

梁文看他恭敬地静候下文,于是又多说了几句。他说:"老马岁数大了,在办公室工作我看不太适合。办公室这摊事儿弹性很大,说大不大,说小不小,多做事情就多,少做事情就少,只是做得好跟做得不好差别相当大。就像开饭店,有星的和没星的就大不一样,星少的和星多的也不一样。古人说'兵马未动,粮草先行',我看办公室这块就是'粮草',应该是为主战场服务的,但以前根本就没这个意识,都以为办公室就是打杂的,一点儿也不重视服务的质量。我考虑很久了,觉得办公室这一块还是应该用年轻人来干。年轻人精力好,观念新,有创意,我相信能做出新意来。而且最好是公开招聘,让有能力同时也有兴趣的人来做,真正把这一块搞好、搞活,让大家都感到舒舒服服的。"

成人游戏

薛恩义听了立刻击掌赞道:"您的想法太好了!这样就能让办公室真正起到它该起的作用了。我们怎么就没想到呢?"

梁文脸上有了笑意,问他说:"不过,你看这个老马怎么办呢?"

薛恩义心想这么一来老马明摆着就要遭殃了,从心里说他还是很同情老马的,毕竟从报社成立那天起他就在办公室工作,从一个办事员一直干到办公室主任也是付出了不少辛苦的,而且也的确替大家做过不少事情,操过不少心。况且老马也是报社的元老,再过两年就要到点退休了,按照惯例要是没犯错误一般就不动了。当然薛恩义也知道这样占着位子对工作是不利的,但他和老马是多年的同事,而且也是多年的上下级关系,从老马的角度想想他还是觉得他挺委屈的。

他沉默了片刻问梁文:"您打算让他去哪里?"问完之后立刻就后悔了,觉得自己不该多嘴,赶紧收住了话头。

好在梁文似乎并不介意。他不怎么当回事儿地说:"让他去发行那边吧。"

薛恩义小心翼翼,问他:"那怎么安排呢?"

梁文说:"保留正处待遇吧。"

薛恩义认为这一来老马是被贬了,不过总算还保留了一个正处待遇。他将心比心,觉得老马肯定难以接受。在这边他毕竟是个主任,到那边虽说有正处待遇,但实际上也就是普通一兵。老话说"落了毛的凤凰不如鸡",发行那边的一把手大马是个谁都不放在眼里的浑人，仗着舅舅是个大官趾高气扬，每天不分早晚喝得醉醺醺的，脾气比爆竹还暴，一点就炸，在班上见鸡骂鸡，见狗骂狗，下面意见极大，但却是敢怒而不敢言，估计老马到了那边也不会有顺心的日子过。薛恩义知道老马这个人表面看起来随和好说话，实际上也并不是一个随方就圆的人，有时候也很强硬，尤其是犯起轴来也是一条道走到黑的。薛恩义觉得梁文这么处理不太好，不过他想这根本就不关自己的事儿，马上点头说好，没有一句多余的话。

梁文转天就宣布了这个决定。

果然老马对这个安排极为不满，他怒气冲冲地跑去找薛恩义。他嘭的推门而入，一屁股坐在沙发里，自己给自己点上一支烟，一声不吭地闷头吸起来。

薛恩义坐在办公桌后面没动，他远远地望着老马，心里十分同情他，脑子里却在飞快地考虑着怎么应付他。

老马狠狠地把烟头扔到地下，用鞋底辗灭，愤愤地说："你倒是说说，这不分明就是整人吗？我知道我这个人没能耐，文化不高，嘴也不甜，不像有些人那样会巴结领导，会说好听的，会摇尾巴，但是我可以拍着胸脯说我对工作是认真负责的。我做了半辈子的办公室工作，没有功劳多少还有苦劳吧？我也不是在这里摆老资格，从报社成立那天起我就在这里了，这么多年换了几茬领导也没人挑过我什么大毛病，怎么到他手里就过不去了？要是我做错了什么事情你们向我指出来，我知错必改，这总可以吧？不能跟我这么玩阴的！你们不明不白把我给停了，你们等于把我连根拔了呀，你是我的主管领导，我还是要找你把话说清楚。我这个人做事凭良心，我不敢也这样要求你们这些当领导的，不过你们至少也应该把事情做得大面儿上过得去吧？报社也不是就我们三两个人，还有好多双眼睛瞧着呢，我想你们做领导的不会一点儿影响都不考虑吧？今天我把话放这儿，你们别跟我说发行那边有多好多好，那边再好我也不去，我不懂发行，这么大岁数了也不想再从头学起。如果你们要想免掉我这个办公室主任随你们的便，反正我就在这儿扎下去了，哪儿也不去。"

薛恩义看他一张脸气得乌紫，情绪激动，真怕他突发心脏病。他赔着笑脸打着哈哈劝他说："老马你先平静一下，你的工作大家是有目共睹的，你的确是认真负责，兢兢业业。你在办公室期间为大家办了许多的实事，许多的好事，我就不一一列举了。并没有人说你做错了什么，至少我没有听见过。据我所知，让你去发行部就是正常的工作调动，这是根据工作需要做出的安排。"

老马毫不客气地打断他说："你用不着跟我说这些好听的，我活这么大年岁，不说吃了多少盐至少也吃了多少米，不说过了多少桥至少也过了多少路，你们那一套我见多了，话拣好听的说，事往阴损里做，我知道你们是嫌我挡道碍事了，明说不就完了？蒙别人千万别来蒙我，你就别在这里跟我胡扯什么'工作需要'了！"

薛恩义听他这么说，脸上有点儿挂不住，但还是不痛不痒地劝他说："你不要想得太多了，谁说你挡道碍事啦？没有一个人这么说嘛。你听我一句话，发行和办公室是一样的，都是报社工作的一部分，在哪儿都是为人民服务，我想这你也是清楚的。"

老马冷笑道："你说得一点儿没有错，的确在哪儿都是为人民服务，不过对我来说不一样。我在这儿是当头儿的，到那边我连个屁也不是——换你这能是一样的吗？"

薛恩义无言以对。他其实一直是同情老马的，但老马这么直言不讳地说出来，他听了心里还是很不舒服。他想这老马真是一个粗人，白在报社这样的文化单位里泡了这么多年，还这么没文化，话出来一点儿拐弯都没有，自己好心好意劝他，他还不识好歹！薛恩义知道跟老马来软的不行，话锋一转说："不管你有什么想法，老马，既然组织已经做出决定了，你就服从组织安排吧。"

老马一听薛恩义这口气，一句话没有，站起身就走了。

出了薛恩义办公室他进了金候高的办公室。令他极其失望的是金候高说话的调子和薛恩义简直一模一样，就像事先串通好的。他一生气跑去找姜树柱。

姜树柱是个凡事不做主而且极少正面表态的人，报社的人背后给他起个外号叫"泥菩萨"。老马心里清楚他肯定也不会替自己做这个主，肯定也不会替自己出这个头，要靠他来替自

成人游戏 387

己翻盘恐怕比登天还难。可就是这么一线微弱的希望他也不想放弃,他指望姜树柱至少能替自己说两句公道话。

姜树柱见老马来找他,脸上露出亲切的笑容,给他递烟,又给他倒茶,然后坐下来作认真倾听状。在老马诉说的过程中,他一直频频点头,让老马觉得他是完全站在自己这边的。等老马说完,姜树柱开口慢吞吞地发表了自己的意见。他说的话与薛恩义和金候高说的如出一辙,连措辞都几乎一样,只是他说话的口气更绵软,语调更温和。

老马彻底灰了心。

他回到自己办公室,大发雷霆。他拍着桌子吼道:"我他妈就不信这个邪,我偏不去发行那边上班,看能把我怎么样!"

老马这通火一发,这件事就这么放下了。

一个星期风平浪静地过去了。

一个月也风平浪静地过去了。

老马以为自己终于取得了胜利,绷着的劲儿慢慢松了下来。

老马的劲儿一松,梁文就上劲儿了。

这一个月,梁文又有了新主意。他提出把办公室副主任的位子拿出来竞聘,只要有工作热情,有创新意识,不论资历,不论经验,不论年龄,不论性别,谁在竞争中取胜都可以上,以此来真正体现一次不拘一格选拔人才。

竞聘的结果是小灵和小丽同时当选。她们一个二十五岁,一个二十六岁,进报社都不到三年时间,职称同样是助理记者。两个女孩儿同样是伶俐乖巧，能说会道，尤其值得一提的是她们都长得姣如春花，媚如秋月。报社的人对此议论纷纷，都说领导同志是以色取人，色字当头，而且把这场公开竞聘定名为"选秀"。

梁文听到这些话也就是一笑而已。作为评委他认为小灵和小丽在竞聘中表现得旗鼓相当，他一个也不舍得去掉，因此办公室副主任一下子提了两个。

小灵和小丽成了报社最年轻的副处级干部。自从她们俩到了办公室，这里一下子成了报社最亮眼的地方，每天门一开就人来人往的，比从前热闹了许多。

老马仍然是办公室主任，他自己也仍然端着办公室主任的架子。每天小灵和小丽一上班就先给他泡一杯热茶，替他把办公桌擦得干干净净，把他当个爷供着，但就是没有一件事情去问他。不管懂不懂，是真懂还是假懂，她们遇事都自己做主。老马捧着热茶端坐在办公桌后面看着她们出错，有时候有点儿于心不忍，指点她们一下，她们倒也十分虚心，他怎么说她们就怎么改。他要是懒得开口，她们也就将错就错。老马上了几十年的班，还从来没有这么清闲过，也从来没有这么不自在过。他眼看着两个小丫头把他架空，可他还不能跟她们急，因为他知道这也不是她们想要这样的，她们这么做是因为端的是人家的饭碗，得听人家的话，何况她们还是孩子！老马本性善良，他想想自己，想想她们，觉得谁都不容易。再说小灵和小丽两个都是小脸粉嫩，笑容甜美，看着就赏心悦目。爱美之心人皆有之，老马自然也不例外。他跟她们相处日久，看她们就跟自己的孩子一样，越看越爱，越看越疼，实在硬不起心肠来为难她们，就是想对她们放下脸来耍耍威风也很难做到，更不好意思给她们下绊子来狠的。他甚至想如果她们真的是来给自己当副手的，那自己恐怕睡着了都要笑醒的。

可是现在他根本就笑不出来，因为明摆着她们是来取代他的。从前忙的时候他喜欢叫苦，现在一点儿事情没他的，他才知道什么才是苦。他心里又苦又涩，可他没处说去，而且他知道说了也没用。他每天还是到点儿上班到点儿下班，自己都不知道一天一天是怎么混下来的。晚上回到家里他总是自己给自己来一瓶小二，借酒浇愁。

两三个月就这样过去了。

有一天临下班前梁文来到办公室，他笑眯眯地告诉老马发行那边已经替他把办公桌安排好了，什么时候过去让他自己挑日子。老马一听，差点儿突发脑溢血。他以为事情早过去了，没想到梁文在这儿等着他呢。老马心里也清楚这就是最后通牒，自己去也得去不去也得去，没什么可讨价还价的。但他心里就是不服这个气。他恨恨地想：这个狗日的事情做得真他妈的绝！他黑着脸，一句话没有，既不说去，也不说不去，把梁文晾在一边。

梁文却没有一点儿跟他一般见识的意思，他不急不恼，从容不迫风度极好地侧过脸去朝小灵和小丽微微一笑，脸上带着那种凡事皆可容忍的平静,慢慢走近老马,就像对待家里脾气不好脑子又拐不过弯儿来的长辈那样半哄半劝地对他说:"你过去也就是替我盯着点儿,他们都有定额,对你没有这个要求。你是报社的老同志,而且你还不是一般的老同志,你是报社的元老,是老领导,老党员,就像一个家里的长者,你过去坐镇我心里会比较踏实。"

听梁文这样说,老马心头呼地一热,脸上的霜冻也顷刻融化了。他没想到总编辑会对自己这样低声下气,这说明自己在他心目中还是有位置的,也说明他不是把自己当破鞋扔出去的。尤其是梁文的这番话又是当着那两个新官上任三把火的小丫头说的,他更觉得自己的脸上大大地有光。对他来说这是拨开云雾见太阳,这么些日子以来他第一次有了扬眉吐气的一刻。

老马轴归轴,但并不是那种不撞南墙不回头的死心眼儿。既然总编辑给了这么一个台阶儿,他想自己还等什么呢?再等后面也没有了。于是他赶紧顺坡下驴,第二天一大清早就到发行那边上班去了。

这么难弄的一个单位,又是人心涣散士气低落的时候,梁文却一点儿一点儿把这个烂摊子收拾起来,让它一天一天有了新的气象。可是报社的人还是对他不很服气,明里暗里常拿他和徐达相比,得出的结论是他许许多多的方面都不如他的前任。

尤其是那些年纪大些的人普遍倾向徐达，他们认为徐达宽厚、平和、能容得下人，这些梁文不具备；徐达处事圆通练达，处理问题有条不紊，一眼能看到问题的根本，而且凡事能够站在对方的立场上去想，与人为善给人方便，也是梁文比不上的。就是单从业务上说，徐达极有新闻敏感，而且写得一手锦绣文章，这也是梁文所不能比的。他们认为梁文处理问题果断却不免意气用事，办事干练却不免简单草率。他们在背后说的最狠的一句话是："他根本不懂报纸"，潜台词是说他外行领导内行。

梁文很快知道了老同志们对他的议论或者说是非议，在此之前其实他已经在他们的情绪中有所觉察。他经常看到他们晚饭之后从家属大院溜达到办公区，衣冠不整地在大草坪边上一边绕着圈子散步，一边交头接耳神情诡异地说着悄悄话，一看便是在交流和散布着败坏别人的消息和流言。梁文从他们身边经过总是不自觉地加快了步伐，而他们看到他总是机警地收住话头，脸上飞快地堆起假笑。梁文觉得这帮人就像病菌一样可怕和可憎。从内心里说他比他们不喜欢他更加不喜欢他们，但他知道自己不能有所流露，更不能有任何地方冒犯和得罪他们。他深知他们的心理，一方面自认为是老资格，别人敬重自己是理所应当的，凡事都想占上一席之地；另一方面也清楚自己是过气人物，惧怕彻底地退出历史舞台，对别人的忽视和冷淡极为敏感，有时甚至到了神经质的地步，而且往往嫉妒心空前高涨，最容易做出丧失理智和不顾颜面的事情。梁文清楚自己的年龄、所处的地位等等在某些时候的确是优势，而在某些时候不仅不是优势，还是明显的弱点，很容易招致莫名其妙的敌意甚至是无端的攻击。他清楚自己对此防不胜防，因此也就更需要严加防备。他认为最好也是最可靠的办法就是防患于未然，要做到这一点儿，最好也是最可靠的办法是赢得老同志们的心。为此他动了不少脑筋，也刻意做了不少的事情，试图博得他们的好感和认可。

梁文尽一切可能对老同志做得礼数周全。逢年过节他总是穿着西装带着鲜花礼品携同手下的几位副总编辑去看望离退休老干部，对久病住院的还专程到医院探望，对于在职的老同志他也尽可能地给予他们敬意和关怀。在他的提议下增加了离退休老干部的年终慰问金，在他们过生日的时候有专人给他们送去礼品和礼金，每年都为他们安排外出旅游度假，在职的员工发东西他们也人手一份，等等等等。对于那些即将步入退休行列的人他也进行了一定程度的笼络和安抚，比如同样是经他提议报社成立了有史以来第一个顾问团，所有的顾问年龄都在五十五岁以上，由全体人员投票从资深编辑记者当中选出，让他们对每期的重点选题进行论证和评论，每月他们可以凭自己的工作量拿到五百至一千元不等的顾问费——顾问费虽然不高，但能当上顾问对不少老同志来说还是有一定的吸引力和诱惑力的，因为在他们看来这是一种荣誉，意味着被重用和被承认，这让他们心情很好，干劲很足。当然对于那些想得明白和看得开的人来说这一招并不起什么作用。还有就是此举除了带来了一些好的效应，问题也不是没有。报社五十五岁以上的人至少有三十几个，而顾问团的成员不过六七个人，即使再增加名额也不可能把三十几个人全都囊括进去。因此梁文只好修改游戏规则，实行每年改选一次，就这样仍然是难以摆平。他自己也知道弄这么个顾问团纯属是聋子的耳朵，可是为了自己能讨得一个好口碑他也只好搭了工夫陪那些闲人们玩儿。

但是就这样负面的评论和抱怨之声还是很多，尤其是那些没有进入顾问团的人意见特别大。他们在背后说梁文喜欢表面文章，做的都是样子活儿，心眼儿太多，不是个脚踏实地真抓实干的人，还有一些话就更加不好听了。梁文也意识到自己成立这么个顾问团的确有些顾此失彼，作为补救，他又提出报社所有老同志退休之后可以按照一定的条件返聘。他汲取了上一次的教训，特意把覆盖面弄得大些，把这个条件放宽到副处和副高以上，也就是说编辑记者差不多人人都有份。这一招果然颇得人心，那些被圈在里面的人即刻谀美之声一片。

梁文自己也很得意。他决定再做几件能更加深入人心和能起到标志性作用的事情，让大家都看得见，让大家有口皆碑。

不久他就做了一件事情，在老同志当中赢得了更多的声誉。

报社有一位既很突出又毫不起眼的编辑名叫施崇德，他是一个归国华侨，也是一个语言天才。他出生在菲律宾，从小随父母在印度、法国、澳门等地生活过，精通英语、法语、葡萄牙语和西班牙语,还懂一点儿德语和意大利语。尽管他会多门语言,平常却寡言少语,很少主动跟别人说话。他不擅交际,既不和同事来往,也不和领导来往,如果有人主动接近他,他会显得局促不安。渐渐地同事都疏远了他,他成了一个独来独往的人。

施崇德做了几十年的编辑,工作倒是勤勤恳恳认认真真,不过拿出来的稿件实在是太勉强了。有些本来还算不错的稿子经他编辑之后往往不是增色了,反而是逊色了,有的本来没有错误的,他竟然可以改出错误,所以直到退休他也没有评上副高职称。报社里这样的人寥寥无几,一般业务能力不太强的都趁早转行或者调走了,只有施崇德一直坚持了下来。他实在是太热爱这份事业了,说酷爱都不过分。据说评委们都非常同情他,很想拉他一把。可是一是他业务水平实在太差了,二是评委手上都有关系户需要照顾,人家都是托了关系送了礼的,名额有限,关照了他们也就关照不了他了,三是评委们也不能让他上了而没让比他更好的人上而砸了自己的牌子。因此十九个评委投票他一共只得着三票,距离必须要过投票总额三分之二还差得远。报社每到评职称前大家都要活动一番,请客、送礼、托关系,至少也要给评委们打打电话,施崇德一样也没有做,投票结果出来之后他也是反应平淡,甚至是毫无反应,还是一副木然淡定的样子,就好像职称与他并无关系。

而实际上评不上职称按照梁文推出的规定就无法返聘。和施崇德同时退休的还有四位同志，他们都有返聘资格，只有他一个人没有。梁文查了以往的记录，如果用这个规定去套，像施崇德这样不够返聘条件的就是在报社历史上也只有两例，算上他才是第三例。于是他大笔一挥，把施崇德的名字加进了返聘名单。

返聘不算是一件大事，但就这样一件不大的事情也同样有许多双眼睛盯着。在此之前返聘都是严格按规定执行的，还从来没有为谁破过例，因此施崇德破例返聘便招来了不少的议论。

梁文听到了议论，但他不置一词。

有一天，和施崇德一起退休又一同返聘的另一位老同志老王仗着自己跟梁文的父母是清华同学，下班之后踱进梁文办公室，拧着眉头做出百思不解状问他为什么要对施崇德搞特殊。梁文打开烟盒，先递了一支烟给叔叔辈的老王，微笑着反问他："您认为不可以返聘他吗？"

老王吸一口烟，不以为然地摇摇头。

梁文淡淡一笑，他在老王边上的沙发上坐下来，轻轻地拍着他的膝盖对他解释说："您知道老施也是当年'打天下'的人。据我观察，他非常努力，非常敬业，也从来不做捣乱的事情。这样的一个人，用爱岗敬业刻苦努力来形容我看一点儿也不过分。可是他这一辈子在报社可以说什么好处和机会也没有得到，他没有当过一天的官，奖金他总是拿最末一等，就是每年的好稿他也是最少的。当然可以说这是他的能力所限，但是在我看来他并不是这个报社里水平最差的一个人，他只不过是最老实的一个人。我不知道他本人是怎么想的，如果换了我，我会觉得很堵心的。我从来没有听到他对谁抱怨过，也没有听他说过一句不满的话。一个人有自知之明是可贵的，一个人内心平静与世无争更是难能可贵，也算是达到了一种境界。说心里话，我是很佩服他的，我也很敬重他。按照规定我可以不返聘他，但我还是希望能最后给他一次机会。我承认我确实是利用了手中的职权，但我并没有做什么损害他人的事情，相反，我认为我是做了一件好事情。我让一个一辈子不得志的人有了一次找补的机会，我真心希望让他觉得自己并不比别人差。再说，返聘他不会影响报社任何一个人，而对他来说晚年很可能因此而有了一个良好的心境，我希望这对他健康长寿有好处。"

老王没有听完就对梁文竖起了大拇指。他满怀激动，非常真诚地对这位侄儿辈的总编辑说："您不必说了梁总，我代表全体老同志感谢您！"

梁文也立刻做出谦逊的姿态说："其实我没想到的和想得不周到的事情多得很，对于您我也关心不够，照顾不周，请您多多包涵。今后还要拜托您常给我提个醒儿，毕竟我年纪轻，经验少，有做得不妥当的地方请您多指点。我希望我们报社每一位同志在我这儿都能工作和生活得愉快。"

梁文的这番话在报社通过口耳相传，迅速地传开了，比会上传达的还要深入人心。报社的人——尤其是那些上了岁数的同志,都对这位年轻的一把手刮目相看。越来越多的人晚饭后在报社院子里绕着草坪散步时都夸他好。他们异口同声地说:一个刚刚三十出头的人就知道替咱们着想,不简单呐,前途无量啊!

第五章

（马雅）

　　我逐渐看清了时间具有侵蚀一切的力量。爱情、快乐、痛苦、沮丧，时光都能够让它们变得模糊一片，面目皆非。真的，我觉得我已经离往事很远了，离我们昔日的爱情很远了。那时那种令我想起就会震颤的感觉，那种令我血液沸腾的渴望，那种令我整个人都燃烧起来的欲望，现在都已经消退。我再也听不到爱情的声音在我内心深处回响，我成了一潭死水——幽深而没有波澜的死水。现在我在楼道里或者餐厅里再遇到那个和你传出绯闻的妖气袭人的女会计也不再有任何感觉，我麻木了，对她没有妒意，也没有憎恨。每次看到她化着夸张的浓妆，穿着毫无品味的尼龙衣服，自我感觉极好地高声说话，浑身乱颤地大笑，满脸招徕别人的媚态，我顶多只会想这是一个拼命想多捞一点儿的可怜之人，我不会再因为她而感到受伤。相反，我觉得她很可悲，和我一样可悲——没有伤害众人却被众人耻笑和歧视，她甚至比我更加可悲。

　　亲爱的，我说过也许有一天我会把你忘记，就好像我们从来没有走近，就好像我们从来没有过肌肤相亲，这一天大概已经来了，尽管我也没想到它这么快就来了。

　　现在，我渐渐想明白了，由于生活恰到好处的错位，我们走到了一起；同样也是由于生活恰到好处的错位，我们分离了，而且是一种不伤和气的分离，一了百了的分离——一切都是如此地恰到好处！

因为有你的爱，或者说因为曾经有你的爱，我成了一个温柔娴淑的女人。在我们相爱的日子里我内心贞静，快乐而满足。而现在我已经离那样的心境和生活太远了，远得就好像那是另一个人的生活。所有你提供给我的滋养早已经耗竭一空，我饥渴无比，每一天、每一小时、每一分钟都是穷途末路。因为你的爱我知道了我是一个需要爱、离不开爱的女人，哪怕只是一点儿微薄的温暖也行，可是却什么也没有。我的心是冰冷的，犹如被坚冰冻住了一般。我发现我已经丧失了爱和寻找爱的能力。

现在我的心灵和身体是分离的，我从外形到内心都发生了很大的变化。我剪去了你喜欢的那一头乌黑的长发，烫了一个烟花爆炸一般的发型。我迷上了化妆，只要出门我一定会花大把的时间把自己涂抹一新。我穿大胆暴露的衣服，用气味浓烈的香水，我让自己变得夸张和抢眼。我渴望吸引异性的目光，不在乎同性的嫉妒和嘲笑。我自己都不知道为什么要这样，大概就是为了和曾经的一段人生彻底告别吧。

我不知道我的生活目标是什么，我没有目标，但是我还在乎生活，所以我尽可能地过好每一天。我不让自己劳累，不让自己饥饿，也不让自己寂寞。当我的生理有了某种信号，我会毫不犹豫地去满足自己。我约会那些在网上结识的人，我们经常连彼此的名字都不知道。以前我觉得这是不可思议的，现在这就是我的生活。

有一件事我要告诉你，我嫂子给我介绍了一个对象，一家公司的部门主管,比我大八岁,离异有子女。我已经跟他见过几次面了,在我们见第二面的时候就上了床,而且也谈到了结婚。他这样对我说:"嫁给我吧,我会让你生活得幸福的。"我听他说出这句话就忍不住笑了,笑得都控制不住自己。我不知道自己为什么要笑,大概是因为听到他说"幸福"吧。他竟然说得那么肯定,就好像在说现在是几点几分一样。也许"幸福"在他的词典里就是那么简单明确的一件事情。我不知道如何描绘这个人,在我看来他是一个简单的人,用简单的方式思考,说最简单的句子,吃最简单的食物,谈最简单的恋爱,连做爱也是简单的。凡事他都化繁就简,就像是一台具有超强简化功能的机器。用"机器"比喻自己的结婚对象好像是有点儿损,但我实在想不出对他更形象更贴切的比喻了。真的,我对简单没有偏见,我这么说也一点儿不带贬义。也许正因为简单,他身上有一种直截了当的东西还挺打动我的。我在不知不觉之间已经被他同化了,也变得简单起来,而且我觉得这种简单的方式其实也挺好的。

玩累了我想或许结婚也是挺好的。我不知道这算不算是重生?我想不到我还会死而复生,我更加想不到的是眼前还有一份美好的生活在等待着我——虽然只是一份简单的美好生活,或者说是一份简装的美好生活。

总之我会听从命定的安排。我很知足,真的。

我有什么理由要求得更多呢?

（温伯贤）

今晚月亮很好，月色如水。明月之夜我格外想家。这种感觉可以说已经很多很多年没有了。在我第一次离家的时候，我会时常想念我那个在山沟沟里的家，想念我那脸色憔悴头发蓬乱身上沾着杂草日日辛勤操劳可总是没有办法让一家人吃饱的母亲。而当我和秀珍结婚组成了自己的小家庭，我却从来不是一个恋家的男人。外面有太多的事情需要我去做，我的舞台在家之外，我经常是把自己的小家置之度外。

眼下却不一样了，外面的一切都结束了——完全彻底地结束了。也许早有人在等着我把位子腾给他们了，他们手脚麻利地清理了我遗留的东西，干净彻底地消除了我留下的痕迹，对我没有一丝一毫的怜惜和留恋，到此我才知道自己在他们心目中的真正的地位。而我活着的时候，在我还是报社副总编辑的时候，他们对我俯首帖耳，摇尾乞怜，可不是现在这副嘴脸。我痛苦而无奈地感到自己被欺骗了，我被这帮卑鄙小人无耻地欺骗了。

现在，我唯一放不下的就是我的老伴秀珍了，那种牵肠挂肚的惦念时时刻刻在折磨着我的心。三十二年的平凡婚姻，两个人早就成了一个人。激情的确早就磨灭了，但温热还在。当世界一片冰冷的时候我终于懂得了这份温热是多么的珍贵！秀珍啊，我走得太匆忙了，没有顾上好好安顿你。可是一个人最后一次离开就是这么说走就走的啊，儿女情长、牵牵挂挂都没法留得住他,我想你不会怨我吧?秀珍啊,和你分开这么些日子,我并没有忘记你,相反越来越记挂你。你我夫妻一场,彼此就像是对方的一件衣服,几十年了,穿在身上可能没什么感觉,脱下来便会觉得冷。我后悔活着的时候没有对你更加关心一点儿,我也后悔活着的时候没有多爱你一点儿。

现在我闭起眼睛想到的都是你的好。从前我出国的时候你一个人含辛茹苦地带大儿子,物质匮乏的年代你半夜起来去排队买东西,风雪之夜你去接我下班,我病了你端汤递水尽心尽意从来没有一句怨言……当然我们也有磕磕绊绊的时候,我也曾经对你不满意过,你不要不爱听,你让我最不能接受的就是过日子手太紧了。以前我也说过你,可你已经养成了习惯,说了也不起作用。现在我还是要劝你,我走了,儿子也独立了,你再不要这么节俭了。你何苦自己抠自己呢?我反复跟你说过钱是身外之物,有钱只有过得好才有意义,如果有了钱没过好或者反而过得更加不好了,那还不如干脆没有钱呢。以前我们在钱上也常有矛盾,主要是你不愿意我把钱给我家里,但你想想我怎么可以不管生我养我的母亲让她过贫苦的日子呢?还有,你知道你为什么和你娘家人处不好吗?就是你不够大方。秀珍啊,我知道你的心是好的,心里总是惦记着你娘家的人,可是到需要花钱的时候你就光顾心疼钱而不心疼你的亲人了。所以他们对你有意见,也不大愿意和你来往。现在你手上有了这么多钱了秀珍,你应该大大方方地跟他们走动走动,毕竟他们是你的亲人,今后你和他们也好彼此有个照应,我也能够安心一点儿。

要说这钱也是意外之财,它们既然到了你的手上,就是你的,你就按你的心意去花吧。你节省了一辈子,也该过一过富足的日子了,这也算是我对你的补偿吧。

秀珍啊,刚才我特意到厨房看了看,我对你真是又生气又怜惜!你看看你吃得那么凑合,就是那么一点儿豆芽和白菜,连肉和鸡蛋都没有。冰箱里空空的,除了保鲜膜包着的半碗泡饭,还有一个大概是为了保持干燥的烧过的蜂窝煤饼之外啥也没有。我真难以想象你有了这么些钱还守着泡饭和烧过的蜂窝煤饼过日子!我知道我说这些恐怕也没有什么用,几十年了,我已经不知说过你多少次了,你的确也很难改了。

不过秀珍啊,走出这么一大段,我还是觉得只有你我的感情是最深厚的,和你的情分是最真实的。以前我从来没有对你说过这样的话,一起朝朝暮暮生活了三十多年,我没对你说过多少发自内心的话,好像说不出口,也觉得没必要说。大概做了夫妻的人就是这个样子吧。如果能从头再来一次,我不会这样,我一定会把心里的话告诉你。秀珍啊,你是这个世界上最爱我的女人,只有你对我一心一意而且从来没有一丝一毫的动摇和改变。你是我的妻子,我是你的丈夫,你是我的女人,我是你的男人,你是我身上的骨头,我是你身上的肉,我冷你也会冷,我疼你也会疼。我知道只有你对我的感情才是真正靠得住的,一生一世都是靠得住的。

秀珍啊，我会走得很远很远，也许你连梦都梦不到我。但是我会在某一个地方等着你，有一天你来了，我们就团聚了。你记住我说的话，我会等你的，我等的人只会是你，不会是别人。你要相信我，我们俩的感情是最深厚的，我们俩的情分是最真实的。我说的是心里话。要说我也真的是没想到，此生和我关系最密切的女人竟然还是你！

梁文尽管很得意老同志对他刮目相看,但心里十分清楚他们对他的好印象是建立在误会和误解的基础上的。他们尊敬他爱戴他,其实并不真的了解他懂得他。梁文有时候也这样想,如果老同志真的了解他懂得他,或者说他们真的知道他的所思所想,他们还有可能这么认同他吗?答案当然是否定的。梁文在这上面很清醒,因为清醒,他知道自己永远不可能融入到自己手下的这些同志们当中,成为他们的一分子,因此也就不可能成为他们贴心贴肺的代言人。他认定自己只能是他们的首领,因为在他眼里他们都是他棋盘上的棋子,而且多半是些无足轻重的棋子。相比较而言,他更喜欢报社的年轻人一些,尤其是年轻的女性,他觉得和他们在一起很愉快,很舒服,也更有共同语言。同样,报社的年轻人,尤其是年轻的女性,也都很喜欢他。他们被他那种酷酷的劲头吸引,甚至连他的傲气和冷漠也都极为欣赏。

这令梁文既得意又快慰,也成了他日常工作中的一个动力。他和《红楼梦》里的贾宝玉一样认为男人是须眉浊物,女儿是水做的。他认为报社的女编辑女记者比男编辑男记者更有才华,更有灵气,品位更高。他喜欢和女性相处,觉得和她们在一起比和男人相处更放松,更融洽,也更有安全感。他相信她们不会害他,也不会故意坏他的事儿,所以他上任之后提拔了一批女性到领导岗位上。除了小灵和小丽之外,马雅被任命为文化新闻采编室副主任,冯蓓被任命为社会新闻采编室副主任。这两位都曾是颇有争议的人物,她们背后的非议也比较多,但她们并没有直接参与以权谋私,因此她们也并没有受到任何形式的批评和处理。梁文认为越是这样越是要用她们,一方面是因为她们的确很有才干,另一方面也是以此还她们清白,用一句老百姓的话说就是"一胖遮百丑"。此外,孙美美被任命为总编室副主任,工会主席和青工部长也分别由年轻女性担任。如此,处级以上领导开会不仅不再是清一色的男人,而且可以说是美女如云。

从前徐达和报社的女性总是保持着礼貌的距离,他尽可能地忽略掉她们的性别,对待她们就像对待男同志一样。而实际上他又不能真的像对待男职工那样对待她们,和她们相处他总是格外谨慎小心,生怕遭人非议,给自己惹来不必要的麻烦。在男女问题上,身居高位的徐达心理负担极重,他既害怕付出,也害怕失去,更害怕因为一时头脑发热而闹到不可收拾。他成功地压抑了自己,没让自己出轨。而梁文却不一样,他喜爱女性,也敢表露这份喜爱。平常他喜欢用机巧的言辞和女同事逗乐,有时也和她们开一些或深或浅的玩笑。他除了敢大胆启用女性,对她们也比较照顾,只要是他职权范围之内他都会对她们网开一面,为她们提供种种方便。在男女关系方面梁文没有徐达那些条条框框,也不像徐达那样畏首畏尾。他不把女职工和男职工混同起来,相反他突出她们的性别,并且给予一种西方式的尊重。比如进门出门他自觉地让女士走在前面,他从来不会和女士争抢着上下电梯,有女士在场不随便吸烟,和女士同车他会主动为她们开车门等等。有人说他是作秀,但报社的女同志却不这么看,她们认为他这么做是出于良好的修养和习惯,她们普遍都对他很有好感,也都愿意亲近他,认为他是真正有绅士风度的人。

梁文一方面高高在上,一方面和年轻的女性打成一片,免不了有人会有议论,甚至有人会有醋意的不满。对此他看得十分明白,也有自己独到的心得。他认为在现在这个社会,作风问题已经不是什么大问题了,如果你大的方面没出问题,上面绝对不会用这样的小节来为难你;相反,如果你大的方面出了问题或者你其实什么问题也没出,但你成了瘤子和绊脚石,你的作风自然就会跟着有问题——要撸掉一个人往往就是在这上头做文章,或者说是在这上头找到突破口。对此梁文有一个十分经典的归纳,他认为官场之上"忠贞"二字是应该分开来说的:只要不站错队,就不怕上错床。

梁文当官当得很顺当,做人也做得很潇洒。到报社不到一年,他和多位年轻女同事有了或深或浅的交情。他自认为八小时之内和八小时之外是分得很开的,工作当中他和她们是工作关系,而工作之外,他和她们完全是另一种关系。他请她们吃饭,约她们唱歌,跟她们在QQ和MSN上聊天,和她们互通EMAIL,互发手机短信,甚至包了游戏厅一起打通宵游戏。除了不多的一些集体活动,更多的时候他喜欢一对一地与她们交往。她们都是有头脑有见识而且层次很高的女孩儿，都清楚得到上司青睐意味着什么。她们从不争风吃醋，而且个个都对自己与总编辑的关系守口如瓶。梁文玩得十分开心，而单位里除了一些泛泛的议论并没有什么不利他的传言和舆论。

梁文和报社的年轻女性中走得最近的大概要算总编室副主任孙美美。孙美美博士毕业，身高一米七五，芳龄二十九岁，是典型的"三高"人物。她的相貌和她的名字并不十分吻合，她长得高大茁壮，尽管也是明眸皓腕，唇红齿白，却很难算作美人。她的性格也是大大咧咧的，常常是未见其人先闻其声，而且她笑起来分贝极高，有同事形容她大笑的时候方圆几十里地都能听到。平常她最喜欢的装束是牛仔裤，T恤衫外面套一件宽大的衬衣或者是短外套，从来不穿裙子。她直爽大方，一点儿也不假装淑女，而且非常讲哥们儿义气。她最大的特色是说起话来口无遮拦，当说的不当说的都敢说，说出来的话常常是锋利如刀，直击要害，令人绝倒。有时候也因此得罪人，而她自己还不知道。

梁文正是喜欢她的随性和率真，也因为她不是什么绝色美人所以跟她交往心理上特别放松。他经常为工作上的事儿去找她，看见她从楼道里走过有事没事都会叫住她扯几句闲篇。他叫她特别大声，没有一点儿避忌，也从来不担心别人飞短流长，不过也确实没有人飞短流长。孙美美之外，梁文对任何女性都不这样。有意思的是报社里居然没有人认为他对孙美美有什么特别的偏爱。

而实际上他对孙美美还是有所偏爱的。他除了喜欢她出语机智犀利什么话都敢乱说，还喜欢她一手别人难敌的好文章。他经常从待发稿库中调出她的文章先睹为快，他觉得看她的文字是一种享受。她的文笔极好，精练，灵动，贴切，幽默，透辟，她的文章才华横溢，酣畅淋漓，该回旋的地方回旋，该拐弯的地方拐弯，该说到的意思没有一处没说到，不该说的没一句多余。而且不管文章篇幅多长，内容多繁杂，甚至她多么不占理，她都能写得头头是道，收放自如，没有一处淤滞不通和力不能及。就和她平时说话一样针针见血，箭箭中的。梁文读着读着会不由自主地击掌称赞，有时甚至觉得这样绝妙的文章应该是自己写的。

某一天梁文带着欣赏的心情读着孙美美的文章，忽然生出一个念头。他想真应该把徐达出事以后停掉的"新闻论坛"恢复起来，这本来就是这份报纸的招牌菜，停掉实在是相当可惜。

在梁文还不是这份报纸的总编辑而只是一名读者的时候他就非常喜欢这个栏目，也非常钦佩那位署名"余之"的作者，虽然那时候他并不知道"余之"便是徐达，更不知道自己会在某年某月的某一天接替他。他对作为自己前任的徐达评价不高，但对他的文章却还是很赞赏的。他承认徐达在舞文弄墨方面确实有两下子,不仅文采斐然,甚至称得上是自成一家。如果单看他的文章,会让人误以为他是一个真性真情淡泊明净的人。梁文认为通过写文章能把自己的形象塑造得那么正大从容也不容易,不能不说是一种本事,而他最不认同徐达的也恰恰是他的不纯粹。在他看来徐达就像是一篇跑题的文章,什么都想抓住,结果却是哪头都没有抓到。梁文自认为作为报纸的总编辑自己各方面都不比徐达差,甚至都要比他强得多,唯独在笔力上头他多少还有点儿不自信。他是一个在方方面面都不肯输给别人的人,自然更加不能输给一个被撸掉的前任。正因为如此他一直没有亲自动笔去写"新闻论坛"。他是个有头脑的人,清楚自己不能在这种不大不小的事情上冒险,也没有必要去做那种得不偿失的事情,所以在没有十足把握的时候他不会贸然出手。

现在机会就摆在了眼前,他觉得这件事可以动手去做了。他发现孙美美是个现成的人才,她的文章一点儿不比徐达差,而且她的文字比徐达更有新意,更有活力和时尚感。他自认为是个在行的人,也完全相信自己的判断力。他想如果由孙美美执笔,再署上自己的大名,这个栏目完全说得上是尽善尽美。

梁文为自己的这个创见激动不已,只是一时不知道如何开口去对孙美美说。想来想去,他总是有一点儿心理障碍。如果用传统的道德观衡量,这无疑属于巧取豪夺,甚至是欺世盗名。毕竟是主动要求在别人的文章上署名,这于情于理好像都有点儿说不过去。可是如果不这样做梁文又觉得这个栏目也就没有意思了，甚至毫无意义。他把自己关在办公室里喝了两杯咖啡，抽了两支烟，换了一个角度于是便很轻易就把这个问题想通了。他想这其实也就是孙美美出文章，自己出名字，两个人联手为报纸做贡献。他相信这样和孙美美说她不应该不理解。

梁文把孙美美请到自己办公室，和她商议这件事。他序幕的话还没有说完聪明的孙美美就领会了他的意思。虽然她对梁文提出这么一个出格的建议颇感吃惊，但她凭着仗义的性格还是十分痛快地点了头。她用一句直白的话嘻嘻哈哈地概括说："你说的不就是二合一嘛，没问题啊！"

梁文反倒显得有点儿不好意思，他做出特别诚恳的样子对她说："其实这么做我也觉得有点儿非分，等于是我剥削了你的劳动，占了你的便宜。如果你不愿意，你直说就是了，我当然会尊重你的意见。"

孙美美佩服梁文头脑够用而且脸皮够厚，这种事情竟然开得了口，而且话还说得这么冠冕堂皇，进退有度。她心中清楚梁文是吃准了她绝不会拒绝他不给他面子的，于是她顺水推舟，干脆给足他面子。她跟他开玩笑说："您这么说不是折我吗？您肯在我的小破稿子上署名，是您抬举我，怎么能说是非分呢？如果要说剥削，也是我剥削了您，要说占便宜，那是我占了您的便宜。您都愿意，我还有什么不愿意的？"

梁文听了哈哈大笑，心头大喜。他说："你没有意见那就太好了，我们马上就能动手做这件事了。说句不算自夸的话，咱俩这可是强强联合啊！"

孙美美笑着说："是我沾您的光！"

三天之后"新闻论坛"在报上重新亮相，赫然署名"梁文"。报社的人都惊叹这位年轻的总编辑竟然写得如此绝妙的文章，真是出手不凡。大家争相传看，都相当服气。当天梁文受到了许多人的奉承，听到了无数的赞誉之声。报社里那些并不十分看好他的人也忍不住夸他"才高八斗，不可多得"。

一炮打红，梁文极为振奋。

他找到孙美美，鼓励她再接再厉。

孙美美果然不辜负他的期望，每天都有佳作呈献。梁文看了她的那些文章，觉得一篇比一篇好。

"新闻论坛"好评如潮，梁文觉得自己打了一个漂亮的大胜仗。他心情喜悦，给孙美美打电话表示要感谢她，孙美美笑嘻嘻地问他准备怎么个感谢法。

梁文说："我请你吃饭吧。"

孙美美当仁不让地说："好啊，那你请我吃烤肉吧。"

梁文说："这有什么问题嘛！"

孙美美说："还有呢？"

梁文说："我请你喝酒。"

孙美美毫不客气地说："那我要喝得尽兴才行。"

梁文笑说："这个好办，我保证把钱带足就是了。"

当晚他们共进晚餐。两个人都喝得十分畅快。梁文很少这样放开来喝,平常他在外面应酬需要注意形象,也怕酒后失言,但在孙美美面前完全没有这些顾虑。孙美美本来就是个爽直的人,没有一点儿忸怩作态,喝起酒来特别痛快,而且酒量也不在梁文之下。两个人一边举杯畅饮,一边臧否人物,言语投契,相谈甚欢,真有点儿酒逢知己千杯少。

梁文渐渐地有点儿高了。他听着孙美美妙语连珠,眼前的景物恍惚起来。在柔和的灯光下他默默地凝望着她,发现眼前的她青春焕发,灿若桃花。她白嫩的肌肤,粉红的嘴唇和水水的眼睛都让他忍不住心动加速。梁文心想怎么以前没有发觉呢。

他突然对孙美美说:"去我家坐坐好吗?老婆出差了。"

孙美美没有丝毫的犹豫,马上点头答应。

两人离开了餐馆去了梁文家。

梁文一边开门,一边说:"我从来不请单位的人到家里来,你是第一个。"

孙美美十分开心地说:"那我好荣幸啊!"

进去之后她看梁文家风格简洁,家具不多,便心直口快地说:"看上去你还不太腐败嘛。"

梁文嘿嘿笑着和她开玩笑说:"包子有肉不在褶上,我腐败不腐败岂能让你一进门就看出来呀?"

孙美美也开玩笑地说:"你还挺有自知之明的嘛!"

梁文问她:"喝点什么?"

孙美美随口回答说:"随便什么都行,不放药就好啦。"

梁文听了微微一怔,脸上随即露出正中下怀的笑意。他伸手搂住了孙美美,在她耳边低低地问她:"有人给你放过药吗?"他轻轻地吻住了她的耳朵。

孙美美在片刻的僵滞之后回身抱住了他。她的身体软软的,心跳很快。她的嘴唇迎上来,湿湿地和他吻在一起。

她的热烈和主动让梁文放下了最后的一点儿拘谨。他抱住她,和她一起沉入到欲望的海里。她的皮肤柔滑得像绸缎一般,让他爱不释手。她的芬芳潮湿的呼吸喷在他脸上,让他无法控制自己。她的热切是他从来没有见过的,他顿时就彻底醉了。

事后梁文回想不起来是怎么和孙美美上的床。他只记得和她激情奔放地缠绵了一夜。他不知道是因为酒精的作用还是压抑太久的欲望,他隐约感到如同陷入了爱情一般。在做爱的间隙他们相拥而卧,就像真正心心相印的情人。

次日早晨他醒过来。因为睡眠不足头有点儿疼,眼睛也有点儿疼。他伸手一摸,床的另一半空了,孙美美已经走了。

他睁开眼睛,昨夜的一切就像梦境一般。

洗漱完毕穿戴整齐梁文几乎忘了头一天夜里发生的事儿了,他只是感到某种残留在躯体上或者说是记忆中的欣悦。一夜畅快的做爱让他觉得身体通透,心情也格外的好,他在镜子里看到自己的脸上泛着光泽,脸色也比平常更明亮。

上班的路上他坐在汽车里，脑子里行云流水一般想着孙美美。他想着她饱满的乳房，柔滑的皮肤，软软的嘴唇，还有她经久不息的吻，心情不由荡漾起来。不过他没有放任自己的幻想，而是马上收回了心神。他理智地评定孙美美最具魅力的不是性，而是她的聪明和才情。他忽然为自己昨夜做过的事情有些不安，他不明白自己怎么会一时冲动和她上了床。他挑选女人向来第一注重的是外表，孙美美显然是不达标的。他喜欢高挑秀逸的女人，略微有一点儿的矜持和冷漠，还要有清水出芙蓉的纯净和媚到骨子里的性感，那才是他魂牵梦绕的类型，孙美美同样也是相去甚远。在任何头脑清醒的时候他毫无疑问都只会把孙美美定位为"朋友"而绝对不会是"女朋友"，因此只能说明昨夜他的确是喝得太多了。他嘴角卷起一丝微笑，下意识地摇了摇头，略带悔意地否定了自己丧失理性的酒后行为。

而此时的孙美美完全沉浸在幸福之中。过去的一夜不仅是甜蜜的，而且是铭心刻骨和永生难忘的。她暗恋梁文好久了，从见到他的第一面就喜欢上了他，连她自己也说不清为什么会爱上他。他的长相、气质、风度都是她所喜欢的，她欣赏他的智慧、果断、干练甚至自大，包括他的心硬和冷漠都令她着迷。她一步一步陷入到一张看不见的情网当中，只要是梁文的，无论什么对于她来说都是好的，都是令她喜爱和喜悦的。她深深地迷恋他，甘愿为他做任何事情，愿意把一切都给他。她几乎快被自己的热情焚毁，她也因此而理解了世间的一切狂热。不过，

成人游戏

她却从来没有幻想过有一天会美梦成真。她狂热但并不糊涂，她明白这份爱只是自己单方面的，她没有奢望过梁文也会爱她。可是昨夜突然降临的巨大的幸福犹如甘霖一般让她心中的爱情之树不可遏制地生长起来，一夜工夫已经是枝繁叶茂。原来她已经不相信这个时代还有爱情存在，现在她不再怀疑了。她相信自己得到了真爱，终于可以幸福地放开心来爱一个人了。

孙美美觉得自己脱胎换骨，成了一个新人。早晨对镜梳妆的时候她在镜子里看到了一个崭新的自己。现在的她清新、润泽、充实、自信，她感觉自己迈进了一个新的境地。自从初恋失败以后她还从来没有像现在这样充满了幸福感。

虽然一夜没怎么睡觉，但她却精神焕发。她坐头一趟班车去了报社，到达之后头一件事情便是去探望自己心里装着的那个人。她轻手轻脚地穿过长长的走廊，心里的快乐简直快要溢出来了。

梁文还没有到，办公室门紧闭着。她敲了敲门，只有空空的回声。她返回办公室忙了一会儿，耗掉了一些时间，又一次穿过长长的走廊，去看梁文。这一次她刚一敲门，门就开了，她看见梁文正和几个副总编辑在里面开会。就在门打开的那一瞬间她和梁文的目光碰撞了一下，但就在这个匆促的对视中她没有从他的目光中看到一丝的欣喜和快慰，她看到的是他惯常的平静和沉稳。她听见他在里面用冷静的声音问她："有事吗？"她回了一句"没事"，慌乱地带上了门。转身离去的那个刹那她的心毫无来由地忽地一沉。

回到办公室她变得心烦意乱。她一遍遍地在脑子里回放着刚才与梁文对视的片刻和他的眼神在无意中透露出来的信息，莫名其妙地有一种失落感。她自己都觉得自己太神经质了，可她又太相信自己的直觉了。她至少能确信自己没有从梁文的眼睛里看到她所期待的东西，为此她产生了巨大的困惑和自我怀疑。一上午她都在思虑和烦闷中度过，无论怎样理性地宽慰自己都无法让心情变得好一点儿。

她打开电脑，想用工作来冲淡自己心里那种说不清的沮丧。可是她一个字也写不出来，她丝毫也找不到往常那种写字的激情。她发现自己心里只有一个渴望，就是见到梁文。这个念头折磨得她坐立不安。她一次又一次地跑到走廊里去听他们的会有没有结束，心情异常焦灼。

可这个会竟然开得无休无止，到中午十二点还没有结束。孙美美认为这不是梁文一贯的风格，因此她觉得他是在有意回避自己。虽然她仍然认为自己这么想很神经质，可是她却认定自己没有猜错。

终于外面楼道里响起了副总编辑们的说话声和脚步声，会议结束了。可是孙美美却没有心情去找梁文了，她沉浸在一种莫名的悲观当中，独自默默地坐在办公桌前发呆，中午饭都没有去吃。

下午是党员大会，梁文给全体党员上党课，孙美美不是党员，她连入党申请书都没有写过，自然没有资格参加。她在焦躁和无聊中度过了整个下午。

本来这样的时候她是可以早早地下班的，她可以去逛街、健身或者看场电影，以前她通常是这么做的。但是这天她却没有走。除了想见到梁文她觉得做什么都没有意思，而且也打不起精神。她并不知道梁文下班之后有没有自己的安排，一厢情愿地等着他。她觉得自己就像离开了水的鱼一样焦渴难耐，如果见不到他几乎就活不下去——她痛苦地意识到自己陷入了恋爱。

党员大会终于结束了，同事们都下班走了，办公室在一阵喧闹之后重新安静下来，孙美美感到寂寞像洪水一样淹没了她，心里的勇气却像沙漏里的沙一样漏得差不多了。她估算着梁文该走了，心里催促自己赶快行动，可是却又拿不定主意这样主动会不会变得更加被动——她从来都不是一个畏首畏尾的人，面对自己的爱却变得软弱而多虑。

她放下全部的骄傲，抵挡住心里阻拦的力量，走到了梁文办公室门口，轻轻地敲了敲门。

里面响起了梁文的声音，她差一点儿因为激动和虚弱晕倒在地。

梁文正在收拾东西准备下班，见到她进来态度平淡，公事公办地跟她打招呼，公事公办地请她坐，态度明显地冷淡。孙美美心里有说不出的委屈，不过表面上还是竭力保持平静。

他们说了没几句话就沉默了,这在以前是从来没有过的。

梁文坐在办公桌后面脸色冷峻地沉默着,好像面前摆着一道难题。孙美美突然非常生气,觉得自己来这一趟实在是没有必要。

她正要离开,看见梁文无辜地看着她,目光十分清澈。他从办公桌后面站起来,朝她走过来,向她微微一笑,就像平常一样放松和自然。她看着他几乎在一秒钟之内发生的变化,十分惊愕。但心情却大为好转,因为她又看见了那个她深爱的梁文。

"晚上一起吃饭好吗?"她几乎是脱口而出。

"不。"他毫不犹豫地拒绝了她,"我要回家,今晚老婆回来。"

"晚一点儿回去不行吗?"她坚持着,心里觉得自己从来没有这么"非分"过。

"不行。"他口气坚决地说,"和她说好的。"

她败下阵来,愣在那里说不出话来。

她赌气地离开了他的办公室。

这一天就这样结束了。

第二天她调整了自己的心情,她想他不接受自己的约会确实是因为他已有安排,自己不应该生他的气。可是她说服不了自己的是他为什么不能够友善地对待自己?她回想起他对自己说话的语气,他对自己的态度,还有他怠慢的眼神,心里便有刺痛的感觉。以前他可从来不是这样的,为什么会在一个相亲相爱的激情之夜之后反而变得疏远了呢？她百思不得其解。她一点点反思自己，仔细地省察自己做错了什么，可还是弄不清楚问题出在哪里。

孙美美尽管受到了如此的挫伤,但是心里还是原谅了梁文。她想和他见一面问问他也许误会就消除了，或者根本就没有什么误会，只是他一时情绪不好。这么想着她的心情又渐渐地明朗起来。

这一天紧张而忙碌,上下午她都在外面采访,直到下班时分才赶回报社。

她没有贸然去梁文办公室找他，而是先拨了他的内线电话。没人接听。她犹豫了片刻，拨通了他的手机。

她的心咚咚地跳着，默默地数着响过的铃声，等了好久电话那头也没有响起梁文的声音。她不甘心，一连打了三次，但三次他都没有接。一股彻骨的寒意从她的心脏涌向全身，她顿时就像掉进了冰窖一般。她明白他是在用这样冷硬的方式拒绝她。这个夜晚她在无比沮丧之中度过。

早晨醒来孙美美决定放弃一切幻想，梁文的意思已经非常明确，他不爱她，而且也没有打算爱她。既然如此，她也没有必要为情所苦，她应该振作精神，忘掉那个夜晚，专心做自己的事情。

可是真要这样做却并不简单。虽然即使她深陷恋情智商极为低下，她也清楚爱一个不爱自己的人是徒劳无益的，她应该远离他,忘记他,只当他不存在,可是令她苦恼万分的是她总在下意识地想着那个人,尤其是当她进入报社大楼这种想念会变得格外强烈。她本来想好从另一侧楼梯上去,这样可以避免从他的办公室门口经过,可是她的双腿却不听大脑的指挥,还是沿着她走惯的路线走了过去。当她从他的门外经过时,她的心突然狂跳起来。她忍不住十分冲动地想,今天一定要见到他,一定要跟他好好谈谈,一定要当面问问他为什么这样对待自己,她想就是死也要死个明白。

办公室的人都走了之后她拨通了梁文的电话,听到他的声音她忽然觉得满心委屈,几乎要流下眼泪来。

"你为什么不接我的电话?"

梁文在片刻的迟疑之后说:"那会儿我正忙。"

她清楚这是托辞。

"今天可以见面吗?"她问他,心里有一股赴死的冲动。

"有什么事儿吗?"梁文问她,语调似乎有了一点儿缓和。

"没事。"孙美美尽量平静地说,"我就是想见见你。"

"今天没有时间,改天再说吧。"梁文口气坚决而冷峭。

孙美美憎恨自己又做了一回蠢事,她懊恼自己一连吃了好几条壕沟还不长记性,放下电话她后悔得真想一刀把自己杀了。她想自己早应该清楚梁文是怎样的一个人,在报社她听到过太多对他的议论,也听到过太多对他的非议,而且她自己也有眼睛观察,可是她却从来认为对他的那些负面舆论都是别人对他的诽谤和攻击,是别人妒贤嫉能。她不相信他真会那样冷酷地对待部下,会那样狠毒地迫害同党,而现在她相信了,至少不再认为以前听到的对他的议论完全是无稽之谈。她想就是这样的一个人,自己还深爱他,甚至碰了壁还不肯回头,自己实在是太傻了!她独自坐在黑暗笼罩的办公室里,心灰意冷,万念俱灰。

也不知过了多久,外面的天都黑透了,而她还是心意难平。她拿出手机,怀着愤懑和怨恨给梁文发短信,心里暗暗希望他的老婆也能有幸看到这些信息。

  我好想念你。
  真想立刻见到你!
  你难道一点儿也不想我吗?
  你害了我,你知道吗?
  既然如此我们为什么要走到一起?
  你没有一点儿诚意。
  你是个冷漠的人。
  你耍我是吧?
  我看错你了。
  我非常非常后悔。
  永远不认识你就好了。
  你没事儿吧?
  为什么不理我?

你说话呀!

求你了。

我爱你!

再说一遍:我爱你!

我太愚蠢了!!!

她每隔五分钟发一条,一共发了十八条,前后用了大约一个半小时。她耐心而冷静地做着这件事,真实的心情并不像短信反映出来的那样起伏不平。或者说她把起伏不平的心情压制住了,人就像注射了麻药那样麻木。发出前面几条短信她还等待着梁文回复,或者说潜意识里还在等待着他回复,尽管凭她对他的了解她判断他是不会回一个字的,果真他毫无动静。她发出的一条条短信就像一支支漫无目的的箭一样从她的手里飞出,在这个夜色笼罩的城市里消失得无影无踪。她以为自己的这些句子很有力量,甚至很有杀伤力,她没有想到的是梁文的沉默更有力量,更有杀伤力。发完短信之后她更加郁闷,甚至觉得生无可恋。梁文太沉得住气了,她明白了这些对他是不起作用的,她也知道自己根本不是他的对手。

她一怒之下写了一份辞职报告,打算一走了之,从此永远消失,也永远不再见他。她打算走得很远很远,到一个完全没有人认识的地方,默默地过完一生,默默地独自死去——想到死她心头猛然一颤,原来她只知道自己爱他,现在才知道自己竟然可以为他孤独地去死。她的眼泪刹那间滚滚而下。她想自己真的是太傻了,爱得这么懦弱,爱得这么卑贱,她觉得自己被爱情祸害得好惨。

哭过之她清醒了许多,理智也慢慢地恢复了。她明白自己果真这样做了其实也并无多大意义,梁文是不会在乎的。相反,那样一来她失掉了一份自己喜欢的工作,而且也彻彻底底地离开了自己心爱的人。在内心最软弱的时候她甚至这样想:即使不做情人,不做朋友,能够远远地看他一眼也是好的。

在经过了一番痛苦而激烈的思想斗争之后,孙美美终于向自己妥协。她撕掉了辞职报告,决定不辞职了。她写了一份休假申请,打算出去走走,让自己心情好转。

梁文是在两天之后才发现孙美美没来上班的。那两天他一直在有意地躲避她,他成功地做到了,甚至没有在阅览室、机房、餐厅、楼道、电梯等公共区域碰到过她。他心里隐约也有点儿奇怪,但却并没有深想,也没有想到她根本就没来上班。

马上就要到周末了,"新闻论坛"的存稿眼见快要没有了,梁文权衡之下觉得还是得去找孙美美。他往她办公室打了一个电话,代主任李东林告诉他孙美美休假去了。他"哦"了一声,心里一阵失落。一上午他心情烦乱,孙美美招呼不打一声就消失了让他有点儿措手不及。

他当然知道孙美美这样做是故意的,心中有一点儿不快。

他心想哪里离了张屠户就吃带毛猪了？打开电脑，亲自上阵。

不过下笔却很不畅。他写几行站起来吸支烟，写两行又删掉一行，折腾了一上午，一数字数不多不少整整二百五十个。他心里很恼火，也很无奈。

吃过午饭他继续端坐到电脑前面。他和办公室打好招呼有任何事都别打扰他，即便是报社大楼着火也别叫他。他锁上门，拔了电话，打算一心一意地投入到写作当中。可是他体会到的却是老牛破犁的艰涩。

整整一天，一篇五六百字的文章几易其稿最终还是不满意。

写之前他是怀着必胜的信心想轻松超越孙美美的，以便让她知道自己没什么了不起的，跟领导拿搪是没有任何意义的，结果却是他人贵有自知之明地认识到自己写这路既需要功底又需要狡智的文章的确不那么拿手,而且也远远不及人家孙美美。

梁文怀着一颗尚未泯灭的谦虚之心再一次仔细阅读了孙美美用他的名义发表的那些论坛文章,想从里面找到启迪和语感。一读之下他不由再一次感叹孙美美的文章不仅逻辑谨严，说理透辟，处处透露出思想的锋芒，而且大气厚重，同时又举重若轻，真是才高八斗，妙笔生花。最让他佩服的是她可以从无理处起笔，三绕两绕就绕上了通衢大道，她有本事变无理为有理，化被动为主动，本来是山重水复疑无路，忽然间就柳暗花明又一村。而且她无论绕多少道弯子都清楚地记得最终的目的地在哪里，从来不会把自己绕晕。一个女性如此足智多谋，机敏善辩，梁文不得不承认孙美美是个不可多得的人才。

他仔细钻研了孙美美的文章，照猫画虎，总算把"新闻论坛"支撑了起来。孙美美的年休假按规定一共是十天，梁文掰着手指头一天一天数着。每天他最大的压力就是填上那块五六百字的版面，为此他熬了好几个通宵，耗得真有点儿气血两亏，总算咬牙把一个星期坚持了下来。唯一值得欣慰的是他笔调已经越来越像孙美美了，他自认为读来几可乱真。不过他当然清楚仿制品就是仿制品，赝品和真品是没法相比的，孙美美文章的那种气韵和灵动是他模仿不了的，至少在短期之内无论他怎么下功夫也达不到她的那种收放自如和浑然天成。

梁文自愧不如，心里盼望孙美美快点回来，好让自己的苦役早日结束。

可是十天过后孙美美并没有按时回来。梁文坐不住了，有事没事就往总编室跑，一天竟然去了好几趟，当然找的都是别的借口，可是直到下班也没有见到孙美美的身影。

次日孙美美还是没来，梁文心里不安起来。他第一次打了她的手机，可是她的手机竟然关机了。梁文就像中了邪一样，隔一段时间就打一次她的手机，心里盼望拨完号码立即能听见孙美美的声音。可是每一次他听到的都是同样的一句话："对不起，您拨叫的用户已关机。"

他心里的不安在一点点扩大，同时也十分气恼。他想这个孙美美真是太不像话了，因为赌气居然连班都不来上了！转而想到此事是因自己而起,是自己违背了"兔子不吃窝边草"的古训才弄得如此尴尬,气恼之外又添了几分的后悔和自责。

他觉得不能再等下去了。他带着一股冷风走进总编室,扫一眼孙美美空着的办公桌,问代主任李东林:"人呢?"

李东林连着打了两个通宵的麻将,人困得迷迷瞪瞪,差点儿没弄明白梁文问的是谁。他好容易才反应过来,回答说:"噢,她休假呢。"

梁文斜着眼睛瞄他一眼,冷冷地问道:"她休假应该多长时间呀?"

办公室里别的人都听出了梁文语气里的责问和不满,唯独李东林毫无反应。他含含糊糊地说:"好像还有几天呢吧。"

梁文冷笑一声说:"你连她该休几天假都不知道?我告诉你吧,她超假已经三天了。"临出门他扭过脸扔下一句,"都像她这样我这份报纸就别办了。"

李东林十分吃惊,困劲儿一下子都给吓没了。他倒也没往别处想,只是想到一个总编辑对采编室的一个副主任超假都这么清楚,可见实在是太精明了,这种人是不好随便糊弄的。

李东林这人也是一个颇有传奇色彩的人物。以前他曾是新闻学院食堂做饭的师傅,看见学员摆弄照相机他也很有兴趣,闲了就凑过去问长问短,问得多了也知道了一点儿门道。他借钱买了一个相机,学员实习的时候也混在里面跟着一起去拍。几年之后他不做饭了,成了区文化馆的工作人员,同时也成了一个小有名气的摄影爱好者，大小影展上总有他的身影。又过了几年他成了一个很有名气的摄影爱好者，有不少作品参加过影展。报纸面向社会招聘人才的时候他经人介绍来当摄影记者，但因为对新闻摄影不太熟悉，刚来的时候干的只相当于编务，既不发给他相机也不发给他胶卷，工作就是打杂。但他毫无怨言，让他做什么就做什么，心态特别好，态度还特别认真。他拜摄影室的大小记者为师，他们出去采访只要肯带上他，他都主动热情地帮着背包拿机器，还前前后后跑着占位置。他悄不出声地就混成了别的记者的搭档，某一天临时替代别的记者去出活，拿回来的照片很像那么回事儿，于是就名正言顺地成为了一名有相机也有胶卷的摄影记者了。

李东林真正崭露头角还是稍后一点的事儿。刘大中当总编辑的时候最喜欢做出一副内行的样子亲自到摄影室布置任务，比如拍粮食喜获丰收，他强调要拍一座座堆得像山包一样的新打下的谷粒，拍建设成就他要求拍一幢幢未竣工的大楼，前面还要有一排排巨大的吊车等等，许多记者都愁眉苦脸地说哪去找这么现成的场景，哪能赶得那么巧？只有李东林接了题目从来就是一声不响拎起包就出门。最让人叫绝的是他总能圆满地完成任务，他不仅能拍到一座座堆得像山包一样的粮食，他还能拍到农民在粮堆前面敲锣打鼓，喜笑颜开，但是不是新打下来的粮食就只有天知道了；他不但能拍到搭着脚手架的正在建造中的大楼和一排排高大的吊臂，而且背景还有一轮又红又大的太阳。那些别人很难赶上的爆炸、塌方、火灾、地震、泥石流等等的现场，如果一个人有照片拿出来，那一定是他无疑。同行们向他取经，他嘿嘿一乐，故作诡秘地说："电影还拍呢，这算个啥呀？"本来别的记者就怀疑他那些所谓的新闻照片有做假的成分，但他承认得这么爽快还是让他们非常吃惊。

刘大中倒是不大在乎那些照片究竟是怎么拍来的，他看到了他所要求的照片，高兴得不得了。他多次在大会小会上表扬李东林，夸奖他工作主动，善于动脑筋想办法，有为人民服务的思想，还提拔他当了摄影室副主任。摄影室主任退休之后又提拔他做了摄影室代主任。

徐达接替刘大中之后，李东林工作更加卖力，他很想在徐达手上把头上的这顶"代"的帽子去掉，为此他用了不少心思，使了不少力气，也没少给徐达送礼，可是却一直未能如愿。徐达一点儿也不看好他，认为他路子不正，习惯弄虚作假，根本不适合在这个岗位上工作。他一直想找机会拿掉他，实在是碍于情面才没有下手。

梁文接任之后和徐达一样也是很快看出了李东林的问题。他发现他既不懂新闻也不懂摄影，他奇怪这样一个人竟然当到了摄影室代主任，他实在无法想象这么多年大大小小的报道他是怎么混下来的。他毫不客气地将李东林调离了摄影室，暂时放在总编室。李东林对梁文同样也下过大本钱，因此梁文才没有好意思把他一撸到底。恰好方文心升级腾出了一个正处的位子,梁文便顺手安排了他,不过给他的仍然是一个代主任。

李东林虽然喜欢拍点同行们俗称的"假照片",但他却是个实在人。也许是因为从基层奋斗上来的,他深谙人情世故,做人相当宽厚,对别人也能将心比心。要不是梁文上门来找,他根本就没有意识到孙美美超假了。平常他和孙美美一人值一个星期的班,遇到另一个有事或者不在这一个就自动顶上,从来也没谁计较过。李东林和大大咧咧的孙美美就像哥们儿一样,能相互帮助的地方不用说话就会相互帮助,合作得一直非常愉快。李东林看梁文气势汹汹的样子不由替孙美美打抱不平,认为一把手有点儿小题大做。他想孙美美平常加班加点的时候多的是,超两天假算个屁。再说这儿也没放空,她的活儿还不是照样有人干。但他转而想到孙美美走了十来天一点儿消息没有,也有点儿不放心起来。

梁文一走他赶紧给孙美美打电话,想催她快点来上班。可是却怎么也联系不上她,她家里电话没有人接,手机也关机了。

李东林忽然有点儿担心孙美美。他想她一个单身女孩儿,也没有男朋友,可别跑到哪里出了事儿,一颗心不由悬了起来。他反思自己实在是太粗心了,万一孙美美真有点儿什么事情自己也担不起这个责任,想想还是应该对梁文汇报一下的好。于是他郑重其事地去了总编辑办公室。

梁文见李东林来,立刻放下手上的事情,很急迫地问他:"联系上她了吗?"

李东林说:"没有,她关机了。"

　　梁文又问:"别的联系方式呢?"

　　李东林说:"打过她家里的电话,没有人接。"

　　梁文忽然就急了,很生气地说:"这个人怎么这么没有组织纪律性?自己大小也是个干部,这个样子怎么起模范带头作用?我这儿还有好些事情等着她做呢,她休假休得这么没完没了,现在干脆连人也找不到了,这是什么意思?你听着,她是你那儿的人,你得想办法尽快替我找到她。你替我给她带一句话,她就是不想在这儿干了至少也得来当面跟我打声招呼吧!"

　　李东林听他说得这么不留情面,吓了一跳,心想不知道孙美美什么地方得罪了老板,这么一点儿屁事招得他把这么狠的话都说出来了。他不敢迟疑,赶紧答应一定尽快把她找到。

　　李东林一次次地给孙美美打电话,给她发短信,又在她的QQ和MSN上留了言,还给她发了EMAIL,可是直到下班也没有孙美美的一丝音讯。

　　孙美美临睡前打开邮箱,看见李东林发来的刷成黑体字的邮件:"美美,你在哪里?赶快与我联系。"随后她在QQ和MSN上看到了内容相近的留言,只是言辞更加恳切和急迫,称呼也从"美美"变成了"老孙"。她打开手机,一下进来了五六条短信,都是李东林发的。最后一条是五分钟前刚发来的,有点儿危言耸听。内容如下:"老板命令我尽快找到你,如果明天早晨上班之后还见不到你我们就要报警了。"

孙美美忍不住笑了起来。突然胸口一酸,眼泪一下子溢出了眼眶。

她总算让他着急了,心里不由得又难过又高兴。

这些日子她过着与世隔绝的日子。她关了手机,不看电视,不看报纸,不听广播,也很少上网,自认为过起了清修的生活。本来她是想去外地的,她想走得很远。她想过去新疆、西藏、云南、海南、广东或者黑龙江,反正是走得越远越好。可是她想到旅途颠簸,想到每一天会睡在陌生的地方和陌生的床上,想到要一个人找地方吃那些完全没有把握的饭菜,心里便迟疑不决起来,觉得一走了之也不像想象中那么痛快和浪漫。最后她还是打消了外出的念头,选择了大隐于市,决定就待在自己的小家里反躬自省。

孙美美是个享乐至上的人,她的清修生活也具有浓厚的享乐主义色彩。她准备了充足的食品、影碟和书,每天睡到自然醒,起床之后一边喝咖啡一边窝在沙发里看碟,看困了就着电影的情节和音乐眯上一小觉。晚上她会选一家自己喜欢的餐馆大吃一顿,作为对自己独善其身一整天的犒赏。吃过晚饭她直奔健身中心,去那里跳健美操、做瑜珈、跑步、游泳,然后蒸桑拿,为的是不让自己胖得太厉害。虽然她已经很胖了,她还是对自己的身材很在意,铭记着"身体是恋爱的本钱"这样的至理名言,尽可能不让自己的体重继续增长。健身之后她回到家打游戏，或者舒舒服服靠在床头读小说。她认为这是一天中最放松的时候，她会给自己倒一杯酒，放点好听的音乐，让自己更有舒适感。每一天她都尽可能地过得惬意，她对自己唯一的要求就是对自己好。她最高兴也是最轻松的是眼下自己可以不为任何事情做计划，从不为任何事情去奔忙。打记事起她还从来没有过过如此轻松惬意的生活，她一直在努力上进，不管是自己主动还是在别人的推动之下，她一直在竭尽全力地奔跑，不管有多苦，不管有多累，从没有停下来过。现在她忽然懂得了竭尽全力地奔跑和能否获得幸福完全不是一码事儿，她后悔这么简单的道理自己到这会儿才明白。她以前从来没有体会过这种放任的愉快，她认为自己是在无意中找到了一种最幸福最快乐的生活方式。

　　唯一让她感到不幸福和不快乐的是她经常会在某个不经意的触动下想到梁文，或者说是想到自己受挫的感情，心会在突然之间疼痛起来。这个触动可能是电影中的一个画面，也可能是影片里的一句对白，有时是音乐，有时是某种气味，有时甚至是外面的风声。任何一个微小的因素都有可能在某个瞬间把她抽打得遍体鳞伤。以前她明朗单纯，从来不多愁善感，而现在她常望月悲秋，对花洒泪，会莫名其妙地感伤，有时候甚至心情绝望得如同坠入了万丈深渊。

　　她日复一日地这么过着，日子重重叠叠，人也浑浑噩噩。家里没有一只走得准的钟表，所有的钟表都各行其是，所以她连准确的时间也不知道。好在她也不需要知道准确的时间,因为知道了对她也没用。她一边尽情地享受生活,一边被空虚和无聊吞噬。在意志力极度薄弱的时候她想着梁文忍不住眼泪滚滚而下。她抚摸着自己柔软而潮湿的身体,幻想自己躺在他的怀抱里,和他相亲相爱。她在快感和伤心之间奔突,就像海浪中的小船一样一会儿被送上波峰一会儿又被抛到谷底。在身体盛放的那个刹那她抑制不住放肆而疯狂地尖叫,心里甚至有毁灭自己的冲动。她如同休克一般告别了世界,等醒过来眼泪浸湿了半个枕头,嘴唇被自己咬出了血。她把被子蒙在脸上,不让自己哭出声来。她不知道自己为什么要这样,也不知道自己为什么会变成这样。她从来都是理性的,从来不这样歇斯底里,无疑是梁文把她逼疯的。她恨死了他,也恨死了自己。

某一天夜里她正在看一部欲爱不能、欲罢不忍的缠绵悱恻的爱情片,身体里忽然有一股热流呼地涌了出来。她完全沉浸在影片当中,竟然忘记了自身的存在。几秒钟之后她才反应过来,起身去了卫生间,果真是例假来了。

她不记得上一次是什么时候来的,只是隐约知道和梁文共度的那个夜晚正是十分危险的日子。因为激动、忘情和不好意思说她没有采取任何的避孕措施,事后她也没有采取任何的补救措施。她完全像一个无知的小姑娘一样听天由命,连她自己都无法解释为什么要这样,大概是潜意识中想把自己完全彻底地交给他吧。她在那个不计后果的夜晚之后甚至都没有担心和害怕，也没有想过万一真的怀孕怎么办。现在她想起来反倒感到后怕，女人没有理性的奉献差一点儿把她害得更苦。

现在月经来了至少给她带来了两重的欣喜：一是确证没有意外怀孕，二是没有犯经前焦虑的毛病。她感到很安慰，自嘲地想这大概是那个疯狂的夜晚带来的最直接的好处吧。

孙美美忽然心静了下来，开始反思这一段感情。她仍然不清楚自己为什么会如此爱梁文，但她知道她摆脱不了他的魅力，她渴望这个人，她需要这个人，她离不开他。她深切地体会到了爱情是一件身不由己的事。

既然如此就应该好好动脑筋想办法。以前她从来没有把动脑筋想办法和爱情联系起来，她以为爱情就是发自本心的冲动，是最最纯洁和纯真的感情，现在她知道自己想得太简单了。当发自本心和一腔纯真无法实现自己心愿和无法达到自己目的的时候，显然需要运用智力和策略。作为博士的孙美美自认为这方面是自己的强项，因此当机立断决定改变战术。

第二天一上班孙美美就去了梁文办公室。她大义凛然地走进去，连门都没有敲。

"您找我吗？"孙美美口气冷峻地问总编辑。

梁文笑了。

在见到孙美美走进门的一刹那他脸上绽放出惊喜，就像失而复得一般，完全不像他平时那种不温不火不冷不热的样子。

"这么多天你跑哪儿去啦？你跟我玩儿失踪是不是？"梁文做出一副气势汹汹的样子。

"我不是在这儿吗？"孙美美仍然十分冷峻地说。

梁文迅速地从办公桌后面站起身走过来，拉住她的手说："你可真把我急死了！"

就这么一句话，孙美美心里绷着的劲儿一下子松了下来。她看他那么急切，而且那么情真意切，连办公室门关没关都没有顾上，心里一软，那么多天苦苦筑起的大坝在顷刻之间完全坍塌。梁文抓住她手的一瞬间她心跳加速，眼泪差一点儿滚下来。她清楚自己的心又一次被他俘虏了。

当天孙美美又恢复了替梁文写"新闻论坛"。经过十来天的养精蓄锐，她精神饱满，文思泉涌。她把文章发到梁文邮箱里，梁文读了真是爱不忍释，心中感叹自己这方面真是比不上她。他最感叹的是她不计前嫌，依然替他捉笔操刀，而且尽心尽意，无怨无悔。一个女人能做到这样实在不能不说胸怀博大，这让他既感动又汗颜。他后悔自己前些天故意对她冷淡，那样伤害她实在是太不应该了。他想如果真的失去了她对自己来说可是一个不小的损失。

下班之前梁文主动打电话给孙美美，在表扬过她的文章之后口气变得温柔缠绵。他问她："今晚你有安排吗？"

孙美美冷冰冰地问他："有事吗？"

梁文笑说:"没事,想请你吃晚饭。"

孙美美仍然冷冰冰地说:"不必了。"

梁文口气更加甜蜜地说:"为什么不必了?难道你没有吃晚饭的习惯?"

孙美美硬邦邦地说:"我正减肥呢。"

梁文故作惊讶地问她:"干吗要减肥呀?你这样挺好的啊。"

孙美美没说话。

梁文又添上一句:"我喜欢你这样!"

孙美美还是没说话。

梁文换了认真的语气说:"我有话要和你说。"

孙美美说:"如果跟工作有关就现在说吧。"

梁文说:"如果跟工作无关呢——"

孙美美说:"那就别说了,我不想听。"

梁文说:"你好狠心!"

孙美美突然就挂了电话。

梁文没想到她会来这一手,她不但干净利落地拒绝了他,而且还抢先挂断了电话,让他心里别扭了好半天缓不过劲儿来。他的自尊心受到了严重的挫伤,心情极为复杂。他不习惯被女人拒绝,更不习惯被部下拒绝,可是孙美美这么做却让他没脾气。相反他心怀愧疚,想到自己一直在剥削她,而且还伤了她的心,自己都认为做得太无情无义。梁文从来没有向谁低过头,这回他打算对孙美美破一回例,他决心要拿出诚意把她暖过来。

于是他又给孙美美打了一个电话,这回他打了她的手机。电话一通他没有任何寒暄,直截了当地对她说:"晚上七点我在长城饭店等你。"说完没等她答复就挂了电话。

他收起电话,很得意自己做得聪明。他想不给她考虑和犹豫的机会,她就没法拒绝自己。

为了表示对她的重视还有好意他提前了一刻钟在饭店门口等她。他甚至在心里想好了几句自认为能够打动她的重要台词。可是约定的时间到了孙美美并没有出现。他翘首以待,每过一辆出租车都看得十分仔细,可就是没有看到孙美美。他站在冷风里忽然想起一句古词:"过尽千帆皆不是",不由失笑。他在零度左右的气温下徘徊了二十多分钟,孙美美始终没有出现,他的心情变得焦躁起来。

半个小时过去了,梁文几乎冻僵了。他拨通了孙美美的手机。

"你在哪里?"他急急地问。

"我在家。"孙美美平静地慢悠悠地回答。

"你知道我在等你吗?"

"知道。"

"知道你怎么不来?"

"我没说要去。"

"不来你为什么不说一声?"

"你没有给我留出说话的时间。"

"好吧,说到底还是我的不对。"梁文软下来,半哄半恳求地对她说，"你还是过来吧，我等你！"

"有这必要吗？"孙美美口气冷硬地说。

"当然有必要，"梁文说，"我想见你！"

"我觉得我们之间没什么可谈的。"

"你还生我的气呀？"梁文笑着说，"那你过来，我当面向你赔礼道歉怎样？"

孙美美淡淡地说："我怎么敢生您的气？"

梁文换了庄重的语气说："孙美美，我伤害了你，真的对不起。"

孙美美在电话那头沉默着，不说话。

"原谅我吧！"梁文说。

电话断了。

梁文愣了一下，咬了咬牙又把电话打了过去。

"我话还没说完呢，"他温柔地说，"你在听吗？"

孙美美仍然沉默着。

"我爱你！"他咬咬牙，说出了这句话。

电话又一次断了。

梁文心想一不做二不休，干脆再一次把电话打过去。到了这个份儿上他已经不在乎面子不面子了，他只是想达到自己的目的。

电话一通他就厚着脸皮说："我忘了问你一声，你爱我吗？"

他想如果是当面那是打死他也说不出口的。

"你难道不知道吗?"电话里传来孙美美愤怒的声音。

梁文心头一喜,立刻抓住机遇,柔情似水般地对她说:"你快打车过来吧,马上就来,好吗?你要是不来我就在外面站上一夜!"

孙美美很冲地说:"那你就原地站着吧。"

梁文对着手机给了她一个响亮的吻,他知道她一定会来的。

没过多久孙美美果真就坐着出租车出现了。

梁文笑意盈盈地替她打开车门,付了车费,就像一个多情的情人那样拉住了她的手。

孙美美下意识地挣了一下,但是没有挣脱。梁文用了更大一点儿劲儿握紧了她的手,他半笑半恼地狠狠盯了她一眼,然后把她拉进了自己的怀里。他当街亲吻了她的面颊,孙美美又一次体会到了那种渴望中的迷醉和沉沦。她咬紧嘴唇,朝他晃动了一下手里的手机,带点恐吓地对他说:"刚才的电话我都录了音了。"

梁文不以为然地一笑,把她搂得更紧了。

他没有带她去餐厅,直接把她领进了楼上的客房。

他打开门,没有开灯。她刚迈进房间他就袭击一般地从后面抱住了她。他从她的后脖子吻过来,一直吻住了她的嘴唇。她想拒绝他,但她推不开他。他的吻刚开始轻柔得像微风刮过,忽然间就像夏天暴雨到来前的电闪雷鸣一般猛烈,而且带着强大的电流直击她的心脏。她站立不稳,身体失去重心,倒进了他的怀里。

她又一次和他躺在了宽大的床上。她仿佛遗忘了之前为他所经受的那些折磨和煎熬,她成了一个只有眼下没有过去也没有未来的人。她不顾一切地和他搂抱在一起,跟他亲密无间地缠绕着,就像最旺的火一样熊熊地燃烧着。

她在幸福中晕眩。她想象自己就像唱针下的唱片一样摇摇晃晃地转着圈;她想象自己像一枚果子落进池水泛起一圈圈的涟漪;她想象自己像一滴墨汁在潮湿的纸上洇开;她想象自己是枝头芳香地盛开的花朵;她想象自己是风中的一片落叶,飘呀飘地就是落不到地;她想象自己是酿酒的葡萄,心都碎了,却在甜蜜地发酵。

她背叛了自己,心甘情愿地向敌人缴械投降。然而她却身不由己地感觉到自己离幸福和快乐这么近,离伤心和失意那么远。在高潮来临的时刻她脑子里被一道闪电照亮,她沉迷而绝望地意识到自己是彻底完了,她再也离不开这个男人了,她认为自己是堕落了。

激情过后,他们静静地躺着。他的手伸过来,拉住了她的手。

她想以沉默守住自己的内心,可是她还是忍不住开口了。

"能问你一个问题吗?"

"什么?"

"你爱我吗?"

"这还用问吗?"

"我要你回答我。"

"我爱你!"

"能再说一遍吗?"

"我爱你!"

"你说的是真话吗?"

"当然是真话。"

"不会一过十二点又让我变成灰姑娘吧?"

"不会吧,嘿嘿。"

"我要你向我保证。"

"怎么,你不相信我?"

"有点儿。"

"好,我保证。"

"那可以问一下上次是怎么回事儿吗?"

"我……鬼迷心窍吧。"

"你可害死我了你知道不知道?"

"对不起。"

"轻轻松松说一个'对不起'就行了吗?"

"我错了,真的对不起。"

"检讨得要深刻一点儿。"

"我错了,我真的错了,我不该那样,亲爱的,请你原谅我。"

"还有呢?"

"宝贝,得饶人处且饶人吧!"梁文提高了声音,说完他大笑起来。

两个人笑作一团。

"知道我最恨你什么吗?"他低低地问她。

"恨我什么?"

"我最恨你的聪明!"

"刚才你还说你爱我呢!"

"是吗?我说了吗?"

"你想反悔?"

"我反悔什么?我没什么可反悔的。"梁文哈哈大笑。

"跟你说句实话吧,"孙美美狡黠地一笑,"现在我再不怕你反悔了。"

"什么意思?"

"你有把柄攥在我的手里呀。"孙美美得意扬扬地说。

"什么把柄?"

"电话录音!我不是一见面就对你说了吗?"

"呵呵,"梁文笑着说,"你留着自己玩儿吧。"

"你要是对我不好我就向纪检部门告发你。"孙美美威胁他说。

"嘿嘿,"梁文还是笑着说,"我以为你会找妇联为你伸张正义呢。"

"害怕吗?"孙美美笑嘻嘻地问他。

"不怕。"

"真的？"

"真的。"

"为什么？"

"你知道你那样做会毁了我的。"

"那又怎样？"孙美美硬起心肠说，"你的意思是我不敢？"

"你敢不敢我说不好，但你不会那样做的。"梁文用毋庸置疑的口气说。

"你就这么肯定？"孙美美脸对脸地看着他，"我为什么就不会那样做？"

"你不会毁掉自己的爱情。"梁文以一种一切皆在掌握之中的自信和得意说。

孙美美猛地挣脱了他的怀抱，远远地向床的另一侧倒过去。梁文扑上去，嬉笑着又一次把她搂在了怀里。

"坏人！"孙美美恨恨地点着他的额头说。

"彼此彼此！"梁文咬住了她的嘴唇。

两人麻花一般地拧在一起，难舍难分地亲吻起来。

孙美美没想到她和梁文的关系这样出现了转折，就像她不知道在他们第一次亲密接触之后他为什么冷落她一样她也不知道他为什么又忽然对她热了起来。梁文的做法和想法从来不在她的意料之中，而且无论她用智力因素还是非智力因素去琢磨他都摸不透也把不准他,因此越加觉得他神秘,也越加无法摆脱他的吸引。

　　从心里说孙美美其实并不看重梁文是不是报社凡事都可以说了算的一把手,她对这点不是十分在乎。她自负地认为自己薄技在身,凭着一支笔在哪里都能吃饭,用不着去傍谁,也用不着谁来罩着自己。梁文恰恰也十分看重她这一点,他对女人最基本的要求就是不能拖累自己,帮不了忙倒在其次,至少不能添乱。因此他喜欢聪明而独立的女人——聪明是任何时候、遇到任何事情都可以讲得通道理,独立是不会给他带来太多麻烦。他最怕那种小鸟依人型的女人,也怕被那样的女人沾上——他倒并不是不喜欢那样的女人,只是觉得和她们交往性价比不高,和她们腻在一起他赔不起那么多的时间和精力,甩掉她们未免又有点儿于心不忍,因此他对那类女人一贯是敬而远之。他不能让自己一时的欢笑变成肩头一个卸不下去的包袱。和孙美美这样的女孩儿来往他觉得相对轻松,至少是没有那么重的心理负担。虽然他的原则是尽量不碰身边的人,这也是为了善后起来方便和简单。当然他也并不担心一个聪明独立的女人会不顾自己的颜面,就比如孙美美,他拿准了她是绝不会那样做的。他相信像她这样的绝不会以自己和谁谁的交情来作为炫耀的资本,即使吃了亏也不至于当众翻脸,这恰恰是他非常看重也非常放心的地方。

　　可是孙美美也有让他觉得不如意的地方,除了长相勉强了一点儿,就是她的嫉妒心太强,吃起醋来常常让他招架不住。

梁文喜欢身边美女如云,上任之后他提拔了一批女性到领导岗位上,这也是以往所没有过的。平常他对单位里的女性尤其是年轻女性态度亲切,经常跟她们说说笑笑,这让孙美美十分不爽。在她和梁文还没有过深的关系之前她只能把醋意放在心里,现在她大概是觉得自己的地位与以前不一样了,心里的醋意时常会流露出来。有时候她还讲究一点儿策略,只是旁敲侧击点到为止,有时候干脆一点儿弯儿不拐,尖酸刻薄的话直截了当就说出来了,弄得梁文十分扫兴又十分无奈。他心想这还不是明媒正娶的夫人,真要是登堂入室了那还了得?他一般是用微笑来化解她的怒气,以沉默来抗拒她的诘问,但是效果很差。他苦恼地发现孙美美在做人上头远不及她的文章那般聪明练达和游刃有余。他不好说她人不如文,但这至少是她的美中不足。梁文把这归咎为她心里自信不够,他甚至想要是她有冯蓓那般的美貌,也许她就会从容得多。

而孙美美最嫉妒的报社里的一个人就是冯蓓,她自觉不自觉地把她当作自己的头号敌人。孙美美的学历和才情远在冯蓓之上,她们俩分别代表了报社中的"才女"和"美女"。一开始两人关系很正常,甚至还相互欣赏,惺惺相惜,后来孙美美疏远了冯蓓,可以说在很大程度上也正是因为梁文的缘故。

孙美美以为自己和梁文有了那一层特殊的关系之后他会对自己更加亲近,可实际上并不是这样。相反,梁文也许是为避嫌疑，在报社里和她来往反倒不像原来那样频繁，态度也不像从前那么主动大方。让孙美美心里不愉快的是梁文对她不主动却对别人主动起来，最让她看不惯的是他对冯蓓特别上心，简直可以说是殷勤备至。孙美美冷眼看去，发现冯蓓并不怎么回应梁文的热情，有时梁文说一些机智俏皮的话明显是想引起她的注意，旁人都笑了，唯独她没有反应，有时梁文越过别人和她说话，她就像没有听见一样，而且不管梁文怎样有意无意地捧她，她总是那副淡然的样子，并不得意忘形。孙美美觉得她的这种矜持冷傲对梁文肯定很有吸引力，因此对她严加防范。

可是孙美美却控制不住梁文这边的热情。比如冯蓓羽毛球打得不错，梁文竟然以青工部的名义组织报社的青年人进行羽毛球比赛。当冯蓓得了女子冠军他还特意派人去买来了奖杯，还举行了一个发奖仪式，亲自为她颁奖。他那兴奋的样子简直比自己得了奖还要高兴。再比如在报社的年终庆典晚会上，他第一个舞总是邀请冯蓓跳，最后一个舞也同样是邀请冯蓓跳，除此他再不邀请任何一个人跳舞。这些既可以不计较但又确实没法不计较的事情总是频繁地刺激着孙美美。再比如有一次去郊区开会，她得了重感冒，梁文竟然没有一句问候的话。晚上大家在歌厅唱歌，忽然有人来说冯蓓在外面没修好的马路上摔倒了，梁文一听立马就冲了出去，他亲自开车，连夜送她下山去县城的医院，而实际上冯蓓不过就是擦破了一点儿皮。孙美美因为愤恨和失落一个人痛哭了半夜。

成人游戏　449

有相当一段时间孙美美心情郁闷，她受不了梁文对冯蓓的那种多情，却又没有办法阻止他那样做。她密切地关注着事态，等着某一天自己彻底败下阵来。这种担心和焦虑折磨得她寝食不安。直到有一天冯蓓远嫁法国，辞职去了巴黎，她心里的一块石头才终于落了地。而冯蓓走后梁文的低落和怅然若失又让她极为气恼和无奈。

　　冯蓓之外马雅也是她非常嫉妒的一个女人。在孙美美看来马雅和冯蓓一样都是属于"底子潮"的人，她原来以为男人会比较介意这种"历史"不清白的女人，可是让她弄不明白的却是一贯好面子的梁文在这上头却没有一丝一毫的计较，相反他似乎对这样的女人还越发地感兴趣，甚至是情有独钟。马雅虽然表面上冷漠孤僻，但有时候却会一反常态，变得异常活跃，和异性打情骂俏非常放得开。她烫着最时新的发型，穿低胸衣服，满不在乎地露着乳沟，化着妖冶的浓妆，喷着浓烈的香水，用染了血红的指甲的手指夹着细长的香烟，有一种形容不出的风尘感。她冷艳的时候比谁都冷艳，风骚的时候又比谁都风骚，她不仅和她自己从前大不一样，和报社的女性在一起也显得十分乍眼。在孙美美看来马雅是那种一眼看上去就是在逢场作戏的人，可是她痛苦地发现梁文竟然对她也是另眼相看，他特别愿意帮她的忙，也少不了往她跟前凑。马雅和冯蓓不大相同的是她对梁文的主动示好反应积极，有时候当着众人也敢和梁文眉目传情，言来语去更是十分大胆，这让孙美美心中的醋意直接转化成了恨意。她没少在梁文面前攻击这位前副总编辑温伯贤的相好，梁文尽管从来没有替马雅说过一句维护的话，但是他也从来没有因为她的攻击而放过任何一个与马雅接近甚至是亲近的机会。因此，孙美美对马雅简直可以用憎恨来形容。

梁文被孙美美的醋意弄得相当头疼，他对女人的缺点一向是肯宽容的，可是时间一长难免心生厌烦。他经过再三考虑，觉得最好的办法还是想个辙让孙美美离开算了。他这儿的确是需要她，如果没有了她至少"新闻论坛"很难再坚持下去，可是有她在这里天天盯着自己，等于是自己给自己身边安插了一位纪检干部，而且她会不顾情面地指责他，和他赌气，跟他冷战，这实在让他吃不消。他也想过让孙美美去别的报社交流，或者下去挂职锻炼，但那也就是几个月到一年的时间，不能从根本上解决问题。他还想过安排孙美美出国去公费留学，可又担心她黄鹤一去兮不复还。他清楚自己有孙美美有快乐的同时多多少少也有烦恼，但是如果没有她生活就会空掉一块，说不定还会空虚。所以他心里十分矛盾，不知道怎么安置她才好。

有一天他偶然间想出了一个主意，自认为很绝妙。他想到不如把孙美美安插到他堂兄的广告公司，一来把她寄存出去，二来也可以跟那边联手做些更大的事情。他的这位堂兄是个娇生惯养的公子哥儿，早年在加拿大读过几年书，受不了国外的清苦和寂寞，混了一个 MBA 文凭就回来了。他先在中关村晃了两年，也没捞到什么发财机会，眼看着同学朋友折腾起了大大小小的公司,有人还真挣到了钱,他也只有眼馋的份儿。他怕吃苦,受不起累,也不敢冒太大的风险,却还梦想着有朝一日自己能做大做强。后来终于明白这个梦想靠自己是难以实现的,才壮志未酬地离开了中关村。眼看着手头的积蓄花得差不多了,他找了一家国企去上班。可是没上几个月的班,因为适应不了单位里错综复杂的人际关系和一天八小时拴得死死的坐班,他主动辞了职。辞职之后他弄起了一家小公司,可是三五年下来也没有多大作为,好在还没有彻底赔光。梁文受伯父伯母之托一直在帮助这位和自己同年出生的堂兄,不过因为堂兄无能又不太靠谱,他也不敢有什么大的动作。他想如果把孙美美放过去,自己就能把这一块利用起来了。他相信孙美美肯定比堂兄有才干,而且头脑也足够好使。虽说她没什么经商的经验,但是假如她愿意干上手不会难。最关键的一点是他认为她靠得住,至少比他的堂兄更靠得住。梁文对人性向来有透辟的认识,他认为在财富、美色等等充满诱惑的方面极少有人是真正把持得住的,至少他本人不行,推己及人,他信不过任何人,包括自己的亲属。他宁可信任女人——当然是爱他的女人。孙美美正符合他的这个标准,他相信她至少不会坑害他。

　　梁文在考虑成熟之后并没有马上和孙美美谈,他打算把一切铺垫到位再说。他从来不喜欢打无准备之仗,尤其是面对他认为是重大和比较重大的决策,十拿九稳他都不会去做,一定要十拿十稳他才会出手。

梁文相信感情是需要经受时间的考验的，古人有话："路遥知马力，日久知人心"，所以他决定拿出一段时间跟孙美美稳固感情，让她相信他对她是有心的，这样她自然也会一颗心全扑在他的身上。梁文的做法相当务实，他决定先跟孙美美保质保量地睡够了再说。除了频繁的幽会，他还十分精心地在两人之间营造出一种关系稳定的气氛。他的确是狠下了一番功夫，也动了不少的脑筋，而且还尽可能地做得举重若轻，做得自然，不让孙美美有异样的感觉，可以说他还从来没有在哪个女人身上如此用心过。他尽己所能，用言行和细节让孙美美感受到他们之间的感情是真诚和深厚的。他相信自己这么做是值得的，因为后面的回报一定很丰厚。

梁文在认为时机成熟的时候才把自己的想法对孙美美说出来。

为了突出和强调这是一个重大的决定和这次谈话的重要性，他特意在一家久负盛名的燕翅鲍酒楼宴请孙美美，还订了最好的包间。这一天燕窝、鱼翅、鲍鱼一齐都上了，尤其是鲍鱼，尺寸大得孙美美有生以来还是头一次见到。

已经有相当长一段时间他们总是在那些小而隐蔽的馆子里吃饭，一方面是为了避开熟人，另一方面也是梁文有意这么做，因为他认为这样两个人显得更亲近，而且多少也有一点儿家庭气氛。花钱多少对他来说倒还在其次，反正不管是吃青菜豆腐还是吃山珍海味他都有地方报销，花不着自己兜里一分钱。而且他也并不是一个吝惜钱财的人,花钱他不在乎,尤其是为女人花钱,他认为只要花得乐意花得开心那是男人的福分。他看重所谓的家庭气氛也是为孙美美着想,因为他清楚此生肯定是绝无可能跟她过真正的家庭生活的,别说他家里有一个如花似玉的老婆,就是没有老婆,他相信自己也绝对不会选择孙美美。因此他愿意在这些细微之处补偿她。他知道女人最看重鸡毛蒜皮的事儿,所以凡是能讨她高兴的地方他都尽可能地讨她高兴。

在晚饭接近尾声的时候梁文才切入正题。

"我想和你商量一件事。"他微笑着,慢悠悠地说。

"说吧!"孙美美做出洗耳恭听的样子。她知道这肯定不是一件小事。

"你想没想过挪个地方?"梁文凝视着她,小心翼翼地问她。

"怎么,你嫌我碍事啦?"孙美美马上警觉起来,伶牙俐齿地做出了回应。

"你说哪儿去了。"梁文语气尽量地温柔婉转,"我最怕的就是你多心。"

"这么说还真的让我说着啦?"孙美美斜睨着他。

梁文停住了话头,看着她,突然扑哧笑了起来。

孙美美问他:"你笑什么?"

梁文收住了笑容,说:"你也该改改你这脾气了。"

孙美美略带强硬地说:"我怎么啦?"

梁文弯起嘴角笑道:"凡事不要太聪明了!"

孙美美不好意思地笑了。

梁文故意卖起了关子,问她:"那还要不要我往下说?"

孙美美软了口气说:"说吧说吧。"

梁文马上换了严肃的神情说:"我考虑好长时间了,只是没有对你说。报社眼下方方面面还算不错,收入不低,你呢又是做熟了这一行,我也不吹捧你,你的才华当然是没得说,这份工作对你来说完全是驾轻就熟手到擒来。但是有一点儿不知你想过没有,我们这样的关系,每天都在五六百双眼皮底下来来去去,总有许多不便之处,需要顾忌和当心的也特别多。而且我还是个头儿,做了再多的好事,人家不一定记得住,但是稍有不周的地方人家可能就记住了。虽然我处处与人为善,但智者千虑还有一失,何况我还不是什么智者,保不齐在什么地方就得罪了谁。我们报社的这些人要说智商、情智的确也是挺高的,但你想想又有多少是善茬子!真要是咬起来,肯定是找容易下口的地方。党同伐异无外乎在几个方面打开缺口,一个是政治方面,一个是经济方面,再一个就是男女关系。说句那什么的话,我倒是不怎么太在乎,除非上面想要拿掉我,否则这种事情大概也伤我不着。可是我为你想,你一个干干净净的女孩儿,人家要是把我们俩的关系点出来再歪曲一把你肯定会受不了,而且我也不愿意看到别人把脏水泼到你身上。有一些人总是对别人的私生活特别感兴趣,而且怀着一腔龌龊的心思,没有事情他们还能编出故事来说,而且能说得跟真的似的,何况我们还真的是有事情,所以不能不防患于未然。我想如果你换一个地方,我们的空间就会大很多,来往起来也会更方便。最主要的是那样我们俩还可以联手做好多的事情,这才是我考虑这个问题的重心。跟你说心里话,除了你,许多事情我是不放心和别人一起做的。你这么聪明,不会不明白我说的是什么意思吧?"

孙美美略想了想,觉得梁文说得不无道理。问他:"那你打算让我去哪里?"

梁文说:"我想让你去我堂兄的广告公司。不过你去不是做他的雇员,而是做他的合伙人。"

孙美美不解地说:"我没有资金怎么去合伙啊?"

梁文笑道:"你真是书读多了!你没有资金但你有资源,我怎么会让你去做无米之炊呢?"

梁文搂过她,告诉她报社有一部分广告收入是不入账的,尤其是那些临时增加的广告,还有特约刊登等等,这些钱来了就放在小金库里,除了派些特殊的用场和走一些别处不好走的账之外这笔钱平常是很少动用的,现在他正是想用这笔钱来做一些事情。

"这不是违法的吗?"孙美美瞪大了眼睛说。

"别说得那么恐怖好不好。"梁文笑嘻嘻地说。

孙美美说:"我可不想看到你成为又一个徐达!"

梁文不以为然地说："你就把我看得那么蠢吗？"随后他说，"听说徐达已经出来了，据说并没有查出什么大问题，上面正打算重新安排他呢。"

孙美美还没来得及做出反应，梁文又耐心地向她解释说，"违法不违法其实就在于怎么看了，说白了是在于上面怎么看了。比如说这笔钱，现在在我的手里，我拿着它即使什么也不做，假如被查出来同样是违法的，因为按规定我们不能私设小金库。如果我遵纪守法我就应该把这笔钱交上去。"

孙美美问他："那你为什么不交呢？"

梁文莞尔一笑说："那我不就没有自主性了吗？"

孙美美说："你不怕出事吗？"

梁文说："我说过了，'出事'不太可能单凭某一件事，而是一个综合效应。你也不能把我党的干部想得那么脆弱嘛！还有'出事'是有概率的，这个概率不会比怀孕高，顶多相当于中彩吧。"

"我可不希望你冒险。"

"我当然不会。"梁文说，"首先，这笔钱是不固定的，有可能有，也有可能没有，而且随时随地可能到账，我不可能来一笔就去交一笔，也就是说实际上我随时随地都在违法，或者至少是说我随时随地都有违法的可能。既然同样是违法，那我何不拿它去做一些有益的事情，让它产生良好的效益呢？"

"你这分明是在狡辩嘛。"孙美美说。

"你说我冒险也好,说我狡辩也好,你怎么说都行,而且你说得都没有错。但我觉得这笔钱白白地从我手上经过不加以利用实在是太可惜了,这是到嘴的肥肉啊,不吃白不吃。我打算把这笔钱当成母鸡,用它来下蛋。只要不把它直接宰了煮进锅里,我想也没什么大事可出吧,而且也算对得起天下吧。原先我还真考虑过拿这笔钱为报社做点事情,挣了钱至少可以给大家增加点儿奖金,但我细想了一下觉得没必要这样傻。同样是担风险,我为别人担风险还不如为自己担风险呢。再说,我每天辛辛苦苦地盯在报社,别人看来我权力很大,的确我在这个位子上手上掌握的资源还算丰沛,但有一句老百姓的话说得很对——'权力不用,过期作废',我不想等到作废了再后悔当初没有如何如何。我觉得既有这么个机会就不应该放过。"

"你是在拿你的前途赌博。"孙美美直言不讳地说。

"是有赌一把的意思。"梁文承认。

"你这么做我心里会觉得不踏实。"孙美美摇头否定。

"这你放心。"梁文安慰她说,"不安全的事情我是绝不会去做的,更不会让你去做。你和我相处这么久了,你应该知道我不是一个爱冒险的人。用世俗的眼光来看,我也算是功成名就,一个正局级干部走出去还是有足够的风光的,我当然不会用身家性命去冒险。不过,如果说风险,什么事没有风险?要我说任何事都是有风险的。拿我自己来说,最大的风险就是坐在报社总编辑这个位子上。甭说不能有大的差错,小的差错也不能出呀。人家看我们也许还挺羡慕的,其实我们肩头的担子有多重,身上的压力有多大,也只有我们自己知道。假如我跟林妹妹似的说'一年三百六十日,风刀霜剑严相逼',别人也许会觉得我得了便宜还卖乖,实际上我每一天过得都不轻松,用'如临深渊,如履薄冰'来形容也不过分。你想哪一头是好侍候的?卧不安席、食不甘味的时候实在是太多了。我也的的确确想过要以天下为己任不为名不为利默默无私地奉献这一生,可是跟你说心里话,我也清清楚楚地看得到这么做的结果。到头来也就是落得个一身正气,两袖清风,除此之外还能有啥呢?像我们这样的,你在位子上的时候的确有人来奉承你,可真等你一下去奉承你的那帮子人说不定马上转过脸来唾骂你。所以说,这肯定不是我所要追求的结果。这两年我开始有点儿想开了,到我这个位子再想往上走一步是极其艰难的,既然如此,我也没必要执拗地一条道走到黑。所以我想尝试着再做些别的,说好听点是增益自己的才干,说得实际点我得为自己积累一些财富。尽管我不认为财富是第一位的,但我认为财富对于一个人是重要的,而且是相当重要的,这也是世俗检验一个人是否成功的标准,而且是亘古不变的一个标准。有句话叫作'人为财死,鸟为食亡',这是一条颠扑不破的生存准则。我不怕人家说我爱财,我认为在值得的时候咱们还是应该赌上一把的。"

一个"咱们"让孙美美心里顿时暖融融的。这么说梁文是把她一起考虑在内的?既然如此,说明他心里是有她的——孙美美最最在乎也最最计较的就是这个。近来梁文处处都对她很好，可是她心里总是不踏实。情热的时候她拿话试探他，想求一个"天长地久"的答复，可是梁文从不正面作答，他只是用热吻或者是比热吻更亲密的举动给岔开去。有一天在她的严加追问之下，他终于给了她一句似乎是明确的话："你就看我的实际行动吧。"现在她认为是看到了他的实际行动，她的心里乐开了花。

"那好吧，你说怎样就怎样吧！"她爽快地接受了他的提议。

孙美美这么快就来了个一百八十度的大转弯梁文倒有点儿不适应，他问她："你不害怕啦？"

孙美美嘿嘿一笑说："我害怕什么？你官比我大，比我成功，你都不怕我怕什么？"

"那咱们就豁出去练上一把。"梁文给她鼓劲。

但孙美美忽然却有点儿低落。她说："可是我一想到要离开报社还是挺舍不得的。"

梁文耐心地劝她说："现在报纸的形势表面上看着还不错，实际上也没那么好，只是你不知道底细罢了。跟你简单说吧，上面给我们定的利润指标年年加码，早已经高到了一个不切实际的地步。到目前为止，今年的定额估计完成了一半还不到，除非天上掉馅饼，否则我看到年底今年的利润指标肯定是完不成的。但是不管怎样，我也不可能不完成任务，让别的部门看笑话。那怎么办？当然不会没办法。我可以把往年的积累作为今年的赢利上交,不过这样一来囊子就空了。明年怎么办?那就只好走一步说一步,说不定到那时候我已经离开了呢。这些年媒体之间的竞争已经相当激烈,再往后我看趋势会越来越严峻。我做过一段的网络,对报纸的前景说心里话并不十分看好。就说眼下,电视、网络等等发展的势头都相当好,某种意义上超过了纸媒。某一天肯定还会有更新的媒体出现,而且它们肯定会对传统媒体形成冲击,说不定很有可能替代传统媒体。报纸的好日子还能有多久实在是太难说了。所以要我说啊,趁早转行对你来说也许并不是一件坏事。"

孙美美点点头,随后叹一口气说:"待惯了一个地方,真有点儿不太愿意动。"

梁文更加耐心地劝她说:"水往低处流,人往高处走,你要想到你走是去迎接更大的挑战,当然也是去追求更大的利益。你肯定要放下一些东西,某种意义上也是要牺牲一些东西,这就是所谓的有得便有失,我想这么简单的道理你不会不懂。我可以保证你到那边肯定会得到更多。别的暂且不说,至少你一过去拿的钱会是你现在的好几倍,大小事情你可以说了算,而且我会让那边买辆新车做你的专车。"

孙美美说:"道理我清楚,条件也很诱人,只是我心里感觉有点儿闷闷的。"

梁文握住她的手:"我完全能理解!不过你这么想,凭你的实力,做报纸肯定是有富余的,这已经得到证实了,毋须再去证明，何不趁着年轻出去闯荡一下，去打开一片全新的天地？其实说起来我也不舍得放你走，你对我有多重要这也不需要我来说，我也是为了咱们的长远利益才如此打算的。再说了，我在报社一天，如果你想回来，那还不是一句话的事情？"

孙美美终于被他说服。

梁文含笑向她举起酒杯，含情脉脉地和她碰杯，祝贺她即将迈出可喜的一步。

但与此同时他却深感空虚和疲惫。他想自己费了这么大的劲儿说到底不过就是把一个旧包袱打发了出去。他觉得真是无趣之极，甚至对孙美美和堂兄联手真能挣多少钱一时也丧失了兴趣。他感慨人生经常耽误在解铃系铃这样无聊的小事情上，也感叹自己一不留神弄得这么作茧自缚。

饭后他们照例去酒店做爱。孙美美激情高涨，梁文有点儿勉为其难。他心里的无聊感在扩大，心成了一个巨大的空洞。他知道这个空洞孙美美或者别的女人是填补不上的，他尽管需要也渴望她们的激情与柔情，但他清楚那对他来说是远远不够的。

从床上起来梁文亲自打电话给几位副总编辑，通知他们一小时之后在报社召开紧急会议。他打算向他们宣布自己酝酿已久的改革计划，他决定放开手脚大干一番。

（温伯贤）

　　太阳将万物照得一片混沌，白天的世界对于我也如同夜晚一样面目全非。我在一点一点地飘散，最终成为粉末和烟尘。

　　记不清我是在哪本书里读到过这样一个故事，有一个人在君士坦丁堡把一张月桂叶放进盛满了水的浴盆，他想洗洗额发，他把头伸进水里浸了没几秒钟，当他抬起头抹去脸上的水珠，他发现君士坦丁堡已经踪影全无，他在其间洗发的那个世界也踪影全无。他正置身在伊斯坦布尔的一家旅店里，他的身边有一个妻子和一个孩子，时间已经过去了三个世纪，而在浴缸底下却仍然有一片湿漉漉的月桂叶。

　　这可真是一个奇迹啊，但我不再指望这样的奇迹会发生在我的身上。现在无论是世界还是月桂叶统统跟我没关系了。而我的一切也烟消云散，湮没无痕。

　　回头看看，万事成空。对于眼皮子底下发生的一场接一场的欲望游戏我已经看得困倦了。我曾经也是那个舞台上活跃的一个，而现在我早已经从灯火璀璨之处坠落到无尽的黑暗之中。其实每个人都将从那个舞台上消失，没有例外。我唯一理解不了的就是既然都知道有一天世界会从无论攥得多紧的手里彻底溜掉，为什么还要贪心地拿得那么多呢？

2006 年 6 月 21 日

北京　莲花

《成人游戏》写后

1

常听到有人问我：你这个小说写的是什么题材？小说以题材分好像是一个很简捷也很明了的归类方法。而实际上对于小说来说有时候是很难用一两句话去归纳和概括的，如果真的那么容易说清楚，那又何必写上几十万乃至几百万字呢？同样有人问我《成人游戏》写的是什么，最初听到这样的提问我的脑子竟然出现了片刻的短路。

当然，我可以简单地说这部小说是写报社生活的，但实际上我觉得这么定义是有点儿过于简单的。的确在很早以前我就想写一部反映报社生活的小说，这个想法在我心里至少有了十年甚至十几年。我很想写一写所谓"大报"的那种类似于机关式的生活。那里面的人际关系、行事方式、话语形式、竞争模式以及彼此示好和施恶的手法都是我深感兴趣的。对构成机关的那个特定的群体也同样是我深感兴趣的。他们兢兢业业付出的努力，小心谨慎处理的日常关系，费尽心机的尔虞我诈，都对我充满了吸引，他们的争斗、挣扎、堕落与奋进也令我感同身受。

实际上我自己就是他们之中的一员。在一个相当不短的时间长度里我与他们一样地生存和生活，和他们做同样的事情，考虑同样的问题，面对同样的困境，获得同样的收益。我和他们的目标和追求都大致相同，甚至和他们有着大致相同的人生轨迹。但是也许正因为身处其间，我一直感到我很难驾驭和把握这个题材。对于那些纷至沓来的实况信息，我自认为没有能力进行恰如其分的梳理和提炼。对我来说——也许是对不少小说家来说，写自己不太近、不太熟悉的生活在具备挑战性的同时反而更加得心应手，因为那主要是凭借想象力和以往积累的生活经验完成的。而写眼下的又是相当熟悉的生活，经验新鲜而芜杂，令人怀疑其可靠性，甚至不太相信那能否称之为"经验"，因此反倒让我迟疑和裹足不前。所以很久以来写一部这样的小说只是我的一个理想，或者说对于我只是一个理想。

然而，由于某个意识上或者是认识上的偏差，也许仅仅是十分微小的偏差，我从那个所谓"正常"的生活轨道中游逸了出来。这个游离使我和这个群体产生了某种距离。也许正因为有了这个距离，使我的眼光变得清晰和精准，同时更具穿透力。然而也因为这个距离，虽然我仍是这个群体中的一员，但从内心里讲我已经成了一个不折不扣的局外人。

于是我尝试动手写这部小说。最初只是片断，然后才是全部，可以说比我以往任何一部小说写得都要艰难。前后我写了两三年的时间，也许更长一些。在写这部小说的过程中我重新认识了我从前经历过的生活，也重新认识了我在工作中经历过的人与事。我对我所描写的这个群体充满了感情，我写他们就像某些作家满怀热情和激情地去写他们村里的人和他们家族中的人一般。

2

有朋友读了《成人游戏》之后戏言，说这很像是一部"机关指南"或者说是"官场指南"。在这部小说里我确实写了一些日常层面的经验，但这不是我着力的地方。我想表达的是一群人在这样的一个机构里耗费了他们人生中的一段时光乃至半生的光阴，他们想做什么？他们做了什么？他们达到目的了吗？他们快乐吗？他们是否认为自己的人生满载而归？也许这还不是我真正想表达的，也许我根本就不在乎表达什么，我只是想洞悉生活是否真的具备我们日复一日追求的那种价值和意义，而它真正的价值和意义又何在？

　　从我的个人经历来说，我从大学毕业之后就在新华社上班。那时我们还是国家统一分配，每个大学毕业生都有工作，不需要参加招工考试，没有英语过六级的规定，也不存在性别歧视。对于大学本科毕业生来说，那时候真可以说是一个黄金时代。而且当时每个走向工作岗位的毕业生挣的工资也是一样的，谁都没有奖金，大家是真正在同一起跑线上的。从八十年代初到现在，我接触过许许多多的新闻从业人员，也亲眼目睹了身边很多同事和朋友的奋斗与成长。他们有的高步云衢，成了社会精英，有的庸庸碌碌，只图平安度日，有的进了监狱，前功尽弃，有的跌倒了爬起来，不屈不挠。我看到过不少发生在身边的触目惊心的事件和微妙隐秘的事情，这些事件和事情过去了，可是影响还在，而且实际上也是难以消除的。生活就是在这样一个接一个的事件和事情的重重叠叠的影响之下或艰难或顺畅地继续着，而人也在生活或汹涌或平缓的波涛中漂流着沉浮着。当然，最终无一例外都要从那个灯光璀璨的舞台上退出。

　　我不知道当这些人回首往事的时候有多少人心里还洋溢着当年的激情？有多少人心里还充满着鼎盛时的快慰？在我看来，无论一个人的事业多么成功，无论他曾经有过怎样的辉煌和显赫，都抵不过他离去时的一个黯然的眼神或者是晚年的一声感伤的叹息在我心中引起的震动。作为一个写小说的人，我最感兴趣的是人物和他们的心灵，我最想描摹的也正是人的命运和他们内心的体验和风暴。

我可能并不清楚真实生活中我的那些同事和朋友的真实想法，但我却可能十分清楚我小说中人物的遭遇和感受。我想这大概正是小说的优越之处。它可以为我们展示更全面更真切的生活，甚至还可以展示那些真实生活所从未提供给我们的东西。

3

原以为写自己熟悉的生活是再容易不过的，至少也是相对容易的，而实际上我发现并非如此。面对大量的生活实况，处理细节反倒不那么容易。有时候生活中真实发生过的事件和事情进入小说会很有力量，很能打动人心，但是在《成人游戏》中我尽可能地避免去触碰那些真实发生过的事情。我小心翼翼地回避我生活中接触到的人和事，一方面我的确是不希望有谁对号入座，另一方面我更看重的是小说作为虚构文本应该达到或者说努力达到的那种境地，我认为那才是一部小说真正所要呈献的东西。

有人说在《成人游戏》当中没有一个是好人，当然也没有一个是坏人。说实话，在写作过程中我从来没有想过谁是"好人"谁是"坏人"这个问题。我认为写小说不是简单的道德评判，更不是推出劳模。如果过于强调人物的某个单一方面的品性，很容易使人物不真实。所以在我的笔下，不论是大权在握的领导还是扫楼道的大妈是没有高下之分的，作为小说中的人物，他们都有自己的观念和想法，有自己的美德和私欲，在某些时候或者在某些人面前他们是真诚仁厚的朋友或体贴入微的亲人，而在另一些时候或者在另一些人面前他们很可能是心狠手辣的敌人或奸诈刻薄的小人。在塑造他们的时候我同样倾注了自己巨大的热情和挚爱。就这部小说而言，有些人物单纯善良，懦弱无能，但他们未必没有察言观色的聪明和见利忘义的私心；有些人物诡计多端，利欲熏心，但大致来说还没有泯灭人性，更没有到十恶不赦的程度。我力图把小说中的人物写得血肉丰满，力图将人性中的坚韧和软弱通过这些虚构的人物带着痛感和快感鲜活地呈现出来。我认为这是一个作家的本分，也是一个作家的奉献。

4

我认为写"当下"题材有两点是不太好把握的，一是审度，二是表达。因为距离太近，很可能会看不清楚。因此需要更加细致入微地去体察、洞悉、理解和感悟。在表达上我努力做到真实和准确，当然这个"真实"不是生活的真实，而是小说本身的自恰。"准确"的要求则更高，不是记录和描绘，而是刻画和解剖。

2006.11.27

再版后记

　　我的四部长篇小说《今晚吃烧烤》《恋爱课》《成人游戏》《发烧》再版，对我来说无疑是一件非常高兴的事，我内心颇为庆幸的是至少说明这些小说出版至今还没有在时间里朽坏。

　　这四部长篇是我从20世纪末到2009年十年间写的。《今晚吃烧烤》（初版时名为《织网的蜘蛛》）是我的第一部长篇小说，这部长篇写得并不艰难，完全没有因为第一次写长篇准备不足而遇到茫然、不知所措，相反，写来颇为顺手。这部长篇在手稿阶段就已经被一家影视公司购买了版权，在当时可以说是一个天价。《恋爱课》是我和北京作家协会签约之后完成的第一个作品，对我来说，算是由此真正走上了职业写作的道路。虽说签约期满后我又回到新华社《瞭望周刊》上班，但那种职业写作的心态和状态一直没有改变。《成人游戏》也是我作为签约作家时期的作品，大概因为离开单位日久，因此对办公室政治写来毫无拘束之感，现在看来依然犀利、深刻。此书与十年之后我的另一部写媒体人卷入政治漩涡的长篇小说《回声》可以看作是姊妹篇。《发烧》是我写得十分辛苦的一本书，差不多写了整整两年，真正地费时费力。

　　我个人的感受是，每本书都有它自己的命运，它的受欢迎程度与内在价值或许不成正比，但如果是真正的好书，肯定会得到慧眼赏识。对作者来说，每部作品都是自己写作链条上的一环，如果没有这一本书，就可能没有下一本书，或者说，假如没有这样的一本书，就可能不会有下一本那样的书。对于我这种即兴创作的人来说尤其如此，每一本书都犹如溪水中的石头，它们在水里构成一座若隐若现的桥，尽管我不知道这座桥通往哪里，但我相信它有坚定的走向，它通向的地方就是我尽力想抵达的目的地。

这次，我花了两个月时间修订了《今晚吃烧烤》，校订了另外三本书，从写作至今我还从来没有如此集中、如此认真地阅读自己的作品，这是站在"现在"对"过去"的作品进行审视，说句心里话，这种审视令我内心忐忑甚至是不无恐惧。好在这四部小说幸运地经受住了我自己的考人验，这一关算是顺利通过了。

记得马尔克斯说过，对一个小说来说，后一版总是比前一版更好，对此我得说是。自从过了写作的青春期，我的小说都是历经反复修改，再版时候自然更加认真和审慎。我认为这不仅仅是一个态度的问题，也不仅仅是一个自我要求的问题，这其实是一种飙高和炫技，是放烟花的机会，尽管这个过程可能并不轻松愉快，甚至绞尽脑汁痛苦不堪。

现在对我来说可以轻松愉快地忘掉这四本书了，就像把礼物送了出去，我心里希图的只是收到礼物的人能感到快乐。而我自己就是从新的地方开始，去寻找写作那种最私密、最自我的愉悦，去探索世界和人心的秘密。

程青
2016 年 11 日 23 日于北京